夷堅志

第一册

〔宋〕洪邁撰
何卓點校

中華書局

圖書在版編目(CIP)數據

夷堅志/(宋)洪邁撰;何卓點校. —北京:中華書局,
1981.10(2025.7 重印)
(古體小説叢刊)
ISBN 978-7-101-05236-7

Ⅰ.夷… Ⅱ.①洪…②何… Ⅲ.筆記小説-作品
集-中國-南宋 Ⅳ.I242.1

中國版本圖書館 CIP 數據核字(2006)第 085438 號

責任美編:劉 麗
責任印製:韓馨雨

古體小説叢刊
夷 堅 志
(全 四 册)
〔宋〕洪 邁 撰
何 卓 點校
*
中 華 書 局 出 版 發 行
(北京市豐臺區太平橋西里 38 號 100073)
http://www.zhbc.com.cn
E-mail:zhbc@zhbc.com.cn
三河市宏盛印務有限公司印刷
*
850×1168 毫米 1/32 · 65¾印張 · 8 插頁 · 1190 千字
1981 年 10 月第 1 版 2006 年 10 月第 2 版
2025 年 7 月第 9 次印刷
印數:32501-33300 册 定價:298.00 元

ISBN 978-7-101-05236-7

《古體小説叢刊》出版説明

中國古代小説的概念非常寬泛，内涵很廣，類别很多，又是隨着歷史的發展而不斷演化的。古代小説的界限和分類，在目録學上是一個有待研究討論的問題。古人所謂的小説家言，如《四庫全書》所列小説家雜事之屬的作品，今人多視爲偏重史料性的筆記，我局已擇要編入《歷代史料筆記叢刊》，陸續出版。現將偏重文學性的作品，另編爲《古體小説叢刊》，分批付印，以供文史研究者參考。所謂古體小説，相當於古代的文言小説。爲了便於對舉，參照古代詩體的發展，把文言小説稱爲古體，把「五四」之前的白話小説稱爲近體，這是一種粗略概括的分法。本叢刊選收歷代比較重要或比較罕見的作品，採用所能得到的善本，加以標點校勘，如有新校新注的版本則優先録用。個别已經散佚的書，也擇要作新的輯本。古體小説的情況各不相同，整理的方法也因書而異，不求一律，詳見各書的前言。編輯出版工作中不夠完善之處，誠希讀者批評指正。

中華書局編輯部

二〇〇五年四月

點校説明

《夷堅志》是宋朝著名的志怪小説集。作者洪邁（公元一一二三——一二〇二年），字景廬，别號野處，南宋鄱陽（今江西波陽）人。曾任知州、中書舍人兼侍讀、直學士院、端明殿學士等官職，並兼修國史。據《宋史》本傳載，洪邁幼而强記，博極羣書，自經史百家，乃至稗官小説，靡不涉獵，因而知識淵博，著作甚豐，除《夷堅志》外，還著有《史記法語》、《南朝史精語》、《經子法語》、《容齋隨筆》等書。

《夷堅志》爲洪邁晚年所著，書名取《列子·湯問》「夷堅聞而志之」語意，記載的是傳聞的怪異之事。這部書搜羅廣泛，卷帙浩瀚，爲宋人志怪小説中篇幅最大的一部。内容多爲神仙鬼怪，異聞雜録，禨祥夢卜，也記載了宋人的一些遺文軼事、詩詞歌賦、風尚習俗以及中醫方藥等。宋元以來，有不少話本和戲曲都取材於《夷堅志》故事。書中有一些篇章，反映了宋代社會階級剥削的慘重以及官場的腐敗，也有少數篇章透露了無神論思想。這些材料除可資考證外，還可以窺見宋代城市生活的某些側面。因而《夷堅志》不僅在文學史上有一定價值，同時也是研究宋代社會史的有用資料。宋代著名詩人陸游曾在《題夷堅志後》詩中推重此書：「豈惟堪史補，端足擅文豪。」(《劍南詩稿》卷三十七)清阮元對此書也有較中肯的評價，他説:「書中神怪荒誕之談居其大半，然而遺文軼事可資考鏡者，亦往往雜出於其間。」(《揅經室外集》卷三)但《夷堅志》畢竟是封建社會文人的志怪小説，很多地方宣揚了封建倫理觀念以及因果報應等迷信思想，對農民起義也有謾詞，這些都應批判地閲讀。

《夷堅志》原有四百二十卷，分初志、支志、三志、四志，每志又分十集，按甲乙丙丁等順序編次。甲至癸二百卷，支甲至支癸一百卷，三甲至三癸一百卷，四甲四乙各十卷。據洪邁乙志序載:「《夷堅》初志成，士大夫或傳之，今鏤板于閩，于蜀、于婺、于臨安，蓋家有其書。」可見洪邁在世時，《夷堅》初志已有多種刻本，並廣爲流傳。但全書何時刻成，已無從查考。《宋史・藝文志》僅録甲乙丙六十卷，丁戊己庚八十卷，説明元朝時書已散佚。《四庫全書》所收也僅爲支甲至支戊五十卷。

涵芬樓編印的《新校輯補夷堅志》，爲目前收録篇目最多的本子，初志、支志、三志加補遺共有二百零六卷，約爲原書的一半。我們這次就以涵芬樓印本爲底本，重加標點校定，並從《永樂大典》等書中輯出佚文二十六則，作爲「三補」。原書目録分散在各志之前，今一并移於全書之首，書後原有的校勘記已散入各志之内，誤字也據原刊誤表改正，因此，原書的校勘記和刊誤表不再重出。凡這次新加的校語，均用〔　〕注明，以示與涵芬樓原校區别。涵芬樓印本的補遺和再補有些條目與前志重複的，依原樣保留，不再一一删除。書後還附有人名索引，以便讀者查檢。我們的工作難免有不够完善之處，希望讀者指正。

何卓

一九八〇年五月

夷堅志校例〔涵芬樓本〕

甲乙丙丁四志，據嚴元照影宋手寫本。支志甲乙丙丁戊庚癸，三志己辛壬，均據黄丕烈校定舊寫本。所補廿五卷，則以葉祖榮分類本爲之主，而輔以明鈔本。至再補一卷，則雜取諸書，均於條下註明從出。

篇中校注，引嚴元照所校者曰「嚴校」，黄丕烈所校者曰「黄校」，其未知爲何人所校者則曰「原校」。嚴黄兩氏均校勘專家，下筆審慎，凡所校訂，悉數采列。

校時參用各本，其爲葉祖榮所編者曰「葉本」，陸心源所刊者曰「陸本」，吕胤昌、周傳信所刊者曰「吕本」、「周本」，其援引他書者則載其本書之名。

原據諸本錯簡闕文，他本有可補正者，咸加甄録，並就本文記明起訖及若干字數。其文字異同而義涉兩可或較勝者，則取註於原文之下。惟葉本訛字頗多，明鈔本亦所不免，間從他本改訂。原文有不甚可解者，或審爲脱誤者，均以所疑附註於下，未必有當，聊備參考而已。

排比工竣覆校時，見有與前條同例爲初校所未及者，别撰校勘記，附於卷末。亦有原本無譌而爲手民所誤者，不及一一更正，並附刊誤表於後，閲者諒之。

全書卷帙既繁，校閱數年，時有作輟，前後歧誤，知必不免，學識淺陋，愆謬尤多，倘蒙指正，幸甚感甚。

新校輯補夷堅志總目

目次

夷堅甲志目錄

卷第三 九事

卷第四 十六事

卷第五十九事

卷第六 十三事

卷第七 凡廿三事按實祇二十事

卷第八十七事

卷第九十四事

卷第十 十九事

卷第十一 十八事

卷第十二十五事

卷第十五十七事

卷第十七十五事

卷第二十 十二事

夷堅乙志目録

卷第一 十四事

卷第二 十二事

卷第三 十四事

卷第四十一事

卷第五十二事

卷第六 十三事

卷第七 十一事

卷第八 十三事

卷第九十事

卷第十十二事

卷第十三 十三事

卷第十四 十三事 按實有十五事

卷第十五十四事

卷第十六十五事

卷第十七 十五事

卷第十八 十三事

夷堅丙志目録

卷第四 十四事

卷第五 十三事

卷第六十三事

卷第七十七事

卷第八 十二事

卷第九 十四事

卷第十 十一事

卷第十一 十六事

卷第十四十三事

卷第十五〔十二事〕

卷第二十十五事

夷堅丁志目錄

卷第一〔九事〕

卷第二〔二十事〕

卷第三十七事

卷第六十四事

卷第七十六事

卷第八 十四事

卷第九 十二事

卷第十 十三事

卷第十一 十四事

卷第十二 十六事

卷第十三 十五事

卷第十四 十二事

卷第十五 十六事

卷第十六 十九事

卷第二十 十五事

夷堅支甲目録

卷第三 十三事

卷第四 十六事

卷第五十五事

卷第六十四事

卷第九十二事

卷第十十三事

夷堅支乙目録

凡一百三十七章臨安府洪橋南陳家經
鋪抄録

卷第三 十五事

卷卷四 十事

夷堅支景目録

卷第三十九事

卷第四十六事

卷第五 十四事

卷第六 十四事

卷第七十三事

卷第八十五事

卷第九十二事

卷第十十五事

夷堅支丁目録

卷第一 十二事

卷第二十四事

卷第三十七事

卷第六十一事

卷第七十三事

卷第八 十四事

卷第九 十一事

卷第十 十二事

夷堅支戊目錄

卷第一　十六事

卷第四十四事

卷第五九事

卷第六十三事

卷第七 十事

卷第八 十一事

夷堅支庚目録

卷第四十五事

卷第五十六事

卷第八十二事

卷第九十六事

夷堅支癸目録

卷第二　十二事

卷第三　十四事

卷第四 十二事

卷第五 十一事

卷第九十事

卷第十十二事

夷堅三志己目録

卷第一 七事

卷第二 十二事

卷第三 十一事

卷第六 十二事

卷第七 十二事

卷第八 十七事

卷第九 十四事

卷第十 十五事

夷堅三志辛目録

卷第一 十事

卷第四十五事

卷第五十三事

卷第六 十五事

卷第七 十二事

夷堅三志壬目録

卷第二 十二事

卷第三 七事

卷第四 十一事

卷第七 十三事

卷第八 十一事

夷堅志補目録

卷第一 十二事

卷第二 七事

卷第三 十五事

卷第四 二十事

卷第十一 八事

卷第十二 十三事

卷第十八 十五事

卷第十九 九事

夷堅志再補目録（凡三十三事）

夷堅志三補目録二十八事

附録

夷堅甲志卷第一 十九事

孫九鼎

孫九鼎，字國鎮，忻州人，政和癸巳居太學。七夕日，出訪鄉人段浚儀於竹柵巷，沿汴北葉本無「北」字。岸而行，忽有金紫人，騎從甚都，呼之於稠人中，遽下馬曰：「國鎮，久別安樂？」細視之，乃姊夫張兟也。指街北一酒肆曰：「可見邀於此，少從容。」孫曰：「公富人也，豈可令窮措大買酒？」曰：「我錢不中使。」遂坐肆中，飲啗自如。少頃，孫方悟其死，問之曰：「公死已久矣，何爲在此？我見之得無不利乎？」曰：「不然，君福甚壯。」乃葉本作「歷」。說死時及孫送葬之事，無不知者。且曰：「去年中秋，我過家，令姊輩飲酒自若，並不相顧。我憤恨，傾酒壺擊小女以出。」孫曰：「公今在何地？」曰：「見爲皇城葉本作「城隍」。司注祿判官。」孫喜，即詢前程。曰：「未也。此事每十年一下，尚未見姓名，多在三十歲以後，官職亦不卑下。」孫曰：「公平生酒色甚多，犯婦人者無月無之，以上四字葉本作「無數」。焉得至此？」曰：「此吾之迹也。凡事當察其心，苟心不昧，亦何所不可！」語未畢，此下至《寶樓閣呪》條「始篤奉之」，宋本作二葉，嚴本於中縫均注「補」字。按：宋本每葉十八行，每行十八字。有從者入報曰：「交直矣。」張乃起，偕行，指行人曰：「此我輩也，第世人不識之耳。」至麗春門下與孫別，曰：「公自此歸，切不得回顧，顧即死矣。公今已爲陰氣所侵，來日當暴下，宜毋喫他藥，服葉本無「服」字。平胃散足矣。」既別，孫始懼甚，到竹棚巷見段君。段訝其面色不佳，沃之以酒，至暮歸學。明日，大瀉三十餘行，服平胃散而愈。孫後連蹇無成，在金國十餘年始狀元及第，爲祕書少監。舊與家君同爲通類齋生，至北方屢相見，自說兹事。

柳將軍

蔣靜叔明，宜興人，爲饒州安仁令。邑多淫祠，悉命毁撤，投諸江，且禁民庶祭享，凡屏三百區。唯柳將軍廟最靈，未欲輒廢，故隱然得存。廟庭有杉一株，柯幹極大，蔽陰甚廣，蔣意將伐之，日晝卧琴堂中，夢異人被甲乘馬，叩階而下，長揖言曰：「吾姓木卯氏，居此方久矣，幸司成賜庇，不敢忘德，後十五年當復來臨。」覺而知其爲神，但不曉司成爲何官，頗加歎訝。因置木不伐，仍繕修其堂宇。逮秩滿，詣廟告别，留詩壁間曰：「夢事雖非實，將軍默有靈。舊祠從此焕，古檜蔚然青。甲馬霄嚴校：「宵」誤「霄」。中見，琴堂卧正冥。留詩非志怪，三五扣神扃。」今刻石尚存。後十五年，乃自中書舍人出鎮壽春、江寧，鈐轄江東安仁，實隸封部，入爲大司成，至顯謨閣直學士而卒。

寶樓閣呪

袁可久嘗教其弟昶以寶樓閣呪，昶不甚深信，然旦起必誦三五十遍，初未知其功効也。紹興三年夏，隸嚴校：「肄」誤「隸」。業府學，方大軍之後，城邑荒殘。直齋卒汪成，每番宿室中，必夢魘，達旦方已，無一夕安寢，成殊以爲苦。或詢其所見，云：「被人捽髮欲加箠，故呼叫拒之。」昶令徙于己房，猶不止。同舍生惡其妨睡，共議遣逐。昶試書呪語，貼于柱，此夜晏然。由是一齋妖祟絶跡。其呪語卽所謂「唵摩尼達哩吽撥吒」八字，但世俗所傳訛謬，寫皆從口，而亦不得其音，要當取大藏中善本元初譯師言爲證，自有大功。昶因悔昔慢，始篤奉之，按：宋本以下爲第四葉，嚴校與三葉不相連。祕其事。二事皆孫九鼎言，孫亦有書紀此事甚多，皆近年事。

三河村人

張維，字正倫，燕山三河人。家君初出使至太原，維以陽曲主簿館伴。嘗言宣和乙巳歲，同邑有村民頗知書，以耕桑爲業，年六十餘。一夕，驚魘而覺，戰栗不自持，謂其妻曰：「吾命止此矣。」妻驚詰其故。曰：「適夢行田間，見道上有七胡騎，內一白衣人，乘白馬，怒色謂我曰：『汝前身在唐爲蔡州卒，吴元濟叛，我以王民治壍，爲汝所殺，我銜恨久矣。今方得見，雖累世，猶當以命償我。』乃引弓射中明鈔本無「中」字。吾心，因顛仆而寤。吾必不免，明日當遠竄以避此患。」妻云：「夜夢何足信！汝妄思所致耳。」老父上二字葉本作「民」。益恐，未旦而起。其家甚貧，止令小孫擕被，欲往六十里外一親知明鈔本校改「故」。家避之。行草徑三十餘里，方出官道，又二明鈔本多一「十」字。里許，遇數人，與明鈔本無「與」字。同行。忽有騎馳至，連叱衆令住，行者皆止。老父上二字葉本作

「此民」。回視，正見七騎内一白衣人，騎白馬，宛如夢中所睹。因大駭，絶道亟走。騎厲聲呵止之，不聽。白衣大怒曰：「此灬嚴本字形不全。交加人。」上五字葉本作「此噤可惡人」。遂鞭馬逐之，至其前，引弓射，中心，應弦而斃。七人者，皆女真也。

鐵塔神

蔚州城内浮圖中有鐵塔神，素著靈驗，郡人事之甚謹。契丹將亡，州民或見其神奔走于城外，亟詣寺視之，神像流汗被體，雖頗驚異，然莫測其故。至夜，神見夢于寺主講師曰：「吾奉天符，令拘刷，葉本作「蔚」。城中合死人，連日奔馳，始克就緒。來日午時，女真兵至，破城，城中當死者一千三百有畸，而本寺僧四十餘，和尚亦在籍中。吾久處茲地，平日仰師戒德，輒爲以它名易之，詰旦從此而逝，庶萬一可脱。」講師既寤，以語寺衆，皆笑其妄，遂獨挈囊登寺後山顛避之。行約五里，忽憶所遺白金盂，復下至寺。適有修供者，衆競挽留之，曰：「和尚聰明如此，顧乃信夢，今檀越在此，正欲和尚升堂演法，無故捨去，則此寺不可爲矣。況邊上不聞有警，勉徇衆意，齋罷而行，亦何晚耶！」僧不得已，遂升堂。講畢，各就食，方半，有報：「女真自草地至，即圍城。」城素無備，不可守，頃刻而陷。僧蒼皇失措，不暇走，兵已大掠。城中人與寺僧死者如神告之數，講師亦不免。

觀音偈

張孝純有孫五歲不能行，或告之曰：「頃淮甸間一農夫，病腿足甚久，但日持觀世音名號不輟，遂感觀音示現，因留四句偈曰：『大智發於心，於心無所尋。成就一切義，無古亦無今。』農夫誦偈滿百日，故病頓愈。」於是孝純遂教其孫及乳母齋絜持誦，不兩月，孫步武如常兒。後患腿足者，誦之皆驗。又汀州白衣定光行化偈亦云：「大智發於心，於心何處尋。成就一切義，無古亦無今。」凡人來問者，輒書與之，皆於後書「贈以之中」四字，無有不如意，了不可曉。

劉廂使妻

金國興中府有劉廂使者，漢兒也。與妻年俱四十餘，男女二人，奴婢數輩。一日，盡散其奴婢從良，竭家貲建孤老院。緣事未就，其妻施左目，以鐵杓剜出，去面二三寸許，方舉刀斷其筋脈，若有物翕然收睛入，其目儼然。如是者三，流血被體，衆人力勸而止。明日，舉杓間，目已失所在，不克剜。又明日，復如故。精神陸本作「明」。異常，衆皆駭而憐之，争施金帛，院宇遂成。時金國皇統元年，卽紹興十年庚申也。

天台取經

紹興丁巳歲，僞齊濟州通判黄膡死三日復蘇，言：「有數人追之往一公庭，見服緋緑人坐云：『差汝押僧五百人至五臺。』吾辭以家貧多幼累，不可行。左右吏前曰：『可差李主簿代之。』兼它非晚此句疑誤。自有差使，復遣元追人送歸，故得活。」後兩日，本州山口縣報帥司差李主簿赴州點視錢糧，舍縣驛中，一夕落枕暴亡。滕心知其代己死，爲盡送終之禮。居一歲，忽沐浴易衣，告妻子曰：「今當別汝，緣官中差我往天台取經，我平生得力者，緣看了《華嚴經》一遍。」語訖，瞑目而逝。

冰龜

戊午夏五月，汴都太康縣一夕大雷雨，下冰龜，亘數十里。龜大小不等，首足卦文皆具。

阿保機射龍

阿保機嘗居西樓，夜宿氈帳中，晨起，見黑龍長十餘丈，蜿蜒其上。引弓射之，卽騰空夭矯而逝，墜于黃龍府之西。相去已千五百里，才長數尺。其骸今見置金國内庫，蕃相陳王悟室長子源嘗見之。尾鬣支體皆具，雙角已爲人截去，云與吾家所藏董羽畫《出水龍》絶相似，謂其背上鬣不作魚鬣也。

冷山龍

冷山去燕山幾三千里，去金國所都五百里，皆不毛之地。紹興乙卯歲，有二龍，不辨名色，身高丈餘，相去數步而死。冷氣腥焰襲人，不可近。一已無角，如被截去；一額有竅，大如當三錢，類斧鑿痕。陳王悟室欲遣人截其角，或以爲不祥，乃止。先君所居，亦曰冷山，又去此四百里。

熙州龍

戊午夏，熙州野外濼水有龍見三日。初於水面見蒼龍一條，良久卽没。次日，見金龍以爪托一嬰兒。兒雖爲龍所戲弄，略無懼色。三日，金龍如故。見一帝者，乘白馬，紅衫玉帶，如少年中官狀，馬前有六蟾蜍，凡三時方没。郡人競往觀之，相去甚近，而無風濤之害。熙州嘗以圖示劉齊，劉不悦。趙伯璘曾見之。

酒駝香龜

徽廟有飲酒玉駱駝，大四寸許，貯酒可容數升。香龜小如拳，類紫石而瑩，每焚香，以龜口承之，煙盡入其中。二器固以黄蠟，遇游幸必懷以往。去窒蠟，卽駝出酒，龜吐香。禁中舊無之，或傳林靈素所獻也。

僞齊咎證

僞齊受册之初，告天祝版，吏誤書年號爲靖康，又純用趙野家廟器，識者以爲不祥，卒爲金人所廢。又作紙交子，自一貫至百貫，右語云「過八年不在行用」，至其年被廢，其數已兆矣。

犬異

金國天會十四年四月中，京小雨，大雷震，羣犬數十争赴土河而死，所可救者才一二耳。

石氏女

京師民石氏開茶肆，令幼女行茶。嘗有丐者，病癩，垢汙藍縷，直詣肆索飲。女敬而與之，不取錢，如是月餘，每旦，擇佳茗以待。其父見之，怒不葉本無「不」字。逐去，笞女。女略不介意，供伺益謹。又數日，丐者復來，謂女曰：「汝能啜我殘茶否？」女頗嫌不潔，少覆于地，即聞異香，亟飲之，便覺神清體健。丐者曰：「我呂翁也。汝雖無緣盡食葉本作「飲」。吾茶，亦可隨汝所願，或富貴或壽葉本多一「考」字。皆可。」女小家女，葉本作「子」。〔按：陸本亦作「子」。〕不識貴，止求長壽，財物不乏。既去，具白父母，驚而尋之，已無見矣。女既笄，嫁一管營指揮使，後爲吳燕王孫女乳母，受邑號。所乳女嫁高遵約，封康國太夫人。石氏壽百二十歲。

王天常

元豐中，京師有富人王天常，高魯王家壻也。此下至卷末，宋本作三葉，嚴本於中縫均注「補」字。夕，夢二急足追至一處，令閉目露坐，無得竊窺人物。「吾檢會文字畢，當復來。」既行，天常回顧，見門闕甚偉，牓曰「三坤城」。庭下桎梏者頗衆，皆僧道尼，亦有獄吏衛守。復坐移時，急足至，令同行。趨入公府，主者朝服坐，衆吏侍立，問：「何處來？」答曰：「京師。」一吏稟曰：「誤矣。所追王天常，非京師人，當速令此人歸。」天常見他吏乃故友，死已十陸本作「年」。餘□陸本作「賫」。抱一大册，降堦相揖道舊曰：「公可亟去，此非世人所處之地。」問：「册中何事？」曰：「記世間生死者。」天常再三欲視己事，吏辭不獲，遂開一葉，但見嚴校：「見」字疑誤。「某年月日以一刀死」，急掩卷，令人送出。既寤，爲親戚言之，恐罹非命，積憂成勞疾而終。後人思之，一刀，蓋勞字也。右二事趙伯璘言。

黑風大王

汾陰后土祠，在汾水之南四十里，前臨洪河，連山爲廟，蓋漢唐以來故址，宮闕壯麗，紹興間陷虜。女真統軍黑風大王者，領兵數萬，將窺梁益，館于祠下。腥羶汙穢，盈積如阜，不加掃除。一夕，乘醉欲入寢閣，覩后真容，且有媟瀆之意。左右固諫，弗聽，率十餘奴僕徑往。未及擧目，火光勃鬱，雜煙霧而興，冷逼於人，立不能定。統軍懼，急趨出。殿門自閉，有數輩在後，足踁爲闑翦斷。統軍百拜禱謝，乞以翼旦移屯。至期，天宇清廓，杲日正中，片雲忽從祠上起，震電注雨，頃刻水深數尺，向之糞汙，蕩滌無纖埃。統軍齋潔致祭，捐錢五萬緡以贖過，士卒死者什二三。按：此條見支志甲卷第二。

韓郡王薦士

紹興中，韓郡王既解樞柄，逍遥家居，常頂一字巾，跨駿騾，周游湖山之間，纔以私童史四五人自隨。時李如晦晦叔自楚州幕官來改秩，而失一擧將，憂撓無計。當春日，同邸諸人相率往天竺，李辭以意緒無聊賴，皆曰：「正宜適野散悶可也。」強挽之行，各假僦鞍馬。過九里松，値暴雨，衆悉迸避。李奔至冷泉亭，衣袖沾濕，愁坐良三志作「長」。歎。遇韓王亦來，相顧揖，矜其憔悴可憐之狀，作秦音發問曰：「官人有何事縈心，而悒怏若此？」李雖不識韓，但見姿貌魁異，頗起敬，乃告以實。韓曰：「所欠文字，不是職司否？」答曰：「常員也。」「韓世忠却有得一紙，明日當相贈。」命小史詳問姓名、階位，仍詢居止處。李巽謝感泣。明日，一吏持舉牘授之曰：「郡王送來，仍助以錢三百千。」李遂陞京秩，修牋詣韓府，欲展門生之禮，不復見。按：此條見三志己卷第一。

夷堅甲志卷第二十四事

張夫人

張子能夫人鄭氏，美而豔。張爲太常博士，鄭以疾殂，臨終與張訣曰：「君必別娶，不復念我矣。」張泣曰：「何忍爲此！」鄭曰：「人言那可憑？盍指天爲誓。」曰：「吾苟負約，當化明鈔本無「化」字。爲閹，仍不得善終。」鄭曰：「我死，當有變相，可怖畏，宜置尸空室中，勿令一人守視，經日然後殮也。」言之至再三，少焉氣絶。張不忍從，猶遣一老嫗設榻其旁。至夜半，尸忽長歎，自揭面帛，蹶然而坐，俄起立。嫗懼，以被蒙頭，覺其尸行步蹀躞，密窺之，呀然一夜叉也。嫗既不可出，震栗喪膽，大聲叫號。家人穴壁觀之，盡呼直宿數卒，持杖環坐葉本作「立」。於户外。夜叉行百匝乃止，復至寢所，舉被自覆而卧。久之，家人乃敢發户入視，則依然故形矣。後三年，張爲大司成，鄧洵仁右丞欲嫁以女，張力辭。鄧公方有寵，取中旨令合昏。成禮之夕，賜真珠複明鈔本作「寢」。帳，其直五十萬緡。然自是多鬱鬱不樂。嘗晝寢，見鄭氏自窗而下，此下至《齊宜哥救母》條「少焉生」，宋本作二葉，嚴本於中縫均注「補」字。罵曰：「舊約如何，而忍負之？我幸有二女，縱無子，胡不買妾，必欲葉本多一「正」字。娶，何也？禍將作矣。」遽登榻，以手捬其陰。張覺痛，疾呼家人，至無所睹。自是若闇然，卒蹈奇變。

宗立本小兒

宗立本，登州黄縣人。世世爲行商，年長未有子。紹興戊寅盛夏，與妻販縑帛抵濰州，將往昌樂，遇夜，駕車於外，就宿一古廟，數僕擊柝持仗守衛。明旦，蓐食訖，登塗，值小兒可六七歲，遮拜于前，語言猥利可喜。問其誰家人，自那處來，對曰：「我昌邑縣公吏之子也。亡父姓名是王忠彦，與母氏俱化去。鞠養於它人，將帶到此，潛舍我而去，茲無所歸，必死於狼虎魑魅矣。」立本拊之曰：「肯從我乎？」又再拜感泣，遂收而育之，命名曰「神授」。兒性質警敏，每覽讀文書，一過輒憶。又能把巨筆作一丈闊字，篆顥嚴校：「隸」誤「顥」。草不學而成，見名賢古帖墨蹟，稍加摹臨，必曲盡其妙。立本蓋市井小民耳，遽棄舊業，而攜此兒行游，使習路歧賤態，藉以自給。後二年之春，至濟南章丘，逢一胡僧，神貌瓌傑，指兒謂立本曰：「爾在何處拾得來？」立本瞠曰：「吾妻實生之。」奚乃輕妄發問？」僧笑曰：「是吾五臺山五百小龍之一也，失之三歲矣，方尋訪見之，爾久留定掇大禍。吾已密施法禁，彼亦無所復肆其虐。」於是索水噴噀，立化爲小朱蛇，盤旋于地。僧執淨瓶，呼神授名，蛇卽躍入其中。僧頂笠不告而去。立本夫婦思念，久而不忘。淮東鈐轄王易之親睹厥異。按：此條見三志己卷第三。

齊宜哥救母

江陰齊三妻歐氏，産乳多艱，幾於死，乃得免。一子宜哥年六歲，警悟解事，不忍母困苦，咨於老人，問何術可脱此厄。老人云：「唯道家《九天生神章》釋教《佛頂心陀羅尼》爲上。」即求二經，從一史道者學持誦，三日，悉能暗憶。於是每以清旦各誦十過，焚香仰天，輸寫誠懇，凡越兩歲。紹熙元年，歐有孕，更無疾惱。至十月，將就蓐，宜哥焚誦之次，見神人十輩立侍于旁，異光照室，少焉生。以上宋本爲第三葉，與下葉「卧游到處總傷神」句不相接，陸本留一空葉。按：此條見三志己卷第四。

燕邸萊州洋川公家，裝褫古今畫爲十册，東坡過之，因爲書籤，仍題其後云：「高堂素壁，無舒卷之勞；明窗淨几，有坐卧之安。」又題王靄畫《如來出山相》云：「頭髟髾，耳卓朔，適從何處來？碧色眼有角，明星未出萬象閑，外道天魔猶奏樂。錯不錯，安得無上菩提成等正覺。」山谷詩云：「蕭寺吟雙竹，秋醪薦二螯。破塵歸騎速，横日鴈行高。」又「擁膝度殘臘，攀條驚淺春」。皆洋川公養浩堂故事，而集中不載。家君在北方，宗室子伯璘言如此。予家有大年畫小景二幅，山谷親書兩絶句其上曰：「水色烟光上下寒，忘機鷗鳥恣飛還。年來頻作江湖夢，對此身疑在故山。輕鷗白鷺定吾友，翠栢幽篁是可人。海角逢春知幾度，嚴校：與上葉不相接，又云《苕溪漁隱叢話》第四十卷引此條可補，此胡所見者，非修版也云云，因據補，但目録未列。卧游到處總傷神。」今集中亦無。

陳苗二守

陳珦，字中玉，鄭州人，文惠公諸孫也。政和中，爲蔡州守。始視事，謁裴晉公廟，讀《平淮西碑》，乃段文昌所製者，怪而問。邦人曰：「自韓文公碑刻石後，爲李愬卒所訴，以爲不述愬功而專美晉公，憲宗詔文昌別撰，事已久矣。」珣忿然不平，即日磨去舊碑，別誘能書者寫韓文刻之。苗仲先者，字子野，通州人，爲徐州守。徐舊有東坡黄樓碑，方崇寧黨禁時，當毀，徐人惜之，置諸泗淺水中。政和末，禁稍弛，乃鉤出，復立之舊處。打碑者紛然，敲杵之聲不絕。樓與郡治相連，仲先惡其煩聒，令拽之深淵，遂不可復出。二事相反如此。朱新仲說。

鼈報

承節郎懷景元，錢塘人。宣和初，於秀州多寶寺爲蔡攸置局應奉，性嗜鼈。一卒善庖，將烹時，先以刀斷頸瀝血，云味全而美。後患瘰癧，首大不可舉，行必引首。既久，蔓延不已，膚肉腐爛，首墜而死，宛若受刃之狀。景元自是不敢食鼈。

玉津三道士

大觀中，宿州士人錢君兄弟游上庠。方春月，待試，因休暇出游玉津園，遇道士三輩來揖談，眉宇修聳，語論清婉可聽，頃之，辭去曰：「某有少名醞，欲飲二公，日云莫矣。明日正午，復會于兹，尚可款，稍緩恐相失。」錢許諾。獨小道士笑曰：「公若愆期，可掘地覓我。」皆以爲戲，大笑而別。翌日，錢以他故滯留，至晚，方抵所會處，則肴核狼藉，不復見人，悵然久之。弟曰：「得非仙乎？」試假畚鍤斸地，纔尺許，得石函，啓之，乃三道士象，冠巾儼然，如昨所見者。外有方書，言鍛葉本多一「煉」字。水銀爲白金事。「事」字葉本作「之法」。弟曰：「兄取其書，弟願得道象，歸奉香火。」兄欣然許之。既試，弟中選。兄復歸宿，葉本無「宿」字。驗其方，無一不酬。不數年，買田數萬畝，明鈔本作「頃」，下多一「遂」字。爲富人。居一日坐廡下，外報三道士來謁。既見，一人起致詞曰：「昔年玉津之會，君憶之否？君得吾仙方，不以賑䘏貧乏，而貪冒無厭，禄過其分，天命折君算。今日即自改，尚延三歲，如其不然，旦暮死矣。吾以泄天機謫爲人，當來主之矣。」既去，錢君始大悔，即焚方毁竈，闔質户上二字明鈔本作「鼎爐」。不復啓。明日，小道士復至，未及坐，聞侍妾免乳，葉本作「身」。亟入視之，生一男。出陪客，無所見，問諸僕隸，皆莫知。錢不三年而殂。

陸氏負約

衢州人鄭某，幼曠達能文。娶會稽陸氏女，亦姿媚俊爽，伉儷綢繆。鄭嘗於枕席間語陸氏曰：「吾二人相歡至矣，如我不幸死，汝無復嫁，汝死，我亦如之。」對曰：「要當百年偕老，何不祥如是！」凡十年，生二男女，而鄭生疾病，對父母復申言之。陸氏但俛首悲泣，鄭竟死。未數月而媒妁來，陸氏與相周旋，舅姑責之，不聽。纔釋服，盡攜其資適蘇州曾工曹。成婚才七日，曾生奉漕檄考試它郡。行信宿，陸氏晚步廳屏間，有急足拜於庭，稱鄭官人有書。命婢取之，外題「示陸氏」三字，筆札宛然前夫手澤葉本作「跡」。也。急足已不見，啟緘讀之，其辭云：「十年結髮夫妻，一生祭祀之主。朝連暮以同歡，倖有聚葉本作「餘」，陸本同。而共聚。忽大幻以長往，慕何葉本作「他」。

人而輒葉本作「輕」。許。遺棄我之田疇，移資財而上三字葉本作「蓄積於」。别户。不恤我之有葉本作「二」。子，不念我之有父。義不足以爲人之婦，慈不足以爲人之母。吾已訴諸上蒼，行理對于幽府。」陸氏歎恨不意，葉本作「懌」。三日而亡。其書爲鄭從弟甸所得，嘗出示胡倫然。

張彦澤遁甲

紹興四年，李參政少愚回爲江西帥，遣總管楊惟忠討賊，以四月壬申日寅時出師鄱陽。胡倫然送之渡江，回謁道友陳生。有道士張彦澤者，洛陽人，頃事徐神翁，多居西山好道之家，偶來會語，問何人選日時。倫然曰：「穆茂才也。」彦澤曰：「何其繆邪！幸而非寅時則可，若然，賊雖自擒，主將將不利。以正午卜之，苟無大雨則善。」時天色清葉本作「晴」。霽，已有微暑，三人食已，散步僧舍。俄陰雲四合，雨下如注，溝壑皆盈。彦澤拊掌曰：「必寅時也，楊公其危哉！」時賊衆萬二千，官軍纔三之二，明鈔本作「一」。先鋒將傅選悉五軍旗幟行，以壯軍聲。賊諜知之曰：「先鋒尚如此，若全師而來，何可當也！」遂遣使迎降。次日，楊公所乘青驄馬忽斃，楊亦得疾，即反豫章，翌日而卒。

謝與權醫

楊惟忠病時，面發赤如火，羣醫不能療。子壻陳槱憂之，以問胡倫然。有蘄人謝與權，世爲儒醫，倫然引之視疾。既入，不診脈，曰：「證候已可見。」楊公夫人滕氏，令與衆議藥餌，朱、張二醫曰：「已下正陽丹、白澤圓，加鍾乳、附子矣。」謝曰：「此伏暑證也，宜用大黄、黄蘗等物。」因疏一方，議不合。時楊公年六十餘，新納妾嬖甚，夫人意其以是得疾，不用謝言。謝退，謂倚然曰：「公往聽諸人所議。」纔及門，衆極口詆謝曰：「此乃《千金》中一治暑方，用藥七品，渠只記其五，乃欲療貴人疾邪！」倚然以告謝，謝曰：「五藥本以治暑，慮其太過，故加二物制之。今楊公病深矣，當專聽五物之爲，不容復制。若果服前兩藥，明日午當躁渴，未時必死，吾來助諸公哭弔也。」倚然語陳樵，樵不敢泄。明日，楊卒，皆如謝言。四事皆胡倚然說。

趙表之子報

趙令衿，字表之。宣和五年，赴南康司録，過蘄州，遊五祖山，冒風雨獨履絶頂。至白蓮池亭，憩磐石上，若夢寐間，見一老僧倚杖而言曰：「公此去廬阜無苦，但至晉州當有哭子之戚，以昔守晉州，因事繫民母，遂失所生子，今報也。」言訖不見。表之審非夢所，又思慮未嘗及，而晉在河東，意他時當官于彼，歸爲家人説，嗟異之。自祖山至黄梅縣，翌日，以雨不葉本多一「克」字。行。幼子善郎忽感疾。縣令吴字至，偶言邑之因革，曰：「唐時嘗爲南晉州，鮮有知者。」表之驚歎，知僧言有證，疑其子必不久，乃許祝髮爲浮屠。越四日，竟死於白湖驛，去邑纔三十餘里。表之親記葉本作「言」。其事。

神告方

建昌人黄襲云：有鄉人爲賈，泊舟潯陽，月下髣髴見二人對語曰：「昨夕金山修供甚盛，吾往赴之，飲食皆血腥不可近。吾怒庖者不謹，漬其手鼎中，今已潰爛矣。」其一曰：「彼固有罪，責之亦太過。」曰：「吾比悔之，顧無所及。」其一曰：「何難之有！吾有藥可治，但擣生大黄，調以美醋，傅瘡上，非唯愈痛，亦且滅瘢。茲方甚良，第無由使聞之耳。」賈人適欲之金山，聞其語，意冥冥之中，假手以告。後詣寺詢之，乃是夜設水陸，庖人揮刀誤傷指，血落食中，恍惚之際，手若爲人所掣，入鑊內，痛楚徹骨，號呼欲死。賈人依神言療之，兩日而愈。

詩謎

元祐間，士大夫好事者取達官姓名爲詩謎，如「雪天晴色上四字《苕溪漁隱叢話》作「長空雪霽」。見虹蜺，千里江山上四字《叢話》作「行盡天涯」。遇帝畿，天子手中朝白玉，上三字《叢話》作「執玉簡」。秀才不肯著麻衣」。謂韓公絳、馮公京、王公珪、曾公布也。又取古人名而傅以今事，如「人人皆戴子瞻帽，君實新來轉一官。門狀送還王介甫，潞公身上不曾寒」。謂仲長統、司馬遷、謝安石、温彥博也。

武承規

武承規，字子正，長安人。政和七年，監台州寧海縣縣渚鎮酒税，好延道流，日食于門者常數輩。家君時爲主簿，戒之曰：「君官卑俸薄，而冗食若此，何以給邪？」曰：「吾無美酒大肉與之，但隨緣而已。遇有酒則醉，有海魚則一飽，他無所費。其無能者，旬日自去，安知吾不遇至人哉！」他日，復勸之，不聽。一日，氣貌洋洋，若有得色，曰：「公笑有接道人，此句疑誤。近有授我內交法者，每日子午時，運虎龍氣，相摩移時，美暢不減房室之樂，而無所損。雖未可度世，亦安樂奇術也。」家君曰：「公妻甚少，又未有子，奈何？」曰：「亦得一術做此者授之，渠亦自得其樂。舍弟多男，兄弟之子猶子也，夫人有後足矣。」家君欲聞其略，曰：「公方効官，又有父母妻子，與承規異，六十歲以後，儻再相遇，是時方可。」旬日復來，曰：「承規欲往閩中訪先生，且夕遣妻孥歸侍下，纔有可配卽嫁之。」其父掞時爲越州將領。家君曰：「既託身於公，何忍如此？已絕欲事，異室而居可也，何必遣？」曰：「畢竟爲累，無此人則吾身輕，要行則行矣。」曰：「胡不一歸與親別？」曰：「骨肉之情，見面必留，卒未可脫。」及再見，曰：「妻已行矣。承規替期已及，官課皆不虧，而代者未至，願爲白州郡，遣牙校交界。」如其言，郡吏方至，其室虛矣。

崔祖武

崔祖武，河東威勝軍人。政和癸巳，與家君同處太學通類齋，自言少好色，無日不狎遊。年二十六歲，成瘵疾將死。有牛道人來，曰：「苟能絕慾，吾救汝。」父母曰：「是兒將死，儻能生之，有何不可！」遂授以藥，及教以練氣術，令與妻異處，其病良已。三年方同房，而欲心不復萌。在學時年三十五六，肌幹豐碩，儀狀秀偉，亦與人和。率之游狹邪，不固拒，但不作色想耳。飲食不肯醉飽，曰：「大醉大飽，最爲傷氣，須六十日修持，始復初。」後歸鄉里，不知其所終。

夷堅甲志卷第三十事。按：實祇九事。

萬歲丹

徽州婺源縣懷金鄉民程彬，邀險牟利，儲藥害人。多殺蛇埋地中，覆之以苫，以水沃灌，久則蒸出菌蕈，采而曝乾，復入它藥。始生者，以食，人卽死。恐爲累，不敢用，多取其次者。先以飼蛙，視其躍多寡以爲度，美其名爲「萬歲丹」。愚民有欲死其仇者，以數千金密市之。嘗有客至，欲置毒，誤中婦翁。翁歸而悟，已不可救。彬有弟曰正道，雅以爲非，不敢諫，至徙家避諸數十里外。彬既老始悔，不復作，稍用僞物代之。藥既不驗，遂無售者。既死，貧甚，唯一子，丐食道亡，其後遂絕。嘗有里胥督租，以語侵彬，彬怒，毒而飲之。胥行未幾，腦痛嘔血，亟反卧其門，大呼乞命。彬汲水飲之卽愈，蓋有物以解其毒也。縣人董猷說。

李辛償寃

宣和末，饒州庾人李辛，爲吏凶横，郡人仄目。因大雪入府治，一人遇諸塗，辛被酒恃力，奮拳擊死之。觀者如堵，恐累己，絕不言。辛捨去，街卒以爲暴亡，呼其家人葬之。辛益自肆，所居在城外，夜多踰垣歸。經三歲，忽遇死者曰：「吾尋汝久，乃在此邪！」辛歸，語其妻，甚懼，明日死。

辛家養數鹿，每以竹擊柱，則應聲而至。户曹白生以七月勒令市鹿，不可得。爲之呼所養者，纔擊竹，一最大鹿至，乃殺之。取肉以應命，召所知洪端共食其餘，經日辛死。咸以爲中毒，不知爲寃鬼所殺也。洪端說。

陳氏前夫按：目録作「陳氏負前夫」。

陳德應稾侍郎之女，爲會稽石氏婦，生一男而石生病。將終，執妻手與訣曰：「我與若相歡，非尋常夫婦比，汝善視吾子，必不嫁上三字葉本作「當勿嫁」。以報我。」陳氏遲疑未應。石怒曰：「好事新夫，無思故主。」遂卒。陳氏哭泣悲哀，思慕瘠甚。葉本作「悴」。未幾，其父帥廣東，挈以俱往，憐其盛年，爲擇壻，得莆田吴璲。陳氏辭不免，遂受幣。既嫁歲餘，忽見其前夫至，罵曰：「汝待我若是，豈可以事它人？先取我子，次及汝。」至暮而子夭，踰旬陳氏病亡。陳爟世明說，陳與吴璲善。

李尚仁

王承可鈇，紹興辛酉歲提舉浙東茶鹽，公廨在會稽子城東，蓋古龍興寺。承可第三子洧，嘗夢一丈夫，衣紫袍，來言曰：「我朽骨埋桃樹下，幽魂無所歸，君幸哀我，使得徙葬。」洧覺，白其父。視舍旁有巨桃一本，因下穿求骨，弗獲。明年八月晦，又夢有通謁者曰：「朝請大夫李尚仁。」既進，乃向所夢者，頻首慘蹙，以舊懇申言，袖詩一紙以贈洧曰：「桃林隱伏厭清芬，去歲幽魂得見君。八十壽齡人未有，一堂風采世無聞。濟時革弊忠爲主，救物哀亡德作恩。白骨可憐埋近地，願公舉手報無垠。」洧覺，急燭火筆于簡。會承可將代還，以李君精爽不可負，亟集吏卒盡西廡之桃下，大索數日，無所見。承可躬督畚鍤，復穿尺許，乃得之。有小象梳二，已朽，烏巾財餘方寸，骨旁存大釘四，乃遷葬于禹廟後三喬松下，具酒食祭之。吴興莫壽朋儔、洛陽朱希真敦儒皆記其事，意以夢中詩爲吉祥。後十四年，洧以事謫廣東，而廣東自有寓客曰「李尚仁」云。

段宰妾

段宰者，居婺州浦江縣僧舍。其妻嘗覯于門，有婦人行丐，年甚壯。詢其姓氏始末。自云無夫，亦無姻戚。段妻云：「既如是，胡不爲人妾而乞食？肯從我乎？」曰：「非不欲也，但人以其貧賤，不肯納耳。若得供執爨之役，實爲天幸。」遂呼入，令沐浴，與更衣，遣庖者教以飲膳，旬日而能。繼以樂府訓之，不踰月皆盡善。調習既久，容色殊可觀。段名之曰「鶯鶯」，以爲側室。凡五六年，唯恐其去。一夕，已夜分，段氏皆就寢，有自門外呼閽者曰：「我鶯鶯夫也。」僕曰：「鶯鶯不聞有夫，縱如爾言，俟天明來未晚，何必中夜爲？」其人頗怒曰：「若不啓門，我當從隙中入。」僕大怒，卽叩堂門，以其事語段。鶯鶯聞之，若有喜色，曰：「他來也。」亟走出。段疑其竄，自篝火追至廳廡，但聞有聲極響，燈卽滅。妻遣婢出視，段已死，七竅皆血流。外户扃鐍如故，竟不知何怪。浦江人何叔達説，予得之程資忠。

寶道人

桂鎮，字彦栗，信州貴溪人。所居至龍虎山纔三十里，道流日過門，桂氏必與錢。鎮素病疝，每作皆瀕死。醫者教以從方士受服氣訣，故尤屬意。紹興庚申六月二十有三日晚，浴畢散步小徑，有老道人來，年八九十矣，鬢鬚皤然，曲僂豐下。鎮揖與語曰：「請至弊廬，取湯茗之資。」曰：「日已暮，不可至君家，君苟有意，能延我旬日否？」鎮不應，遂行。復回首呼鎮使前，入林間，坐古松根上。自云姓竇氏，聲音如山東人，劇談良久，語頗侵鎮。鎮見其老，雖貌敬而心不平。細視其目，清聳入鬢，着青幅巾，暑行不汗，未忍遽去。復詢以氣術，道人曰：「吾行氣二百年，治病差易耳。」爲誦所習書千餘言，天文地理、兵法道要錯綜其間，略不可曉。鎮曰：「先生幸教我，此非我所能，盍言其粗者。」道人曰：「汝似可教。吾有一編書，藏衡山中，今往取之。又三十三年，當以授汝。」鎮曰：「得非般運導引訣邪？」曰：「未也。姑以方書濟衆，稍儲陰功。」鎮曰：「萬一及期，尋先生何所？」曰：「非汝所知，吾當來訪汝。」遂邀鎮欲偕逝，鎮以親年高及孥累爲解。道人不懌，間忽不見。鎮且駭且懼，急歸，不敢語人。後數日，一道者及門問曰：「八十三承事何在？」原注：鎮之父。家人辭以出。呼者怒曰：「吾非有所求，先生使來授公書耳。胡爲不出？」擲卷於堦而去。取視之，乃《吕洞賓傳》也，鎮始悔之。至壬戌年擢第，調鄱陽尉。歸至嚴衢間，疾大作，不可□，原本字形不全，陸本作「有」。輿行數里必下，投逆旅中，傍外户而卧。有商人過，倚擔問曰：「官人有疾邪？」曰：「然。」曰：「始發時行坐立卧皆不可，某處最痛，祈死不能。證候若是否？」

曰：「然。爾何以知之？」客曰：「某豫章人也，少亦病此，今日負百斤而不害，蓋有藥以療之耳。」遂解囊，如有所索，得一裹如細剉桑葉者，教以酒三升浸服之。縝素不飲，未敢服，以千金謝客而行。及家，疾益甚，遍服它藥，皆弗驗。姑如客言，以藥投酒中，甫酌一杯，其甘若飴蜜，隨渴隨飲，至曉而酒盡，病瘳什八，信宿脱然，後不復作。細思商人乃昔所遇竇君也。

祝大伯

桂縝祖安時，自少慕道。年二十有四，即委妻子，挈金帛之名山，十載而歸。遇方士過門，必延入，日飯堂上者數十輩，家貲枵然，盡室尤之，而安時執意愈篤。野僕祝大伯，服薪水之勞，愚鈍而謹勑，一日自外至，舉措異常，曰：「適遇道人，與我藥服之，能不食矣。」驗之信然。詰其方，無有也。或盛夏暴烈日中，冬覆冰上，皆不寒暑，而隸役如故。桂氏之人皆敬事之，呼爲祝仙人。欲延以客禮，辭曰：「吾合在人間爲僕使，歲滿自當去。」如是三年，告安時曰：「白花巖有人見招，願主翁同往。」乃俱行。未至巖下，絲竹之聲泠泠盈耳，綵雲郁然，蔽覆山谷。安時歎異未已，祝君遽聲喏辭，遂不見。安時自是不意，以至捐館，時大觀二年也。白花巖去桂氏所居十里。

鄭氏得子

李處仁者，亦貴溪人。妻鄭氏嘗夢至高山下，有緑衣小兒戲于顛，急抱取得之，遂寤。已而有娠，生男，命之曰「嵩老」。稍長，極儁敏。父命習進士業，即名嵩，字夢符。年十八歲，紹興十五年，一舉擢第。後五年爲建州建陽尉。盜入其邑，重親皆死焉，鄭夢亦非吉也。三事桂縝說。

邵南神術

邵南者，嚴州人，頗涉書記，好讀《天文》、《五行志》。邃於遁甲，占筮如神。然使酒尚氣，好面折人，人皆謂之狂。宣和四年，遊臨安，胡尚書少汲直孺以祕閣修撰爲兩浙轉運使，聞其名，召使筮之。曰：「六十日內仍舊職作大漕，替姓陳人。」時郭太尉仲荀爲路鈐轄，欲倣三路式與部使者序官，蔡尚書文饒嶷帥杭，常抑之，須日日揖階下，乃得坐。不勝忿，奏乞致仕，亦召南決之。南曰：「候胡修撰除發運更四十日，太尉亦得郡北方，銜內帶安撫字，但非帥耳。」郭曰：「某已丐休致矣，豈有是事！」才五十七日，發運使陳亨伯被召，少汲代焉。郭具飯延南，復扣之。對曰：「兆與前卦同，無閑退象，前言必不妄。」既勑下，郭守本官致仕，復問南，南對如初。郭怒，取勑牒示之，南意不自得，曰：「若爾，則某亦不能曉。」會譚稹與郭善，薦之，未旬日，以舊官起知代州兼沿邊安撫司公事。翁中丞端朝彥國守金陵，過杭訪少汲，南適在坐，少汲因言其奇中事。翁問錢塘如何，南大書卓上曰：「火。」翁曰：「近已爇矣。」曰：「禍未息也，不出三日當驗。中丞須見之，它日却來鎮此。」翁不敢泄，時十二月五日也。明日，蔡帥生朝，大張樂置酒。會京畿戍卒代歸，當得犒絹，蔡榜于市，不許買，官以賤直取之，皆大怒。至夜，數處舉火，欲蔡出救而殺之。蔡已醉，知事勢洶洶，踰垣入巡檢寨，家人皆趨中和堂避之，於是州治皆煨燼。端朝未行，見蔡曰：

「兩日前見邵先生言此事，未敢信，果然。」蔡素不喜卜筮，試呼詢之，對曰：「十五日內，當移官別京。」蔡曰：「得非分司乎？何遽也！」居二日，適爲言者論擊，罷爲提舉南京鴻慶宮。未幾，又落龍圖閣直學士，如期拜命而徙。端朝鎮杭，提舉常平許子大之姪調官上部，久不歸，姪婦白子大，令詣南卜。南批曰：「令姪已出京，遇親舅邀往西洛差遣，見託兩火人受得官之州，當從水邊，必濱州也。非縣官曹官而又兼獄，必士曹掾也。」子大曰：「邵生言多中，然此亦太誕。」月餘，姪書來曰：「已出水門，逢舅氏力邀往洛差遣，只託書鋪家耳。」已驚其驗。俄得報，果擬濱州士曹掾，兼左推院，乃其叔炎所受也。南與衢人鄭旬爲酒侶，旬好博，然勝敗不過數千。南曰：「子小勝，無所濟。可辦進十萬，召博徒能相敵者，吾爲子擇一日與之戰。」旬曰：「吾囊中空空，豈能辦？」曰：「我當以物假子。」及期，聚博於靈隱山前冷泉亭上。南入僧寮偃卧，忽出門呼旬曰：「子有可止，已溢數矣。」急視之，正百千餘八百也。南昔至通州，郎官范之才以言巢湖有鼎非是被責，來問休咎，南曰：「更十年當於婺女相見。」范曰：「量移邪？」曰：「作郡守也。」後范罷技拭，果得婺。聞南在杭，使召之，時相去九年矣。南不肯往，復書曰：「昔年雖有約，然吾自筮，□陸本作「二」。人出陸本作「入」。城而不出，若往必死。」范連遣使齎酒醴，請意益勤。既度歲，遂行。過嚴州，嚴守周格非問：「吾此去官何地？」曰：「旦夕爲假龍，再任仍與范婺州同命。」曰：「復陸本作「後」。當如何？」曰：「更一官而死。」周大怒，速湯遣去。至婺，范喜甚，南曰：「公當與周嚴州皆爲假龍。」一日，又至曰：「某昨通夕不寐，細推之，公來日當拜命，然某適當死，使已時至，猶及旅賀公，遷延可至午，緩則無及矣。」范曰：「先生何遽至此？」來日復謁范，屏人語曰：「告命且至，偶使人未到城二十里，爲石踠足，願選一健步者往取之。」范曰：「某備位郡守，無故爲此舉，豈不爲邦人所笑！兼邸報尚未聞，不應如是之速。」曰：「某忍死相待，何惜此！」范即命一卒曰：「去城二十里外，遇持文字者，急攜來。」遂解帶款語，令具食。移時，所遣卒流汗而至，拜庭下，大呼曰：「賀龍圖。」取而觀之，乃除直龍圖閣告也。時王黼爲相，促告命付婺州回兵，仍令兼程而進，故外不及知。少頃，南促饌，遂食。食已，范入謝親，「親」字疑誤。南趨至客次，使下簾，戒曰：「諸人敢至此者，當白龍圖撻治。」范家人喜抃，争捧觴爲壽。良久方出，急召南，已坐逝矣。南在杭，與家君善，嘗欲以其書傳授，家君不領。南無子，既死，其學遂絶云。

夷堅甲志卷第四 十六事

鄭鄰再生

紹興十四年三月四日，江東憲司騶卒鄭鄰久疾，夢二使追之，曰「大王召」。行數十里，樓觀巍然。使引之登階，入朱門，庭下列男女僧道、鷄犬牛羊，殿前挂大鏡，照人心腑，歷歷可見。頃之，王出，二使擁鄰聲喏，稱追到鄭鄰。王問：「甚處人，何事到此？」鄰俯首答曰：「本貫信州，被追來，不知何故。」王命將到頭事祖來，以筆點一字，顧吏曰：「又卻是此明鈔本無「此」字。鄰字，莫誤否？」判官攜簿前白云：「合追處州松陽鄭林。」王曰：「若爾，則不干此人事，教回。」復命檢勾生死簿，稱鄰壽尚有一紀半，遂呼鄰前曰：「看汝是一善人，在生曾誦明鈔本作「看」。經否？」鄰曰：「默念《高王經》，看本念《觀世音經》。」王曰：「汝視此間囚不作善事。」鄰舉首觀殿下鐵柱，繫者甚衆，五木被體，羸瘠裸立，絶無人狀。柱上立粉牌誌其罪，某人呪咀，某人殺生，某人鬬殺。獄户施金釘，圖大海獸張口銜之。兩廡皆鞫獄官，内有戴牛耳幞頭者，周覽而旋。王曰：「汝已見了，還生時依舊積善。若見戮人，只念阿彌陀觀世音佛名，令渠受生，汝得消災介福。」鄰曰：「領聖旨。」遂退。行數步，回首已無所睹，唯一叟白衣拄杖。鄰問去饒州路，叟以杖指云：「由此而左，得路宜亟行，稍緩有豺虎蟲虺之毒。」鄰憂撓奔迴，遂寤，遍體流汗。乃初六夜矣。

吴小員外

趙應之，南京宗室也。偕弟茂之在京師，與富人吴家小員外日日縱游。春時至金明池上，行小徑，得酒肆，花竹扶疏，器用羅陳，極蕭灑可愛，寂無人聲。當壚女年甚艾。三人駐留買酒，應之指女謂吴生曰：「呼此侑觴如何？」吴大喜，以言挑之，欣然而應，遂就坐。方舉杯，女望父母自外歸，亟起。三人興明鈔本作「酒」。既闌，皆捨去。時春已盡，不復再游，但思慕之心，形於夢寐。明年，相率尋舊游，至其處，則門户蕭然，當壚人已不見。復少憩索酒，詢其家曰：「去年過此，見一女子，今何在？」翁媪顰蹙曰：「正吾女也。去歲舉家上冢，是女獨留。吾未歸時，有輕薄三少年從之飲，吾薄責以未嫁而爲此態，何以適人，遂悒快不數日而死。今屋之側有小丘，卽其冢也。」三人不敢復問，促飲畢，言旋，沿道傷惋。日已暮，將及門，遇婦人冪首摇摇而前，呼曰：「我卽去歲池上相見人也。員外得非往吾家訪我乎？我父母欲君絶望，詐言我死，設虚冢相紿。我亦一春尋君，幸而相值。今徙居城中委巷，一樓極寬潔，可同往否？」三人喜，下馬偕行。既至，則共飲。吴生留宿，往來逾三月，顔色益憔悴。其父責二趙曰：「汝向誘吾子何往？今病如是，萬一不起，當訴于有司。」兄弟相顧悚汗，心亦疑之。聞皇甫法師善治鬼，走謁之，邀同視吴生。皇甫纔望見，大驚曰：「鬼氣甚盛，祟深矣。宜急避諸西方三百里外，儻滿百二十日，必爲所死，不可治矣。」三人卽命駕往西洛。每當食處，女必在房內，夜則據榻。到洛未幾，適滿十二旬，會訣葉本作「談」。酒樓，且愁且懼。會皇甫跨驢過其下，拜揖祈哀。皇甫爲結壇行法，以劍授吴曰：「子當死，今歸，試緊閉户，黄昏時有擊者，無問何人，卽刃之。幸而中鬼，庶幾可活；不幸誤殺人，卽償命。均爲一死，猶有脱理耳。」葉本作「吴」。如其言。及昏，果有擊户者，投之以劍，應手仆地。命燭視之，乃女也。流血滂沱，爲街卒所録，并二趙、皇甫師，皆縶囹圄。鞫不成，府遣吏審池上之家，父母告云已死。發冢驗視，但衣服如蜕，無復形體。遂得脱。江續之説。

鼠災按：目録「災」作「報」

紹興丙寅夏秋間，嶺南州縣多不雨。廣之清遠，韶之翁源，英之貞陽，三邑苦鼠害，雖魚鳥蛇，皆化爲鼠，數十成羣，禾稼爲之一空。貞陽報恩寺耕夫獲一鼠，臆猶蛇紋。漁父有夜設網，旦得數百鱗者，取而視之，悉成鼠矣。踰數月始息，以是米價翔貴。次年秋始平。僧希賜説。

李乙再生

李乙，字申叔，京師人，元名象先。政和中，通判池州，爲梅山寺主僧可久言，前二年因病亟，夢人此下宋本闕一葉。

二十六日也。余因説。

蔣保亡母

鄉人馬叔静之僕蔣保，嘗夜歸，逢一白衣人，偕行至水濱，邀同浴。保已解衣，將入水，忽聞有呼其姓名者，聲甚遠。稍近聽之，乃亡母也。大聲疾言曰：「同行者非好人，切不可與浴。」已而母至，即負保急涉水至岸。值一民居，乃擲於竹間。居人聞外有響，出視之，獨見保在，其母及白衣皆去矣。叔静弟登説。

俞一公

俞一公，字彦輔，徽州婺源人。使氣陵轢鄉里，小民畏法不敢與之競者，必以術吞其貲，年益老，不改悔。紹興壬戌歲，大病，時作馬嘶。一日，家人皆不在側，彦輔忽起闔户，外人聞咆擲聲，亟入視，則彦輔手足皆成馬蹄，身首未及化，腰脊已軟，數起數仆，不能言。其家畏惡聲彰露，舁入棺而瘞之。

方客遇盗

方客者，婺源人。爲鹽商，至蕪湖遇盗。先縛其僕，以刃剚腹投江中。次至方，方拜泣乞命。盗曰：「既殺君僕，不可相捨。」方曰：「願一言而死。」問其故，曰：「某自幼好焚香，今篋中猶有水沉數兩，容發篋取之，焚謝天地神祇，就死未晚。」許之。移時，香盡。盗曰：「以爾可愍，奉免一刀。」只縛手足，縋以大石，投諸水。時方出行已數月，其家訝不聞耗。一日，忽歸。妻責之曰：「爾既歸，何不先遣信？」曰：「汝勿恐。我某日至蕪湖，爲賊所殺，尸見在某處。賊乃某人，今在某處，可急以告官。」妻失聲號泣，遂不見。具以事訴于太平州，如其言擒盜。二事皆縣人李鏞說。

水府判官

齊琚，字仲玉，饒州德興人。温厚好學，家苦貧，教生徒以自給。紹興丁卯，就館于同邑董時敏家。約已定，過期不至，董遣書促之。纔及門，聞哭聲，則琚死兩日矣。琚所善汪堯臣言：「琚以去年季冬得疾，夢人持文書至，曰：『某王請秀才爲水府判官。』發書視之，中云：『不得顧父母，不得戀妻子。』琚與約正月十三日當去。既覺，語家人曰：『我明年正月十三日死。』自是謝醫卻藥，食飲盡廢，時時自言曰：『彼中大有好處，那能久住此！』家人初竊憂之，至期雖無它，然自此遂困殆，不復語。又八日，乃不起。」堯臣說。

陳五鰍報

秀州人好以鰍爲乾，謂於水族中性最暖，雖孕婦病者皆可食。陳五者，所貨最佳，人競往市，其徒多端伺其術，不肯言。後得疾，躑躅牀上，纔著席，即呼謈，掖之使起，痛愈甚。旬日死，遍體潰爛，其妻方言：夫存時，每得鰍，置器內，如常法用灰鹽外，復多拾陶器屑滿其中，鰍爲鹽所螫，不勝痛，宛轉奔突。皮爲屑所傷，鹽味徐徐入之，故特美。今其疾宛然如鰍死時云。

侯元功詞

侯中書元功蒙，密州人。自少游場屋，年三十有一，始得鄉貢。人以其年長貌侻，《苕溪漁隱叢話》作「寢」。不加敬。有輕薄子畫其形於紙鳶上，引線放之。蒙見而大笑，作《臨江仙》詞題其上曰：「未遇行藏誰肯信，如今方表名蹤。無端良匠畫形容，當風輕借力，一舉入高空。纔得吹噓身漸穩，只疑遠赴蟾宮。雨餘時候夕陽紅，幾人平地上，看我碧霄中。」蒙一舉登第，年五十餘，遂爲執政。

驛舍怪

侯元功自密州與三鄉人偕赴元豐八年省試，止道旁驛舍室中。四隅各有榻，四人行路甚疲，分憩其上，皆熟寢。二僕附火坐，聞西北角悉窣有聲，燈忽暗。一物毛而四足，如豬狀，直登榻嗅士人之面至足，其人驚魘。頃之，方定。物既下，別登一榻，如前，其人亦驚呼。最後至元功卧榻，未暇嗅，如有逐之者，蒼黃而下，急竄去，復由西北角而滅。元功亦覺，呼三人者起食，皆言夢中有怪獸壓吾體，不知何物也。僕始道所見，元功心獨喜自負。既入京，元功擢第，而三人者遭黜，俱客死京師云。高思道說。

孫巨源官職

孫洙，字巨源，年十四，隨父錫官京東。嘗至登州謁東海葉本多一「神」字。廟，密禱于神，欲知它日科第及爵位所至。夜夢有告之者曰：「汝當一舉成名，位在雜學士上。」既覺，頗喜。然年尚幼，未識雜學士何等官，問諸人，人曰：「吉夢也。子必且爲龍圖閣學士。」後擢第入朝，歷清近，眷注隆異，數以夢語人。元豐二年，拜翰林學士，賓客皆賀。孫愀然曰：「曩固相告矣，翰苑班冠雜學士，吾其止是乎？今日之命，宜弔不宜慶也。」纔閱月，省故人城外，於坐上得疾。神宗連遣太醫診視，幸其愈，且以爲執政，後果愈。上喜，使謂曰：「何日可入朝？即大用矣。」省吏聞之，絡繹展謁，冠蓋填門不絕。孫私語家人：葉本多一「曰」字。「我指日至二府，神言何欺我哉！」臨當朝，顧左右曰：「我病久，恐不堪跪起，爲我設茵褥，且肄習之。」方再拜，疾復作，不能興，遽扶視葉本作「掖」。之，已絕矣。孫公在時，嘗一日鎖院，宣召者至其家，則已出。數十輩蹤跡之，得於李端愿太尉家。時李新納妾，能琵琶。孫飲不肯去，而迫於宣命，不敢留。遂入院，草三制罷，復作長短句，寄恨恨之意。葉本作「寄恨意」。遲明，遣示李，其詞曰：「樓頭尚有三通鼓，何須抵死催人去。上馬苦悤悤，琵琶曲未終。回頭凝望處，那更廉纖雨。漫道玉爲堂，玉堂今夜長。」或以爲孫將亡時所作，非也。李益謙相之說。相之，孫公曾外孫也。

胡克己夢

胡克己，字叔平，温州人。紹興庚申應鄉舉，語其妻曰：「吾夢棘闈晨啓，它人未暇進，獨先入坐堂上，今兹必首選。」妻曰：「不然。君不憶《論語》乎？先進者，第十一也。」暨揭榜，果如妻言。

項宋英

項宋英，温州人。宣和中，浪游婺女，鄉人蕭德起振爲儀曹，館之書室，與語至夜，留酒一壺曰：「我且歸，不妨獨酌。」項方弛擔疲甚，即就枕。俄有婦人至，與之言，酌巨觥以勸。意其蕭公侍兒，不敢狎，不得已少飲，婦人强之使盡。項疑且恐，乃大呼。蕭公之弟擴聞之，亟至，扣户問所以，婦人始去。擴入見衾席間皆爲酒沾漬，驗之，則向所留酒也。明日問諸人，乃某官昔年嘗殯亡女于此。項即徙室，自是不復遇。紹興八年試南京，館于臨安逆旅。一夕，在室中終夜如與人對語，同邸者詢之，項曰：「婺女所見之人，今復來矣。」然亦亡它，又十年方卒。

江心寺震

紹興丙寅歲，温州小民數十，詣江心寺赴誦佛會。或自外入，言江水極清，非復常色，競出門觀之。衆僧方坐禪，顧廊廡間有烟燄，懼不敢起。頃之，黑霧内合，對面不能辨，雷電震耀，兩刻而止。觀者五人死泥中，餘皆不覺。有行者方在廚滌器，一神身絶長大可畏，引其手以出。將及門，復有一神至，曰：「莫錯，莫錯。」即捨之。復入廚，引一人出，亦隕于外。凡死者六人。三事皆林熙載宏昭説。

夷堅甲志卷第五二十事。按：實祇十九事。

宗回長老

僧宗回者，累建法席，最後住南劍之西巖，道行素高。寺多種茶，回令人芟除繁枝，欲異時益茂盛，實無它心。有僧不得志於寺，詣劍浦縣訴云：「回慮經界法行，茶稅或增故爾。」縣知其妄，撻逐之。僧復告于郡，郡守亦素聞回名，不然其言，復撻之。僧不勝忿，詣漕臺言所訴皆實，而爲郡縣抑屈如此，乞移考它郡。漕使下其事于建州，州遣吏逮回。吏至，促其行，回曰：「幸寬我一夕，必厚報。」吏許爲留。回謂其徒曰：「是僧已再受杖，吾若往自直，則彼復得罪，豈忍爲此！吾不自言，則罪及吾，吾亦不能甘，不如去此。」僧徒意其欲遁，或有束裝擬俱去者。明旦，回命擊鼓升座，慰謝大衆畢，即唱偈曰：「使命來追不暫停，不如長往事分明。從來一個無生曲，且喜今朝調得成。」瞑目而化。時紹興十九年。

義鶻

紹興十六年，林熙載自温州赴福州侯官葉本多一「主」字。簿，道過平陽智覺寺，見殿一角無鴟吻，問諸僧。僧曰：「昔日雙鸛巢其上，近爲雷所震，有蛇蛻甚大，怪之未敢葺。」僧因言：「寺素多鸛，殿之前大松上三鸛共一巢，數年前，巨蛇登木食其雛，鸛不能禦，皆捨去。俄頃，引同類盤旋空中，悲鳴徘徊，至暮始散。明日復集。次一健鶻自天末徑至，直入其巢，蛇猶未去，鶻以爪擊之，其聲革革然。少選飛起，已復下，如是數反。蛇裂爲三四，鶻亦不食而去。」林誦老杜《義鶻行》示之，始驗詩史之言，信而有證。二事熙載說。
又台州黃巖縣定光觀嶽殿前有塔，鸛巢于上。一蛇甚大而短，食其子，其母鳴號辛酸，瞥入海際。少時，引二鶻至，徑趨塔表，銜蛇去。陳爟說。

陳國佐

陳公輔國佐，台州人。父正，爲郡大吏，歸老，居于城中慧日巷。時國佐在上庠，有僧謁正，指對門普濟院曰：「俟此寺爲池，貢元當上第。」正曰：「一刹壯麗如此，使其不幸爲火焚則可，何由爲池？君知吾兒終無成，以是相戲耳。」僧曰：「不過一年，吾言必驗。」普濟地卑下，每春雨及梅潦所至，水流不可行，寺中積苦之。偶得曠土于郡倉後，即徙焉，而故基卒爲池，與僧言合。政和癸巳，國佐遂魁辟雍，釋褐第一，後至禮部侍郎。

巾山菌

台州資聖寺僧覺升，築菴巾山上。嘗早出户，有大蟒横道，命僕舁去之。是日，偶行松徑中，見數菌鮮澤可愛，即摘以歸。烹飪猶未熟，蛇以百數，遶釜蟠踞。升大懼，急入室，坐榻上。方欲就枕，則滿榻皆蛇，不可復避，而同室僧皆無所睹，升卽死。

許叔微

許叔微，字知可，眞州人。家素貧，夢人告之曰：「汝欲登科，須積陰德。」許度力不足，惟從事於醫乃可，遂留意方書。久之，所活不可勝計。復夢前人來，持一詩贈之，其詞曰：「藥有陰功，陳樓間處。堂上呼盧，唱六作五。」既覺，姑記之於牘。紹興壬子，第六人登科，用升甲恩如（葉本作「數」）。第五，得職官，其上陳祖言，其下樓材也，夢已先定矣。呼盧者，臚傳之義云。

陳良器

陳良器，好施食。紹興十一年，子爟爲婺州武義尉，迎之官，嘗同至郡，忘攜食盤。行次，夜夢舊友夏、吕二人者來曰：「連日門下奉候不見，不知乃在此。」覺而言之，方審其故，亟就邸中施焉。

右四事皆陳爟說。

人生髓

予宗人，性喜獵，遇其興發，雖盛寒暑不廢。末年得疾，背生三物，隱隱皮肉間。數日，頭足皆具，儼然三鼈也。已而能動。或以魚誘之，則其頭闖然，如欲食狀。稍久，左右齧食，痛不可忍，凡月餘而死。死五日，其靈憑子岳之婦語曰：「我坐好獵，生受苦報，今日猶未已。冥間方遣使追我獵具爲證，及其未至，可取罔罟之屬急焚之，無重吾罪。」岳如其言，遂去。時紹興七年也。

黄平國

黄衡，字平國，建州浦城人。紹興十年，自祕書省正字出通判邵武軍，未赴任而卒。卒之三年，里人有爲商而死於宣城者，其家未知，魂歸附語家人曰：「我某月某日以疾終於宣州，從行某僕實殯我，殮時倉卒，遂遺一履。既入幽府，遇黄省元原注：卽衡也。憐我跣足行，以鞋一緉與我，仍令一介引我歸，是以至此。」家人曰：「黄公今何在？」曰：「見判陰間一司，極雄緊。」家人方持泣，遽捨去。其子卽日往宣州取喪，欲火之，啓棺驗視，果跣一足。以下宋本闕一行。

閩丞廳柱

紹興己巳二月二十五日，福州大雷雨。閩丞薛允功未明起，聞霹靂聲甚近。及旦，廳事一柱已斧爲三，附棟椽泥皆墜，碎土如爪跡，印于書几及狼藉西廡間。時將迓新丞，胡床雨蓋之屬皆倚柱側，意必震動，乃徙在壁下，略無所損。先是，薛之子嘗見一青蛇入柱下，戲掣其尾，不可出。既震，皆疑其物蓋龍云。薛丞説。

皮場大王

席旦，字晉仲，河南人。事徽廟爲御史中丞，後兩鎮蜀，政和六年，終于長安。其子大光益終喪後，調官京師。時皮場廟頗著靈響，都人日夜捐施金帛。大光嘗入廟，識其父殮時一履，大驚愴。既歸，夢父曰：「我死卽爲神，權勢甚重，不減在生作帥時。知汝苦窘用，明日以五百千與汝。」大光悸而寤，聞扣户聲甚急，出視之。數卒挽一車，上立小黄幟云：「皮場大王寄席相公錢三百貫。」置于地而去。時正暗，未辨色，猶疑之。既明，乃真銅錢也。大光由此自負，以爲必大拜。紹興初參知政事，後以大學士制置四川，蜀人皆稱爲席相公。已而丁其母福國太夫人憂，未除服而薨。嚴康□子□説。〔陸本作「嚴康以子祁説」。〕

蔣通判女

錢符，字合夫，紹興十三年爲台州簽判，往寧海縣決獄。七月二十六日，憩于妙相寺，方凭桉戲書，有掣其筆者，回顧無所見。是夜睡醒，覺床前彷彿似有物，呼從卒起張燈，作誓念詰問，遂不見。次夜復至，立於故處。符問之：「若果是鬼，可擊屏風。」言未既，自上至下，凡擊數十聲。符大懼，命燃兩炬于前，便有大飛蛾撲燈滅。物踞坐踢床上，背面不語。審視，蓋一婦人，戴圓冠，著淡碧衫，繫明黄裙，狀絶短小，久之不動。符默誦天蓬呪數遍，遽掀幕而出。宿直者迭相驚呼，問其故。曰：「有婦人自内出，行甚亟，踐諸人面以過。」説其衣服，乃向所見者。符謂已去，且夜艾，不暇徙，復就枕。夢前人徑登床，枕其左肩，體冷如冰石，自言：「我是蔣通判女，以産終于此。」强符與合。符力拒之，遂寤。次日，詢諸寺中寓居郭元章者，言其詳，與符所見無異。設榻處正死所也。符説。

葉若谷

承信郎葉若谷，洪州人。爲鑄錢司催綱官，廨舍在虔州。葉不挈家，獨處泉司簽廳。紹興甲子歲正月十六日，未哺時，有女子款扉而入，意態□陸本作「閑」。麗，前與葉語。初意其因觀燈誤至，未敢酬，恍惚間不覺就睡。女亦至，則並寢。以言挑之，陽爲羞避之狀。已而遂合，凝然一處子耳。良久，歡甚。一老嫗自外至，手持錢篋，據胡床箕踞而坐，傍若無人，徑趨床揭帳，以兩手拊席曰：「你兩個好也。」葉疑女家人，懼甚。女搖手掩葉口，令勿語，嫗遂退。女迨夜分方去。自是連日或隔日一至，至必少留，葉猶以爲旁舍女子，往來幾兩月，漸覺羸悴，繼得疾惙甚，徙居就醫，乃絶不至。方初見時，著粉青衫，水紅袴襦。既久未嘗易衣，然常如新，亦其異也。若谷說。

劉氏寃報

高君贄，福州人。登進士第，爲檀氏嬭壻，嚴校：此二字疑誤。生一子。既長，納同郡劉氏女爲婦，生二男一女，而子死。君贄仕至朝散郎，亦亡。長孫不慧，次孫幼，唯檀氏與劉共處。劉年尚壯，失婦道，與一僧宣淫于家。姑見而責之，劉恚且懼。會姑病，不侍藥，幸其死。置蠱以毒姑之二婢，未及絶，强殮而焚之。後數月，劉得疾，日日呼所殺婢名曰：「我頭極痛，勿撏我髮。」又曰：「箠我已多，幸少寬我。」其家問之，曰：「阿姑與二婢守笞我。」旬日而死。其子以祖致仕恩得官，亦不立。今家道蕭然。君贄從子介卿說。

江陰民

林勛明甫言，紹興六年，寓居江陰時，淮上桑葉價翔湧。有村民居江之洲中，去泰州如皋縣絶近，育蠶數十箔，與妻子謀曰：「吾比歲事蠶，費至多，計所得不足取償，且坐耗日力，不若盡去之，載見葉貨之如皋，役不過三日，而享厚利，且無害。」妻子以爲然。乃以湯沃蠶，蠶盡死，瘞諸桑下。悉取葉，棹舟以北。行半道，有鯉躍入，民取之，刳腹，實以鹽。俄達岸，津吏登舟視稅物，發其葉，見有死者。民就視之，乃厥子也，驚且哭。吏以爲殺人，拘係之。鞫同舟者，皆莫知。問其所以來，民具道本末。縣遣吏至江陰物色之，至其家，門已閉，壞壁以入，寂無一人。試啟蠶瘞驗之，又其妻也，體已腐敗矣。益證爲殺妻子而逃。無以自明，吏亦不敢斷，竟斃於獄。此事與《三水小牘》載《王公直事》相類。

蛇報犬

世傳犬能禁蛇，每見，必周旋鳴躍，類巫覡禹步者。人誤逐之，則反爲蛇所齧。林明甫家犬夜吠，燭火視之，見一蛇屈蟠，犬繞而吠，凡十數匝，蛇死，其體元無所傷，蓋有術以禁之也。林宏昭言：温州平陽縣道源山資福寺，有犬名花子，善制蛇。蛇無巨細，遇之必死，前後所殺以百數。一日，大蟒見于香積厨，見者奔避。僧急呼花子，令噬之。未及有所施，蛇遽前迎齧其頷，犬鳴號宛轉，須臾，死于階下。蛇亦不見。豈非其鬼所爲乎？物類報復蓋如此。

蔣寧祖

蔣寧祖者，待制瑎之子，年四十，官至朝請郎。當遷大夫，不肯就。父母强之，不得已自列。既受命，即丐致仕，自是不御朝衣，常著練布道服，請于。此下宋本闕一葉又五行。

趙善文

撫州金溪縣有神廟，甚靈顯，祈請者施金帛無虚日，積錢至二千緡。宗室善文過廟下，心資其利，明鈔本作「心利其資」。焚香禱曰："「損有餘補不足，人神一也。善文至貧，願神以二十萬見假，不然，將白于官，悉籍所有而焚廟。神雖怒，若葉本作「奈」。我何！」既禱，即呼廟祝取錢。祝無辭以御，但曰："「神許則可。」善文取杯珓擲之，連得吉卜，再拜謝，運鏹以出。如是十年，夢神來謂曰："「曩日所貸，今可葉本作「應」。償矣。」夢中窘甚，約以緡葉本作「紙」。錢還之。神不可，曰："「此特虚名耳。」又欲葉本作「許」。倍其數，亦不可。善文計窮，以情告曰："「一時失計爲之，今實葉本作「貧」。無可償，願神哀釋。」神葉本多「無所奈」三字。沉思良久，曰："「必無錢見歸，但誦《金剛經》，每卷可折一十，他無以爲也。」既覺而懼，遽齋戒取經諷讀。凡三日，得二百過，默禱以謝之，後不復夢。陳賓伯明説。

林縣尉

紹興初，莆田人林迪功爲江西尉。秩滿，用捕盜賞改京官，未得調。時臨安多火，士大夫寓邸中者，每出必挾敕告之屬自隨。林性尤謹畏，納告袖中，時時視之。初未嘗失墜，然每歸輒不見，則懸賞三十千求之。不經日，必有得而歸之者，如是數四。林亦不能測，獨宿室中，外間常聞人共語者，怪之，不敢問。一夕，辯論喧甚，久之寂然。明旦，門不啟，店媪集同邸者發壁以入，已仆于榻上，旁有剪刀股存，蓋用此以自刺也。林初獲賊時，兩人頗疑似，林欲就其賞，鍛鍊死之，是以獲此報。

夷堅甲志卷第六〔十三事。〕此下至《李似之》條目止，宋本作兩葉，嚴本於中縫均注「補」字。

史丞相夢賜器

史丞相登科時，年恰四十矣。未策名之時，清貧特甚。嘗當歲除之夕，隨力享先，既罷，就寢，夢若在都城，二中貴人乘馬來，宣唤甚急，遂隨入大殿下。王者正坐，左右金紫侍立，容衞華盛。未幾，中貴引趨謁，稽首拜舞，類人間朝儀。殿庭兩傍，各設一案，金銀器皿，羅陳其上，晶熒奪目。未幾，殿上人傳呼，奉聖旨賜史某金器若干、銀器若干，凡四百七十件。史倥偬駭異，莫之敢承。兩青衣掖之使拜，乃跪謝而出。中貴復導之還，過巨川高橋，方陟數板，失足墜水，悸而寤。正旦日，以語其夫人。夫人笑曰：「昨夜大年節，民俗所重，我家尚無杯酒臠肉，虛度歲華，安得有金銀如是之富？真是姦鬼相戲侮耳！」史亦爲之解顔。已而擢紹興乙丑第。踰一紀，始充太學官。至己卯歲，自祕書郎除司封郎，爲建王直講。財三歲，際遇飛龍在天之恩，遂躋位輔相，窮富極貴三十餘年。計前後錫賚，正與夢中四百七十之數同。一時所蒙，夐絶倫輩，决非偶然，神明其知之矣。

俞一郎放生

俞一郎者，荆南人。雖爲市井小民，而專好放生及裝塑神佛像。紹熙三年五月，被病危困，爲二鬼卒拽出，行荒野間。遂至一河，見來者甚衆，皆涉水以度，獨得從橋到彼岸。别有鬼使，引飛禽走獸萬計，盡來迎接。稍抵前路，又遇千餘僧。及一門樓，使者導入，望殿上十人列坐，著王者之服。問爲何所，曰：「地府十王也。」判官兩人持文簿侍側。俄押往殿下，檢生前所爲，王者問：「有何善業，可以放還？」判官云：「此人夭年，尚餘一紀，并有贖放物命已受生人身者三千餘，合增壽二紀。」王遂判：「俞一本壽只六十三歲，今來既增二紀，日下三志己此條重見作「目下」。差童子押回。」俄兩青衣童引行青草路，至一缺牆，推其背使過，不覺復活。左手掌内有朱字數行，不可認，蓋批判語也。按：此條見三志己卷第四。

李似之

李子約撰生六子，長彌性，次彌倫、彌大，皆預鄉貢未第。子約議更其名，以須申禮部乃得易，先改第四子彌遠曰正路。正路年十六，入太學，夢人告曰：「李秀才，君已及第。」出片紙，闊二寸許，上有「彌遜」二字以示之。李曰：「我舊名彌遠，今爲正路，是非我。」其人曰：「此真郎君也，何疑之有？」辯論久之，方寤，頗喜。憚其父嚴毅，未敢白。以告母柳夫人，夫人爲言之，遂令名彌遜，而以似之爲字。後數年，兄似矩尚書主曹州寃句簿，子約罷兗簽就養。似之試上舍畢，亦歸侍旁。報牓者一人先至曰：「已魁多士。」索其牓，無有。但探懷出片紙，上書「李彌遜」三字，方疑未信，似之云：「五年前所夢豈非今日事乎？紙上廣狹，字之大小，無不同，但夢中不著姓耳。必可信！」已而果然。時大觀戊子也。亦蘇粹中說。

胡子文

蘇州常熟縣福山東嶽行宮，廟貌甚嚴。士人胡子文乘醉入廟，望善惡二判官相對，戲掣其惡者筆。同行者以爲不可，乃還之。歸至舟次，俄一使來曰：「被判官命收君。」此句葉本作「判官拘君」。子文已醒，憶醉時事，甚懼，沿道默誦《金剛經》。既至廟，兩人相向明鈔本作「對」。坐，西向者怒甚，叱曰：「汝爲士人，當識去就，上二句葉本作「當自重，何侮神」。何得侮我！」對曰：「爲狂藥所迷，了不自覺，願丐微命以歸。」此句葉本作「乞赦罪」。不應。子文但密誦經，至第三分，二人皆起。又二章，則舉手加額。東向者解之曰：「此子一時酒失，原其情似可恕。」怒者曰：「正以同官太寬，使人敢爾。」子文扣頭曰：「某能誦《金剛經》，若蒙賜之更生，當日誦七卷以報。」怒者曰：「若爾，亦宜小懲。」以所執筆點其背曰：「去。」覺遍身如冰，遂寤。所點處生一疽，痛不可忍，百日方愈。自是日持經七遍，雖劇冗不敢輟。葉平甫說。

宗演去猴妖

福州永福縣能仁寺護山林《榕陰新檢》作「寺」。神，乃生縛獼猴，以泥裹塑，謂之猴王。歲月滋久，遂爲居民妖祟。寺當福泉南劍興化四郡界，村俗怖聞其名。遭之者初作大寒熱，漸病狂不食，緣籬升木，自投於地，往往致死，小兒被害尤甚。於是祠者益衆，祭血未嘗一日乾也。祭之不痊，則召巫覡，乘夜至寺前，鳴鑼吹角，目曰取攝。寺衆聞之，亦撞鐘擊鼓與相應，言助神戰，邪習日甚，莫之或改。長老宗演聞而歎曰：「汝可謂至苦。其殺汝者，既受報，而汝橫淫及平人，積業轉深，何時可脱！」爲誦梵語大悲呪資度之。是夜獨坐，見婦人人身猴足，血污左腋，下旁一小猴，腰間鐵索縶兩手，抱稚女再拜于前曰：「弟子猴王也，久抱沉寃之痛，今賴法力，得解脱生天，故來致謝。」復乞解小猴索，演從之，且説偈曰：「猴王久受幽沉苦，法力冥資得上天。須信自心元是佛，靈光洞耀没中邊。」聽偈已，又拜而隱。明日，啓其堂，施鎖三重，蓋頃年曾爲巫者射中左腋，以是常深閉。猴負小女如所睹，乃碎之。并部從三十餘軀，亦皆烏鳶梟鴟之類所爲也。投之溪流，其怪遂絶。

福州兩院燈

福州左右司理院，每歲上元，必空獄設醮。因大張燈，以華靡相角，爲一郡最盛處，舊皆取辦僧寺。紹興庚午，侍郎張公淵道作守，命毋擾僧徒。獄吏計無所出，恥不及曩歲，相率强爲之。前一夕，左司理陳爟，夢朱衣吏著平上幘揖庭下曰：「設醮錢已符右院闞取。」明旦，有負萬錢持書至，取而視，乃閩清令以助右院者。方送還次，羣吏曰：「今夕醮事，正苦乏使，留之何害！」陳亦悟昨夢，乃自答令書而取其金。醮筵之外，其費無餘。是雖出於一時之誤，然冥冥之中，蓋先定矣。爟說。

絳縣老人

周公才，字子美，温州人。政和初爲絳州絳縣尉，沿檄晉州，過姑射山，進謁真人祠。方下山，一人草衣丫髻，坐道左，睨周曰：「尊官大好，然須過六十方快。」周時年三十餘，又與絳守同姓，守爲經營薦書數章，自意後任當改秩。聞其言，頗怒，而言不已，益忿忿，取劍欲擊之。忽騰上樹杪，復躍下，入木根穴中。周舉劍擊樹，其人呼曰：「我乃青羊也，與公誠言，何相苦如此！」周捨去，會日將暮，即止山下邸中。有道人先在，以一鶴及僕鐵鬼自隨，揖周曰：「天氣差寒，能飲一杯乎？」酒至冷，不可飲。道人畫桉作「火」字，置杯其上，俄頃即熱。飲畢，含餘瀝噀壁間，復噀周面曰：「爲君祓除不祥。君今日必見異物。」具以前事告。曰：「是矣，是矣，然亦不足怪。君知之乎？此正昔所遇呂洞賓老樹精輩也。」又取鯉鮓共食。時落日斜照盤上，鮓皆作五色。笑曰：「略見張華手段。」迨夜，各就寢。拂旦行，道人已起，曰：「欲與君款語，而行李甚遽，奈何！」是日入邑境，薄晚，不值驛舍，就民家假室。鐵鬼忽至曰：「先生以昨日不成款，今當相就，令我先攜酒果來。」周曰：「先生安在？」曰：「至矣。」周出迎，遥望道人跨鶴，去地數尺而行。既至，民帥妻子以下羅拜，道人亦慰接之曰：「爾家皆無恙否？」民跪白曰：「縣尉至，方患無伴，而先生偶來。某家有麥麪，適又得驢肉，欲作不托爲供，何如？」道人頷之。民揖坐東向，而周爲客，食罷，步至牆下共飲，周連引滿，頗醉，不覺坐睡。及醒，但鐵鬼在傍，曰：「先生不能待，已去矣。」獻一桃甚大，曰：「先生令君食此，當終身無病。後八十年相會於羅浮山。」周遜謝，且贈錢二百。大笑曰：「我何所用！」長揖而別，指顧間已不見。民曰：「是古絳縣老人也，今爲地仙，時一遊人間，識之者皆過百歲。某自少獲見之，今亦八十矣。」周始悔恨，果連蹇二十餘年甫得京秩，後監進奏院。紹興十六年，以正旦朝謁，感疾，召鄉人林亮功飯，具言平生所履，乃及此事。又三日而亡，壽止六十八。所謂羅浮再會之語不可曉云。林君說。

黃子方

黃琮，字子方，莆田人。宣和初爲福州閩清令。平日多蔬食，但日市肉四兩供母。爲人方嚴，不畏强禦。時方興道藏，葉本作「教」。郡守黃冕仲尚書裳使十二縣持疏歛之民，琮獨不應命。既聞他縣皆數百萬，乃自詣郡，以己俸四月輸之。冕仲雖不平，然以直在彼，莫敢詰。內臣爲廉訪使者，數干以私，皆拒不答，常切齒思報。會奏事京師，每見朝士，必以溢惡之言詆琮。嘗入侍，徽廟問：「汝在閩時知屬縣有賢令否？」其人出不意，錯愕失對，唯憶琮一人姓名，極口稱贊之。即日有旨，改京官通判漳州。使者既出，始大愧悔，乃知吉人之報，轉禍爲福如此。劉圖南說。

張謙中篆

張有，字謙中，吴興道士也。以篆名天下。爲人退静好古，非古文所有字，輒闕不書。宣和中，年已七十餘，中書侍郎林彦振攄喪其母魏國夫人，歸葬於湖。將刻埋銘，請篆額，書魏字爲魏下山。彦振以爲不類今字，命去之，不從。彦振雖不樂，然度能書者無出其右，則召所親委曲鐫説之，且許厚謝。張不可，曰："世俗魏字，我法所無。林公不肯用，宜以見還，決不易也。"彦振知不可强，遂止。自是人益賢之。余伯舅沈祖仁爲歸安丞，與張善，憚其人，不敢求字。一日，被酒，亟造門索絹一端，作大字數十，尤高古可愛，至今寶藏之。有所著《復古編》行於世。

鳳池山

福州閩縣東十五里鳳池山，其上有池，冬夏不涸。俗傳唐末有樵者，嘗見五色雀羣浴于彼，以故得名。其南鼓山，山之半有涌泉寺，鳳池隸焉。熙寧中，元章簡公絳出守，訪之。鼓山寺僧憚其數至爲擾，嫁其名於北山報慈院。主僧頗黠，逢元公之意，刻木作鳳，立之小沼上，以喙吐水。公至，大喜，爲賦詩。數年間參大政，鳳池之事，遂成先兆。後温左丞益出守，亦喜爲此游，且和元公詩。未幾，亦至兩地，然實非真鳳池山也，而休證如此，豈偶然邪！

古田倡按：目録作《倡能詩》。

陳筑，字夢和，莆田人。崇寧初登第，爲福州古田尉，惑邑倡周氏。周能詩，贈筑絶句曰："夢和殘月到樓西，月過樓西夢已迷。唤起一聲腸斷處，落花枝上鷓鴣啼。"首句蓋寓筑字也。又《春晴》

詩曰：「瞥然飛過誰家燕，驀地香來甚處花。深院日長無個事，一瓶春水自煎茶。」後與筑作合歡紅綬帶，自經於南山極樂院，從者知之，共排闥救解，二人皆活。已而事敗，筑失官去。周至紹興初猶在，既老且醜，門户遂冷落云。

猾吏爲姦

福州老胥夏鏵葉本作「鐸」，下同。者，自治平時爲吏。政和中，以年勞得官，首尾四紀。嘗言閱郡將多矣，無不爲其黨所欺，不能欺者，惟得二人焉，其一程公闢師孟，其一羅儔老畸。羅葉本作「程」。公初精明，人莫敢犯，後亦有罅可入云。羅好學，每讀書必研究意義，苟有得，則怡然長嘯。或未會意，則搔首踟躕。吏伺《榕陰新檢》作「乘」。其長嘯，即抱牘以入，雖包藏機械，略不葉本多一「加」字。問。或遇其搔首，雖小姦欺，無不發摘。以故得而欺之。鏵曰：「彼好讀書，尚見欺於吾曹，況於他哉！」右三事皆郡士鄭東卿説。

周史卿

周史卿，建州浦城人。元祐初，如京師赴省試，中途遇道者云云，即歸與妻子入由果山鍊丹，聲價籍籍。士大夫經山下，無不往見。呂吉甫自建安移宣州，苦足疾，不能行，來謁周。周請呂伸足直前爲布氣，令人以扇扇之。少頃，足底火熱，炎上徹心，良久，痛遂已。凡在山二十年，丹垂成。一夕，風雷大作，霹靂甚震，曉視藥爐，丹已失矣。周不意，遂出神求之，謂妻曰：「我當略往七日，且復回，未死也。切勿焚我。」妻如其言。周平生與一僧善，僧亦在他山結廬，聞周死來弔，力勸其妻曰：「學道之人，視形骸如糞土。既去矣，安足惜！」妻信僧言，泣而焚之。明日而周回，則已無形體可生矣。空中咄咄責其妻而去。異日，僧復來，妻以前事告之。僧曰：「吾適方聞訃故來，前日未嘗至。」乃悟魔所化也。其家後置周影像於僧舍，日輪一行者奉香火，必於地得四錢。又留醋一罋，至今不敗，往往爲人取去，然未嘗竭。縣人劉翔云：「由果山甚淺隘，氣象索然，非神仙所居也。」翔説。

夷堅甲志卷第七廿三事。按：實祇二十事。

蔣員外

明州定海縣人大葉本無「大」字。蔣員外者，輕財重義，聞子姪不肖鬻田産者，必隨其價買之。既久，度其無以自給，復舉以還，不取錢。已而又賣，既買又還，至有數四者。嘗泛海欲趨郡，往柁樓便旋，爲回風所擊，遂溺水。舟人挽其衣救之，不可制。葉本作「得」。舟行如飛，方號呼次，遥見一人冉冉立水上，隨風赴舟所，視之，乃蔣也。急取之，問所以。曰：「方溺時，覺有一物如蓬藉吾足，適順風吹蓬相送，故得至。」人以爲積善報云。李郁光祖説。

李少愚

李少愚回參政，建康人，所居在秦淮畔。年二歲，因家人拜掃登舟，乳母懷抱間，失手墜水中。水急不可尋，舉舟號慟。至明日，有漁舟聞哭聲，問知其故，即舟中取一兒還之，乃少愚也。曰：「夜來遥望灘上，數人附火，就視之，但見一嬰兒卧地上，四面火環繞。意謂魍魎竊取，故抱得之。」林亮功説。

法道變餓鬼

紹興六年三月廿一日，平江虎丘山有常州明鈔本多一「主」字。僧法道，因病入延壽堂，忽變形作餓鬼，頭目極大，頸窄咽青，口吐猛火。人以食與之，則呼曰：「鐵丸也，不可食。」如是七日。長洲葉本作「老」。令爲請道法師救之，謂曰：「汝生前想有隱惡，急自言，佛法容人悔謝。我爲汝誦呪解釋。」病僧久之方自言曰：「向時在廬山慧日寺作典座，盜常住菜，明鈔本作「米」。日換酒一升。後作江州能仁副院，將寬剩米沽酒，有是二罪。」法師曰：「汝既知過，吾救汝。」即抉其口，灌呪水。僧昏然遂睡，天明方醒。已索湯粥，漸進食，數日愈。宣僧日智說，時在虎丘寺見之。

張佛兒

紹興二十年十月，宣僧日智至台州黄巖縣西鄉，寓宿山寺。次日，寺僧留齋，有村民張、陳二老，來請主僧施戒。張曰：「某女孫佛兒，年十五，昨夕暴死。至五更將殮，其祖母不忍，抱之以泣。女欻然開目呼曰：『我通身是水，手足皆痛。』問其故，曰：『夜有二使來，追縛我，押過叉嶺，原注：與西鄉相去十餘里。辭不能行，遭鐵椎擊背兩下，極痛。嶺下有池，池中有橋，遂令我橋上立，別見人以黑被裹兩人入門内，此二使亦欲以花被裹我，曰：「汝欠他家錢千五百，今當償之。」我力懇曰：「容我歸從祖母請錢。」不許。旁緑衣人言曰：「此人曾聽說般若，可恕也。」二使不得已，擲我水中而去。池水甚淺，我踰岸得出，遂急歸。』某驚異其事，即往叉嶺驗之，果見陳氏者門有池，訪其主翁問曰：『翁家昨日生何物？』曰：『犬生三子，二黑一斑。斑者爲犬母銜置池中，已死，獨二黑者在。』某具以孫女言告，仍以千五百金「金」當作「錢」。償之。陳老曰：『元無錢在公女處。』不肯受。某自度不償此債，小葉本作「子」。孫他日亦不免，遂率陳老來此。」主僧乃爲施戒，而以其金䞋日智。問其聽般若之因，乃曾同母往縣中洪福寺，聽景祥師開堂説法。

張屠父

平江城中草橋屠者張小二，紹興八年，往十五里外黄埭柳家買狗。狗見張屠有喜色，直前抱之。張提其耳以度輕重，用錢三千得之。狗不待束縛，徑隨張歸。至齊門外，懼其逸，方以索縶之。狗忽人言曰：「我乃爾父，又不欠爾債，不可殺我。」張醉且困，不省其言，遂以歸。令妻具飯，狗又告其妻曰：「新婦來，我乃阿翁也。七八年不見爾夫妻面，今幸得歸。只欠柳家錢三千，已償了，切不可殺我。爾夫壽甚短，只一二年，宜急改業，後世不可爲人矣。我覺飢甚，可持飯來。」妻急以其夫飯分半與之，夫不知也。夫食畢復索，則已無，甚怒。妻曰：「分一半與阿翁食矣。」具以狗言白。夫始大懼，留飼養，不敢殺。三日後，出至蔣氏家鬻人，爲所殺。張屠遂改業，爲賣油家作僕云。

陳承信母

常州無錫縣村民陳承信，本以販豕爲業，後極富。其母平生尤好豢豕，紹興四年死。死之七日，其家正作佛事，聞棺中有聲，意爲再生，甚喜，遽取斧開棺，則已化一老牝豬矣。急復掩之。

明日，請常州太平寺□□葉本作「標搆」，嚴校：空處是「標搆」二字，不可解，況「搆」是思陵諱，此書不宜犯也。○是「講」字之譌，講主者，講師也，標是其名，猶云某禪師耳。主施戒，遂葬。時天色晴爽，喪車才出門，滂沱大雨，送者不可行，皆回。及墓坎，穴中水已滿，乃以石壓葬之。

龍翔行者此下宋本闕二十四行。

蔡真人詞〔本條原缺，從再補移此。〕

陳東，靖康間嘗飲於京師酒樓，有倡打坐而歌者，東不顧。乃去倚欄獨立，歌《望江南》詞，音調清越，東不覺傾聽。視其衣服皆故弊，時以手揭衣爬搔，肌膚綽約如雪。乃復呼使前，再歌之。其詞曰：「闌干曲，紅颺繡簾旌。花嫩不禁纖手捻，被風吹去意還驚，眉黛蹙山青。鏗鐵板，閑引步虛聲。塵世無人知此曲，却騎黃鶴上瑶京，風冷月華清。」東問何人製，曰：「上清蔡真人詞也。」歌罷，得數錢下樓。亟遣僕追之，已失矣。出《夷堅志》。見《詩話總龜・後集》卷之四十。

劉粲民官本條據葉本補。

劉粲民，字光世，衢州人，丞相德初猶子。少時夢人告云：「君仕宦遇中則止。」凡十餘歲，又夢如是者三四。及年五十餘，官至朝議大夫，積年勞不敢求遷秩，常以語人。其妻數趣之曰：「中散大夫，世俗所謂十段錦，不隔郊祀任子，利害甚重，夢何足憑，勿信也。」劉不得已，竟自列。命將下，謂其所親葉黯晦叔曰：「中散將至矣，萬一如夢，奈何！」受命不兩月，詣祖塋拜掃，得疾，一日而卒，壽止五十九。

羅鞏陰譴

羅鞏者，南劍沙縣人。大觀中，在太學。學有祠，甚靈顯，鞏每以前程事，朝夕默禱。一夕，神見夢曰：「子已得罪陰間，亟宜還鄉，前程不須問也。」鞏平生操守鮮有過，願葉本「鮮有過」作「自謂鮮過」，「願」作「乞」。告以獲罪之由。神曰：「子無他過，惟父母久不葬之故葉本無「之故」二字。耳。」鞏曰：「家有弟兄，明鈔本作「兄弟」。罪獨歸鞏，何也？」神曰：「以子習禮義爲儒者，故任其咎。諸子碌碌，不足責也。」鞏既悟悔，葉本作「鞏寤追悔」。乃急明鈔本無「急」字。束裝遽歸。鄉人同舍者問之，以夢告，行明鈔本作「人」。未及家而卒。曹□（陸本作「績」）説，鞏乃曹祖姑壻也。

不葬父落第

陳杲，字亨明，福州人。貢至京師，往二相公廟祈夢。夜夢神曰：「子父死不葬，科名未可期也。」杲葉本作「寤」。猶疑未信。明年，果黜於禮闈，遂遣書告其家，亟庀襄事。後再試登第。寧德人李舒長説。

禍福不可避

李似之侍郎云：「艱難以來，士大夫禍福皆有定數。」建炎丁未，傅國華尚書墨卿爲舒州守，聞武昌寇作，自武昌纔隔蘄黄，卽至舒，懼其侵軼，又嘗再使高麗，槖中裝甚厚，惜之，乃令其弟挈家避諸江寧。既至，泊江下，舟人曰：「外多草竊，不若入閘便。」時宇文仲達鎭江寧，與傅公善，家人卽遣葉本作「卽遣家人」。白宇文假鑰啓閘，舟得入。自意安全無虞。是夜，卒周德爲變，劫其舟，一家盡死，惟存一老婢，而舒城帖然。吴昉顧彦成爲兩浙漕，杭卒陳通積怒於有官君子，將爲亂。會顧君出巡吴興，通强抑衆不發，須其歸。凡一月而顧至，杭之官□葉本作「吏」。〔按：陸本亦作「吏」。〕及漕臺人皆出迎，是夜變□，葉本作「起」，陸本作「作」。官吏盡死，而顧君乃與其家泊城外僧寺作佛事未入，聞亂，復走湖州，遂免。傅公有心於避禍而全家不免，杭卒一月待顧君而顧竟脱，皆非人所能爲也。

島上婦人

泉州僧本偁説，其表兄爲海賈，欲往三佛齊。法當南行三日而東，否則值焦上，船必靡碎。此人行時，偶葉本作「遇」。風迅，船駛既二日半，意其當轉而東，卽回柁，然已無及，遂落焦上，一舟盡溺。此人獨得一木，浮水三日，漂至一島畔。度其必死，捨木登岸。行數十步，得小逕，路甚光潔，若常有人行者。久之，有婦人至，舉體無片縷，言語啁哳明鈔本作「啾」。不可曉。見外人甚喜，攜手歸石室中，至夜與共寢。天明，舉大石窒其外，婦人獨出。至日晡時歸，必齎異果至，其味珍甚，皆世所無者。留稍久，始聽自便。如是七八年，生三子。一日，縱步至海際，適有舟抵岸，亦泉人，以風誤至者，及舊相識，急登之。婦人奔走號呼戀戀，度不可回，卽歸取三子，對此人裂殺之。其島甚大，然但有此一婦人耳。〇此上三十五字，係本條原文，據葉本補。時此下至《搜山大王》條「果見一人乘」宋本作三葉，嚴本於中縫均注「補」字。婦人繼來，度不可及，呼其人罵之。極口悲啼，撲地，氣幾絶。其人從蓬底舉手謝之，亦爲掩涕。此舟已張帆，乃得歸。按：「時婦人繼來」以下云云，見支志甲卷第十《海王三》條末，蓋元人補版時，以其事相類，誤爲聯綴也。

査市道人

常德府査市富户余翁家，歲收穀十萬石，而處心仁廉，常減價出糶。每糴一石，又以半升增給之。它所操持，大抵類此。慶元元年六月，在書室誦經，雷電當晝暴作，有樵夫避雨立門外。忽一道人，青巾布衣，引入余宅，扣書室見翁，謂之曰：「可令此村叟蹲伏經棹下，暫避雷聲。」道人遂就坐。少頃，雷火閃爍入室，旋繞數匝而息。及雨霽，一僕報言：「門楣上有新書朱字。」出視之，云：「樵夫董二，前世五逆，罪惡貫盈，上帝有勅罰之，被陳真人安於慈喜菩薩誦經棹下護之，諸神不敢近。」凡三十九字。讀畢，失道人所在。未幾，余翁坐亡。

仁和縣吏

乾道間，仁和縣一吏早衰病瘠，齒落不已。從貨藥道人求藥，得一單方，只碾生硫黄爲細末，實於猪臟中，水煮臟爛，同研細，用宿蒸餅爲丸，隨意服之。兩月後，飲啖倍常，步履輕捷，年過九十，略無老態，執役如初。因從邑宰出村，醉食牛血，遂洞下數十行，所泄如金水，自是尩悴，少日而死。李巨源得其事於臨安人〔原作「入」，今改。〕內醫官管範，嘗與王樞使言之。王云：「但聞猪肪脂能制硫黃，兹用臟尤爲有理，亦合服之，久當見功効也。」

周世亨寫經

鄱陽主使周世亨，謝役之後，奉事觀世音甚謹。慶元初，發願手寫經二百卷，施人持誦。因循過期，遂感疾，乃禱菩薩祈救護。既小安，即以錢三千、米一石付造紙江匠，使抄經紙。江用所得別作紙入城販鬻，周見而責之。江以貧告，復增畀其直。及售紙于此，每幅皆斷爲六七，懼而亟還家，悉力緝製，納于周。周倩一僧摺成册，齋戒繕寫，方及二十卷，正晝握筆，羣鴉數十鳴譟屋上，逐之不退。起禱像前，迨出視，蓋一鴉中箭流血，衆鴉爲拔之不能得，故至悲鬨。周連誦寶勝如來、救苦觀世音二佛，以筆指之，箭脱然自拔，鴉飛入空中。周贊嘆之際，箭從天井內擲落于佛龕。靈感如此。按：此條見三志己卷第二。

金釵辟鬼

温州瑞安縣篔簹村民張七妻，久病，一夕正服藥，忽不見。急呼鄰里，燭火巡山尋之。至一洞，甚深，衆疑其在，譟而入。至極深處，見婦人面浮水上，取以歸。云：「數人邀我去，初在洞口，見火炬來，急牽我入。我衣領間有鍍金釵，恐失之，常舉手捫索，鬼輒有畏色，以故面得不沉。」

搜山大王

温州瑞安道士王居常，字安道，後還俗，居東山。因販海往山東，爲僞齊所拘。脱身由陸路將歸，至開封，夜夢人告曰：「汝來日當死。如遇乘白馬著戎袍挾弓矢者，乃殺汝之人，宜急呼搜山大王乞命。若笑，則可生，怒，則死。緣汝曩世曾殺他人，故今受報。」居常次日行荒陂中，果見一人乘馬，宛如昨夢所言，卽拜呼搜山大王乞命，其人笑而去，遂得脱。後歸鄉，繪其像事之。右二事亦朱亨叟説。

熾盛光呪

瑞安士人曹轂，字覺老，少出家爲行者。其家累世病傳尸，主門户者一旦盡死，無人以奉祭祀，轂乃還儒冠。後數年亦病作，念無以爲計，但晝夜誦熾盛光呪。一日，讀最多，至萬遍，覺三蟲自身出，一在項背，一在腹上，周匝急行，如走避之狀。轂恐畏，不敢視，但益誦呪。忽頂上有光如電，蟲失所之，疾遂愈。郡人戴宏中履道説。

海大魚

漳州漳浦縣敦照鹽場在海旁，將官陳敏至其處，從漁師買沙魚作線。得一魚，長二丈餘，重數千斤。剖及腹，一人偃然横其間，皮膚如生，蓋新爲所吞也。又紹興十八年，有海鰌乘潮入港，潮落，不能去，卧港中。水深丈五尺，人以長梯架巨舟登其背，猶有丈餘。時歲饑，鄉人争來剖陸本作「割」。肉。〔按：陸本「剖肉」作「剖割」。〕是日所取，無慮數百擔，鰌元不動。次日，有刓其目者，方覺痛，轉側水中，旁舟皆覆，幸無所失亡。取約嚴校：「約」字疑誤。旬日方盡，賴以濟者甚衆，其脊骨皆中米臼用。

嚴校：此卷中有補葉三，甲志自序已失，攷乙志有乾道二年序。此志定在乾道二年前。此卷所載多紹興中事，而補葉多載及慶元間，必非文敏元文，乃元人雜取戊志以後事攙入之耳。

夷堅甲志卷第八十七事

吴公誠

興化人吴公誠，字君與，年七十，以大夫致仕。夢人告曰：「公猶有俸金七百千在官。」既覺，取券歷會之。凡積留未請者正如其數，乃謂諸子曰：「我所得止此，且置勿請，庶稍延我壽。」子如戒緘封，不復言。後一年而卒。計挂冠後所入半俸，適滿七百千，乃非昔日所積者。既服除，其子與郡守有舊，悉以向所當得者復給之。

金四執鬼

福州城南禊遊堂下有公蓮池數十畝，民金四榷其利。其居在南臺，去池七里，慮有盜，每夕輒往巡邏。嘗遇一人行支徑中，詰之，曰：「我以事它適，偶夜歸耳。」時已三鼓，金素有膽，視其舉措不類人，又非人所常行路，乃好謂之曰：「我家在江南，偶飲酒多，覺醉不可歸，欲與汝《榕陰新檢》多一「互」字。相負。汝先自此負我至合沙門，原注：去城二里。我乃負汝至馬鋪，原注：去城四里，葉本作「又四里」。汝復負我過浮橋。」其人欣然如所約而去。至馬鋪欲下，金執之甚急，連聲呼家人燭火來視，已化爲一老鶡，乃縛葉本作「搏」。而焚之。

佛救宿寃

臨安民張公子者，嘗至一寺，見敗屋内古佛無手足，取歸，莊嚴供事之。歲餘，卽有靈響，其家吉凶事輒先告之，凡二三十年。葉本作「二十三年」。建炎間，金人犯臨安，張竄伏智井，似夢非夢，見所事佛來與之别曰：「汝有難當死，吾無策可救，緣前世在黄巢亂中曾殺一人，其人今爲丁小大，明日當至此，殺汝以報，不可免矣。」張怖懼。明日，果有人攜矛□葉本作「臨」，陸本同。井，叱張令出。既出，卽欲刃之。張呼曰：「公非丁小大乎？」其人駭問曰：「何以知我名氏？」具告佛語。其人憮然擲刃于地曰：「寃可解不可結。汝昔殺我，我今殺汝，汝後世又當殺我，何時可了！今釋汝以解之。然汝留此必爲後騎所戕，且與我偕行。」遂令相從數日，度其脱也，乃遣去。丁生蓋河北民爲金人簽軍者。三事皆陳季若説。

京師異婦人

宣和中，京師士人元夕出遊，至美美樓嚴校：疑誤，葉本作「二美樓」。下，觀者闐咽不可前。少駐步，見美婦人，舉措張皇，若有所失。問之，曰：「我逐隊觀燈，適遇人極隘，上四字葉本作「被人挨阻」。遂迷失侶，今無所歸矣。」葉本作「士」。以言誘之，欣然曰：「我在此稍久，上四字葉本作「不能歸」。必爲他人掠賣，不若與子歸。」上五字葉本作「幸君子憐之」。士人喜，卽攜手還舍。如是半年，嬖寵殊甚，亦無有人蹤跡之者。一日，召所善友與飲，命婦人侍酒，甚款。後數日，友復來曰：「前夕所見之人，葉本作

「婦」。安從得之？」曰：「吾以金買得之。」友曰：「不然，子宜實告我。前夕飲酒時，見每過燭後，色必變，意非人類，不可不察。」士人曰：「相處累月，焉有是事！」友不能强，乃曰：「葆真宫王文卿法師善符籙，試與子謁之。若有祟，渠必能言。不然，亦無傷也。」遂往。葉本作「遂同往謁」。王師一見，驚曰：「妖氣極濃，將不可治。葉本作「勢將難治」。此祟異絶，葉本作「絶異」。非尋常鬼魅比也。」歷指坐上它客曰：「異日皆當爲左證。」坐者盡恐。士人已先聞友言，不敢復隱，備告之。王師曰：「此物平時有何嗜好？」曰：「一錢篋極精巧，常佩於腰間，不以示人。」王即朱書二符授之曰：「公歸，俟其寢，以一置其首，一置篋中。」士人歸，婦人已上三字作「其婦」。大駡曰：「託身於君許久，不能見信，乃令道士書符，以鬼待我，何故？」上二字葉本作「士」。初尚設辭諱，上三字葉本作「設辭以對」。婦人曰：「某僕爲我言，一符欲置吾首，一置篋中，何諱也？」士人不能辯，密訪僕，僕初不言，始葉本作「益」。疑之。迨夜伺其睡，則葉本作「婦」。張燈製衣，將葉本作「達」。旦不息。士人愈窘，復走謁王師，師喜曰：「渠不過能忍一夕，今夕必寢，第從吾戒。」是夜，果熟睡，葉本多一「乃」字。如教施符。天明，無所見，意謂已去。越二日，開封遣獄吏逮王師下獄曰：「某家婦人瘵疾三年，臨病革，忽大呼曰：『葆真宫王法師殺我。』遂死。家人爲之沐浴，見首上及腰間篋中皆有符，乃詣府投牒，云王以妖術取明鈔本作「殺」。其女。王具述所以，卽追士人并向日坐上諸客，證之皆同，始得免。」王師，建昌人。林亮功說，林與士人之友同齋。

永福村院犬

福州永福縣有村律院，伯仲二僧同房。伯僧愛一犬，每食必呼使前。仲甚惡之，見必叱逐，或繼以鞭箠，如是累歲。伯嘗出外旬日，歸不見犬，責仲曰：「汝常日明鈔本無「日」字。雠犬特甚，乘我之出，必殺食之矣。」仲力辯，不得已，乃言：「因其竊食，誤擊殺之，埋諸後圃，非食葉本多一「之」字。也。」伯殊不信，潛往瘞所發視，急葉本無「急」字。歸語仲曰：「犬雖異類，心與人同。汝與結冤非一日。適吾視其體，頭已爲蛇，會當報汝。汝不宜往，可倩所知者再觀之。」洎別一人往視，則蛇頭愈長。始大恐，問所以解冤之策。伯教以盡鬻衣鉢，對佛懺謝。遂入懺堂，晝夜不息，凡數年。一夕，焚紙鏹，覺盆中有物，意其鼠，撥灰視之，蛇也。乘仲張口，急奔入喉中，遂死。本縣般若長老惟學說。

金剛靈驗

青州人柴注，爲壽春府司理。因鞫劫盜獄，一囚言：「離城三十里間，開旅邸，每遇客擕囊槖獨宿，多殺之，投尸於白沙河下，前後不知若干人，惟謀一老嫗不得。」注問其故，囚曰：「頃年老嫗獨寄宿，某與兄弟言：『今夜好個經紀。』至更深，遣長子推户，久乃還云：『若有人抵户而立，不可啓。』某不信，提刀自行，及門，穴壁窺之，見紅光中一大神，與房上下等，背門而立，氣象甚怒。某驚懼失聲，幾於顛仆。天將曉，門方開。嫗正起理髮，誦經不已。問何經，曰：『《金剛經》也。』乃知昨夜神人蓋金剛云。」

南陽驛婦人詩

靖康元年，鄧州南陽縣驛有女子留題一詩曰：「流落南來自可嗟，避人不敢御鉛華。卻憐當日鶯鶯事，獨立春風霧鬢斜。」字畫柔弱，真婦人之書，次韻者滿壁。

王彥楚夢中詩

王彥楚，□□□州人。少年時，夢作詩曰：「春罷雞□□，□行犬吠籬。溪深水馬健，霜重橘奴肥。」建炎初，將漕京西，遇寇至，彥楚腦間中刃，奔走墟落，聞農家舂聲，正如昔年夢中作詩景象云。三事黃訒說。

劉氏子

劉敏求，字好古，居開封郊外。生一子，兩歲而病，將死，不忍視，徙置比舍民家，須其絶而殮之。乳媪方抱以泣，有道人過，見之曰：「兒未死也。」取藥一餅餌之，遂蘇。復索紙書十數字，緘封以授媪，祝令謹藏去，嚴校：「去」古「弆」字，見《漢書》。勿得發視，視則兒死。媪先密窺之，能認「十九」兩字，餘不識也。自此兒浸安，母意其十九歲當不免。至是年，爲食素祝延之，既而無恙。及紹興十九年，敏求官建康，子四十三歲矣，得疾，以三月二十六日不起，媪猶在。始啓所緘書，乃大書九字，其文曰：「十九年三月二十六日。」梁竑夫說。

潘璟醫

潘璟，字温叟，名醫也。虞部員外郎張咸妻孕五歲，南陵尉富昌齡妻孕二歲，團練使劉彝孫妾孕十有四月，皆未育。璟視之曰：「疾也，凡醫妄以爲有娠耳。」於是作大劑飲之。虞部妻墮肉塊百餘，有眉目狀。昌齡妻夢二童子色漆黑，倉卒怖悸，疾走而去。彝孫妾墮大蛇，猶蜿蜒不死。三婦人皆平安。貴江令王霧，夜夢與婦人歌謳飲酒，晝不能食，如是三歲。璟治之，疾益平，則婦人色益沮，飲酒易怠，歌謳不樂。久之，遂無所見。温叟曰：「病雖衰，然未也。如夢男子青巾而白衣則愈矣。」後果夢，卽能食。北湖吴則禮載其事。

黄山人

贈太師葉助，葉本多「天祐」二字。縉雲人，爲睦州建德尉。年壯無子，問命於日者黄某。黄云：「公嗣息甚貴，位至節度使，然當在三十歲以後。若速得之，亦非令器也。」天祐不樂。後官拱州，黄又至，令以《周易》筮之，得《賁卦》。黄曰：「今日辰居土，土加賁爲墳字，君當生子，但必有悼亡之戚。」果生男。數歲而晁夫人卒。其子卽少藴也，既擢第，爲淮東提刑周穜壻。周嘗延一黄山人，少藴命之筮，遇《晉卦》。黄曰：「三年後當孿生二女。晉之卦，坤下離上，二陰也。晉之字，從兩口，爻辭曰：『晝日三接，三年之象也。』俟此事驗，當以前程奉告。」少藴深惡其説。已而果然。自維揚歸吴興，復見之。少藴曰：「君昔日所言果中，異時休咎，盍以告我。」黄曰：「公貴人也，自此當遍儀葉本作「歷」。清要，登政府，終於節度使。宜善自愛。」少蘊異之，以白乃父。父曰：「憶三十年前，有客亦姓黄，爲吾言得汝之期，且謂當建節鉞，豈非此人乎？」試使召之，真昔所見者。父子相視而笑，待黄生如神。建炎中，少蘊爲尚書左丞。紹興十六年，年七十，上章告老，自觀文殿學士除崇慶軍節度使，致仕二年而薨，竟如黄言。黄訒説得之左丞。

饒州官廨

饒州譙門之南一官廨，素有怪。紹興十一年，常平主管官韓參居之，延樂平士人胡价爲館客，郡守程進道亦遣其子從學。會程受代，价納官奴韓秀賂，白程爲落籍，程許之。韓倡乘夜攜酒肴竊入价書室，與飲，且堅囑之，遂得自便。他夕，倡復攜具至，既飲，又遍以餘尊犒從者，自是數至。一夕，過三鼓，西鄰推官廳會客散，望价書室燈尚明，呼之，猶與相應答。及天明，則价卧榻上死矣。主人詰問侍童及外宿直者，皆云：「每夜有婦人自宅堂取酒炙以出，意宅中人，不敢言，及旦則去。昨宵已雞唱，聞先生大呼，疑其夢魘，不謂遽死。」蓋鬼詐爲倡以惑价，而价不悟。後三年，通判任良臣居之，其女十餘歲，常見二人相攜以行，因大病，急徙出。後以爲驛舍云。

閉纆震死

饒州餘干縣桐葉本作「洞」，下同。口社民段二十八，紹興乙卯歲爲雷所擊，挈戶至雲外，有朱衣人云：「錯也。」復撲於平地，段如夢中，移時方甦，項上并脇下皆有斧跡，出青黑汁數升。同村港西亦有段二十六者，即時震死。此人元儲穀二倉，歲饑，閉不肯出，故天誅之。既死，穀皆爲火焚，而桐口之段至今猶在。

不孝震死

鄱陽孝誠鄉民王三十者，初，其父母自買明鈔本作「置」。香木棺二具，以備死。王易以信州之杉，已而又貨之，別易株板。及母死，則又欲留株板自用，但市松棺殮母。既葬旬日，爲雷擊死，側植其尸。或走報厥子，子急往哭，且扶尸仆葉本作「卧」。地。正日中，震雷起，忽挈子往他處，上三句明鈔本作「震雷忽起，挈往他處」。約相去五里許。洎復回，父已復倒立葉本作「植」。矣。凡兩瘞之，皆震出。遂斲棺一竅，表以竹而掩之，始得寧。

梅三犬

饒州東湖傍居民梅三者，紹興二十年除夕，縛一牝犬，欲殺已刺血煮食，恍惚間不見。夜夢犬言曰：「我犬也，被殺不辭，但欠君家犬子數未足，幸少寬我。」梅許諾。明日，自外歸，恬然無所傷，乃復育之。

安昌期

安昌期，昭州恭城人，少舉進士。皇祐中，朝廷平儂智高，推恩二廣，凡進士曾試禮部者，皆特試于廷，昌期因是得横州永定尉。以事去官，遂不復仕，獨與小童游廣東，放浪山水間。同年曲江胡濬爲惠州海豐令，昌期往過之，留甚久。杯酒間多爲嬉戲小技，娛悦坐人。嘗結紙數紐，覆而呪之，良久，器遂動，徐徐啓之，皆爲鼠矣，咀嚼舉動如真。復覆之，則依然結紙也。時采山藥，嚼而吐之，以示人，津著藥上，皆如膠飴。或通夕不寐，指其童曰：「勿輕此童，它日與吾偕隱。」治平二年，游清遠峽山寺，謂僧曰：「久聞山中有和光洞，故來遊。」遂與童俱往，數日不返。僧疑爲虎所食，遍求之，無所見。於洞前石壁上得詩曰：「蕙帳將辭去，猿猱不忍啼。琴書自爲樂，朋友孰相攜。丹竈非無藥，青雲別有梯。峽山余暫隱，人莫擬夷齊。」後題云：「前横州永定縣尉安昌期筆。」山僧說。

海馬

紹興八年，廣州西海壖，地名上弓彎，月夜，有海獸狀如馬，蹄鬣皆丹，入近村民家，民聚衆殺之。將曉，如萬兵行空中，其聲洶洶，皆稱尋馬。客有識者，慮其異，急徙去。次日，海水溢，環村百餘家盡溺死。

夷堅甲志卷第九十四事

鄒益夢

鄒益者，饒州樂平人，爲進士。初興三舍時，乞夢於州城隍廟，夜夢往官府，見壁間詩一聯云：「鄒益若爲饒解首，朱元天下第三人。」既覺，大喜，謂必冠鄉舉。時舍法初行，挾書假手之法甚嚴，益首犯禁。朱元者，徽州人。蔡京改茶法，元爲茶商，坐私販抵罪，正第三人云。

王李二醫

李醫者，忘其名，撫州人。醫道大行，十年間，致家貲巨萬。崇仁縣富民病，邀李治之，約以錢五百萬爲謝。李□葉本作「拯」。療旬日，不少差，乃求去，使別呼醫，且曰：「他醫不宜用，獨王生可耳。」時王李名相甲乙，皆良醫也。病者家亦以李久留不効，許其辭。李留□葉本作「數」，陸本同。藥而去。歸未半道，逢王醫。王詢李所往，告之故。王曰：「兄猶不能治，吾伎出兄下遠甚，今往無益，不如俱歸。」李曰：「不然。吾得其脈甚精，處藥甚當，然不能成功者，自度運窮不當得謝錢耳，故告辭。君但一往，吾所用藥悉與君，以此治之必愈。」王素敬李，如其戒。既見病者，盡用李藥，微易湯，使次第以進。閱三日有瘳。富家大喜，如約謝遣之。王歸郡，盛具享李生曰：「崇仁之役，某略無功，皆兄之教。謝錢不敢獨擅，今進其半爲兄壽。」李力詞嚴校：「詞」字疑誤，葉本作「辭」，陸本同。曰：「吾不應得此，故主人病不愈。今之所以愈，君力也，吾何功？君治疾而吾受謝，必不可。」王不能强。他日，以餉遺爲名，致物幾千緡，李始受之。二醫本出庸人，而服義重取予如此，士大夫或有所不若也。今相去數十年，臨川人猶喜道其事。

花果異

紹興二十一年四月，池州建德縣定林寺，桑樹生李，栗樹生桃，極甘美異常。鄱陽石門民張二公僕家竹籬上，生重臺牡丹一枝甚大。吾家田明鈔本作「佃」。人汪二十一家，鑊内現金色蓮花，有僧立其上，自四月八日至十日不退，其家以煮犬，遂滅。聞自彭澤至石門民家，鑊多生花，但無僧。此異所未聞也。是年，雨澤及時，鄉老以爲大有年之祥。

黄履中禱子

黄鉞，字元受，建昌人，汪應辰牓登科。言其祖履中無子，禱于君山廟。夢人以綵籠盛五色鳳三，別以筠籠盛一鳥，併授之。後正室生三子，皆擢第。妾生一子，無所能。

絢紡三夢

絢紡，字公素，元姓句，犯上嫌名，遂增系爲絢，其音如章句之句。宣和甲辰，赴省試，夢人告曰：「遽得，逢州便得。」紡喜，謂遽得者，即得也。已而不利。至建炎戊申，試維揚，夢如初。紡曰：

「遽者，絢也，我已姓絢。」又試於揚州，其必得，又不利。久之，復夢其人來，以實告曰：「君年四十八方登科，今未也。」紡時三十八矣，度猶有十年，以未可得，不敢萌進取意，屏居道州。富家翁召教其子。及紹興甲寅科詔下，紡四十五歲矣，以爲必無成，不肯葉本作「欲」。往。主人强之曰：「所以延君者，正欲挾葉本作「挈」。小兒俱入舉場，君必行。」陰令其子自爲下家狀求試。紡不得已從之，遂與富子俱薦送。明年，繳公據納禮部，漫啓視，則所具年甲，誤以爲四十七，是年正四十八也。默喜，以爲神助，獨未曉逢州便得之語。及坐圖混牓出，紡名之左一人姓馮，右一人姓周，是歲遂登第。首尾十二年，凡三見夢方驗，曲折明白如此。

黄司業夢

元符戊寅歲，睦州建德人黄司業者，失其四歲男子，日夜悲泣。夢之曰：「兒已受生，無用相憶。兒前生嘗爲宰相，坐誣陷善人，謫爲公家子。偶又有小過，復再謫，今只在數里間方十四秀才家。他日當有官，畢此一世後，卻生佳處矣。」明日，訪方秀才，果得子。以十二月一日生，正與黄氏子亡日同。黄請觀之，兒躍然甚喜。與之物，即舉手如欲取狀。黄歸，遂不復哭。十四秀才者，名逸，官至朝請郎。所生子名序，紹興十二年登科，然仕纔至常山丞以死，壽五十有三。右三事皆余執度文特言。

俞翁相人

邵武俞翁者，善相人，尤能聽器物聲驗吉凶。先世仕南唐爲太史令，後主歸朝，明鈔本作「正」。俞氏舉族來居邵武之泰寧。翁年既高，人尊之，呼爲翁云。葉祖洽兒童時，好騎羊爲戲，翁見之曰：「郎君當魁天下士，勉之，無戲。」祖洽遂折節讀書。會黄右丞履丁内艱，鄉居，祖洽與邑子上官均執弟子禮，師事之。嘗過小山寺，遇翁，翁逆謂曰：「狀元榜眼，何自來此？」二人相視而笑曰：「寧有是。」翁曰：「不特爾，又同年焉。吾爲子選一題，可預爲之備。」二人未之信，戲曰：「題目謂何？」翁指庭下竹一束曰：「當作此。」二人笑而去。熙寧三年，廷試進士，罷詩賦論三題，易以策問。祖洽遂首選，均次之。方悟竹一束，蓋策字也。祖洽父恪，少不學，嘗過翁門，縣之士子羣集，無一可翁意，獨指恪曰：「此人年六十，當官七品，服銀緋。」衆皆憮然。恪後以子貴，封累朝請郎，賜朱紱，正年六十云。翁嘗行田間，聞水聲曰：「水流悲，田將易主。」已而果然。又嘗入市，聞樂聲曰：「金聲亢，其有兵，當在申酉間。然我無傷，兵四人當溺死。」至期，果有戍卒自汀州還，過市羣飲，爭倡女，抽戈相戕。度不自安，上二字葉本作「免」。乘暮亂流而渡，正春濤怒漲，葉本多一「皆」字。溺死果四人。或問其故，曰：「日在子，又屬水，水旺於子，金至此死焉。」其巧發奇中類是。今邵武人猶傳其《相書》一編，然去翁遠矣。

宗本遇異人

僧宗本者，邵武田家子。宣和元年，因餉田行山陘中，遇道人，麻衣椎髻，丐食。本曰：「吾父未晡餐，可同至家取食否？」道人怒，唾左拇端，抽一劍脅之。本對如初，道人笑曰：「獠子可教。」解衣帶小瓢，傾紅藥三顆授之。本舉掌欲服間，其二墜地，不可得，但噉其一。道人復笑曰：「分止此耳。」忽不見。本不復歸家，入近村雙林院，止佛殿上，即能談僧徒隱事。咸驚異，走告其家。妻子來視，斥去，不使入。明日，讙傳一鄉，來詢休咎者系道不絶，郡將以下咸遣書乞頌。本握筆瞑目，頌立成，筆法清勁可愛。寺僧指爲生佛，欲令久居，以壯聲勢。本曰：「吾緣不在是，當往汀州謁定光佛。」奮臂便行，至泰寧之豐巖，樂其山水秀邃，亦夢紫衣金章人挽留，遂止不去。縣人共出錢爲祝髮，得廢丹霞院額，標其巖。未幾，羅畸疇老自沙縣遣信招迎，欣然而往。時李伯紀丞相自右史斥監邑征，本與頌曰：「青共立，米去皮，此時節，甚光輝。」伯紀罔測。洎靖康初得君，驟拜執政，方悟其語。鄧肅志宏以諸生見本，本指伯紀謂肅曰：「君他日貴由此人。」及伯紀登庸，志宏白衣至左正言。本留沙縣踰年，復還丹霞。建炎四年，伯紀自嶺外歸見本，本大書机上作「紹興」二字。明年，果改元。語伯紀曰：「兹地血腥觸人，當有兵起，公可居福州。」從之。二月，環境盜起，邑落焚劉無餘。二年六月，伯紀帥長沙，過邵武，迂道訪本。本送至建寧，趣其速行，戒之如泰寧，復大書邑廳壁曰：「東燒西燒。」又連書七七數字。纔出境，江西賊李敦仁入邑，縱火，正七月七日也。本初住丹霞，有飛雀立化于佛前香爐上，疇老爲著《瑞雀頌》，人以爲師所感云。紹興十六年，豫言某日當去，至期，無疾而化。本晚工詩，殖貨不已，尤恡嗇，視出一錢如拔齒，其徒多誚之。曰：「此吾宿業也。」

惠吉異術

僧惠吉張氏，饒州餘干人。少亡賴，爲縣五伯，因追胥村社，少休山麓，遇婦人乘竹輿，無所服，惟用匹布蔽體。訝其韶秀而結束詭異，揖而訊之。曰：「非汝所知也。」取一卷書授之，曰：「勉旃，後當爲僧。」言訖，輿去如飛，二僕夫冉冉履空中。張歸，卽能談人意間事，棄妻子，出遊，過撫州宜黃縣，行止佯狂，人無知者。時大旱，縣人作土龍禱雨，張投牒請自祈禬，約明日午必雨，不爾，願焚軀以謝。卽趺坐積薪上。民之輕慓禍賊者，爭益薪。及明，上二字葉本作「明日」。烈日滋熾，萬衆族觀，至秉炬以須。如期，果大雨，四境霑足，邑人始謹事之。鄒柄居是邑，惡其惑衆。張往見之曰：「吾宿負公杖，幸少寬我。」會張爲邑人甃治衢陌，裒金明鈔本作「錢」。數百萬。或譖於鄒曰：「彼乾沒其半，問道以遺妻孥。」鄒怒，言於縣宰，捕笞之。已而悔，詣張謝。張曰：「曩固言之矣，無傷也。」宣和三年，適邵武泰寧，謂縣人黃溫甫曰：「吾與若隔生同爲五臺僧，若嘗病，費吾藥餌，今當館我以償。」黃爲築庵香爐峰頂，買僧牒落髮。師能呪水起疾，數百里間，來者絡繹。通直郎葉武爲令，夢一女子持火，東西焚庭廡，復爇鼓葉本多一「樓」字。門，驚覺。遲明，師造縣迎問曰：「昨夕無恐否？」葉愕然，具以夢告。師命輿土地木胎至庭斧之，血津津然。初，縣有祟物，化爲美姝，惑宿直吏，至是遂已。縣丞江定國母呂氏，有眩疾，每發，頭涔涔不可忍，以扣師。師曰：「無它故，要是銀兒爲孽。」定國駭懼。銀兒者，其父時故姬，呂氏陰殺之。於是丐爲禳謝。師引紙畫爲禽畜百十種，令秉火炬，設瓜果，賓主置榻，戒其家人皆就寢勿顧，獨一二僕使在。迨夜，師入呂氏寢，物色之，得於粧閣。僕者咸見好女子，年可十六七，緑衣黄裙，對之掩泣，若不從狀。師徐徐諭解，已而肯首。明鈔本作「首肯」。乃以所畫并楮鏹付之，送使出門。呂氏明日疾不作。富人江景淵，嘗與人争田，不勝，用計殺之。忽得髀疾，詣師請水，明鈔本作「救」。師具數其過，景淵叩頭哀祈。爲至其居，命斸地丈許，得蒼狗，吽牙怒視，左右皆恐。視之，乃塊石。師以杖擊之，應手糜碎，景淵即瘉。又有倡，棄籍歸一胥，同謁師。師所居山椒，林樾蔽繞，來者未至門，不知也。師逆告其徒曰：「某人夫婦少選至，勿令其婢子入。」及二人至，元無婢自隨。師言狀，倡驚泣求救，乃昔日曾逼一婢赴井死，胥固未之知。嘗入市，見搏拚葉本無「拚」字。者立道左，呼使前，捫其項下如揭物狀，曰：「後不得復爾。」人問故，蓋此人昨夕負博進，恚而投繯，救至得不死。師白晝捕魑魅，逆説禍福，甚多，不勝載。紹興四年死，泰寧人至今繪事其像，不呼其名，惟曰「張公」，或曰「張和尚」云。

卓筆峰

泰寧縣東十五里，有仙棺石。相傳往年因風雨，白晝晦冥，人聞空中音樂聲，及霽，見棺木在巖間。其處峭絶，人莫能上，疑仙人蜕骨送于此，因名「音山」，亦曰「聖石」。遇大旱，祈雨卽應。蔣穎叔使福建日，過之，爲賦詩，更名卓筆峯。宣和五年，復大雷電，風雨霁塞，及霽，而棺旁又列一棺，題凑不異世俗作者。次年春，山邊人見輿馬旌幢，騎從呵殿，騰雲至其地，作樂而去。樂聲泠然，非世間音。村民能猱援者，嘗登之，云棺不施釘，可開視。骨色青碧，葬具悉古製，惟一小剪刀，細腰修刃，同人間用者。將挈而下，忽霹靂挾崖起，大蛇旁午。民驚怖墜地，體無所傷，而病狂，半年方愈。爲鄉人言如此。右五事皆邵武士人黄文譽言。

張琦使臣夢

左武大夫榮州刺史張琦，紹興十六年自建康解軍職，爲江東兵鈐，駐饒州三年而病。琦有田在池州建德縣，命使臣掌之。是歲，使臣夢黄衣數人，持一朱書漆牌云：「攝饒州鈐轄張琦，潭州長沙知縣趙伯某。」既寤，意謂琦被召命，詣鄱陽慶之，琦病已篤，不得見。家人恐其夢不祥，不敢言。而琦數詢其子云：「趙知縣到未？」子謂病中譫語，不敢對。凡月餘，果有趙君者，罷長沙縣，歸至饒，泊城下，卒於舟中。琦登時亦死。

周濱受易

周濱，字東老，福州閩人，佳士也。陳了翁以兄之女妻之。濱受《易》於翁，如有所悟。翁喜參禪，見濱論死生之説，禪者所不能言，甚訝之。宣和中，以疾卒。前一日，作詩與蔡氏甥曰：「三舅報無常，原注：濱行第三。諸甥脚手忙。熟搥三挺皂，爛煮一鍋湯。垢膩從君洗，形骸任爾扛。六釘聲寂寂，千古路茫茫。」

蔡振悟死生

蔡振，字子玉，閩縣人。年甫冠，從鄉先生鄭東卿學《易》，忽悟死生之理。其家在鼓山下。紹興十七年，聞莆田鄭樵入山從老僧問禪，振作書抵樵，論儒釋之學。樵見其年少而論高，疑假手於人，親扣之，益奇怪，乃見東卿，問振所學。東卿曰：「不知也。」十九年四月，振來謁東卿，問《尚書·禹貢》，得疾歸家，遂篤，叱出其妻，呼弟掄，告以死。令掄把筆，口占一詩，曰：「俟同舍生來弔，可出示之。」其語云：「生也非贅，死兮何缺？與時俱行，別是一般風月。」詩嚴校：「詩」字疑誤。畢而逝。

許氏詩讖

許太尉將未第時，居福州罾浦巷。夜有虎自東山踰破城，入其園，傷圈豕而去。及旦，舉室慮其復至，太尉不以爲異，且高吟曰：「昨夜虎入我園，明年我作狀元。」叔母戲續其下云：「顛狗不要亂吠，且在屋裏低蹲。」鄰里傳以爲笑。明年，太尉魁天下士，後登政府。叔母之子特以恩得官至大夫，謂之許工部。舊所居室，太尉悉以與之。後工部得心疾，家人閉不使出，所謂「顛狗低蹲」之語，乃其母詩，實先讖也。三事鄭東卿說。

夷堅甲志卷第十 十九事

桐城何翁

舒州桐城縣何翁者，以貲豪於鄉，嗜酒及色。年五十得風疾，手足奇右不能舉。與之同郡良醫李百全幾道家治療月餘，而病良已。將去，幾道飲之酒，酒半，問之曰：「死與生孰美？」翁愕然曰：「公醫也，以救人爲業，豈不知死不如生，何用問？」幾道曰：「吾以君爲不畏死耳。若能知死之可惡，甚善。君今從死中得生，宜永斷房室，若不知悔，則必死矣，不復再相見也。」翁聞言大悟。才歸，卽於山顛結草庵屏處，卻妻妾不得見，悉以家事付諸子。如是二年，勇健如三十許人。徒步入城，一日行百二十里。幾道見之曰：「君果能用吾言，如持之不懈，雖未至神仙，必爲有道之士。」翁自是愈力，但多釀酒，每客至，與奕碁飲酒，清談窮日夜，凡二十有五年。建炎初，江淮盜起，李成犯淮西，翁度其且至，語諸子曰：「急竄尚可全。」諸子或顧戀妻孥金帛，又方治裝，未能卽去。翁卽杖策，腰數千錢，獨行至江邊。賊尚遠，猶有船可度，徑隱當塗山寺中。諸子未暇走而賊至，皆委鋒刃。翁在寺，與鄰室行者善，一日，呼與語曰：「吾欲買一棺，煩君同往取之，可乎？」曰：「何用此？」笑不應。遂買棺歸，置室內，數自拂拭。又謂行者曰：「吾終恩公矣。吾屋後儲所市薪，明日幸以焚我柩，恐有吾家人來，但以告之。」行者且疑且信，密察其所爲。至暮，卧棺中，自托蓋掩其上。明日就視，死矣。時年七十九。後歲餘，翁有姪亦脱賊中，訪翁蹤跡，至是寺，方聞其死。翁與中書舍人朱新仲翌有中外之好，朱公嘗記其事以授予云。

龐安常鍼

朱新仲祖居桐城時，親識間一婦人妊娠將產，七日而子不下，藥餌符水，無所不用，待死而已。名醫李幾道偶在朱公舍，朱邀視之。李曰：「此百藥無可施，惟有鍼法，葉本作「耳」。然吾藝未至此，不敢措手也。」遂還。而幾道之師龐安常適過門，遂同謁朱。朱告之故，曰：「其家不敢屈先生。然人命至重，能不惜一行救之否？」安常許諾，相與同往。纔見孕者，即連呼曰：「不死。」令家人以湯溫其腰腹間。安常以手上下拊摩之。孕者覺腸胃葉本作「中」，明鈔本作「間」。微痛，呻吟間明鈔本作「次」。生□葉本作「一」，陸本同。男子，母子皆無恙。其家驚喜拜謝，敬之如神，而不知其所以然。安常曰：「兒已出胞，而一手誤執母腸胃，葉本無「胃」字。不復能脱，故雖投藥而無益。適吾隔腹捫兒手所在，鍼其虎口，兒既痛，即縮手，所以遽生，上二字葉本作「得脱」。無他術也。」令取兒視之，右手虎口鍼痕存焉。其妙至此。新仲說。

紅象卦影

紹興二年，盧陵董良史廷試罷，詣紅象道人作卦影，欲知其低昂。卦成，有詩曰：「黑猴挽長弓，走向天邊立，系子獨高飛，中人嗟莫及。」良史不能曉。占者曰：「事應乃可解。」及唱名，張子韶九成爲牓首。張生於壬申，所謂黑猴者也。長弓，張字也。良史在三甲，其上孫雄飛，所謂系子高飛也，其下仲并，所謂中人莫及也。良史說。

譚氏節操

英州真陽縣曲江村人吴琪，陸本作「琦」。略知書，其妻譚氏。紹興五年閏二月，本邑觀音山盜起，攻剽鄉葉本作「村」。落，琪竄去。譚氏與其女被執，并鄰社村婦數人偕行。譚在衆中頗潔白，盜欲妻之。詬曰：「爾輩賊也。官軍旦夕且至，將爲虀粉。我良家女，何肯爲汝婦！」强之不已，至於捶擊。愈極口肆駡，竟斃於毒手。後盜平，鄰婦同執者皆還，曰：「使吴秀才妻不駡賊，今日亦歸矣。」因備言其死狀，吴生始知之。聞者高其節，予嘗爲之傳云。

草藥不可服

紹興十九年三月，英州僧希賜，往州南三十里洸口掃塔。有客船自番禺至，舟中士人之僕，脚弱不能行，舟師憫之曰：「吾有一藥，治此病如神，餌之而差者不可勝計，當以相與。」既賽廟畢，飲胙頗醉，入山求得藥，漬酒授病者，令天未明服之。如其言，藥入口即呻呼云：「腸胃極痛，如刀割截。」遲明而死。士人以咎舟師，舟師恚曰：「何有此！」即取昨夕所餘藥自漬酒服之，不踰時亦死。蓋山多斷腸草，人食之輒死，而舟師所取藥，爲根蔓所纏結，醉不暇擇，徑投酒中，是以及於禍，則知草藥不可妄服也。

南山寺

鄭良，字少張，英州人。宣和中，仕至右文殿修撰、廣南東西路轉運使，累貲「貲」當作「資」。爲嶺表冠。既奉使兩路，遂於英築大第，堊以丹碧，窮工極麗，南州未之有也。靖康元年，或訴其過於朝，朝廷遣直龍圖閣陳述爲漕，俾鞫之。述至英。良居家，初不知其故，盛具延述，述亦推心與飲，締同官之好。至廣州，始遣使逮良下獄，窮治其贓，榜笞不可計。奏案上，方得出獄，出之一日而良死。比斷勑至，止於停官編隸，已無及矣。家人未能葬，權厝于英之南山寺。所追録寶貨甚多，述遂攝帥事。建炎二年代還，以它事復爲轉運使許君所劾，下廷尉，削籍，編置英州。太守置之南山，時良已遷葬數日，殯宫空，欲述居之。或告以實，述曰：「吾前治其獄，王事也。今已死，何足畏？」即居之。纔三四日，白晝見良，驚曰：「鄭良何敢來！」即感疾死，時建炎二年也。良之宅，今三分爲天慶觀、州學、驛舍，其家徙江西云。三事英僧希賜言。

賀氏釋證

賀氏者，吉州水嚴校：疑「永」字，葉本作「永」。新人，嫁同鄉士人江安行，有二子。自夫死不茹葷，日誦《圓覺經》，釋服不輟。或勸更誦他經，賀氏曰：「要知真性，本圓本覺，不覺不圓，是名凡夫，我不誦經，要遮眼耳。」長子楹，登進士第，紹興六年，爲賀州簽判，迎母至官。賀氏從容語其婦曰：

「吾誦經以來，了無夢想，比年夜坐，常見瑞光中有猊坐，欲升之未果。今白日閉目，亦見佛相。」是歲五月甲戌，沐浴易衣，明日，食罷，盥漱如常，忽收足端坐，兩中指結印，瞑目而逝。家人倉黄召醫，已無及矣。郡守范直清帥其屬瞻禮，嘆曰：「大丈夫不能如此。」命畫工寫其像。像成，惟目睛未點，乃禱曰：「精神全在阿堵中，願賜開示。」俄兩目煒然，子孫扶視，皆謂再生。上二字葉本作「未死」。點睛訖，復瞑。時年七十七。傅雱彦濟言。

昌國商人

宣和間，明州昌國人有爲海商，至巨島泊舟，數人登岸伐薪，爲島人所覺，遽歸。一人方溺，不及下，遭執以往，縛以鐵緶，令耕田。後一二年，稍熟，乃不復縶。始至時，島人具酒會其鄰里，呼此人當筵，燒鐵箸灼其股，每頓足號呼，則哄堂大笑。親戚間聞之，才有宴集，必假此人往，用以爲戲。後方悟其意，遭灼時，忍痛齧齒不作聲，坐上皆不樂，自是始免其苦。凡留三年，得便舟脱歸，兩股皆如龜卜。張昭時爲縣令，爲大人言。

盤谷碑厄

按：目録無「厄」字。

孟州濟源縣韓文公送李愿歸盤谷序碑，唐元和中縣令崔浹所立。歲月既久，湮没爲民井甃。政和三年，縣尉宋鞏巡警至其地，洗濯視之，曰：「此至寶也。」村民愚，以爲真有寶，伺宋去，碎之。無所獲，棄于道上。高密人孟温舒爲令，聞之，舁歸縣，龕于出治堂中。出治堂者，元祐中宰傅君愈所建，秦少游作記，且書之刻石。崇寧時，爲觀望者礲去，温舒得舊本於民間，再刊之，但隱其姓名。亦好事君子也。

孟温舒

孟温舒爲濮州雷澤令，吏不敢欺。嘗有痞者，投空牒訴事，左右皆愕。温舒械之曰：「彼恃廢疾來侮我。」命二吏隨扶以出，肆諸通衢，復潛遣謹厚者物色其旁，曰：「有所聞卽告。」果有語者曰：「是人傭於某家，累年負其直不償，故詣令訴，特口不能言耳。今乃獲罪，安用令？」吏以白，温舒遣執語者訊之，遂得直，一縣稱爲神明。郭樞密三益作《温舒墓誌》書此事。

盜敬東坡

紹興二年，虔寇謝達陷惠州，民居官舍，焚蕩無遺。獨留東坡白鶴故居，并率其徒，葺治六如亭，烹羊致奠而去。次年，海寇黎盛犯潮州，悉毁城堞，且縱火。至吴子野近居，盛登開元寺塔見之，問左右曰：「是非蘇内翰藏圖書處否？」麾兵救之，復料理《苕溪漁隱叢話》無「理」字。吴氏歲寒堂，民屋附近者賴以不爇甚衆。兩人上二字《叢話》作「是」。皆劇賊，而知尊敬蘇公如此。彼欲火其書者，可不有《叢話》無「有」字。愧乎！

鬼呼學士

范鏜，字宏甫，建州浦城人。布衣時，至日中無炊，里人未之奇也。一夕，寒甚，自村墅回邑，假寐溪橋中，夜聞人聲從橋出，若有詢之者。應曰：「學士寢于是。」鐙不疑其鬼，徐徐聽之，皆涉水而濟。黎明，鐙還。浦城人目教授生童者爲學士，意所稱謂此。未幾，鐙登第，終龍圖閣學士。蓋宿橋之夕，相去五里許一家設水陸，呼學士者乃鬼也。

惠兵喏聲

黄薦可，字宋翰，福州長溪人。紹興中除惠州守，迓兵已至，有日者過門，聞從吏聲喏，告其人曰：「吏聲無士，公必不赴。」未行果罷。三事黄文譽說。

廖用中詩戲

廖尚書用中剛，崇寧初，以士人爲辟雍録，已而擢第。宣和中，復以命士爲録於太學。時蔡魯公方盛，用中嘗戲作詩寄所善者曰：「二十年前録辟雍，而今官職儼然同。何當三萬六千歲，趕上齊陽魯國公。」好事者傳以爲口實。鄭樵說。

觀音醫臂

湖州有村媪，患臂久不愈，夜夢白衣女子來謁曰：「我亦苦此，爾能醫我臂，我亦醫爾臂。」媪曰：「娘子居何地？」曰：「我寄崇寧寺西廊。」媪既寤，即入城，至崇寧寺，以所夢白西舍僧忠道者。道者思之曰：「必觀音也。吾室有白衣像，因葺舍誤傷其臂。」引至室中瞻禮，果一臂損。媪遂命工修之。佛臂既全，媪病隨愈。湖人吴价說。

李八得藥

政和七年，秀州魏塘鎮李八叔者，患大風三年，百藥不驗。忽有遊僧來，與藥一粒令服。李漫留之，語家人曰：「我三年間，化主留藥多矣，何嘗有効！」不肯服。初，李生未病時，誦大悲觀音菩薩滿三藏，是夜，夢所惠藥僧告之曰：「汝尚肯三藏價誦我，卻不肯服我藥。」既寤，卽取服之。凡七日，遍身皮如脱去，須眉皆再生。邊公式說。

佛還釵

平江民徐叔文妻，遇金人破城，獨脱身賊手。出郭，於水中行，惟誦觀音佛名。首插金釵，恐爲累，擲置水中。半途，迷所向，有白衣老媪在岸，呼之令上，指示其路曰：「遇僧卽止。」又云：「恐汝無裹足，贈汝金釵。」視之，蓋向所棄者。至一林中，見寺遂止，乃薦福也。次日，其壻蔣世永適相値，乃攜以歸。

佛救翻胃

平江僧惠恭病翻胃，不能飲食。夜夢一狸猫自項背入腹中，從此日甚。每過市見魚，深起嗜想，遂發意誦觀音菩薩百萬聲，日持大悲呪百八遍。復夢至山中，遇道人相慰問曰：「吾與汝藥。」俄青衣童籠一雞至前，猫自僧口出，徑入籠擒雞，因驚覺，病頓愈。

歐十一

湖州民歐十一，坐誤殺人配廣中，其妻在家齋素，日誦觀音。歐在配所，見一僧呼曰：「汝家妻孥極念汝，欲歸否？」曰：「固所願。」遂出藥揩其腕，初無痛楚，腕已墮地，血流不止。僧曰：「可持以告官，當得歸。收汝斷手，勿失也。」歐如言，得放還。及中途，復見僧曰：「汝斷手在否？」曰：「在。」取而續之，脗合如初。三事皆李樫與幾說。

夷堅甲志卷第十一 十八事

梅先遇人

予宗人慶善郎中興祖，紹興十二年爲江東提刑，治所在鄱陽。王元量尚書鼎從，假二卒往夔峽，既回，拜于廷。其一梅先者，獨着道服，拜至十數不已。慶善訝之，答曰：「伺郎中治事退，當請問以白。」少頃，慶善坐書室，梅復至，曰：「初至夔州數日，有道者歷問所從來，令某隨之去。某應曰：『諾。』道者曰：『汝當有妻孥，安能捨而從我？』某曰：『惟一妻一子，今得從先生，視彼如涕唾耳。』道者甚喜，曰：『汝能若此，良可教。吾將試汝。』卽於糞壤中拾人所棄敗履令食。初極臭穢，強齧，不能進。道者笑，自取啖之，曰：『如我法以食。』歷數日，覺不復臭，而味益甘軟。又問：『所以來此爲何事？』答曰：『奉主公命，爲王尚書取租入。』曰：『如是，當歸畢之。此公家錢，如未了，不可從我，他日未晚也。』某曰：『家在江東，相距數千里，豈能再來？』曰：『汝思我，我卽至矣。』又授藥方三道，曰：『若乏用時，可合此藥貨，視一日所用留之，有餘，棄諸道上，以惠貧窶。或無食，則茹草履。人與酒食，但享之，特不可作意，大抵無心乃得道耳。』某拜之數十。又與某道服，曰：『汝歸見主公時，拜之如拜我，但著此衣，勿易也。』」慶善曰：「果如此，勿復爲走卒。」命直書閤以自近。嘗召使坐，取草履試之，梅展足據地坐，淨滌履而食。每數口，即飲水少許，久之，吐其滓，瑩滑如碧玉。以示慶善，慶善復還之。梅徑取投口中，食履盡乃已。時方二十四歲，即與妻異榻，曰：「人世只爾，殊可厭惡，汝盍同我學道，不然，隨汝所之。」妻始猶勉從，不一年，竟改嫁。慶善後予告，令往丹陽茅山預三月鶴會。山有洞，常人欲入須秉燭，然極不過數十步即止。梅索手而入，無所礙，聞石壁中若人叩齒行持者。至最深處，得一澗，澗中水數尺，細視有書數軸，取得之，才霑漬其半，乃元祐中劉法師所受法籙也。後送慶善還丹陽。慶善有外兄病，每食輒吐。梅曰：「瓢中藥正爾治此。」取數粒與服，一日即思食，旬時，病盡失去。慶善寓訊代者，爲除兵籍，既得文書，遂辭去。後數年，曾一歸鄉里，今不知所之。

食蠏報

洪慶善從叔母好食蠏，率以糟治之。一日正食，見机上生蠏散走，大恐，呼婢撤去。婢無知，復取食，爲一螯鈐其頰，盡力不可取，頰爲之穿，自是不敢食蠏。

瓦隴夢

洪慶善妻丁氏，温州人。雖居海濱，而性不嗜殺。後至江陰，有明鈔本作「或」。惠瓦隴百餘枚，不忍食，置之盆中，將以明日放諸江。夜夢丐者甚衆，裸體臞瘠，前後各以一瓦自蔽，皆有喜色。別有十餘人愀然曰：「爾輩甚樂，我一明鈔本作「抑」。何苦也。」丁氏寤而思之，以瓦蔽形，必瓦隴也。夢中能密記其數，取視之，已爲一妾竊食十餘枚，乃愀然者也。得活者與夢中數同。

促織怪

洪慶善爲湖州教授日，當秋晚，宴坐堂上，聞庭下促織聲極清，詣其所聽之，則聲如在房外，復往房外，則又在庭下，甚怪之。別令一人往聽，則移在床下。又詣床下，則乃在其女床側，竟不能測。是年，妻丁氏捐館。次年，女亡。

陳大録爲犬按：目録無「爲犬」二字。

秀州華亭縣吏陳生者爲録事，冒賄稔惡，常帶一便袋，凡所謀事，皆書納其中。既死，夢于家人曰：「我已在湖州顯山寺爲犬矣。」家人驚慘，奔詣寺省問。一犬聞客至，急避伏衆寮僧榻下，連呼不出，意若羞赧，其家葉本多一「人」字。不得已遂還。既去，僧語之曰：「陳大録宅中人去矣。」方振尾而出。此犬腹下垂一物，正方，宛如便袋狀，皮帶周匝繫其腹，猶隱隱可辨。洪慶善嘗與葛常之侍郎至寺見之，詢諸僧云然。

蔡衡食鱠

蔡攸之子衡，爲保和殿學士。將入朝，家人呼之不醒，意其熟睡，乃爲謁告。至辰巳之交方覺，謂家人曰：「我非睡，乃入冥耳。初寢時，有人云：『某官召。』隨以行。至官府，其人入報曰：『追蔡衡至。』既入獄，吏問曰：『近日殺生何也？』答曰：『某舉家戒殺，無有是事。』吏曰：『此間不容抵諱。』吾徐思之，近往池上得鮮鯉，因鱠食之，但此一罪耳。吏曰：『是也。』即取鐵鉤貫頰挂樹間，數武士臠肉，頃刻而盡。約食頃，體已復故。主者延升廳事，抗禮拱手問曰：『保和相識否？吾乃太師門人沈某也。太師今安否？』答曰：『適方受刑，痛楚未定，少憩當言之。』主者命飲以湯，即不痛。徐問諸兄弟及它事甚詳。將退，吾禱之曰：『衡作惡如許，不知何以自贖？』曰：『盡捨平生服用，庶可救。可悉取所衣朝服金帶鞍馬之屬，施慧林寺。且飯僧數百，爲吾謝過。』」是日，洪慶善適遊寺，見主僧言之，云：「可以爲戒。」未幾時，復以六百千贖所施物去，竟以是年死。

六事皆慶善說。

李邦直夢

孫巨源、李邦直少時同習制科。熙寧中，孫守海州，李爲通判。倅廳與郡圃接，孫季女常遊圃中，李望見，目送之。後每出，聞其聲，輒下車便旋。邦直妻韓夫人，於牖中窺見屢矣，詰其故，李以實告。一夕，夢至圃，見孫女，踵之不可及，亟追之，躡其鞋，且以花插其首，不覺驚寤。以語韓夫人，韓大慟曰：「簪花者，言定上二字葉本作「定約」之象。鞋者，諧也。君將娶孫氏，吾死無日矣。」葉本作「吾其死矣」。李曰：「思慮之極，故入於夢，寧有是。」未幾，韓果卒。李徐令媒者請於孫公，孫怒曰：「吾與李同硯席交，年相若，豈吾季女偶邪！」李不敢復言。已而孫還朝，爲翰林學士，得疾將死。客見之，孫以女未出適爲言，客曰：「今日士大夫之賢無出李邦直，何不以歸之？」

曰：「柰年不相匹。」客曰：「但得所歸，安暇它問。」未及綢繆而孫亡。其家竟以女嫁之，後封魯郡夫人。邦直作巨源墓誌曰：「三女：長適李公彥；二在室。」蓋作誌時未爲壻也。邦直行狀，晁無咎所作，實再娶孫氏云。強行父幼安說。

趙敦臨夢

明州趙敦臨爲太學生，政和戊戌年，詣二相公廟乞夢。夢云：「狀元今歲方生。」紹興乙卯，敦臨始登第。狀元乃汪聖錫，生於戊戌，時年十八矣。果符昨夢。

張太守女

南安軍城東嘉祐寺，紹興初，有太守張朝議女，因其夫往嶺外不還，怏怏而夭，稾葬于方丈，遇夜卽出，人多見之。既久，寺僧亦不以爲怪。過客至，必與之合，有所得錢若絹，反遺僧。嘗有二武弁，自廣東解官歸，議投宿是寺。一人知之，不欲往。一人性頗木強，不謂然，獨抵寺。方弛擔，女子已出，曰：「尊官遠來不易。」客大恐，誘之使去，卽馳入城。解潛謫居而卒，有孫營葬憩寺中，爲所荏苒，得疾幾死。紹興二十年，郡守都聖與潔率大庾令遷之於五里外山間，今猶時出，與村落居人接。予嘗至寺，老僧言之，猶及見其死時事云。

大庾震吏

紹興二十一年二月晦，大庾令連潛，正午治事，書吏抱文書環立。忽黑氣自庭入，須臾，一廳盡暗，雷電大震，吏悉仆地。令悸甚，手足俱弱，亦仆于案下。少頃即散。衆掖令起，吏死者四人：二録事，二治獄者。蓋昔皆爲經界吏云。連令說。

張端慤亡友

張端慤，處州人。嘗爲道士，平生好丹竈爐火。初與一鄉友同泛海，如泉州。舟人意欲逃征税，乘風絶海，至番禺乃泊舟，二人不得已少留。鄉友者得疾死，張爲殯殮，寄柩僧寺。一夕，寢未熟，而友至，呼其字曰：「正父，公酷好爐鼎，何爲也？」張悟其死，應曰：「吾自好之，何預君事！」即閉目默誦大悲呪。纔數句，友已知，曰：「偶來相過，何爲爾也！」即去。久之，復夢曰：「我與君相從久，今當遠别，不復再見，幸偕我行數步相送。」張諾之。與俱行數步，至一紅橋，友先行，語張曰：「君且止，此非君所宜過。」揮淚而别。既覺，不能曉。後數日，廣帥王承可侍郎令諸刹，凡寄殯悉出焚。張念其故人，命僧具威儀，火之城下，收其骨。至一橋，擲水中，乃夢中所至處也。時紹興十八年。張生說。

六鯉乞命

汪丞相廷俊，宣和中爲將作少監。鄭深道資之爲同寮。一日，坐局，汪得六鮮鯉，將鱠之，鄭不知也，方假寐，夢六人立階下，自贊云：「李秀才乞公一言，干少監乞命。」鄭曰：「不知君等何罪？」俱曰：「只在公一言。」鄭許諾。既寤，達之汪公。汪曰：「適得六鯉，將設鱠，豈爲是邪？」遂放之，鄭自是不食魚。深道說。

五郎鬼

錢塘有女巫曰四娘者，鬼憑之，目爲五郎。有問休咎者，鬼作人語酬之。或問先世，驗其真僞，雖千里外，酬對如響，莫不諧合。故咸安王韓公兄世良尤信暱，導王令召之。巫至韓府，而五郎者不至。巫踧踖不自安，乃出。後數日，偶至靈隱寺，鬼輒呼之。巫詰其曩日不應命，曰：「門神禦我于外，不能達也。」

東坡書金剛經

東坡先生居黄州時，手抄《金剛經》，筆力最爲得意，然止第十五分，遂移臨汝。已而入玉堂，不能終卷，旋亦散逸。其後謫惠州，思前經不可復尋，卽取十六分以後續書之，置於李氏潛珍閣。李少愚參政得其前經，惜不能全，所在輒訪之，冀復合。紹興初，避地羅浮，見李氏子輝，輝以家所有坡書悉示之，而祕金剛殘帙，少愚不知也。異日，偶及之，遂兩出相視，其字畫大小高下，黑「黑」當作「墨」。色深淺，不差毫髮，如成於一旦，相顧驚異。輝以歸少愚，遂爲全經云。黄文譽說。

何丞相

縉雲何丞相執中在布衣時貧甚，預鄉貢，將入京師，無以爲資，往謁大姓假貸，閽人不爲通，捧刺危坐俟命。主人晝寢，夢黑龍蟠户外，驚寤出視，則何公在焉。問之曰：「五秀何爲至此？」原注：何第五，五秀者，鄉人呼秀才云。以所欲告，主人舉萬錢贈之，且曰：「君異日言歸，無問得失，必過我。」何試竟，復造其家，館于外廡。迨日暮，執卷徙倚楹間，主人髣髴又見黑龍蜿蜒而下，攀繞庭柱。就視之，則又何公也。心異之，密告何曰：「君且大貴，毋相忘。」已而何擢第，調台州判官。有術者能聽物聲知吉凶，聞譙門鼓角聲曰：「是中有貴人，誰其當之！」或意郡守貳，視之不然。凡閲數日，不可意。一日，何乘轎出，術者見之曰：「此真貴人。角聲之祥，不吾欺也。」何後以徽宗皇帝藩邸恩至宰相，終于太傅，贈清源郡王。

潘君龍異

縉雲富人潘君少貧，嘗貿易城中。天且暮，值大雨，急避止道傍人家，不能歸，因丐宿焉，不知其倡居也。倡夜夢黑龍繞門左，旦起視之，正見潘卧簷下，心以爲異，延入，厚禮之。欲與之寢，潘自顧貧甚，力辭至再三，强之不可。一日，醉以酒，合焉。自是傾家貲濟之，不問其出入。潘藉以爲商，所至大獲，積財踰數十百萬，因娉倡以歸。生子擢進士第，至郡守，其家至今爲富室云。

横山火頭

常州横山觀火頭，暑月汲井，得冰一片，有蛙立其上。方以手執冰，蛙躍去，乃食其冰，遂絶穀不食。初不知書，自此曉然。後不知所之。宣和中也。李彌正似表説。

松江鯉

平江王子簡，以四月八日至松江，市魚鰕放生，得巨鯉以爲鱠。庖人取魚，斷尾去鱗，惟頭腹未殊，忽躍入江中。頃之索鱠，庖人以告。子簡不加責，然意其魚死矣。明年，復以是日游松江，如前市魚，一鯉鱗尾䊷焉。庖人視之，蓋昨歲魚也，竟食之。

夷堅甲志卷第十二十五事

林積陰德

林積，南劍人。少時入京師，至蔡州，息旅邸。覺牀第間物逆其背，揭席視之，見一布囊，中有錦囊，又其中則綿囊，實以北珠數百顆。明日，詢主人曰：「前夕明鈔本無「夕」字。何人宿此？」主人以告，乃巨商也。林語之曰：「此吾故人，脱復至，幸令來上庠相訪。」又揭其名于室曰：「某年某月日劍浦林積假館。」葉本多「于此」二字。遂行。商人至京師，取珠欲貨，則無有。急沿故道處處物色之。至蔡邸，見榜卽還，訪林於上庠。林具以告曰：「元珠具在，然不可但取，上句葉本作「然不宜私還」，明鈔本作「然不宜以私取」。可投牒府中，當悉以歸。」商如教。林詣府，盡以珠授商。府尹使中分之，商曰：「固所願。」林不受，曰：「使積欲之，前日已爲己有矣。」秋毫無所取。商不能強，以數百千就佛寺作大齋，爲林君祈福。林後登科，葉本多一「官」字。至中大夫。生子又，葉本作「乂」。字德新，爲吏部侍郎。

林氏富證

姑蘇人殿中丞吳感，初造宅，圬墁既畢，明日，牆壁間遍印鶴爪，髣髴若「林」字。居數月，頗有怪

□，陸本作「異」。往往至夜分，則白衣數人泣而出。吴君卒，其家他徙，同郡林茂先大卿售得之。卜居才一日，見庭前小兒數十，皆白衣，行至屋角不見，卽命斸其地，未數尺，得銀孩兒數十枚，下皆刻「林」字。悉貨之，自此巨富。

雷震石保義

紹興十六年夏，鎮江大雨，雷電發屋撤木，火毬數十衮于地。長人不可數，皆丈餘，朱衣青袖，持巨斧，入一屠家，屠者死之。又入數家，詢巡轄遞鋪石保義所在，至軍營中，得其居。石生正抱子，長人揮去之，死斧下。焦山湛老説。

食鱔戒

紹興戊辰三月，平江小民醉中食鱔魚，誤吞其鉤，線猶在口旁，急以手牽之。線中斷，鉤不可出，痛楚之甚，幾不救。旬日始能食。

縉雲鬼仙

處州縉雲鬼仙，名英華，姿色絶豔，肌膚綽約如神仙中人，居主簿廨中。建炎間，主簿王傳表弟齊生者與之相好，交歡如夫婦。簿家亦時見之，以詰齊，齊笑不答。一日，與英偶坐，而簿至。英急入帳中，簿求見甚力。英曰：「吾容色迥出世人，若見我，必有惑志。子有室家，恐嫌隙遂成，非令弟比，決不可得見也。」居無何，簿妻病心痛，瀕死，更數醫，莫能療。英以藥一劑授齊生云：「以飲爾嫂，當有瘳。世間百藥不能起其疾，若不吾信，則死矣。」齊先以白簿，簿曰：「人有疾而服鬼藥，何邪？」妻雖病困，然微聞其言，亟攘藥服之，少頃卽甦，明日而履地。舉室大感異之。踰年，齊辭歸，英送至臨安城外，曰：「帝城多神明，不可入，將告別。」英泣曰：「相從之久，不忍語離。觀子異日必死於兵，吾授子一炷香，願謹藏去。脫有難，焚之，吾聞香煙卽來救子。但天數已定，恐不可免爾。」既別，而齊生從張王俊軍淮上，與李成戰，竟死。久之，他盜犯縉雲，吏民奔竄。及盜去，堂吏某中奉者，據主簿官舍，簿乃居山間。英至山間，問簿妻何以未反邑，具以告。英曰：「吾能去之。」盛飾造中奉宅，因稱主簿侍兒，厲聲譙責，忽不見。中奉大恐，急徙出。嘗有部使者至邑，威嚴凜然，官吏重足，正坐廳事，一婦人緩行廡下，歷階阤而升。訶之，以詢從吏，皆不敢對。會邑官白事，語之曰：「諸君婢媵，不爲隄防，乃令得至此。」衆以英爲解，懼甚，卽日治行。後轉之丞廳，丞爲所染，沿檄桉行經界，英亦同塗。丞未幾死。邑令趙道之欲去其害，齋戒數日，將奏章上帝。英已知之，語令曰：「吾非下鬼比也，若我何！」俄齋室振動，令家大小皆病，遂不敢奏。至今猶存。閭丘寧孫叔永說。

宣和宮人

宣和中，有宮人得病，譫語，持刃縱橫，不可制。詔寶籙宮法師治之，不效。盡訪京城道術者，皆莫能措手，於是閉之空室，不給食，如是數年。有程道士者，從龍虎山來，或以其名聞，命召之。

上曰：「切未可啟户，彼挾刃將傷人。」道士請以禁衛數百，執兵仗圍其室三匝，隔門與之語，且投符使服。宫人笑曰：「吾服符多矣，其如予何！」遂吞之。已而稍定，曰：「此符也得。」道士遂啓門。宫人譊譊不已，然既爲符所制，不能出。道士以刀劃地爲獄，四角書「火」字，叱之曰：「汝爲何鬼所憑，盡以告我。不然，舉輪火焚汝矣。」不肯言。取火就四角延燒，始大叫曰：「幸少寬，我將吐實。」道士爲滅去兩角火。乃言曰：「吾亦龍虎山道士，死而爲鬼。凡丹呪法籙，皆素所習，故能解之。不意仙師有真符，今不敢留，願假數日而去。」道士怒曰：「宫禁中豈宜久，此「此」字疑誤。必速去。」即入奏曰：「此鬼若不誅殛，必貽禍他處，非臣不可治。」遂縛草爲人，書牒奏天詑，斬之。宫人即蘇。

京師道流

京師有道流，居城外，夢一神將告之曰：「帝遣我等五百輩，日侍左右，從師行持。」自是法大振。嘗騎驢入城，見一村民，急下驢語之曰：「有妖鬼隨汝，不可不除。」命俱至茶肆。市人千百聚觀，道流遣神將杖之，民號呼不已。杖畢，飲之以符，即如平常。有惡少年語衆曰：「第能杖有鬼者，不能杖我。」道士大怒，又叱神將杖之二百。惡少年受杖，號呼如前人，且謝罪，乃釋之。未幾，復夢神人來告曰：「帝以師妄笞平民，令吾持牒盡索神將。」既寤，法不復行。得大病，幾死。二事强幼安説。

倉卒有智

秀州士大夫家一小兒，纔五歲，因戲劇，以首入搗藥鐵臼中，不能出，舉室無計。或教之使執兒兩足，以新汲水急澆之。兒驚啼體縮，遂得出。又有一兒，觀打稻，取穀芒置口中，黏著喉舌間，不可脱。或令以鵝涎灌之，即下，蓋鵝涎能化穀也。二者皆一時甚急，非倉卒有智，未易脱也。閩人茂德説。

汪彦章跋啟

錢塘關景仁子開爲税官，爲其下告訐，郡守械之獄。子開弟子東注往會稽，告急於兵部侍郎汪彦章。汪爲馳書屬杭守，事遂釋。子開具啟謝汪，未達而死。子東爲致之，汪書其後曰：「解晏子之驂，昔曾伸於賢者；挂徐君之劍，今有感於斯文。」

六合縣學

真州六合縣，自兵戈後，學舍焚燎無遺，諸生相與築茅屋十數間以居。久之，議欲遷徙。初，邑有廢寺，當羣盜既息，一僧出力丐錢經營之。嘗取石郊外，得兩大石，頗平，移置諸殿前之溝上，其若橋然。凡累年，寺略成而主僧死，無有繼者，縣因即其宮爲學。方聚工葺治，揭溝石去之，其陰大刻「縣學」兩字，莫知何歲月也。則此寺當爲學校，疑若冥數云。縣人崔嵓叔詹説。

高俊入冥

昔東坡先生居儋耳，有處女病死，已而復蘇云：「追至地獄，其繫者率儋耳人也。」近夔州戍兵高俊事大類此，豈非所謂地獄者，一方各有之，時託人以傳，用爲世戒歟！俊家睢陽，世爲卒，隸雄威軍。紹興二十二年正月辛亥，登夔之高山，逢一人，披髮執杖，出符示俊曰：「受命追汝。」俊恐怖，亟歸。彼人隨之不置。俊至家，舉食器擲之，彼人怒扼其喉，俊立仆地，卽覺從而西。且行且出其符，凡大書數行，後有「押」字，俊不識也。行久之，路正黑，俄，豁然明，見城郭嚴峻，四隅鐵扉甚高，四顧廛市列肆，如一郡邑，其中若大府，兩廡囚繫幾滿，一女子懸足於桁。吏曰：「前生妄費膏油以塗髮，故懸以瀝之。」又一女反縛，以鉗鉗其舌。吏曰：「生前好搖唇鼓舌者。」後所識寧江都將，荷鐵校，曳鐵鎖，獄卒割剔其股文，血肉淋漓，形容枯瘠不類人。左右破腦者、折脛者、折肱者、穴胸者，百十人環守之。吏曰：「生前賊殺無辜者也。」一部將亦同繫，箠掠無全膚。次則市之鬻麵者曰冉二，死已數年矣，前列一大甕，畜腐水敗泔，其七已空。吏曰：「是嘗棄麵與水漿，今積于此，日使盡三杯。」又有鬻餳者黃小二，爲獄卒，勞問俊曰：「汝何時來耶？」與俊同曹追者凡三百餘人，奉節令趙洪先一夕死，亦彷徨庭下。堂上黃綬主者呼俊曰：「汝以何年月日時生乎？」俊曰：「俊年二十五歲，六月二十四日辰時生。」主者披籍曰：「吾所追，乃生于巳時者。」使俊止以俟命。其它一一問如前。有卽荷校驅而東去者，亦有閉諸廡者。庭中壯士金甲持斧立，俊進揖曰：「主者留俊而未有以命，柰何？」曰：「吾爲汝入白。」頃之，出曰：「可去也。」戒一童曰：

「速與偕行，或埋瘞，則無及矣。」童導俊由始來之路，其正黑者既窮，即失此童，惟望西而行。殆數里，登山，下有河流，溺者不可計。官曹坐岸上，使卒徒擁行人入于河。入者爲魚龍所噉食，能涉而得岸者，百不一二也。益大恐，奔及重嶺，乃東行。至平川，二徑交午，不知所適。憩川上，伺過者將問津，有犬來牽俊衣，趨左徑，凡七里許，復失犬，獨進。踰前岡，抵大溪，甫過橋而橋壞。後一騎來，迫壞橋呼曰：「急治橋。」尋有四五人，負大木横其溪，騎者不克度，俊愈益疾步，踰時達夔之東津。視其體則裸也。或詬之，歐其背，遂驚寤。蓋死二日，家方謀瘞之云。晁公遡作說。

鼠壞經報

邵武泰寧瑞雲院僧有貴，持律甚嚴。嘗坐方丈，有新生鼠三四，繼墮於前。諦視，悉無足，命取梯探其穴，迺鼠母用《金剛經》碎以爲窠，是以獲此報。黄文譽說。

誦天尊止怖

陳季若言：「平生多夢怖，不能獨寢。每寢熟，必驚魘，甚患之。夢有教者曰：『但持元始天尊靈寶護命天尊號，每日晨興，焚香誦二號各三十過，久當有益。』如其言，不一歲，怖心不萌。或夜獨卧古驛中，亦無苦，至今不少懈。」

僧爲人女

僧善旻者，長沙人。住持洪州觀音院，已而退居光孝之西堂，紹興二十三年秋得疾。鄱陽董述爲司户參軍，攝新建尉，居寺側，憐其病，日具粥餌供之。旻每食必再三致謝，光孝主僧祖璿誚之曰：「汝爲方外人，而受俗人養視，如此惓惓，有欲報之意，以我法觀之，他生必爲董氏子矣。」旻雖感其言，終不能自克。時董妻汪氏方娠，璿陰以爲慮，而董旦暮供食，情與親骨肉等。旻病益篤，以十月二日巳時死。寺中方撞鐘誦佛，外人入者云：「司户妻免身，得女矣。」較其生時，旻適死云。女數月而夭。祖璿説。

向氏家廟

欽聖憲肅皇后姪向子褰妻周氏，賢婦人也。初歸向氏，自以不及舅姑之養，乃盡孝上二字葉本作「於」。家廟，行定省明鈔本多「禮有」二字。如事生，未嘗一日廢。歲時節葉本作「伏」。臘，於烹飪滌濯，必躬必親。政和間，隨夫居開封里第，得疾。於夢中了了見五六人，若世間神廟所畫「畫」字明鈔本作「繪塑」。鬼物。內一人取所佩篋櫝，出紙小幅，滿書其上，字不宜葉本作「可」。識，既而斷裂作丸，如所服藥狀，取案上湯飲，勸周曰：「服此卽安。」周取服明鈔本多一「之」字。不疑。既覺，卽苦咽中介介噎塞，飲食不能下，疾勢且殆。周自念此非醫所能爲，葉本作「療」。而世間禳禬事又素所不信，但默禱家廟求祐。數日後，因服藥大吐，始能進粥，且肉食。既有間，夢仙官乘羽蓋車冉冉從空下，儀從甚盛，葉本作「都」。升堂坐，取前五六鬼捶撲于廷，如鞫問狀。諸鬼取醫所治藥，與所餘粥肉之屬，各執以進曰：「所見惟此耳。」內一鬼乃書紙作丸者，獨戰栗𢥞明鈔本作「悚」。懼，於唾壺中探取丸書，展之復成小幅，文字歷歷如故。上之仙官，坐間命行文書，械諸鬼付獄，徐整駕而去。周渙然寤，即履地復常，後享壽七十。仙官蓋家廟神靈也。周仲子汸說。

夷堅甲志卷第十三十八事

狄偁卦影

狄武襄之孫偁，得費孝先分定書，賣卜於都市。薌林向伯共子諲，自致仕起貳版曹，偁爲寫卦影，作乘巨舟泛澄江，舟中載歌舞婦女，上列旗幟，導從之屬甚盛。岸側一長竿，竿首幡脚獵獵從風靡。詩云：「水畔幡竿險，分符得異恩。潮迴波似鏡，聊以寄君身。」向讀之甚喜，自以必復得謝，浮家泛宅而歸，葉本多「之兆」二字。但未盡曉。一日，上殿占對頗久，中書舍人潘子賤良貴攝記注侍立，前呼曰：「日晏，恐勤聖聽。」向子諲退，而天語未終，向不爲止，潘還就班。少焉，復出其言如前，向乃趨下。明日各待罪，上兩平之，已而各丐外。向章再上，以學士知平江府。到官三月餘，力請謝事，優詔進秩以歸，始盡悟卦意：「水畔幡竿」，指潘公也。而出守輔郡，上眷益厚，所謂「分符得異恩」也。「潮迴」者，言自朝廷還。「波似鏡」者，平江也。「聊以寄君身」，謂姑寓郡齋，終當歸休耳。郟次南說。

死卒致書

紹興戊午，呂丞相居天台。族壻李修武寓會稽虞氏館，方與妻對食，一走卒以丞相書至，李接書展讀。其人曰：「本府某提轄已在大善寺，使邀修武。」李諾之。須臾，起更衣，久不出。妻往尋之，乃見在圃内池水上，身没至腹矣。急呼童僕共拯之，得不死。徐問所見，曰：「適與某提轄飲梅花酒，樂作正歡，而爾輩挾我出，不能終席，殊敗人意也。」池四面有桃梅數十本，遣視走卒，已失所在。後半月，有自天台來，言提轄者死幾月矣。走卒乃丞相所遣至李氏者，道死於嵊縣。縣人檢尸得其券帖，獨不見丞相書。是日，蓋李得書日也。死卒能致生人書，亦異矣。傅世修説。

傅世修夢

傅世修，會稽人。鄉舉不利，夢入省闈，試《德隆則晷星賦》。次夜，又夢如初。試卷内畫巨鉤，鉤下有髯龍用爪覆李伯時馬五六紙。傅以夢稍異，因志之。後三年鄉貢，明年省試《天子以德爲車賦》，默念車有軌，軌者，晷也。當□□已而不利。又三年，復赴省，試《天地之大德曰生賦》，策問馬政，遂中第。乃悟昨夢，自解曰：「德隆者，大德也。星者，曰生也。卷中畫馬，馬政也。」而不了髯龍之義。既奏名，謁謝坐主。見勾龍庭實校書，言傅所試卷，在其房中。勾龍狀貌甚偉而富髯須，乃盡曉畫中意。時紹興十二年。

樊氏生子夢

衢人樊國均説：建炎庚戌歲，其父察調宣州通判，代鄉人徐昌言，明年八月當赴官。是歲十二月七日，樊夜夢是月二十五日，宣卒攜書來迎，抱一小兒拜廷下，訝其無儀從之物。答曰：「途間盜梗，不敢以器皿來，只有青蓋及數轎耳。」問所以抱子狀，曰：「家無妻室，唯此一子，愛之，故以自隨。」次日，以白父。父曰：「心思之官，故夢如是。」是時樊妻柴氏孕，當以正月免身，歲未盡五日，忽苦腹痛，將就蓐。宣卒張德以徐通判書來，云已得祠禄歸鄉，就攜迓兵來。樊視其人，絶類所夢者，但不抱子。而詢所賫物，其答與夢中言無異。至暮，柴誕一子，既閱月，俱往宣城。張德者來謁告，曰：「向被差時，一子纔六歲，以無母，留姑氏拊養之。今歸，則死矣。」問其日，乃與柴氏誕子時同，則夢中之祥，蓋當爲樊氏子也。

楊大同

楊大同，懷州人。未第時，隨兄官下。嘗與兄之小兒肩輿爲戲，兒已下轎，楊揭簾，見婦人抱幼女坐轎中，大驚異，卽以兄子歸，急出外舍，思所以挑招之策。旋踵間，婦已在臥内，笑曰：「在此待子。」遂與之狎。問其故，曰：「我某家婦，夫行役不歸累年，以子獨居，故逸而從子。子勿泄勿娶，我雖久此，外人不能知。」自是與同寢食。歷數月，楊顔色日枯悴，兄家疑之。亦嘗聞夜榻人聲，意有淫厲，呼道士以天心六丁符籙治之。婦忽變形，作可畏相，欲殺楊。楊哀鳴懇拜曰：「請後不敢。」遂如初。少時，自垂泣辭去曰：「我乃爾三生前妻。此女，爾女也。爾爲商往他州，顧戀倡女，不知還，我貧困不能自存，攜此女赴井死。訴之帝，帝令天獄□法曰：『爾逐利忘家，致妻子死於非命，雖有別善業當登科，然終不能享，自此十年間將受報。』我以前緣未斷，來尋盟，今數盡當去，亦從此受生矣。」出門，即不見。紹興五年，楊登科，再仕爲廣西帥屬，以事至柳州，過靈文廟。廟祝請入謁，楊不可。祝曰：「不然，神且譴怒。」楊叱之，徑謁太守。飲湯未畢，盞落手而仆，即死。皆云柳侯所怒，不知其向來事也。相距正十年云。傳世修說。

董白額

饒州樂平縣白石村民董白額者，以儈牛爲業，所殺不勝紀。紹興二十三年秋，得疾。每發時，須人以繩繫其首及手足於柱間，以杖痛捶之，方欣然忘其病之在體，如是七日方死。董平生殺牛正用此法，其死也，與牛死無少異云。

婺源蛇卵

徽州婺源縣，紹興二十三年七月三日大雷雨。邑中有老樹，蟠結數十圍，震爲數截。中藏蛇卵十餘斛，或取碎之，每殼中必一物詰曲其間，如鱓然。雞猪食之輒死，小民食死猪肉者亦死。卵大小如彈丸，如小橘。去縣十五里，有巨蟒同時震裂，皆疑其爲蛇母云。予族人邦直，時爲邑尉，嘗取其卵碎之，實然。

鄭氏女震

婺州武義縣鄭亨仲資政，族中三女，從姊妹也，皆未適人。長者十八歲，次十四歲，次十二歲。

紹興二十四年二月六日，族有姻會，三女往觀之。會罷，親族相聚博戲，忽大雨震電，三女皆捨去，自便道小户欲還家，未至而火滅，共憩一小亭上。族人遣婢明燈視之，則皆仆地。其一已震死，裸卧雨中，衣服粘着柱間。其一體半焦，衣皆破碎。其一無所傷，扶歸，明日方甦。問之，曰："方行次，忽滿眼黑暗，無所睹，遂驚蹶如睡，他皆莫知也。"身焦者數日方能言，亦不死。劉邦翰于宣說。

鄭升之入冥

衢人鄭升之，宣和間爲樞密院醫官，後居湖州累年。嘗往臨安，於轎中遇急足持文書來，視之，乃追牒也。上列官爵姓名二十餘人，鄭在其末。讀畢，卽恍惚如醉。還家而病。前使亦至，呼之，遂隨以行。路半明半暗，如月食夜。到冥府，使者先入。鄭窺窗間，見兩廊皆囚，而以泥泥其首。少頃，呼入。主者問曰："汝當死，有陰德否？"曰："無。""嘗從軍乎？"曰："然。"曰："汝昔宣和中隨諸將往燕山，有二卒得罪於將，欲斬之，以汝諫獲免。又汝在京師時，好以藥施人。有之否？"鄭曰："頗憶有之。"主者曰："有此二美，當令汝還。"取元牒判云："特與展年放還。"鄭拜謝。既出門，詢向使者曰："吾復活幾何年？"應曰："不知也。"將行，使者曰："汝平生好飲，餘瀝沾几案間，積已數斗，須飲訖乃可去。"卽舉一甕，甚臭，强鄭令飲。飲至斗許，不能進。失手墜甕，乃醒。又病一月方愈。自以陰限不明書年數，常恐死，乃别所知者，自還鄉治家地。明年，其所知者邢懷正孝肅爲衢簽，見鄭之子，則鄭已死矣。計其復生僅旬月云。邢懷正說。

黄十一娘

福州侯官縣黄秀才女十一娘，立簾下覩人往來。一急足直入曰：「官追汝。」女還房，即苦心痛死。經日復生，曰：「追者與我俱行數十里，忽有恐色，曰：『吾所追乃王十一娘，誤喚汝。今見大王，但稱是王氏，若實言，當捶殺汝。』我强應之。至官府，見三人鼎足而坐。中坐者乃我父也，望我來，即憑軒問曰：『汝何爲來此？』曰：『正在簾内，爲人追至。及中途，則言當追王十一娘而誤追我，戒我不得言。』父還坐，謂東向者曰：『所追王氏，今誤矣。』曰：『公何以知之？』曰：『此吾女也。』東向者即命吏閲簿，顧曰：『果誤矣。』又《榕陰新檢》作「因」。笑曰：『王法無親，今日却有親。』皆大笑，乃放我還。」鄭彦和知剛說。

謝希旦

徐人竇思永，居洪州。妻鄭氏方娠。紹興二十三年閏十二月一日，思永夢洪州監税秉義郎謝希旦來，拜不已。思永不敢受，夢中愧謝。睡覺至亥時，妻生一子。旋聞寺擊鐘，問之，則謝生正以是時死矣。思永名其子曰「宜哥」。謝氏後知之云：「希旦小字實曰『宜哥』。」則竇氏子爲希旦後身昭昭矣。希旦，邵武人，亦知書。思永登二十四年進士，與予妻族有連，聞其說。

盧熊母夢

盧熊，邵武人，校書郎奎之子。紹興二十一年，赴試南宫。母樊氏夢數人舁棺木至中堂，曰：「此夫人母也。」號泣而寤。以告奎曰：「人言夢棺得官。若三郎者，原注：熊行第三。恐有登科之兆。如君者，或有遷官之喜。今乃吾亡母，此何祥也？」奎未能遽曉。質明，出視事。既歸，有喜色，遥呼其室曰：「吾爲爾釋昨夢矣，爾母何姓？」樊氏矍然悟，蓋其母乃熊氏也。於是知熊必擢第，已而果然。熊説。

范友妻

張淵道，紹興五年爲右司郎官。兵士范友居于門側，其妻以九月二十四日死，已殮而未蓋棺。翌日五鼓，張六參入朝，方傳呼，范妻忽自棺中舉手撼其夫。夫驚問之，曰：「適有數鬼來此，一判官緑袍，滿面皆猪毛逆生，問我蹤跡。答云：『夫范友，本黄河埽岸兵士，因張郎中入西川，差爲水手。後從至行在，今爲院子。』判官頷之。方徘徊間，忽聞人呼『右司來』。諸鬼皆奔散，獨判官歎恨曰：『收氣不盡矣。』方出門去，猶未遠也。」妻復起，能飲食，又十日竟死。

婦人三重齒

鄭公肅右丞雍姪某，家于拱州。時京東饑，流民日過門。有婦人塵土其容，而貌頗可取。鄭欲留爲妾。婦人曰：「我在此飢困不能行，必死於是，得爲婢子，幸矣。」乃召女儈立券，盡以其當得錢爲市脂澤衣服。婦人慧而麗，鄭嬖之，凡數月。一夕，大雷雨，閽寢門外人呼曰：「以向者婦人見還，此是餓死數，不當活。」鄭初猶與問答，已而悟其怪，拒不應。旦而念之，欲遣去，又戀戀不忍，計未決。他夜，扣門者復至。鄭罵曰：「何物怪鬼敢然！任百計爲之，我終不遣。」相持累夕，婦人忽苦齒痛，通昔呻吟。天明視之，已生齒三重，極聱牙可畏。鄭氏皆懼，即日遣出。形狀既異，無復有敢取之者，竟死於丐中。會稽唐閎信道，鄭出也。云少時聞母言云然，而失其舅名。

馬簡冤報

秦州人馬簡，本農家子，因刈粟田間，有婦人竊取其遺穗，爲所毆，至折足而死，里胥執赴府。簡長六尺餘，軀幹偉然。府帥奇其人，曰：「汝肯爲兵，吾宥汝。」簡從命，遂黥爲卒。後童貫擇健兒好身手者爲勝捷軍，簡隸焉。兵罷後，從張淵道侍郎爲僕。張公爲桂林守，嘗令曝畫於簷間，簡取三足木床登之，纔一級，失足而墜，旁觀者以爲無傷。簡起坐，大聲呻痛曰：「損我脚矣。」拔所佩小刀欲自刺。人急視之，則臁骨已出，傷處流血如注。簡曰：「方登梯時，覺眼界昏然，如人自空推我下，故跌。」乃自言舊事曰：「必此冤爲之。」數日死。

陳昇得官

邵武威果卒陳昇，嗜酒，嘗大醉，感其身世微賤，歎曰：「何日脱此厄？」少頃，如夢非夢，有人告曰：「明日爲官人，何歎也！」昇明旦醒，能憶其語，曰：「鬼神戲我如此，我何從得官！」其日薄暮，欲至軍校之舍，聞一卒與軍校耳語。卒既出，昇隨其後，與俱至酒家飲，又與之錢。稍醉，問之曰：

「爾適告管營何事？」卒具以語之曰：「營中某人等謀亂，欲以夜半燒譙門，伺太守出救火，卽殺之爲變。」昇亟與之同謁軍校，三人偕列名走告于郡。郡守亟召兵官，密將他營兵，如狀中人數捕之，皆獲。獄具，悉斬之。告者皆得官，昇爲承信郎。時紹興十三年。

了達活鼠

吉州隆慶長老了達言：嘗寓袁州仰山寺，與同參數人，約往他郡行脚。取笠欲治裝，見笠内有鼠窠，實以碎絹紙，新生鼠未開目者五枚，啾啾然。達欲去之，恐其死，乃謝同行者，託以他故不往。又數日，五鼠能行，達以粥食飼之。每夕宿笠中，旬餘始不見，其中潔然無滓穢。得淨笠衣及茶一角，達意其竊以來，懸之僧堂，三日無取者。於是白主者告於衆，以其茶爲供而行。自是所至不蓄猫，鼠亦不爲害。

魚顧子

井度爲成都漕，出行部，至蜀州新津，買魚於江，其重數斤，命庖人鱠之。方操刀間，魚躍入水中。庖懼得罪，有漁舟過其下，乃鄭重囑之，許以千錢，約必得如前魚巨細相若者。漁人問向所買處，曰：「去此一里許，得之江潭窟中。」漁人卽鼓棹往所指處。一舉網，獲長魚以還。庖視之，乃適所墜者也。蓋方春時，魚産子葦間，其母日往來□陸本作「顧」。之，至成魚乃去，或母獲則子不能育，故漁者以是候之云。杜莘老起莘說。

夷堅甲志卷第十四十七事。按：實有十八事。

開源宮主

劉允，字厚中，潮州海陽人，登紹興按：下句爲「宣和甲辰」，「紹興」當作「紹聖」。四年進士第。宣和甲辰，除知循州。命下，遽乞致仕。會朝廷以復燕雲肆赦，雖已告老，並許復從宦。劉獨不起，而出入閭里，飲食起居，了無衰相。親舊交口勸勉，確然不回。明年春，丁母憂感疾，正晝忽起，呼其子昉曰：「有詔授我奎文殿學士。」昉聽未審，復質之。劉挽其手，書「奎文」二字曰：「須爲作劄子，辭不獲命，則具謝表。」又數日，復言：「天官已除他人，吾免矣。」家人喜相賀。遂浸安，然絶不茹葷。至四月一日，又曰：「吾比得開源宮主，蓋仙官之最清要者，吾甚樂之。」家人曰：「豈其夢邪！」曰：「非也。適有人報甚明，非久去矣。」即索紙筆疏數事，大抵以喪葬過度爲戒。又三日，整衣起坐，呼二子昉、景，告以從治命，中夜而卒。前數夕，鄉人李正甫夢謁劉，見吏卒盈門，云：「來迎新君。」其鄰許氏婦，亦夢所居巷陌間，旛幢寶蓋，飛揚雜沓。頃之，劉冉冉從導者而去。既卒數日，肌體柔滑如生，四支皆可伸屈，時方烝暑，而色不少變。劉少時，當元祐甲寅中秋之夕，夢遊一洞府，見塑像道裝，青娥在旁指曰：「此公前身也。」既寤，作八詩以紀之。

至是頗應云。其詩曰：「銀築層臺玉砌成，五雲深映百花明。獸環響徹重門啟，無限青娥喜笑迎一。青鬟前引度回廊，簾捲雲間舊院堂。松桂滿庭龜鶴在，儼然丰觀道家裝二。徐入東堂百步餘，虛堂猶記舊來居。窗紗掩映瓊籤軸，盡是當時讀遍書三。曈曨瑞日照觚稜，溶曳祥煙遠棟甍。松檜雅知人趣尚，風來偏作步虛聲四。側金壇畔虬松老，甃玉池邊綬藕長。吟折紫芝香滿手，數聲鳴鳳在脩篁五。獸爐煙和百花香，玉葉瓊枝倚二字字形不全，今據陸本補。兩旁。一曲雲和鸞鶴舞，勸人爭捧九霞觴六。雲母屏間看舊題，醉吟阿母碧桃枝。羣仙指點未「未」字疑誤。題處，更乞凌虛白鶴詞七。步出朱宮日漸移，青鬟羅拜問歸期。塵緣若斷人間世，看取蟠桃正熟時八。」潮人陳安國嘗敍其事。昉後更名旦，仕至太常少卿，紹興庚午，終於直龍圖閣知潭州。景嘗知台州。

漳民娶山鬼

建州人范周翰爲漳州司理參軍。郡近村民有以負薪爲業而無妻者，久之，得一婦人，遂與歸。以二籠自隨，其家皆喜。唯民妹獨見婦一足，不敢言。至夜同寢，日高不啟門。父母壞壁以入，但白骨在床，發其篋，皆瓦石及紙錢耳。蓋山魈類也。

王刊試卷

梁山軍人王刊，字夢錫，初名某。嘗夢至大官府，見巨牌揭于壁間，有「王刊」二字，遂更今名。

已而預貢，崇寧五年赴省。白晝遇黄衣卒于通衢，持試卷三通與之，刊愧謝，但有三百錢以勞之，曰：「我若及第，當厚報汝。」其人唯唯而去。遂以所得卷子入試，其年登科。竟不知爲何人也。刊官至朝奉郎。

楊暉入陰府

紹興二十二年，虔卒齊述叛。未撲滅間，吉州吉水縣民楊暉，夢追入陰府，見數百人身披五陸本作「三」。木，繫庭下。主者責暉曰：「汝何敢與齊述爲亂！」暉曰：「暉乃吉水村民，與述了無干涉。」主者曰：「然則誤矣。」即遣還。

吴仲弓

鄭州人吴仲弓，建炎末知桂陽監。時湖湘多盜，仲弓一切繩以重法，入獄者多死。及得疾，繞項皆生癰疽，久之，瘡潰，喉管皆見，如受斬刑者。一日，命家人作烝鴨，欲食未及而死。死之二日，司理院推吏忽自語曰：「官追我證吴知郡公事。」即死。時衡州人劉式爲司理，親見之。

芭蕉上鬼

紹興初，連南夫帥廣東，曹紳以宣義郎攝機宜。連公前後所殺海寇不可計，或同日誅一二百人，曹皆手處其事，不暇細問也。以是論功，遷官至朝奉大夫，後爲廣倅。公宇在淨慧寺，到官未幾而病。每吏卒衙時，其家婢使咸聞寺後芭蕉林間有人聲，或見人坐葉上，見羣婢亦不驚。婢問：

「何人？」曰：「來從通判索命。我輩二十六人，分四道尋覓，今我六人先至此。」曹聞之懼，力禱之，許以水陸醮設，皆不應。曰：「但相從去乃可。」曹竟死。未死前，一妾生子，遍體皆長毛，瘗之山下，經三日發視，猶不死，甚怪其事。蓋寃鬼所託云。五事皆張可久説。

董氏禱羅漢

鄉人董燿彦明，三十餘歲未有子，與其妻自番陽偕詣廬山圓通寺，以茶供羅漢，且許施羅帽五百頂以求嗣。董躬擕瓶瀹茶，至第一百二十四尊者，茶方點罷，盞已空。董禱曰：「豈尊者有意應緣乎？當以真珠莊嚴一帽以獻。」既歸，經旬月，妻手自裁帽，命族人董道士持以往。道士回，董有侍妾先見之，迎問曰：「道士歸邪？」是月，妾有身。未誕之前，家人數夢一僧頂帽往來室中。凡十有二月而生一子，纔逾月間，聞人誦經聲，雖正啼哭，必止。董爲日誦《金剛經》一卷。已而每聞經，必欲前，如傾聽之狀。既過百晬，董偶問之曰：「汝酷愛此，豈前世曾誦乎？」兒急張目作老人聲曰：「我曾念來。」董驚愕，再問之，遂不答。自是不甚食乳，既而有疾，將死，兩目數開闔，如不忍去者。董拊之曰：「汝既方外人，去留皆任意自在，要行卽行，何須爾！」卽閉目。捫其體，已冷矣。其生正一百二十四日云。董説。

王夫人

獻穆大主之孫李振妻王夫人，嫁十餘年無子。嘗晚步家園，彷彿見一黃鳥飛舞樹間，戲逐之，卽没於地。疑其異，亟呼童斸土視之，得黄金一塊，如斗大。王祝曰：「此天賜妾也。雖然，暗昧之物，妾不敢當，但願得一子耳。」遂歸。明日，試再發之，已空矣。是月有孕，生子曰景直，崇寧末仕至工部侍郎。景直從弟景遹說。

舒民殺四虎

紹興二十五年，吴傅朋說除守安豐軍，自番陽遣一卒往呼吏士。行至舒州境，見村民穰穰，十百相聚，因弛擔觀之。其人曰：「吾村有婦人爲虎銜去，其夫不勝憤，獨攜刀往探虎穴，移時不反。今謀往救也。」久之，民負死妻歸，云：「初尋跡至穴，虎牝牡皆不在，有二子戲巖竇下，即殺之，而隱其中以俟。少頃，望牝者銜一人至，倒身入穴，不知人藏其中也。吾急持尾，斷其一足，虎棄所銜人，踉蹡而竄。徐出視之，果吾妻也，死矣。虎曳足行數十步，墮澗中。吾復入竇伺牡者，俄咆躍而至，亦以尾先入，又如前法殺之。妻寃已報，無憾矣。」乃邀鄰里往視，與四虎以歸，分烹之。

妙靖鍊師

妙靖鍊師陳氏，名瓊玉，婺州金華人，年十有七。一日，邀兄遊四明海中。兄乘舟，而妙靖行水上，閲數日，衣裳不濡。既還，語人曰：「我水中遇婺女星君，相導往蓬萊，始知元是第十三洞主。」遂省悟，從此絶食，便能詩詞，及知人間禍福。公卿士庶日往叩之，户外屨滿。政和七年，郡守劉安上部使者盧天驥、王汝明等聞于朝，召至京師賜對，妙靖鍊師對訖，卽乞還山。師所居，前面葛仙峰，後枕仙姑壇，獨處一室。邑宰柯庭堅贈詩曰：「此下至《建德妖鬼》條「悲懼不自勝平時習」止，宋本作四葉，嚴本於中縫均注「補」字。絶粒棲神知幾年，閉關終日更翛然。高風默與麻姑契，妙法親從嬰女傳。功行素超三界外，姓名清徹九重天。憑誰與問西王母，師是金華第幾仙？」贈詩者多，師獨喜此篇。師作詩前後無慮數千首，弟昭嘗曰：「詩詞所言，其應如響，何從而知？」師曰：「聲其里系，卽仙官持簿來，五百年過去未來皆知。恐泄天機，姑以風花雪月爲詠，而言嚴校：「言」當作「吉」。〔按：陸本作「吉」。〕凶寓其中。非苟知之，又且掌之。昨權無常縣尉，管人間生死。後權陰典，管人間六犯事，謂逍嚴校：「逍」當作「逋」。官錢、王嚴校：「王」當作「五」。逆、不孝、姦盜、踰嚴校：「踰」當作「倫」。濫、故殺也。世人冒犯，故多夭厲。不犯者，三世中出神仙。近又管月臺仙籍，凡士大夫聰明者皆上籍，若有功行，可作月臺仙。大抵勉人以忠孝誠信。」至八九十歲容貌不衰。按：目錄此下有《張十三公》一條，今闕。

蕪湖儲尉

建炎間，太平州寇陸德叛，燒刼居民，殺害官吏。蕪湖尉儲生竄避不及，爲賊黨縛去，德自臨斬之。已脱衣搦坐，德見其頂有毫光三道出現，乃釋之，且令主邑事，付以倉庫。後盜平，用此策動嚴校：「動」當作「勳」。改京官。宣城僧祖勝云：「儲尉每日誦《圓覺經》一部，觀世音菩薩千聲，率以爲常，以故獲果報，得免横逆。」按：此條見支志庚卷第八。

鸛坑虎

羅源鸛坑村有一嶺，不甚高，上有平巔，居民稱爲簷上田家。一婦嘗歸寧父母，過其處，見一虎蹲踞草中，懼不得免，立而呼之曰：「斑哥，我今省侍耶娘，與爾無寃讎，且速去。」虎弭耳竦聽，遽曳尾趨險而行，婦得脱。世謂虎爲靈物，不妄傷人。然此婦見鷙獸不怖悸，乃能諭之以理，亦難能也。按：此條見支志戊卷第一

蔡主簿治寸白

蔡定夫戡之子康積，苦寸白蟲爲孽。醫者使之碾檳榔細末，取石榴根東引者煎湯調服之。先炙肥猪肉一大臠，置口内，嚥咀其津膏而勿食。云：「此蟲惟月三日以前，其頭向上，可用藥攻打，餘日則頭向下，縱有藥，皆無益。蟲聞肉香，起咂啖之意，故空羣争赴之。覺胸間如萬箭攻鑽，是其候也，然後飲前藥。」蔡悉如其戒，不兩刻，腹中鳴雷，急奏廁，蟲下如傾。命僕以僕嚴校：「僕」字疑誤，陸本作「竿」。挑撥，皆聯緜成串，幾長數丈，尚蠕蠕能動。舉而抛於溪流，宿患頓愈。此方亦載楊氏集驗中。蔡游臨安，爲錢仲本説，欲廣其傳以濟後人云。按：此條見支志戊卷第三。

許客還債

許元惠卿，樂平士人也。其父夢有烏衣客來語曰：「吾昨貸君錢三百，今以奉還。」未及問爲何人

及何時所負而覺。明日思之，殊不能曉。平常蓄十餘鴨，是日歸，於數外見一黑色者，小童以爲他人家物，約出之。鴨盤旋趦于傍，墮一卵乃去。自是歷一月，每日皆然。凡誕三十卵，遂不至。竟不知爲誰氏者，計其直，恰三百錢。按：此條見支志戊卷第八。

黄主簿畫眉

黄「黄」字前葉本多「黟縣」二字。祝紹先爲鄱陽主簿，慶元二年四月，有偷兒入室，收拾衣衾，分置兩囊。臨欲去，黄氏育畫眉頗馴，葉本多一「點」字。解人語。是夜，一家熟睡。禽忽躑躅葉本多一「雕」字。籠中，嗚呼不輟。聞者以爲遭猫搏噬，遽葉本無「遽」字。起視之。盜葉本多「望見」二字。驚懼急走，葉本多一「出」字。遺葉本多一「其」字。一囊。黄亦覺，遣僕追躡，已失之。葉本多一「矣」字。一禽之微，懷哺養之恩而知所報如此，人蓋有愧焉。按：此條見支志戊卷第六。

潮部鬼

明州兵士沈富，父溺錢塘江死，時富方五六歲，其母保養之。數被疾祟，訪諸巫，皆云：「父爲厲。」母瀝酒禱之曰：「爾死唯一子，吾恃以爲命，何數數禍之！有所須，當夢告我。」是夕，見夢曰：「我死爲江神所録，爲潮部鬼，每日職推潮，勞苦痛嚴校：「痛」字疑誤，葉本作「備」。至，須草履并杉板甚急，宜多焚以濟用，年滿方葉本作「當」。求代脱去矣。」母如其言，焚二物與之，富自是不復病矣。明鈔本無「矣」字。

建德妖鬼

祈門汪氏子，自番陽如池州，欲宿葉本作「往」。建德縣。未至一舍間，過親故居，留與飲。行李已先發，飲罷，獨乘馬行，遂迷失道，與從者不復相值。深入支徑榛莽中，日且曛黑，上四字葉本作「月且朧暗」。數人突出執之。行十里許，至深山古廟中，反縛于柱。數人皆焚香酌酒，拜神像前，有自得之色，禱曰：「請大王自取。」乃扃廟門而去。汪始知其殺人祭鬼，悲懼不自勝。平時習大悲呪，至是但默誦乞靈而已。中夜大風雨，林木振動，聲如雷吼，門軋然豁開，有物從外入，目光如炬，照映廊廡。視之，大蟒也，奮迅張口，欲趨就汪。汪戰栗誦呪愈苦。蛇相去丈餘，葉本作「許」。若有礙其前，退而復進者三，弭首徑出。天欲曉，外人鼓簫以來，欲飲神胙，見汪依然，大駭。問故，具以事語之。相顧曰：「此官人有福，我輩不當得獻也。」解縛謝之，送出官道，戒勿敢言。汪既脱，竟不能窮其盜。王嘉叟說。

夷堅甲志卷第十五十七事

薛檢法妻

薛度，紹興初爲夔路提刑司檢法官，官舍在恭州。其妻病，召醫者劉太初療之，不效以死。移時復開目，問醫姓名鄉里甚詳，已而竟死。後數年，劉徙居荆南，白晝有緋衣婦人蒙首入門，云有疾求治。劉不在家，家人以實告。婦人徑入，及中堂端坐以待。或發其首幕，乃一髑髏，驚呼間遂不見。劉自是醫道浸衰，家日貧悴。時薛君爲潭之衡山宰，聞其事，泣曰：「吾妻也。」

雷震二蠻

邕州守臣兼經略都監，每歲至横山寨與交人互市。紹興二十三年，趙愿爲守，至寨市馬。蠻千餘人，往來憧憧爲過，二民行省地中爲所殺，掠同行一婦人以去，愿不能捕詰。明日，天無雲，雷震一聲，隕二蠻於地，尸一仰一俯，正如二民死時狀。蠻酋恐懼，訪知其事，即送婦人還邕。劉襄子思說。

馬仙姑

果州馬仙姑者，以女子得道。嘗爲一亡賴道人醉以藥酒而淫之，後忽忽如狂。靖康元年閏十一月二十五日，衣衰麻杖經，哭于市曰：「今日天帝死，吾爲行服。」市人皆唾駡逐之。後聞京師以是日失守。楊朴公全說，時爲工曹掾。

陳尊者

閬州僧陳尊者，居常落拓如狂，而言事多先見，人莫能測。紹興元年四月十四日，忽衣衰麻，望譙門大哭。或曰：「此州治也，何得爾！」曰：「今日佛下世，故哭。」聞者皆以爲誕。逾月而奉隆祐遺誥。其哭之日，乃上仙日也。外舅說。

賈思誠馬夢

賈思誠，字彥孚，紹興十七年爲夔州帥。夢受命責官，廐卒挾馬來迎，臨欲攬轡，細視馬有十三足，歎異而覺。明日，背疽發，十三日死。賈生於庚午，近馬禍云。張達說。

淨居巖蛟

衡山縣西北淨居巖，有蛟窟于中。僧宗譽初至，樂其幽閴，謀結庵，爲婦人數出擾，不敢留，避諸嶽寺。紹興十一年，僧善同來居之，纔草屋數間。游僧妙印在他舍，婦人來與合，自腰以下即冷如冰，數日死。行者祖淵采木於山後，迷不還，凡五日，求得於老虎巖中，云：「一婦人令住此，今出求果餌以飼我。」巖口甚窄，僅容人身，而其中頗廣，蓋蛟所穴也。祖淵歸亦病。是年四月幾望，風雨暴至，遍山皆黑，電雷掣旋屋外。善同素不睡，宴坐龕中。夜且半，起明燈，聞聲出龕下，如鼓鞴然，視之，乃巨蟒蟠結數匝，尾猶在户外。善同呼衆僧以杖擊去，既去復回，又擊之，始趨入石罅，未及而震死。山水大至，衝室屋太半，已而月星粲然。明旦，視死蟒，長二丈許，圍數尺，體皆黑方花紋。祖淵卽日發狂，嗟惜數月，亦死。前後僧僕爲所殺者凡八人。向時每夜山輒昏昧，雖月出亦然。自蟒死，夜色始明。今有屋數十間，僧十輩云。善同說。

伊陽古瓶

張虞卿者，文定公齊賢裔孫。居西京伊陽縣小水鎮，得古瓦瓶於土中，色甚黑，頗愛之，置書室養花。方冬極寒，一夕忘去水，意爲凍裂。明日視上六字原闕，從葉本補。之，凡他物有水者皆凍，獨此瓶不然，異之。試注上二字原闕，從葉本補。以湯，終日不冷。張或與客出郊，置瓶於篋，傾水瀹茗，皆如新沸者。自是始知祕惜。後爲醉僕觸碎，視其中，與常陶器等，但夾底厚幾二寸，有鬼執火以燎，刻畫甚精，無人能識其爲何時物也。

晁安宅妻

鄧州晁氏，大族也。相傳云：自漢以來居南陽，劉先主嘗從貸錢數萬緡，諸葛孔明作保立券，明鈔本多「今券」二字。猶存其家。建炎二年，鄧氏明鈔本作「邑」。殘于胡兵，或俘或死。晁氏男女數百人，皆囚以北，至汾州青灰山，爲紅巾邵伯邀擊，明鈔本多一「胡」字。盡失所掠而去。晁安宅之妻某氏，并其女及乳母，皆爲邵之黨王生所得。張丞相宣撫陝蜀，邵舉軍來降，王生爲右軍小將，與晁婦同處於閬中。閬有靈顯王廟，婦與乳嫗以月二日往焚香。嫗視道上一丐者病，葉本多一「目」字。以敝紙自蔽，形容甚悴。諦觀之，以告婦曰：「有丐者，絶類吾十一郎。」遣詢其鄉里姓行，明鈔本作「名」。果安宅也。婦色不動，令嫗持金釵與之，約十六日復會，且戒無易服。及期相見，又與金二兩，曰：「以其半詣宣撫司投牒，其半買舟置某所以待我。」安宅既通訴，宣撫下軍吏逮王生。會王出獵，婦攜己所有直數千緡，與嫗及女赴安宅舟，順流而下。王生家貲巨萬，一錢不取也。王晚歸不見其妻，而追牒又至，視室中之藏皆在，喟然曰：「素聞渠爲晁家婦，今往從其夫，理之常也。」了不以介明鈔本作「爲」。意。晁氏夫婦離而復合如初。婦人不忘故夫於丐中，求之古烈女可也，惜逸其姓氏。王雖武夫，蓋亦知義理可喜者。

犬齧張三首

唐州方城縣典吏張三之妻，本倡也，凶暴殘虐。婢使小過，輒以錢緡其髮，使相觸有聲。稍怠，則杖之。或以針籤爪，使爬土。或置諸布囊，以錐刺之。凡殺數妾，夫畏之，不敢言。後殺其子婦，婦家詣縣訴，縣檄尉檢尸。小婢出呼曰：「牀下又有死者，可併驗也。」獄具，以倡非正室，與平人相殺等，尸於唐州市。張自是亦病，左支皆廢，涕淚出不禁，以首就桉始得食，三年而死。既葬，爲野犬齧墓，揭棺銜首，擲之縣門外而去。三事皆妻叔張宗一貫道説。

蛇王三

方城民王三，善捕蛇。每至人門，則能知其家蛇多少，見在某處。有爲害者，取食之，人目爲蛇王三。方城令得一蛇，召之使食，爲爪所傷，抉二齒。近村民苦毒蟒出没爲害，醵金十萬，命王作法以捕。王畫地爲三溝，語人曰：「若是常蛇，越一溝卽死，極不過（明鈔本多一「踰」字。）二。如能歷三溝，則我反爲所噬矣。」既而蛇徑前，無所畏，欲就王。王甚窘，亟脱袴中裂之。蛇分爲兩，死焉。嘗適麥陂村，謂富室曰：「君家有巨黑蛇，方旺財，不宜取。」富室欲驗其言，強使取之。王書片紙，命其人投於廚後牆左角小穴，呼曰「蛇王三喚汝」。卽急走，勿反顧，恐傷汝。其人不信，投紙畢，少留（上二字葉本作「徘徊」。）覰之，則巨黑蛇已出。其人驚仆。蛇從旁徑出至王所，王袖之而行。其家自是果破。（上二字葉本作「漸敗」。）予婦家居麥陂，數呼之。至建炎盜起，不知所終。或以爲蛇精云。

應聲蟲

永州通判廳軍員毛景，得奇疾，每語，喉中輒有物作聲相應。有道人教令學誦本草藥名，至「藍」而默然。遂取藍捩汁飲之。少頃，嘔出肉塊，長二寸餘，人形悉具。劉襄子思爲永倅，景正被疾，踰年親見其愈。予記前書載應聲蟲因服雷丸而止，與此相類。

辛中丞

辛企李（次膺），紹興八年，自右正言出爲湖南提刑。舟到武昌，大將岳飛來江亭通謁，辛以道上不見賓客爲解，葉本作「辭」。岳不肯去。良久，不獲已，見之。卽欲以明日具食，意殊懇切，不得辭。既宴，酒三行，延辛入小閤，盡出平生所被宸翰，凡數百紙，具言眷遇之渥。執辛手曰：「前夕夢爲棘寺逮對獄，獄吏曰：『辛中丞被旨推勘。』驚寤，遍體流汗。方疑懼不敢以告人，而津吏報公至。公自諫官補外，他日必爲獨坐，飛或不幸下獄，願公救護之。」辛悚然不知所對。纔罷酒，卽解維。後數年，飛罷副樞奉朝請，故部將王貴迎時相意，告其謀叛，繫大理獄，命新除御史中丞何伯壽鑄治其事。方悟昨夢，乃新中丞也。何公後辭避不就，乃以付万俟丞相云。二事劉襄子思說。

猪精

紹興十年春，樂平人馬元益赴大理寺監門，與婢意奴俱行，至上饒道中，同謁一神祠丐福。是歲六月，婢夢與馬至所謁祠下，有親事官數輩傳呼曰：「大卿請。」指前高樓云：「大卿在彼宰猪爲慶，會召寮屬。」明日，馬以語寺卿周三畏，意建亥之月，當有遷葉本作「陞」。陟。明年冬，寺中作制院鞫岳飛，遇夜，周卿往往間行至鞫所。一夕月微明，見古木下一物，似豕而角，周疑駭卻步。此物徐行，往葉本作「入」。獄旁小祠而隱。經數夕，復往，月甚明，又見前怪。首上有片紙書「發」字。周謂獄成當有恩渥，既而聞岳之門僧惠清言：「岳微時居相臺，爲市游徼，有舒翁者善相人，見岳必烹茶設饌，嘗密謂之曰：『君乃猪精也。精靈在人間，必有異事，它日當爲朝廷握十萬之師，建功立業，位至三公。然猪之爲物，未有善終，必爲人屠宰。君如得志，宜早退步也。』岳笑，不以爲然。至是方驗。」元益說。

沃焦山寺

紹聖中，有僧游天台，迷失道，入越州新昌縣沃焦山上，遇大佛刹，寂無人聲，頗歎叢林之整肅如此。既登堂，望葉本多「見有」二字。官吏治事甚嚴，疑深山中不應爾，徐入法堂，過屋兩重，始見長老數人，相對默坐。僧前欲問訊，搖手止之，不敢問，卻下僧堂，側立以視。有頃，聞：「請第一員長老升堂。」其人號泣就坐。紫衣金章者立于前。瞬息間，火從坐者體中起，延燒其身，并及金紫者，不留遺燼。次第升堂，周而復始。僧問吏何爲？吏言：「平生無戒業，妄作住持人，謗佛正法，故受此報。金紫者，請主也。」僧懼，亟出。至山腰，逢數卒驅一老婦人，髣髴認明鈔本無「認」字。其母，回首留顧。老婦呼曰：「以汝平日妄談般若，累我至是。」其行甚遽，不得復葉本作「敘」。語。僧下山覓路，問居人：「此山何寺？」曰：「路絶人行，明鈔本作「稀」。安得有寺？」指別路示之云：「此去天台道也。」問其日，則已三宿矣。不復東遊，徑還家，母已死。時播傳此事，長老退居者數人。闞子東、強幼安皆作文以記。

羅浮仙人

藍喬，字子升，循州龍川人。母陳氏無子，禱羅浮山而孕。及期，夢仙鶴集其居，是夕生喬，室有異光，年十二已能爲詩文。有相者謂陳曰：「爾子有奇骨，仕宦當至將相，學道必爲神仙。」喬曰：「將相不足爲，乃所願則輕舉耳。」自是求道書讀之，患獨學無師友，因辭母，之江淮，抵京師。七年而歸，語母曰：「兒本漂然江湖，所以復反者，念母故也。」瓢中出丹一粒餽焉，曰：「服之可長年無疾。」留歲餘，復有所往，以黄金數斤遺母曰：「是真氣噓治所成。母寶用之，兒不歸矣。」潮人吴子野遇之于京師，方大暑，同登汴橋買瓜。喬曰：「塵埃汙吾瓜，當於水中噉耳。」自擲於河。吴注目以視，時時有瓜皮浮出水面，亹迹儼然。至夜不出。吴往候其邸，則已酣寢，鼻間氣如雷。徐開目云：「波中待子食瓜，久之不至，何也？」吴始知喬已得道，再拜愧謝，遂與執爨。後游洛陽，布衣百結，每入酒肆，輒飲數斗，常置紙百番於足下，令人片片拽之，無一破者，蓋身輕乃爾。語人曰：「吾羅浮仙人也，由此升天矣。」一日，貨藥郊外，復置紙足底，令觀者取之。紙盡足浮，風雲倏倏，躡而上征。仙鶴成羣，自南來迎，望之隱然。歷歷聞空中笙簫音，猶長吟李太白詩云：「下窺夫子不可及，矯首相思空斷腸。」母壽九十七而終，葬之日，樵牧者聞墟墓間哭聲，識者知其來歸云。英州人鄭總作傳。

毛氏父祖

衢州江山縣士人毛璿，當舍法時，在學校，以不能治生，家事堙替，議鬻居屋，未及售。晨起，見亡祖父母、父母四人列坐廳上，衣冠容貌，不殊生人。璿驚拜問曰：「去世已久，安得至此？」皆不答。惟父曰：「見汝無好情況。」因仰視屋太息曰：「汝前程尚遠，可寬心。」璿問：「地獄如何？」父曰：「有罪始入耳。吾無罪，當受生，但資次未到。」曰：「既未有所歸，還只在墳墓否？」曰：「不然。日間東來西去閑遊，惟夜間不可説。近日汝預葉氏墦間祭，我亦在彼。」指門外五通神曰：「神力甚大，閑野之鬼不可入。」又指所事真武曰：「謹事之，死後不入獄，便詣北斗下爲弟子。」璿曰：「大人且在是，當呼大兄來。」父止之曰：「我脚頭緊，便去矣。」令璿入門，數人皆下庭中，向空飛去，如鳥鵲然，直上不見。璿方悵望，而一僕自外至。蓋不欲與生人接，所以亟去也。

方典薄命

方典，字大常，莆田人。累舉進士不第，術者多言其無禄。同縣人劉仲敏爲泉州同安宰，典之兄與爲丞。劉謂與曰：「賢弟不應得官，若罷舉，庶可延數年之命。」與不信也。紹興十五年，典試南宫，劉又諫其勿行，典不聽，是歲擢第。牓至同安，與持往誚劉，劉曰：「一第未足喜，恐不能得禄耳。」典調晉江尉，歸待次之。明年，莆中春試，諸生例以寄居同教官考校，郡以命典。既入院，日獲□□陸本作「餐錢」。千餘，旬日間，所得盈萬錢，暴卒于院。陳應求説。

夷堅甲志卷第十六 十五事

衛達可再生

衛仲達，字達可，秀州華亭人。爲館職時，因病入冥府，俟命庭下。四人坐其上，西嚮少年者呼曰：「與它檢一檢。」三人難之。少年曰：「若不檢，如何行遣！」三人曰：「渠已是合還，何必檢？恐出手不得爾。」少年意不可回，呼朱衣吏諭意。吏捧牙盤而上，中置紅黑牌二：紅者金書「善」字；黑者白書「惡」字。少年指黑牌，吏持以去。少焉，數人捧簿書盈庭，一秤横前，兩首皆有盤。吏舉簿置東盤，盤重壓至地，地爲動摇，衛立不能安。三人皆失色曰：「向固云不可檢，今果爾，奈何？」少年亦慘沮，有悔意。須臾曰：「更與檢善看。」「看」字疑誤。吏又持紅牌去。忽西北隅微明，如落照狀，一朱衣道士捧玉盤出，四人皆起立。道士至，居中而坐。望玉盤中文書，葉本作「字」。僅如筯大。吏持下置西盤，盤亦壓地，而東盤高舉向空。大風欻起，捲其紙蔽天，如烏鳶亂飛，無一存者。四人起相賀，命席延衛坐。衛拱手曰：「仲達年未四十，平生不敢爲過惡，何由簿書充塞如此！」少年曰：「心善者惡輕，心惡者惡重。舉念不正，此卽書之，何必真犯！然已灰滅無餘矣。」衛謝曰：「是則然矣。敢問善狀何事也？」少年曰：「朝廷興工修三山石橋，君曾上書諫，此乃奏稿也。」衛曰：「雖曾上疏，朝廷不從，何益於事！」曰：「事之在君盡矣。君言得用，豈只活數萬人命。君當位極人臣，奈惡簿頗多，猶不失八坐，勉之。」遂遣人導歸。衛後至吏部尚書。徐樽說聞之於衛仲子□（葉本作「棫」，陸本作「臧」）。

郁老侵地

鎮江金壇縣吴干村，張郁二家鄰居，後爲火焚，皆散而之它，所存惟空址焉。同邑張葉本作「湯」，陸本同。氏子，病熱疾死，至有葉本作「冥」。司，云：「當復生。」令出門。需葉本作「索」。送者至門外，見市廛邸列，與人世不異，遂坐茶肆。時郁氏之老，死已十餘年矣，相見如平生，喜曰：「數日聞公當來，故候於此。今知得還，將奉託以事。吾家故宅，頗憶之乎？」曰：「然。」郁曰：「生時與張氏比鄰，吾屋柱葉本作「住」。址已盡吾境，而檐溜所滴者張地也。吾陰張字下原闕四字，從明鈔本補。利其處，巧訟于官而奪之，凡侵地三尺許。張翁死，訴于地下。吾既伏前愆，約使宅人反之，然二居皆已煨燼。張既轉徙，吾兒又流落建昌爲南豐符氏壻，幽明路殊，此意無從可達。公幸哀我，煩一介諭吾兒，使亟以歸張氏，作券焚之。吾得此，則事釋，復受生矣。」湯許之。少焉，送者到，即告別。既甦，呼張氏子語之故，答曰：「昔日實争之，今已徙居，無用也。」湯以郁所囑，不忍負，訖遣報其子，取券授張，而書其副焚之。它日，夢來致謝。湯乃致遠長子。

車四道人

蔡元長初登第，爲錢塘尉巡捕，至湯村，薄晚休舍，有道人狀貌甚偉，求見。蔡葉本疊「蔡」字。平日喜接方士，亟延與語，飲之酒而去。明日，宿它所，復見之。又明日，泊近村，道人復至，飲酒盡數斗，懇曰：「夜不能歸，願託宿可乎？」蔡始猶不可，其請至再，不得已許之。且同榻，命蔡居外，己處其內，戒曰：「中夜有相尋覓者，告葉本作「可」。勿言。」蔡意其姦盜亡命，將有捕者。身爲尉，顧匿之不便也，然無可奈何，展轉至三更，目不交睫。聞舍外人聲，俄頃漸衆，遂排户入曰：「車四元在此，何由可耐！」欲就牀擒之。或曰：「恐并損牀外人，帝必怒，吾屬且獲罪。」蔡大恐，起坐，呼從吏，無一應者。道人安寢自如，撼之不動。外人云：「又被渠韗了六十年，可怪！可怪！」咨嗟良久，聞室內如揭竹紙數萬番之聲，鷄鳴乃寂。呼從者，始應。問所見，皆不知。道人矍然與謝曰：「某乃車四也，賴公脱此大厄，又可活一甲子，已度世第三次矣，自此無所患。公當貴窮葉本作「極」。人爵，吾是以得免。如其不然，與公皆死矣。念無以爲報，吾有藥，能化紙爲鐵，鐵爲銅，銅爲銀，銀又明鈔本無「又」字。爲金。公欲之乎？」蔡拒不受。强語乾汞之術，曰：「它日有急，當用之。」天且明，别去，後不復見。蔡唯以其嚴校：「以其」元作「其以」，葉本同。〔陸亦本作「以其」。〕説傳中子倚。蔡死，倚家竄廣西，賴是以濟。蔡之客陳丙，嘗爲象郡守，云然。

女子穿溺珠

湖州人王槩，紹興十六年八月，赴邵武建寧丞，宿信州玉山驛。便溺已，且就寢，見美女在旁，探手虎子中，拾碧粒如珠者三四顆，串以紅縷，掛頸上。槩驚問：「汝何人？」已不見。自是，每溺，其旁輒地裂，女子盛服出。或器內，或溷廁，必得珠乃没。槩日以困悴，醫巫束手莫能療。幾二年久，女所穿纍纍，繞頸至腹數十匝。其後，珠益減，至纔一二顆，而色漸白。女慘容謝曰：「得君之賜厚，吾事濟矣。但恨傷君之生，無以報，當亦徐圖之。」再拜而去。槩是夕不復溺，翌日大汗而卒。三事亦徐樗說。

李知命

李知命，建昌人。紹興二十四年八月，宿豫章村落，就枕未睡，月色皎然，見窗外人往來。少焉，回首與窗對，如一男子，緇巾汗衫而立，恍忽間已入室。李疑其盜也，熟伺所爲。俄至前，繞牀而行，牀之東北皆距壁，而其人行通無所礙，方知鬼也。如是十餘匝，徑揭帳，執李項。李有膽力，舉手承之。復以左手來，又與相拒。欲大叫，而喉中介介如咽，良久方能呼。兩僕同應曰：「喏。」李曰：「常夕叫汝數聲不一應，今何謹如此！既不寐，何不早覺我！」皆曰：「見一男子至主公之前，相撑柱甚力。欲起，則足不可動；欲叱，則氣不得出。適聞主公之聲，男子始去，某等方□〔陸本作「得」。〕能言耳。」

光州墓怪

光州士人孔元舉，居城外數里間，每入城，輒經亂葬壠。常日詣州學，晨往暮歸必過之。一夕，歸差晚，日猶銜山，聞有人高誦「維葉萋萋，黃鳥于飛」之句，至于再三。審其聲，當所行道上。少頃，差近，則聞聲在墓間，回首視之，一物如蹲鴟，毛毿毿覆體，赤目猪喙，瞪視孔生，厲聲曰：「維葉萋萋。」孔大駭，亟步歸，卽病，旬日死。

碧瀾堂

南康建昌縣民家，事紫姑神甚靈，每告以先事之利，或云下江茶貴可販，或云某處乏米可載以往，必如其言獲厚利。一日，書來曰：「來日貴客至，宜善待之。」其家夙戒子弟、奴僕數輩候門，盡日無來者。將闔門，而一丐者至，卽延以入，爲具沐浴更衣。丐者雖喜過望，而懼其家或事神殺己，懇請曰：「雖乞丐至賤，亦惜微命，幸貸其死。」主人告以昨日之故。丐者曰：「若然，幸復致禱，將得自詢之。」始焚香而神至，書九字於紙上曰：「吁！君忘碧瀾堂之事乎？」丐者觀之則悶絕，久之方蘇，泣而言：「少年時本富家子，與一倡有終身之約，憚父母不容，遂挾以竄，已而窘窮日甚。又慮事敗，因至吳興，游碧瀾堂，乘醉推倡入水，遂亡命行丐。今公家所致，蓋其寃也。」言已，復泣。其家贈以數百金，遣去。自是不復事神云。三事李紹祖說。

戴氏宅

常州無錫戴氏，富家也。十三郎者，於邑中營大第，備極精巧，至鑄鐵爲範，度椽其中，稍不合，必易之。又曳綿往來，無少留礙則止。歲餘，將落成，夢士人東向坐堂上，顧戴曰：「吾李謨秀才也。」既寤，絶惡之。又數年，邑子李謨登科，戴嫁之以女。戴且死，囑其二子曰：「汝曹素不立，必不能善守遺緒。此屋當貨於汝手，與其歸他人，不若歸李郎也。」後如父言，以宅予李氏。建炎紹興間，亂兵數取道，邑屋多經焚毁，唯李宅巋然獨存，至今居之。謨，字茂嘉，嘗帥浙西，官至中大夫直寶文閣。外舅說。

二兔索命

予婦叔張宗正，家方城之麥陂，性好弋獵。其父祖塋側，長林巨麓，禽獸成聚，日與其徒從事，罘網彌山，號曰「漫天網」。一網所獲，亡慮數百計，不暇拾取。唯惡少年數輩，馳逐其上壓死之，各分挈以去，雖風雪不止也。遭亂度江，紹興九年，隨兄侍郎居無錫，亦時時彈射自娱。嘗於明陽觀旁得一兔，甚小，耳有缺，如攫傷痕。未幾，感疾如狂，自取獵具焚棄，築道室獨處。忽見二兔作人言，其一曰：「我爲兔三百年矣，往在張氏東墳，原注：張氏墳在方城者曰「西墳」，惟其父别葬曰「東墳」。爲爾所殺。」其一曰：「我百八十歲矣，隱於明陽觀側，與樵人俱出入，嘗爲鷹所搦，力竄得脱，傷吾耳焉。凡鷹犬罔罟，吾悉能避，不虞君之用弩矢也。今當以命見償。」張遜辭求解，旁人悉聞之。病數月，小愈，然猷猷如癡人。後十年乃死。

蒲大韶墨

閬中人蒲大韶，得墨法於山谷，所製精甚，東南士大夫喜用之。嘗有中貴人持以進御，上方留意翰墨，視題字曰「錦屏蒲舜美」，問何人，中貴人答曰：「蜀墨工蒲大韶之字也。」即擲於地曰：「一墨工而敢妄作名字，可罪也。」遂不復用。其薄命如此。自是印識只言姓名云。大韶死，子知微傳其法，與同郡史威皆著名。夔帥韓球，令造數千《墨史》注一作「十」。斤，愆期不能就，遣人逮之。舟覆江中，二工皆死。今所售者皆其《墨史》多「族人」二字。役所作，竊大韶名以自貴云。杜起莘說。

升平坊官舍

洪州升平坊一官舍多怪，紹興二十一年，空無人居。有鬻冠珥者過後門，二婦人呼之入，遍閱所貨物，買二冠，先償半直，令自大門取餘金。鬻者信之，至前候伺。守舍老兵扣其故，具以告。兵曰：「此空室耳，安得有所謂婦人者？」率與俱入。堂宇凝塵如積，二冠高掛壁間。始悟爲鬼。出視所償錢，亦無有矣。又一年，予族弟爟爲江西漕屬居之，其姪城衣陸本作「夜」。被酒如廁，見桃樹下人，白髮鬅鬙，身甚大，箕踞而坐。城方醉，不問，及從廁還，尚如故。漸近漸小，僅高數寸，叱之乃滅。爟說。

晏氏媪

晏元獻家老乳媪燕氏，葉本作「婆」。在晏氏數十年，一家頗加禮。既死，猶以時節祭之。嘗見夢曰：「冥間甚樂，但衰老須人挾持，苦乏使葉本作「人」。耳。」其家爲畫二婦人焚之。復夢曰：「賜我上二字葉本作「受賜」。多矣，奈軟弱不中用何！」其家感葉本作「嘆」。異，囑匠者厚以紙爲骨，且繪二美婢。它日葉本多「又夢」二字。來謝曰：「新婢絶可人意，今不寂寞矣。」明年寒食，家人上冢歸，復夢曰：「向所得婢，今又捨我去。」曰：「何得爾？」曰：「初不欲言，以少年淫蕩，皆爲燕三誘去。」家人曰：「燕三，人也，安得取媪侍女？」上六字葉本作「安有是」。曰：「亦已來矣。」曰：「然則當爲辦之，不難也。」明日相語，皆大笑。燕三者，媪姪也，素不檢，自媪死，不復聞其在亡。上六字葉本作「不復往來，莫知其存亡」。遣詢之，果已死。遂復畫二老者與之。又來致謝。蓋前後五夢而得二老婢云。上六字葉本作「得二老婢而去」。

鄭畯妻

鄭畯，字敏叔，福州人，寶文閣待制閎中之子也。先娶王氏，生一女泰娘。王氏且死，執夫手囑之曰：「切勿再娶，善爲我視泰娘。」既卒，鄭買妾以居。久之，京師有滕氏女，將適人，鄭聞其美，乃背約納幣。一日，將趨朝，尚未起，見王氏入其室，自取兀子坐牀畔，以手掛帳，拊鄭與語死生契闊，且問再娶之故。鄭曰：「家事付一妾，殊不理，不免爲是。」王曰：「既已成約，吾復何言！若能撫養泰娘，如我在時，亦何害？吾不復措意矣。」又語過去它事甚悉，忽曰：「盛寵已來呼，君當上馬矣。」遂去。鄭急問之曰：「何時當再會？」曰：「更十年於江上舟中相見。」鄭明日與其弟語，悲歎不樂，然卒婚滕氏。建炎初，自提舉湖南茶鹽罷官，買巨杉數千枚，如惟陸本作「維」。揚。時方營行在官府，木價踊貴，獲息十倍。未幾，金虜犯揚州，人多竄徙，鄭以錢爲累，戀戀不肯去，乃謀買舟泛江而下，而江中舟如織，不得前。又聞寇已至，急復入城，買金百餘兩。纔出門，胡騎已在後。鄭乘馬馳去，一騎自後射之。鄭回顧曰：「我鄭提舉也，不可害我。」騎知其官人，追及之，投以刀，即墜馬。騎取金而返。鄭創甚，困卧草間，僕走視之，已不可救，兩日死。鄭無子，去王氏所言正十年。二事尚定國說。

化成寺

沈持要爲江州彭澤丞，紹興二十四年六月，被檄往臨江，過湖口縣六十里，宿於化成寺。已就客館，至夜，訪主僧。僧留止丈室別榻，方談客館之怪曰：「舊有旅櫬在房中，去年一客投宿，望棺中有光，頗駭。起坐凝思諦觀，覺光中如人動作狀，愈恐。所居鄰佛殿，客度且急，則當開門徑趨殿上。方啓帳伸首次，棺中之鬼亦揭棺伸首。客下一足，鬼亦下一足。客復收足，鬼亦然。如是數四。客惶駭，知不可留，急走出。鬼起逐之。客入殿環走，且大呼乞救，羣僧共赴之。未至，客氣乏仆地，幾爲所及。鬼忽與殿柱相值，有聲鏗然，遂寂無所聞。僧至，扶客起，就視其物，則枯骨縱横，碎于地矣。它日，死者之家來，疑寺中人發其柩，訟于官，數月乃得解。」

吴公路

吴逵，字公路，建州人。政和間自太學謁歸，過錢塘，夢吏卒迎入大府，金章貴人在焉。揖吴坐上坐，吴辭曰：「逵布衣也，今遽爾，恐涉冒仕葉本作「任」。之嫌，必不敢。」貴人捨去。吴踞牀正面，吏抱案牘盈几上，以手擿讀。吴意郡縣間胥吏，乘已初視事，以此困我，未有以決。望廷下，已驅數囚，皆美男子婦人荷械立，大抵所按盡姦事也。吴大書曰：「檢法呈。」别一吏捧巨册至，視其詞云：「姦人妻者以絶嗣報，姦人室女者以子孫淫泆報。」吴判曰：「准法。」吏相顧駭伏其敏，曰：「事畢矣。」遂寤。吴還京師，爲同舍金彦行安節言之。金侍郎説。

夷堅甲志卷第十七十五事

土偶胎

仙井監超覺寺九子母堂在山顛。一行者姓黄，主給香火，顧土偶中乳婢乳垂于外，悦之，每至，必摩拊咨惜。一旦，偶人目動，遂起行，攜手入屏後狎昵。自是日以爲常，累月矣。積以臥病，猶自力登山不已。主僧陰伺之，至半山，即有婦人迎笑。明日，尾其後，婦人復至。以拄杖擊之，鏗然仆地。於碎土中得一兒胎，如數月孕者。令行者取歸，暴爲屑，和藥以食，遂愈。

永康倡女

永康軍有倡女謁靈顯王廟，見門外馬卒頎然而長，容狀偉碩，兩股文繡飛動，諦觀慕之，眷戀不能去。至暮，家人强挽以歸，如有所失，意忽忽不樂。過一夕，有客至求宿，其儀觀與所慕丈夫等。倡喜不勝情，自以爲得客晚。其人遲明即去，黄昏復來。留連數宿，忽泣曰：「我實非人，乃廟中廐卒也。以爾悦我，故犯禁相就。屢不赴夜直，爲主者所糾，得罪，明日當杖脊流配。至時，過爾家門，幸多買紙錢贈我。」倡亦泣許之。如期，此卒荷鐵校，血流滿體，刺面曰「配某處」，二健卒隨之，過辭倡家。倡設奠焚錢，哭而送之。他日，詣廟，偶人仆地矣。

人死爲牛

永康軍導江縣人王某者，以刻核彊鷙處官。紹興五年，爲四川都轉運司幹辦公事，被檄榷鹽於潼川路，躬詣井所，召民强與約，率令倍差認課。當得五千斤者，輒取萬斤。來歲所輸不滿額者，籍其貲。王心知其不能如約規，欲沒入之，使官自監煎。既復命，計使以鹽額倍增，薦諸宣撫使，得利州路轉運判官，未幾死。眉州彭山人楊師錫，以合州守待次田間，夢王來謁，公服後穿，出牛一上二字葉本作「一牛」。尾，方驚怛，侍婢亦魘寤，言：「見王運使來，衣後有牛尾。」相語未了，外報一犢生。遽取火視之，犢仰首淚下。事既著聞。有資中人馬某者，亦爲都漕司幹官，每出郡邑督錢，惟以多爲貴，不問額之虚實贏縮，必得爲期，且以此自負。蜀人以其虐於刷錢，目曰馬刷，或以王君事警之。馬曰：「正使見世生兩尾，亦何必問！」明鈔本作「亦可不問」。已而疽發於背之左。瘡稍愈，復發於右。兩疽相對，宛如杖瘡，其深數寸，隔膜洞見肺腑，臭滿一室。同僚往問病，馬生但云：「當以某爲戒。某悔無及也。」死時，與王相距纔一年。

倪輝方技

成都人倪輝，妙於數術。靖康丁未之春，王室不靖，蜀去朝廷遠，音驛斷絶，識者以爲憂。成都倅虞齊年祺、竇審度卞同謁輝，詢之曰：「國勢如此，先生當知之？」輝曰：「此正古人所謂三月無君之時。曆家以閏月爲天縱，去年置閏在十一月，北方愈盛，火至此衰歇。京城苟不守，必以是月。使日官有先見之明，移閏在五月，以助火德，猶有可扶之理。今無及矣。然吾以數推之，國家曆數，至丙午纔餘一算，今年五月一日，算當復生，其數無窮。然去今尚兩月，未知能及此日否？」因請虞、竇各布課。虞之占得申酉戌，竇之占得戌酉申。卦成，喜曰：「無憂矣。二課初傳極艱棘，中傳而定，末傳極佳。宋祚當從是愈永，然課中赦書神動，不出百日當有大霈，可驗也。」二公且喜且懼。既而聞京師果以閏月陷，五月一日上卽位於南京，赦書至成都，與輝筮日相去蓋九十五日。紹興二年冬，虞之子并甫允文過輝，輝曰：「與君相見無日矣。明年吾入惡明鈔本作「末」。限，名曰父子不相見。欲遣小兒往它郡禳之，顧已無及，吾必死。」至立春日，果死。

解三娘

興州後軍統領趙豐，紹興二十七年春，以帥檄按兵諸郡，次果州，館于南充驛，命吏置榻中堂。驛人前白曰：「是堂有怪，夜必聞哭聲。常時賓客至此，多避不敢就，但舍于廳之西閤。」豐笑曰：「吾豈畏鬼者耶！」竟寢堂上。至夜，聞哭聲從外來，若有物明鈔本作「人」。直赴寢所。豐曰：「汝豈有寃欲言者乎？言之，吾爲汝直。否則亟去。」果去。頃之又來，羣從者皆聞履聲跕跕葉本作「跕跕」。然。明日，以語太守王中孚弗，王以爲妄也。是夕，赴郡宴，夜歸方酒酣，上二字明鈔本作「醉」。未得寐，倚胡牀以憩。一女子散髮在前立曰：「妾乃解通判女三娘者也，名蓮奴。本中原人，遭亂入蜀，失身於秦司茶馬葉本作「茶馬司」。李忞户部家，實居此館。李有女嫁郡守馬大夫之子紹京，以妾爲媵，不幸以姿貌見私於馬君。李氏告其父，杖妾至死，氣猶未絶，卽命掘大窖倒下妾屍瘞之。今三十年矣。幸將軍哀我，使得受生。」豐曰：「汝死許久，士大夫日日過此，何不早自直？」曰：「遺骸思葬，未嘗須臾忘。是間有神司守，不許數出。十年前，妾夜哭出訴，地神告曰：『後有趙將軍來此，是汝寃獲伸之時。』日夜望將軍至，故敢以請。」豐曰：「果如是，吾當念之。」女謝去。遣人隨視之，至堂外牆下，没不見。明日，召僧爲誦佛書，作薦事，上四字葉本作「經修薦」。遂行。晚至潼川之東關縣，止縣驛。女子復在前，已束髮爲高髻。豐曰：「吾既爲汝作佛事，何爲相逐？」曰：「將軍之賜固已大矣，但白骨尚在堂外牆下，非將軍誰爲出之？」豐曰：「吾爲客，又已去彼，豈能爲汝出力，胡不訴于郡守王郎中？」曰：「非不知也，戟門有神明，詎容輒入！然妾之寃，非王郎中不能理，非將軍爲葉本多一「之」字。地，何以達於王郎中乎？妾骨不出，則妾不得生，使妾骨獲出而得生，在將軍一言宛轉上二字葉本作「轉移」。間耳。」豐又許之，再具其事，走介白王守。王乃訪昔時李户部所使從卒，獨有譚詠一人在，委詠訪其骨。詠率十數兵來牆下，發土求之，凡兩日，迷不得所在。詠致一巫母問之。巫自稱聖婆，口作鬼語，呼詠責曰：「汝當時手埋我，豈真忘所在耶？今發土處卽是，但尚淺耳。當□葉本作「時」，陸本同。倒下我，蓋以木床，木今尚在，若得木，骨卽隨之。頂骨最在下，千萬爲我必取。我不得頂骨不可生。」詠驚怖伏狀。又明日，果得屍。郡爲徙葬于高原。時紹京爲渠州鄰水尉，未幾，就調普州推官，見解氏來説當日事，紹京繼踵亦卒。關壽卿耆孫初赴教葉本無「教」字。官，適館于此，嘗爲作記。虞并甫爲渠州守，紹京正作尉云。

夢藥方

虞并甫，紹興二十八年自渠州守被召至臨安，憩北郭外接待院，因道中冒暑得疾，泄痢連月。重九日，夢至一處，類神仙居。一人被服如仙官，延之坐。視壁間有韻語藥方一紙，讀之數過，其詞曰：「暑毒在脾，濕氣連脚。不泄則痢，不痢則瘧。獨煉雄黃，烝麪《游宦紀聞》作「餅」。和藥。甘草作湯，服之安樂。别作治療，《游宦紀聞》作「别法治之」。醫家大錯。」夢回，尚能記，即録之，蓋治暑泄方也。如方服之，遂愈。

孟蜀宫人

陳甲，字元父，仙井仁壽人，爲成都守李西美璆館客，舍于治事堂東偏之雙竹齋。紹興二十一年四月，西美浣花回，得疾。旬日間，甲已寢，聞堂上婦人語笑聲，即起，映門窺覰。有女子十餘，皆韶艾好容色，而衣服結束頗與世俗異，或坐或立，或步庭中。甲猶疑其爲帥家人，以主人翁病輒出，但怪其多也。頃之，一人曰：「中夜無以爲樂，盍賦詩乎？」即口占曰：「晚雨廉纖梅子黄，晚雲卷雨月侵廊。樹陰把酒不成飲，識著無情更斷腸。」一人應聲答之曰：「舊時衣服盡雲霞，不到迎仙不是家。今日樓臺渾不識，秖因古木記宣華。」餘人方綴思。甲味其詩語，不類人，方悟爲鬼物，忽寂無所見。後以語蜀郡父老，皆云：「王氏有國時，嘗造宣華殿於摩訶池上，名見於《五代史》。孟氏因之。今郡堂乃其故址，賦詩之鬼，蓋宮妾云。」西美病遂不起。舊蜀郡日晡不擊鼓，擊之則聞婦人哭聲，數十爲羣者。相傳孟氏嘗用晡時殺宮人，以鼓聲爲節，故鬼聞之輒哭。承宣使孫渥以鈐轄攝帥事，爲文祭之，命擊鼓如儀，哭亦止，後復罷云。甲以紹興三十年登乙科。

魚腹佛頭

資州人何慈妻范氏，事佛甚謹。家嘗烹魚，已刳腹，見脂裹一物，極堅韌，剖之，乃二佛頭也。其家斲木爲全體以承之，至今供養。慈以宣和甲辰登科，後爲開州守。八事皆虞并甫説，范氏其表姊也。

徐國華

建安人徐國華，宣和中入太學，夢登高樓上。樓明鈔本無「樓」字。懸大金鐘，有金甲偉人立鐘旁，視徐擊鐘而言曰：「二十七甲。」再擊云：「官不過員外。」三擊云：「係七科。」徐悟葉本作「寤」。而言曰：「行必取科甲，官至葉本多一「員」字。外郎足矣。」因記於牘中，但不能曉七科二十七甲之説。靖康丙午，胡騎攻城，庠序諸生多被葉本作「病」，陸本同。脚氣死，徐亦以是疾終。鄉人董縱葉本作「從」。矩欲葬之東城墓園，而垣中列兆已無餘地，乃與後死者皆瘞於垣外。董以標揭識其處，正居第二十七行之第七穴，歸唁其父，因出其手書，則夢中神告，無少差者。寧□人邵德升説。

清輝亭

廣西昭州，最爲瘴毒之地，而山水頗清婉。郡圃有亭名「天繪」，建炎中，郡守李丕以與金國年號同，欲更之，乞名於寓公徐師川，久而未得。有范滋者，爲易曰「清輝」。已揭牓，徐謁李，同坐亭上。少焉，策杖於四隅，視積壤中有片石，班班如文字然。命取而滌之，乃丘濬所作記，其略云：「予擇勝得此亭，名曰『天繪』，取其景物自然也。後某年月日，當有俗子易名『清輝』者，可爲一笑。」考范生初命名之日，不少差。

巴蕉精

興化人陳忱，崇寧中以上書得罪，送德安府學自訟齋，與郡士劉、李二生同榻。李在內，陳居中，劉最處外。一夕，劉覺體畔甚熱，見一物如茜被包裹卧其旁，大懼。明夜，先二人未寢，徑趨牀內，與李易位。李所睹亦然，皆不敢言。至夜，争據便處，陳曰：「豈有所畏邪？我請嘗之。」既寢，聞户外歎息聲，若欲入而不敢者。他夕，陳先就枕，劉奏廁方來，不得已復居外。見如前時，始以實告陳，陳奮然以身當之。復聞有聲，即大呼而出，其物踉蹡越窗外，至巴蕉叢而滅。明日，盡伐去蕉，又穿地丈餘，無所得。自是怪遂絶，咸疑爲巴蕉精云。黄子淳彦質説。黄，德安人也。

姚仲四鬼

姚仲，始爲吴玠軍大將，嘗與敵人戰，小衂，吴欲誅之。仲曰：「以裨將四人引軍先退，故敗。」吴召四將斬之而釋仲。後數歲，仲領兵宿山驛，見四無首人，皆長二尺許，揖於庭曰：「我輩敗事當死，然公不言則可全。今皆死，故來索命。」仲曰：「向者奔北，我自應以軍法行誅。既屈意相貸，而少師見責，我若不自明，則代汝曹死矣。」四人曰：「當時之退，但擇一人先遁者足以塞責，何至是！」仲無以對。四鬼漸喧勃欲上。忽有白鬚老人出於地，亦長二尺餘，詰之曰：「汝等敗軍，伏法乃其分，安得復訴！」叱去之。應聲而没，老人亦不見。人以是知仲之必貴。又十年，以節度使都統興元軍。路彬質夫說。

陳茂林夢

福州長樂士人陳茂林，夢至大殿下與數十人班謁，笏記云：「官職初臨，朝儀未熟。」既寤，謂必登第爲龍首謁至尊也，遂更名夢兆。紹興十七年爲解頭，赴鹿鳴燕，與同薦送者謁大成殿。舊例以年齒最高者爲首，陳不可，曰：「吾爲舉首，應率先多士。」衆莫與之争。既焚香，當再拜禮畢，陳誤下三拜。有聞其夢者，笑曰：「此所謂官職初臨，朝儀未熟也。」陳亦惘然，疑爲已應夢，果不第。林之奇少穎說。

張德昭

建陽人張德昭，老於進士，以特恩補官。得傷寒疾，爲黄衣人持符逮去。至幽府，抗聲廷下曰：「追到建州張德昭。」主者怒曰：「命爾追某州孔昭德，今誤，何也！」付吏治其罪，命張還。張懇曰：「業儒白首矣，僅得一官。今日獲至此，欲一知壽祿幾何，幸哀許之。」主者曰：「天機理不容泄，壽數難言也。」又拜乞官祿所至，則沉思移時，如閱籍者，曰：「位至作邑。」張遂出。逢一婢于途，問所以來，曰：「到此已數日，家中並無恙。」乃前行，抵深谷邊，足跌而寤。問其家，始知此婢相繼死，纔一日耳。張益愈，訪劉彥沖子翬於崇安山中，以事告曰：「老矣，詎復榮望！今下攝承簿尉，果若所言，得宰一邑，猶須十年間，□自喜也。」是歲，調補汀之清流尉。至官踰歲，會縣令罷去，暫攝其治，遂亡。距入冥時僅三年。劉共甫說。

峽山松

廣州清遠縣之東峽山寺，山川盤紆，林木茂盛，有古飛來殿。殿西南十步許，大松傍崖而生，婆娑偃蓋。大觀元年十月，南昌人皇城使錢師愈罷廣府兵官北還，檥舟寺下，從者斧松根取脂照夜。明年，殿直錢吉老自廣如連州，過寺，夢一叟鬒須皤然，面有愁色，曰：「吾居此三百年，不幸值公之宗人不能戢從者，至斧吾膝以代燭，使我至今血流。公能爲白方丈老師，出毫髮力補治，庶幾盲風發作，無動搖之患，得終天年，爲賜大矣。」吉老問其姓氏及所居，曰：「吾非圓首方足，乃植物中含靈性者。飛來之西南，即所處也。幸無忘。」吉老覺，疑其松也，以神異彰灼，須寺啓關，將入告。時曉鐘未鳴，復甘寢。至明，則舟人解繂已數里，悵然不能忘，過浛光，以語令建安彭鉥。政和二年，鉥解官如廣府。過寺，即以吉老言訪之，果見巨松，去根盈尺，皮膚傷剥，膏液流注不止，蓋七年矣。乃白主僧，和土以補之，圍大竹護其外。曲江人胡愈作《松夢記》述其事。予嘗往來是寺，松至今猶存。

夷堅甲志卷第十八 十六事

楊靖償寃

臨安人楊靖者，始以術校部花石至京師，得事童貫，積官武功大夫，爲州都監。將滿秩，造螺鈿火鐀三合，窮極精巧。買土人陳六舟，令其子十一郎賫入京，以一供禁中，一獻老蔡，一與貫，以營再葉本作「轉」。任。子但以一進御，而貨其二於相國寺，得錢數百千，爲游冶費，愆期不歸。靖望之久，乃解官北上，遇諸宿泗閒。子畏父責己，乃曰：「所獻物皆爲陳六所賣，兒幾不得免。」葉本作「歸」。靖信之。至京，呼陳六詰問。陳答語不遜，靖杖之。方三下，陳呼萬歲，得釋。還至舟，謂其妻曰：「楊大夫不能訓厥子，翻以其言罪我。我不能堪。」遂赴汴水死。靖得州鈐轄以歸，都轉運使王復領應奉局，辟靖兼幹官，常留使院中，時宣和七年也。是歲四月某日，靖在簽廳，有綱船挽卒醉相毆，破鼻出血，突入漕臺。紛紛葉本作「喧」。閒，靖矍然如有所睹，急趨入屏後，遂仆地。舁歸家，即卧病，語言無緒，上二字葉本作「譫妄」。不食。時臨平鎮有僧，能以穢迹法治鬼，與靖善，遣招之。至則見鬼曰：「我稍「稍」當作「梢」。工陳六也。頃年以非罪爲楊大夫所殺，赴愬于東嶽，嶽帝命自持牒追逮，經年不得近，復還白，帝怒，立遣再來，云：『楊靖不至，汝無庸歸。』今又歲餘矣。公門多神明，久見壅遏，前日數人被血入，土地輩皆驚避，乘閒而進，乃得至此。」僧諭之曰：「汝他生與是人有冤，今世故殺汝。汝又復取償，翻覆無窮，何時可已？吾令楊氏飯萬僧，營大水陸齋薦謝汝，汝捨之何如？」鬼拜而對曰：「嚮昔之來，苟聞和尚此語，欣然去矣。今已貽怒主者，懼□葉本作「不」。反命，則冥冥之中，長無脱期，非得楊公不可也。」僧無策可出，視靖項下有鎖，曰：「事已爾，姑爲啟鑰，使之飽食，且理家事，可乎？」葉本多一「鬼」字。許諾。前拔鎖，靖即起，如平常。然與僧纔異處，則復昏困，數日死。富陽人吴興舉舊爲吾家上二字葉本作「楊」。僕，親見靖病及其死云。

楊公全夢父

楊公全朴，資州人，其父以政和癸巳卒，未葬。明年春，夢父歸家，公全問何年當得貢。曰：「有冥司主簿，正掌文籍，乃吾故舊，嘗取簿閲之，汝三舍中無名，至科舉始可了耳。」又云：「汝知朝廷已行五禮否？」對曰：「不知。」又雜詢家事甚悉，語畢，其去如飛。是年八月，始頒五禮新儀，士人父母未葬者，不許入學。公全悟父言，是冬襄事，至丁酉歲升貢，謂夢不驗，既而無所成。宣和辛丑，罷舍法，復行科舉，乃以甲辰登科。

赤土洞

資州城外三十里赤土培之側有洞穴，相傳深不可測。普州人梁子英，煮榮州鹽井，數經從洞口，嘗率同輩數人，具三日糗糧，持樺炬入焉。始入，路絶暗，皆狐糞，蝙蝠縱横。過百餘步，地淨如掃，石上鍾乳下垂如珠纓狀。度半日許，聞水碓聲出于上，蓋嘉陵江也。懼而亟出，終不能窮其源云。

席帽覆首

王龍光，字天寵，資州人。入京赴上舍試，過劍州梓潼縣七曲山，謁英顯武烈王廟。原注：俗呼爲張相公廟。夢一人持牓，正面無姓名，紙背乃有之。又有持席帽蒙其首者。覺而喜，謂士人登第則戴席帽。是歲免省不逮，但補升内舍。次舉當政和八年方登科，已悟紙背之説。時方禁以龍、天、君、玉、王、主等爲名字，唱第之日，面賜名寵光，頭上加帽，蓋謂是云。

林孝雍夢

林孝雍，字天和，明州人。政和七年，貢入辟廱學，將試上舍。林少時嘗預薦書，應免解。或勸其先以免舉試，如不利，則留今貢以待來年，林不聽。同舍生楊公全扣其故，林曰：「吾年甫二十蒙鄉舉，夢對策大廷，坐于西南隅。將出，有小黄門從吾求硯，心頗自負，以爲必擢第。訊諸筮人，筮人曰：『君年四十八乃得官，今未也。』吾意殊不平。訖黜於春官，自是連蹇，幾三十年。今春秋四十七矣，當可覬倖，不爲再戰地也。」是歲果中選。廷試出，又告公全曰：「試日正坐西南隅，小黄門乞硯，皆如夢中所睹。」三十年前夢，與卜者所言，無毫釐差。

宋應辰

宣和六年，諸道進士赴省試者幾萬人。以六侍從典貢舉，其下參詳點檢官又六十員。有旨令過試院外户，則親書姓名，以防僞入者。既合籍，凡六十一人。主司疑之，悉招考官會坐，一一數之。又審于監門曰：「每一人至，必下馬自書，何容有兩名理！」及取歷閲視，果多其一，曰「宋應辰」。驗諸銓曹，云中外無有此姓名，始知神物所爲。於是主司遍諭羣公曰：「宋者，國號，而名爲應辰，必造化之中主張是者，考校之際，不可不謹也。」是歲，登第者八百五人，爲一代最盛之舉。楊公全居前列，聞之於知舉官王唐翁絢云。

資州鶴

資中衙校何氏，有弟好弋射，日持弩挾彈往山中，目之所見，無得免者。嘗蔭大木下，望其顛紅鶴巢甚大，數雛啾啾然。已而其母歸，方憩枝上，銜食向巢立，何生彍弩射之，中其腹。勢且墜，猶忍死引頸吐哺飼其子，乃墜地。何雖無賴，亦爲之惻然，即折棄弓矢，不復射。六事皆楊公全説。

乘氏疑獄

興仁府乘氏縣豪家傅氏子，歲販羅綺於棣州，因與一倡狎。累年矣，嫗獨不樂，禁止之。倡忿怨自絞死，傅子不知也。一旦，遇之於乘氏曰：「我爲養母所虐，不可活，訟于官，得爲良人，脱身來相就，君能納我乎？」傅子喜，慮妻妬不容，爲築室于外。明年，復往棣州，詢舊游息耗，聞其死，甚駭。然牽於愛，溺於色，迷不省。口語籍籍，妻始得知之，懼其夫以鬼死也。傅有弟頗壯勇，與嫂謀，刻日欲殺之。先具酒殽，使夜飲而伺於外。傅坐室中東偏，婦人居西，坐已定，弟挾刃徑趨西邊，且至，手誤觸燈滅，暗中剚刃而出。暨燭至，則傅子流血洞腋死矣，婦人無所見。縣捕兩人下獄，劾以殺夫及兄，且鞫姦狀，期年不得情。任信孺古與諸傅往來，親見其事。府以爲疑獄，上諸朝，時宣和七年矣。會京師多故，不暇報，竟不知爲如何也。任信孺說。

邵昱水厄

邵昱，徐州沛人，從其婦翁任信孺居衢州。紹興丁卯，張巨山舍人嵲爲郡，端午日競渡，舟舫甚盛，郡人争往浮石寺前浮橋上觀。昱先與數友入寺，既而獨還，行至橋半道，鐵纜中斷，船皆漂流，橋板片片分拆，在前者數百人盡溺。昱已墜水，覺有物承其足，故項以上不沉。眼界恍惚，見同溺人乍出乍没，其形已變，或蟹首人身，或人首魚身，或如江豚龜鱉狀。橋柱下數大神，皆長可三丈，執鉞立。又兩大神，從雲端下，其一亦蟹首，一如鬼。神空中語曰：「三百人逐一點過。」顧昱曰：「汝是姓邵人，不合死。」掖而擲之破船上，僅得達岸。既歸，不敢語人。明年，同任公如明州，過餘姚之象亭待潮，乃東登亭上觀題壁。有從後呼者曰：「君不易過得去年水厄，非素積陰德，何以致此！」昱回顧，乃一道人，甚頎偉，著白苧衫，色漆黑。昱曰：「先生豈非同脱此厄乎？何以知我？」其人不答，乃曰：「歲在癸酉，君當有重災，宜百事謹畏。或再相見，可免也。」

昱識其異人，即下拜，纔起，道人已在平地，其行如飛，長髯縹縹，下拂腰股間，遂不見。昱常懼不得免，兢兢自持。至癸酉歲，夢數卒荷轎至，邀入府，如張巨山平生時。行約十數里，天氣陰陰如欲雪。至一大城，有市井，遂舁之入。昱覺非衢州，又憶巨山已謝世，自意其死，甚慘沮。行至廷下，殿上垂簾，聞二人相對語。追者與俱至廊下，一吏持簿書入白，聞主者責怒曰：「何得妄追人！」一人曰：「韓君已得旨了。」吏復下，捧杯水欲噀昱面。傍人止之曰：「不可。如是，將出手不得。」吏無計，遂遣追者送昱回。轎行至深岸，前者足跌。驚寤，已難唱矣。道人不復再見，昱亦無他。後九年，昱以任公守宣州差，捧表賀登極補官，改名侃。予親扣其詳如此。

李舒長僕

福州寧德人李舒長，字季長。政和初，偕鄉里五人補試京師，共雇一僕曰陳四。僕愿而朴，多遲鈍不及事。四人者日日訶責，惟李不然，且時與酒錢慰恤之。既至京，四人皆中春選，李獨遭黜。及秋，始入學，而僕謝去。又二年，李謁告至保康門内，聞有再呼李十一祕校者，回顧，則陳四也。邀李詣食肆，食畢，李亟欲去，陳問故，李曰：「比日窘索，謀鬻少物耳。」陳遺以銀一笏，曰：「姑用之，不必外求也。」越數日，又遇於馬行市中，邀飲于莊樓，告李曰：「觀郎之分不應登第，若學道，當有所得。」李曰：「我不遠數千里游學，須得一官，歸爲父母榮，何謂學道？且汝僕隸也，何從知之？」陳曰：「自前歲别後，隨一道人給薪水，道人攜我入崆峒山，授以要法，且使我物色求人。我告以公平生所爲，頗有意。今能同一往否？」因口授養生旨訣，皆簡易徑妙。然李卒不肯從。復出銀一笏與之，遂去，絶不再睹。李自是亦無意於世，以表兄余承相深恩補官，隱居不仕。嘗游縣之支提山，謁天冠千佛，行深山中，奏溷無水盥手，方折草挼莎，一人在傍，持銅槃盛水以奉之，又執布巾以進。見其手青色，面亦然，不覺顧之笑。青面者亦笑，已而隱不見，蓋山靈所爲也。

余待制

福州余丞相貴盛時，家藏金多，率以銀百鋌爲一窖，以土堅覆之，埤蒙其上。余公死，其子待制日章將買田，發其一窖，埤甓甃閉，了無少動，而白金烏有矣。郡有巫，居進酒嶺，能通神，往扣焉。巫曰：「公銀本不失，但以徙土地祠宇，貽神之怒，故藏去耳。若能具牲酒謝過，且設醮作水陸，當可得。然須吾先往講解之，許施銀爲香爐及幣帛之屬，後三日宜復來詢可否也。」余氏如期往。巫曰：「神許我矣，可歸取之，然勿負約也。」既歸，復掘地，則所窖宛然具在。始大歎息，卽日賽神，如巫言云。李季長目睹。

天津丐者

王櫰者，邵武人。赴調京師，過天津橋，遇丐者爲人毆擊甚苦。王問之，曰：「負錢五百，久不償我。」王惻然，爲以囊中錢代償而去。他日，復至橋上，丐者探懷取一餅餉之，王惡其衣服垢膩，鼻涕垂頤，謝不取。他日又見，拉王訪其家。家乃委巷窮閻，敗席障門，亦具酒果爲禮，王復不食。既得官南還，行汴堤上，大風雨作，跬步不可前。望道間小旗亭，亟下車少駐。主人出迎，審其貌，則向丐者也。相見良悅，酌杯酒以進。王念曩日穢污，終不肯飲。其人曰：「天氣苦寒，非酒無以禦，公强爲我釂此。」再三持勸，訖不濡吻。其人殊怏怏，乃包果實數種爲贈曰：「姑以是別。」王不忍重違，勉受之。上車數步，欲授其僕，覺甚重，啟視之，桃、李、石榴，皆黄金也。方悟爲異人，大痛恨，以手擣雙目而哭。丐者又至曰：「此自官人無仙骨耳。去此二十年，當再訪公，勿恨也。」指顧間，酒家與人皆不見。後二十年，以餌丹砂，疽發背死。三事皆朱漢章説。王嘗爲會稽倅，親以事語朱公。

趙良臣

趙良臣者，縉雲人。紹興十五年，與同志肄業于巾子山之僧舍，去城十五里。薄晚還郡中，道間遇婦人，青衣而紅裳，哭甚哀。問其故，曰：「不容於後母，日夕箠楚，不能堪，求死未忍，故哭。」趙曰：「若是，可與我歸乎？」婦人收淚許諾。即相隨至家，謂其妻曰：「適過田間，見一女無所歸，偶與偕來。吾家正乏使，可以婢妾畜也。」妻亦柔順，無妬忌，使呼以入。趙氏素貧，室惟一榻，乃三人共寢。明日，復同盤以食。趙妻謂之曰：「我夜捫汝體，殊冷峭，何也？」婦人不答，而意象慚恚，捨匕箸徑出。趙責妻言之失，起自呼之。妻停食過晝，開户而視，不見其夫矣。乃告鄰里，相與求索，三日始得之於門外溪傍，半體在水中，半處沙際，已死。同舍生共以其尸歸，竟不曉何怪。或以爲魚蛟之精云。朱熙載舜咨說。

貢院小胥

紹興二十四年正月，沈太虚虚中以吏部郎中爲省試參詳官。丁夜如廁，既還，書吏篝火先行，至直舍，忽驚仆地，燈卽滅。沈大恐，疾聲叫呼。院中人皆已寢，悉起相視，則守舍小胥已縊于梁間，足去地五六尺，蓋非人力可至。有儀鸞老兵曰：「此鬼所爲也，幸無遽。」取數卓疊起，徐徐解縛，抉其口，以湯灌之。久而能言曰：「郎中讀程文，夜過半，某與書吏假寐，有自外入青巾布袍如道人狀者，語某曰：『何爲在此？』以首門嚴校：「門」內筆畫不明。兩旁而去。已而此吏從郎中出户，某獨坐，其人復來曰：『外間大有好處，無用兀坐也。』攜手偕行，見門外燈燭晶熒，車馬雜沓，與闤市不異。試探首隙中窺之，但覺門漸窄，眼漸暗，遂冥無所知耳。」明日，默默如癡。沈遣出，經月始復常。劉共甫親見。

東庭道士

泉州士人陳方石，與知東庭觀道士善。陳嘗檢校村墅，夢至官府，見廷下閱囚訴。有吏大聲曰：「追到泉州道士某。」視之，乃東庭黄冠也。又一吏從旁授以文牘一卷，使讀之。陳不曉其語，獨聞一事云：「某年月日，取常住穀若干斛釀酒。」頃之，讀徹。吏問曰：「是乎？」道士辭服。就取所讀文書包裹之，自頂至踵皆遍，推仆地，一再展轉，化爲大水牛。陳驚寤，遽訪道士，正以是夕死。陳字季野，□進裔孫也。（嚴校：「野」下一字模糊。）

黄氏少子

黄汝能，徽州黟人，紹興十七年爲臨安北廂官。少子年十七矣，生平不能詩。忽如有物憑依，作詩十數篇，飄飄然有神仙之志，多喜道巫山神女事。汝能羣從中，嘗有一少年子，亦如是以死，心以爲慮。密諭之曰：「汝得非於居民家有染著，致妄思若此乎？吾官於斯，苟有一事，則累我矣。」子謝曰：「無之。」它日，與父母對食，徑往籬畔，引首凝睇，若望焉而未至者。母追之還，堅扣其故。答曰：「適有所念耳，無它也。」自是神觀如癡，日甚一日。汝能欲令其甥挈以還鄉，而甥待試成，均未遽去。乃閉之一室，戒數僕晝夜環視之。連夕稍怠，守者微假寐，已失其處。則跪膝于窗下，以衣帶自絞死矣。程泰之説。

夷堅甲志卷第十九十四事

僧寺畫像

平江士人徐賡，習業僧寺，見室中殯宮有婦人畫像垂其上，悦之。纔反室，即夢婦人來與合。自是，夜以爲常。未幾，遂死。家人有嘗聞其事者，至寺中蹤跡得之，其像以竹爲軸，剖之，精滿其中。魏志幾道説。

恩稺所稺院

王師道，字深之，綿州人。紹興二十八年，挈妻子自蜀赴調行在。明年正月晦，夢有人類三省大程嚴校：「程」字疑誤。官狀來曰：「公有新命。」出黄敕示之，乃除管某院云云。王不暇細視，曰：「我已通判資序，今且作郡守，何乃反充監當邪？」其人曰：「此官不易得，又上帝勑，豈可拒也？迎官且至，治所不遠，可即往視事。」少頃，從者皆至，亟升車行。纔一二里，到大曹局，門户洞開，視題額五字曰「恩稺所稺院」。吏曰：「所轄天下物命也。」其中皆禽鳥，種類不可名狀，而雀最多。周覽未竟而寤，以告家人，誓不復殺生。自恐不能永，頗料理後事，戒其子遍謁鄉人之在朝者。夢後半月除知達州，又十許日，出謁歸，得疾轎中，至舟而卒。時三月四日也。

玉帶夢

張子韶侍郎謫居大庾，得目疾。後爲永嘉守，中風，手足不能舉，目遂內翳。丐祠祿，還鹽官舊隱。紹興二十九年三月望夜，夢青衣人引至大寺，門金書牌八字，但記其二曰「開福」。一僧如禪刹知客，見張甚喜，延入坐。張問主僧爲誰，曰：「沈元用給事也。」張曰：「吾與沈先生久不相見，亟欲謁之。」命取公服，隨語卽至。見沈再拜，沈答其半禮，勞苦如平生。且曰：「尊公在此。」命青衣導往方丈東小堂。其父母方對坐長嘯，張趨拜號泣。旁人叱曰：「此不是哭處。」復至法堂前，問曰：「何故無佛殿？」青衣曰：「此以十方法界爲佛殿。」張曰：「吾病廢，又失明，未知他日有眼可見佛，有口可誦經否？」曰：「侍郎何嘗不見佛，何嘗不誦經？」又行及門側，有小池清泠，外設欄楯，青衣曰：「八功德水也。」酌一杯飮之，涼徹肌骨。西廡一室極潔，中掛畫像，視之，乃張寫真。大駭曰：「何以得此？」青衣曰：「異日當主此地，然待公見玉帶了卽來。」遂寤。遽召門人郞曄，使書其事，皆謂玉帶爲吉證。若疾愈，且大拜。至六月二日，兩疾頓除，卽日出謁先墓，繼往所親家燕集，如是五日。偶與諸生讀江少虞所集《事實類苑》，至章聖東封丁晉公取玉帶事，怒曰：「丁謂眞姦邪！雖人主物，亦以術取。」因不懌，廢卷而入。疾復作，不能言，翼日卒。人始悟玉帶之夢。張壽六十八云。竇思永說，時爲鹽官簿。

毛烈陰獄

瀘州合江縣趙市村民毛烈，以不義起富。他人有善田宅，輒百計謀之，必得乃已。昌州人陳祈，與烈善。祈有弟三人，皆少，慮弟壯而析其產也，則悉舉田質于烈，累錢數千緡。其母死，但以見田分爲四。於是載錢詣毛氏，贖所質。烈受錢，有乾沒心，約以他日取券，祈曰：「得一紙書爲證，足矣。」烈曰：「君與我待是耶？」祈信之。後數日往，則烈避不出，祈訟于縣。縣吏受烈賄，曰：「官用文書耳，上四字葉本作「要文券驗」。安得交易錢數千緡而無券者？吾且言之令。」令決獄，上二字葉本作「審讞」。果如吏旨。祈以誣罔受杖，訴于州、于轉運使，皆不得直。乃具牲酒詛于社。夢與神遇，告之曰：「此非吾所能辦，盍往禱東獄行宮，當如汝請。」上句葉本作「當得理明」，鈔本作「決當如請」。既至殿上，於幡帷蔽映之中，屑然若有言曰：「夜間來。」祈急趨出，迨夜，復入拜謁，置狀于几上。又聞有語曰：「出去。」遂退。時紹興四年四月二十日也。如是三日，烈在門內，黃衣人直入，捽其胸毆之，奔迸得脱，至家死。又三日，牙儈一僧死，一奴爲左者亦死。最後，祈亦死。少焉復蘇，謂家人曰：「吾往對毛張大事，原注：即烈也。善守我七日至十日，勿斂也。」祈入陰府，追者引烈及僧參對，烈猶以無償錢券爲解。獄吏指其心曰：「所憑唯此耳，安用券？」取業鏡照之，睹烈夫婦並坐受祈錢狀。曰：「信矣。」葉本作「乎」。引入大庭下，兵衛甚盛。其上袞冕人，怒叱吏械烈。烈懼，乃首服。主者又曰：「縣令聽決不直，已黜官。若干吏受賕者，盡火其居，仍削壽之半。」烈遂赴獄，且行，葉本作「行且」。泣謂祈曰：「吾還無日，爲語吾妻，多作佛果救我。君元券在某櫝中。又吾平生以詐得人田，凡十有三契，皆在室中錢積下，幸呼十三家人併償之，以滅罪。」主者又命引僧前，僧曰：「但見初質田時事，他不預知也。」與祈俱得釋。既出，經聚落屋室，大抵皆囹圄。送者指曰：「此治葉本作「乃」。殺降者、不孝者、巫祝淫祠葉本作「穢」。者、逋誑佛事上四字葉本作「誑瀆佛道」。者，其類甚衆。自周秦以來，貴賤華夷悉治，不擇葉本作「釋」。也。」又謂祈曰：「子來七日矣，可急歸。」遂抵其葉本無「其」字。家而寤。遣子視縣吏，則其廬焚矣。視其僧，茶毗已三日。往毛氏述其事，其子如父言，取券還之。是夕，僧來擊毛氏門，罵曰：「我坐汝父之故被逮，得還，而身已焚。將何以處我？」毛氏曰：「業已至此，惟有□爲作佛事耳。」僧曰：「我未合死，鬼録所不受，又不可爲人，雖得冥福，無用也。俟此世數盡，方別受生，今只守爾門，不可去矣。」自是，每夕必至。久之，其聲漸遠，曰：「以爾作福，我稍退舍，然終無生理也。」後數年，毛氏衰替始已。杜起莘說，時劉夷叔居瀘，爲作傳。

邢氏補頤

晏肅，字安恭，娶河南邢氏。居京師，邢生疽於頤，久之，頤頷連下齶及齒，脱落如截，自料卽死，訪諸外醫。醫曰：「此易耳，與我錢百千，當可治。」問其方，曰：「得一生人頤與此等者，合之則可。」晏氏懼，謝去之。兒女婢僕輩相與密貨醫，使試其術。是夜，以帛包一物至，視之，乃婦人頤一具。肉色闊狹長短，勘之不少差，以藥綴而封之。但令灌粥飲，半月發封，瘡已愈。後避亂寓會稽，唐信道與之姻家，嘗往拜之。邢氏口角間有赤縷如線，隱隱連頤。凡二十餘年乃亡。

誤入陰府

李成季昭玘少時得熱疾，數日不汗，煩躁不可耐。自念若脱枕席，庶入清涼之境，便覺騰上帳頂。又念此未爲快，若出門，當更軒暢，即隨想躍出。信步游行，歷曠野，意殊自適。俄抵一大城郭，廛市邑屋，如人間州郡。李容與街中，有舊識販繒媪，死已久矣，遇李驚曰：「何爲至此？此陰府也。」李懼，求救。媪曰：「我無能爲也。幸常販繒，出入右判官家，試爲扣之。」乃相隨至其門，止李于外，曰：「勿妄動，捨此一步，則真死矣。」媪入，移時喜而出曰：「事濟矣，但當更與左判官議乃可。」俄聞索馬之聲，暨出，乃緑衣少年。媪呼李尾其後，至所謂左判官之舍，緋衣人出迎，緑衣曰：「適有陽間人游魂至此，須遣人送還。」緋衣曰：「誰令渠自來？既至矣，又非此間追呼，何必遣！」李側耳傾聽，益恐。緑衣曰：「試爲檢籍，恐或有官禄。」再三言之。緋衣始持不可，不得已，命吏取籍至。吏讀曰：「李昭玘，位至起居舍人。」緑衣咤曰：「如何，如何？渠合有許大官職，擅留之得否？」緋衣頗慙，乃相與作符，共押之。用印畢，授一小鬼，使送李。李重謝媪，始行。有問者，即示以符。小鬼瘡瘍滿頭，膿血腥穢，歌呼不絕聲，每數十步，輒稱足痛而坐。哀祈之，乃行。前至曠野，曰：「我只當至此。還汝符。」擲之於地。李俯欲拾，蹶而寤，明鈔本作「蘇」。蓋昏然瞑臥經日矣。自是李氏春秋設媪位祠之，果終於右史。

穢跡金剛

漳泉間人，好持穢跡金剛法治病禳禬，神降則憑童子以言。紹興二十二年，僧若沖住泉之西山廣福院，中夜有僧求見，沖訝其非時。僧曰：「某貧甚，衣鉢纔有銀數兩，爲人盜去。適請一道者行法，神曰：『須長老來乃言。』幸和尚暫往。」沖與偕造其室，乃一村童按劍立椅〔原作「倚」，今改。〕上，見沖即揖曰：「和尚且坐，深夜不合相屈。」沖曰：「不知尊神降臨，失於焚香，所陸本作「敢」。問欲見若沖何也？」曰：「吾天之貴神，以寺中失物，須主人證明，此甚易知，但恐興争訟，違吾本心。若果不告官，當爲尋索。」沖再三謝曰：「謹奉戒。」神曰：「吾作法矣。」即仗劍出，或躍或行，忽投身入大井，良久躍出，徑趨寺門外牛糞積邊，周匝跳擲，以劍三築之，瞥然仆地。踰時，童醒。問之，莫知。乃發糞下，見一塼臬兀不平，舉之，銀在其下，蓋竊者所匿云。

飛天夜叉

趙清憲丞相挺之夫人郭氏之姪郭大，以盛夏往青社外邑，乘月以行。中路馬驚，鞭策不肯進。左顧瓜田中，一物高丈餘，形如蝙蝠，頭如驢，兩翅如席，一爪踞地，一爪握瓜食之，目光爛然。郭喪膽，回馬疾馳，數十步間反顧，猶未去。他日，入神祠，見壁畫飛天夜叉，蓋其物也。

晦日月光

趙清憲賜第在京師府司巷。長女適史氏，以暑月不寐，啓户納涼，見月滿中庭如晝，方歎曰：「大好月色。」俄廷葉本作「庭」。下漸暗，月痕稍稍縮小，斯須光滅。仰視，星斗粲然。而是夕乃晦日，竟不曉爲何物光也。四事皆王秬嘉叟説。

沈持要登科

沈持要樞，湖州安吉人。紹興十四年，婦兄范彦煇監登聞鼓院，邀赴國子監秋試。既至，則有旨：唯同族親乃得試，異姓無預也。范氏親戚有欲借助於沈者，欲令冒臨安户籍爲流寓，當召保官，其費二萬五千。沈不可，范氏挽留之，爲共出錢以集事。約已定，沈殊不樂。而湖州當以八月十五日引試，時相去纔二日耳，雖欲還，亦無及。是日晚，忽見室中長人數十，皆如神祇，叱之曰：「此非爾所居，宜速去。不然，將殺汝。」沈驚怖得疾，急遣僕者買舟歸。行至河濱，見小舟，呼舟人平章之，曰：「我安吉人，販米至此，官方需船，不敢歸。若得一官人，當不取其僦直。然所欲載何人也？」曰：「沈秀才。」復詢其居，曰：「吾鄰也。雖病，不可不載。」即率舟中人共舁以登。薄暮出門，疾已脱然如失。十六日早，抵吴興城下，見白袍紛紛往來，問之。云：「昨日已入舉場，而試卷遇暴雨多沾漬，須易之，移十七日矣。」沈遂得趁試。所親者來賀曰：「徙日之事，特爲君設耳。」試罷，且揭牓，夢大雷震而覺，出庭中視之，月星粲然，心以爲惑，欲決之蓍龜。遲明，有占軌革者過門，筮之，得震卦。畫一婦人，病卧牀上，一人趨而前，旁書「奔」字，其詞有龍化之語。占者曰：「公占文書甚吉，但家内當有陰人病，然無傷也。」卜者出，報榜人已至，姓名曰賁勝，音「奔」沈中魁選。及還家，妻果卧疾。明年赴省，以范爲考官，避入别院。一之日，試經義，且出，有廂部邏者，守之不去。時挾書假手之禁甚嚴，沈頗訝其相物色，曰：「何爲者？」曰：「見君篋中一二燭甚佳，非湖州者邪？若無用，幸見與。」沈悉以與之。次日，試詩賦，其人又來，曰：「適詣謄録所，見主司抄一試卷，至于五六，絶類君所書，必高捷。今夕勿遽畢，吾已設一次于户外矣。」沈意其欲得燭，又以贈之。受而還其一，曰：「請君留此以自照，三年一來，不可不致詳也。」晚出中門，引手招就坐，設一几，四顧無人，沈欲納卷出，挽使再讀，至家藏孝經詩，乃覺誤押兩方字，亟更焉。明日，人訪之，了不復見。始驗神人以其誤，委曲爲地也。是年，遂擢第，蓋旅中所見鄰人挐舟，雨污試卷，軌革之卜，邏者之言，皆有默相之者。異哉！

楊道人

温叔皮革之女，嫁秀州陳氏子，既而仳離，居家學道。有楊道人者，亦士大夫家女子，與之同處。紹興二十四年，温赴漳州守，過泉南，館于漕使行宇。女與楊及二婢在西房，夜半，忽大呼捕賊。温杖劍往，見楊之婢高舉手向梁間，初無絆縛，而牢不可脱，其旁青衣童，年可十四五，腰下佩一物，類藥笈。温叱之曰：「汝何人？敢中夜至此。」曰：「我京師人也。楊道人欠我藥錢百萬，今來取之。闞君何事！」又連呼數聲。正争辯間，倏已滅。温遣招天慶觀道士鄭法詢治之。及至，婢縛既釋，無所施其術。時楊氏年未三十，江南所生。所謂京師藥錢之語，或以爲宿世事云。

陳王猷子婦

潮州人陳王猷爲梅州守。子婦死焉，葬之于郡北山之上，其魂每夕歸，與夫共寢。夫懼，宿于母榻。婦復來即之，不可卻，雖家人相見無所避。一子數歲矣，韶秀可愛，每欲取以去，舉家争而奪之。婦出入自若，陳氏甚懼，乃召道士醮設及禱于神，皆不能遣。時紹興庚午三月也。又三月，陳守卒于郡。

郝氏魅

郝光嗣爲廣州録事參軍，有魅撓其家，房闥庖湢，無不至也。嘗火作于衣笥，郝往救焚，手皆焦灼。告身一通，但存字及印，餘皆爇焉。朝服衣裘，悉穿穴不可著。一日，發印欲用，封鐍宛然，而中無有矣。始猶命巫考治，久而不效，則掃一室，嚴香火事之，凡失印二十許日，廣之官吏待稟俸者，需糧料，印未得，咸以爲苦。忽聞如大石墜于所事室中，三擊几而止，視之，印也。初，郝氏以几不佳，蒙以白紙，蓋施三印於几上而去。自是七日，郝生死，其家徙出。魅隨之不置，迨北歸乃已。時紹興二十年。三事皆謝芷茂公説。

王權射鵲

建康都統制王權，微時好射弩，矢不虛發。紹興初，從韓咸安世忠往建州征范汝爲，嘗挾弩明鈔本作「挾弓矢」。往山間，望樹上有鵲巢，即射之，不知其中與否也。聞有人在其明鈔本無「其」字。後言曰：「使汝眼爲箭所中，當如何？」反顧，無所見。權悟其異，亟登木視之。一鵲中目，宛轉巢內，即死，權驚悔，拔佩刀碎其弩。未幾，與賊戰，流矢集于鼻眥之間，去眼不能以寸，病金創久之乃愈。韓王子彦直子温說。

夷堅甲志卷第二十 十二事

木先生

汪致道叔詹，徽州歙人，紹興十八年，以司農少卿總領湖北財賦。嘗赴大將田師中宴集，最後至。漕使鄂守先在，與田弈棋，道人木先生者亦坐于旁，見汪揖曰：「久别，健否？」汪愕曰：「相與昧平生，何言久别？」道人曰：「公已爲貴人，忘之耶！獨不記宣州道店談牛奇章事乎？」汪矍然起謝。道人去，汪謂諸客曰：「崇寧五年初登第，得宣州教授，以冬月單車之官，投宿小村邸。唯有一室，一秀才已先居之。日甚暮，大雨，不可前。不得已推户徑入，曰：『值暮至此，與公同此室，可乎？』秀才方踞火坐，顧曰：『唯唯。』良久，忽言曰：『公曾讀《唐書》否？』某愠曰：『某雖寡學，寧鄙陋至是！』又笑曰：『記得《牛僧孺傳》否？』某不答。秀才曰：『吾言無他，公乃僧孺後身，前生爲武昌節度使，緣未盡，今生當再往。異時官禄多在彼土矣。』某異其語，疑爲相師，問其姓字。徐對曰：『公知有雍孝聞者乎？吾是也。自崇甯之初，殿廷駮放，浪迹山林，偶有所遇爾。』扣之，不肯言，終夕相對論文而已。至曉而去，不復再見。適睹道人之貌，蓋雍君也。風采與四十年前不少異，真得道者也。」坐客莫不驚歎。汪再漕湖北，又守鄂州，爲總領累年，皆在武昌。

木生名廣莫，往來漢沔間，見人唯談文墨，殊不及他事，無有知其爲異人者。沈道原灊亦識之，云政和中以道士入説法，徽宗謂其得林靈素之半，故以木爲姓。汪説。

靈芝寺〔目録「寺」下有「鬼」字〕

紹興十二年，唐信道廷對畢，館于西湖靈芝寺。時已五月，二僕納涼湖邊，呼聲甚急，唐往視之。二僕共挽一僧，云：「僧走欲赴水，一足已溺，呼之不肯回，力挽其衣，猶不能制。」遂與歸室中。寺之人云：「頃寇犯臨安，兩僧死于湖，今其鬼耳。」問溺者所見，曰：「兩僧來告，孤山設浴甚盛，邀同舟以行。一足□〔陸本作「已」。〕登，而爲人掣其後，故不得去，心殊恨恨也。」坐少定，復發笥取新衣著之，并易履襪，若有導之者，徑趨水濱，數僧急尾救之。既還，詆救者曰：「我適游處甚佳，爾輩何見疾，必強我歸？我終一去耳。」主僧遣三人護之于室而扃其外。唐所寓舍與之鄰，惟以葦席爲限，聞爲鬼所憑，作詩云云。唐唯記其一句曰：「日日移牀趁下風。」蓋竊東坡語也。唐誚之曰：「汝生爲出家子，視形骸如土木，雖不幸死，當超然脱去。乃甘留戀爲游魂滯魄，真可羞也。」答曰：「吾非爲厲者，欲度此僧，故與之俱。且何預爾事！」唐曰：「吾視人垂死而不救，可乎？且汝既不能自脱，又枉以非命害一人，何益於汝？空令湖中增一鬼耳。」相往復至夜半，鬼益怒，叱曰：「只爾亦非了生死者。」唐嘻笑應之曰：「我當死卽死，必無幽滯，終不効汝，加非理於生人。」鬼似悟唐説，不復有語。久之，僧始昏睡。迨曉，問之，乃會稽人，主僧令送歸其家。唐後見之於鑑湖鶖臺寺，云：「只憶初赴水時事，餘皆不知也。」

王壁魁薦

王炳文壁，明州人。靖康元年，赴淮南試于楚州，寓龍興寺。寺大門内有人題曰：「東壁之光，下照斗牛。今年王壁當魁薦。」問諸僧及閽者，皆不知何人所書。是歲王果爲解頭。二事皆唐信道説。

太山府君

孫點，字與之，鄭州人，温靖公固諸孫也。建炎四年，知泉州晉江縣，居官以廉介自持。是歲七月，叛將楊勍自江西軼犯郡境，點出禦寇，歸而疽發于背。主簿入卧内省之，胥吏數人在旁。點顧户外曰：「何人持書來？」皆莫見。少焉，點舉手左右，口中囁嚅，爲發書疾讀之狀。主簿問：「何書？」曰：「檄召點爲太山府君。」顧吏曰：「此有石倪及徐楷二人乎？」吏曰：「有石教授者，居别村。無徐楷，但有涂楷解元耳。」點曰：「何用措大爲？」諸吏怪其語不倫，無敢問。後三日卒。石倪者，字德初，方待次鄉里，紹興三年，以官期未至，詣臨安欲有所易，得疾于抱劍邸中，以七月中死。涂楷字正甫，時爲州學諭。同舍生每戲之曰：「君往太山，他日朋友游岱，藉君爲地也。」楷聞倪死，頗不樂，從天寧寺長此下宋本闕一葉，今從葉本補，但本條文字已完，而於原葉行數尚闕兩行，或葉本有所删節歟？老慧勝學禪。紹興六年七月，休日還家，沐髮罷，端坐而逝。三人之死，相去各三載，皆以七月，疑亦三年一受代云。點當官時，杖一里胥死，聞其貧，卽召其子 俾代父。胥家不致憾于死者，而感黠之録其子。黠既亡，無以爲殮，皂吏爲合錢買棺葬之城外。里胥家至今歲時享祀之。

鄧安民獄

邵博，字公濟，康節先生之孫，紹興二十年爲眉州守。郡有貴客，素以持郡縣長短通賕謝爲業，二千石來者多委曲結奉。邵雖外盡禮，而凡以事來請，輒不答，客銜之。會轉運副使吴君從襄陽來，多以襄人自隨，分屬州取俸給，邵獨不與。客知吴已怒，乃誣邵過惡數十條以啗。吴大喜，立劾奏之。未得報，即逮邵繫成都獄。司理參軍韓抃懦不能事，吴擇深刻吏僉判楊均主鞫之。時二十二年，眉州都監鄧安民以謹力得邵以上原闕，據葉本補。意，主倉庾之出入。首録置獄中，數日掠死，其家乞收葬，不許，裸其尸驗之。邵懼，每問即承。如是十月許，凡眉之吏民，連繫者數百，而死者且十葉本多一「餘」字。輩。提點刑獄縉雲周彦約綰知其寃，亟自嘉州親詣獄疏決，邵乃得出。閲實其罪無有也，但得其以酒餽游客，使用官紙札過數等事。方具獄，楊生葉本作「均」。即死，獄吏數人繼亡。明年，命下，邵坐貶三官，歸犍爲之西山。其秋，眉山士人史君，正燕處，葉本多一「有」字。人邀迎出門，從者百餘，皆繡衫花帽，馭卒鞚大馬甚神駿，上馬絶馳，目不容啓。到一甲第，朱門三重洞開，馬從中葉本多一「道」字。以入。史欲趨上三字葉本作「吏欲邀」。至客次，馭者不可，徑造廳事。坐上緋緑人數十，皆揖史葉本作「使」。居東向，辭曰：「身是布衣，安得對尊客如此？」其一人曰：「今日之事公爲政，何必辭之？」葉本多一「吏」字。前白曰：「帝召公治鄧安民獄，今未也。俟公登科畢，即奉迎矣。」史不獲已，就坐欠伸而寤。不爲家人言，密書之。又明年，史赴廷試，過荆南，時吴君適帥荆，得疾，親見鬼物往來其前，避正堂不敢居，無幾而死。史調官還至夔峽，小疾，語同舟者曰：「吾當死。君今報吾家，令取去秋所書者觀之，可知也。」是夕，果卒。又二年，所謂貴客者，暴亡于成都驛舍。又明年十一月，邵見安民露首持文書來白曰：「安民寃已得伸，陰獄已具，須公來證之，公無罪也。」指牘尾請書名。已而復進曰：「有名無押字不可用。」邵又花書之，始去。邵知不免，盛具延親賓樂飲，踰六日，正食間，覺腸中微痛，卻去醫藥，具衣冠待盡，中夜卒。成都人周時字行可說。邵守眉日行可爲青神令。

鹽官孝婦

紹興二十九年閏六月，鹽官縣雷震。先雷數日，上管場亭户顧德謙妻張氏夢神人以宿生事責之曰：「明當死雷斧下。」覺而大恐，流淚悲噎。姑問之，不以實對。姑怒曰：「以我嘗貸汝某物未償故耶？何至是！」張始言之，姑殊不信。明日，暴風明鈔本多一「疾」字。起，天斗暗，張知必死，易服出屋外桑下立，默自念：「震死既不可免，姑老矣，柰驚怖何！」俄雷電晦冥，空中有人呼張氏曰：「汝實當死，以適上二字明鈔本作「適以」。一念起孝，天赦汝。」又曰：「汝歸益爲善，上七字明鈔本作「汝其益爲善」。以此嚴校：疑有脱文，下四字據葉本、明鈔本補。語世人也。」

曹氏入冥

靳師益，濟州人。父守中，官至尚書郎。紹興二十九年，靳爲餘杭主簿，妻曹氏以六月病卒，已殮經夕，一足忽屈伸。靳驚視之，面衣沾濕，有泣涕處。靳號慟曰：「得無以後事未辦乎？他何所欲言？」拊其體，漸温。已而歎曰：「我欲錢用。」靳命焚紙鏹數束。曰：「未也。」又焚之如初。久而稍甦，掖之起坐，流淚滂沱，言曰：「先姑喚耳。憶病昏之際，二婦人來，云：『恭人請。』即俱出門，肩輿去甚速。至官府，户内列四曹，只記其一曰『南步軍司』，方裴回無所之，遇阿舅生時所使老兵遮拜曰：『何得至此？』以姑命對。即引入兩廡間，皆縶囚，呻吟之聲相屬。升自東階，舅金冠絳袍若今王者，與紫衣白衣人鼎足議事，且置酒。聞舅語云：『三官更代，有無未了事件？』頃之，送二客還。吾自屏間趨出拜。舅駭曰：『誰呼汝來？』亦以姑對。舅與俱入。姑冠帔坐堂上，若神祠夫人。侍兒持雉扇，環立甚衆。舅責曰：『渠家兒女多，何得招致？』姑曰：『以乏錢故也。』吾又趨拜，且問：『需錢何用？』姑曰：『吾長女以妬殺婢媵，久縶幽獄，獄吏邀賄，無所從得，不獲已，從汝求之。』又曰：『汝爲吾轉輪藏已盡用了，更爲誦梁武懺救吾女。』少時，舅促歸，命詢肩輿者食。此下疑有脱字。曰：『已食。』遂遣吾出，相戒曰：『勿泄此事，恐不利於汝。』送至車上。從者十餘人，皆黄衣金甲，其行如飛。既到家，黄衣求金，凡兩焚錢始去。」自此疾愈，然纔旬日復死。人謂其漏言不免云。

斷妬龍獄

郭三雅妻陸氏，秀州海鹽人，平時端靖有志操。紹興二十八年六月十五日，呼其子昭，戒之曰：「吾數日後當死，切無即殮。」丁寧數四。昭憂之，亦未敢盡信。及期，無疾而逝，心猶微温，奄奄有出入息，十日復生，曰：「姑蘇某龍王嬖一妾，遭夫人妬忌，以箠死，鞫訊天獄，累年不能決。上帝命我詰其情，一問而得之。奏牘已上，信宿當就刑，是時必上六字原闕，今從葉本補。暴風雨。」至七月五日，平江大風駕葉本作「鶩」。潮，漂溺數百里，田廬皆被其害。三事竇思永說。

義夫節婦

建炎四年五月，叛卒楊勍寇南劍州道，出小當葉本作「常」。村，掠一民婦，欲與亂。婦人毅然，誓死不受污，逐葉本作「遂」。遇害，棄尸道旁。賊退，人爲收瘞之。尸所枕藉處，跡宛然不滅，每雨則乾，晴則濕。往來者咸歎異焉。或削去之，隨即復見。覆以他土，則跡愈明，至今猶存。又有順昌縣軍校范旺者，當范汝爲亂時，邑中羣盜余勝等亦竊發。土軍陳望素喜禍，欲舉寨應之。旺叱衆曰：「吾等父母妻子皆取活於國，今力不能討賊，更助爲□，葉本作「虐」，陸本同。豈不慚見葉本作「負」。天地！」凶黨忿其語切，亟殺之。一子曰佛勝，年二十，以勇聞。賊詐以父命召之，至則俱死。妻馬氏聞夫子皆死，哭于道，賊脅污之，不從，磔於木，節解之。後數月，賊平。旺死處輒上隱隱留尸跡，不少翳。邑人相與揭其甎，聚而祠之，已又圖象於城隍。葉本多「廟中」二字。紹興六年，建安人吴逵葉本作「達」。通判州事，以其事聞，詔贈承信郎，許立廟。順昌丞蘇灝領役，夢旺具簪笏進謁，具謝董督之意，且曰：「初被害時，爲凶徒剔去左目。」引蘇視之，又别有一旺明鈔本校删「旺」字。僵尸在地，著短布葉本無「布」字。白衫。復指廟之東南隅曰：「遺跡猶在是，已寓意於邑令矣，幸公念之。」蘇明日入廟中，問旺死時狀，皆曰上二字明鈔本校作「衆人悉能言其故」。然，而莫有知其剜目者。東南隅則甎衕故處也。於是訪得五甎，納諸廟。上五字明鈔本校作「其妻子尸並葬之」。縣令黄亮聞之，以語妻蔡氏。蔡驚曰：「昨夕亦夢紫衣人謁君於廷，君揖之升廳，及階，遜謝而去，其姓名則范旺也。豈丞所謂寓意者乎？」旺一卒以忠死，婦人以節死，没而不朽，渠葉本作「豈」。不信云。

葵山大蛇

王履道左丞葬于泉州之葵山，去城四十餘里。山多蛇，墓人張元者，養羊十餘頭，往往爲所吞噬。元操刈鐮出迹捕，正見大蛇擒一羊，蟠束數匝，先齧膚吮血，已乃噴毒其中。羊漸縮小，軟若無骨，始吞之。元旁立伺隙，奮刃而前。蛇昂其首，高五尺許，摇舌鼓怒爲搏人之勢。元投以刃，刃墜。元奔歸，呼其子，别携刀往。蛇猶在故處未去，迎刺之，斷首而死。尾有兩歧，利如鉤。秤其肉，重六十斤。背皮至闊一尺五寸。守冢僧曰：「此特其小者耳。一窟于山者，身粗若瓮，每出時，大木皆振動云。」

融州異蛇

馬擴子充謫融州，居天寧寺，營廁於竹間。嘗持矛奏溷，聞若有叱之者，周視之，則無人焉。復聞再叱聲，乃一蛇在屋角，開口吐舌，頭如斗大。馬揕之以矛，刃入于棟，亟出喚僕共視，蛇已死，但不見其體。注目尋索，僅如細繩，纏榱桷數十匝。取以視邦人，雖戴白之老，亦無有識其爲何等蛇者。

一足婦人

紹興十七年，泉州有婦人貨藥于市，二女童隨之。凡數日，好事者竊迹其所止，乃入封崇寺之僧堂。堂空無人，獨三女者共處。旁人夜夜聞擣藥聲，旦則復出，初未嘗見其寢食處也。他日，寺僧密窺之，乃皆一足，失聲歎咤。婦人如已聞之，明日不復見。三事王嘉叟說。

夷堅乙志序

《夷堅》初志成，士大夫或傳之，今鏤板于閩，于蜀，于婺，于臨安，蓋家有其書。人以予好奇尚異也，每得一説，或千里寄聲，於是五年間又得卷帙多寡與前編等，乃以乙志名之。凡甲、乙二書，合爲六百事，天下之怪怪奇奇盡萃於是矣。夫齊諧之志怪，莊周之談天，虛無幻茫，不可致詰。逮干寶之《搜神》，奇章公之《玄怪》，谷神子之《博異》，《河東》之記，《宣室》之志，《稽神》之録，皆不能無寓言於其間。若予是書，遠不過一甲子，耳目相接，皆表表有據依者。謂予不信，其往見烏有先生而問之。乾道二年十二月十八日，番陽洪邁景盧敍。

八年夏五月，以會稽本別刻于贛，去五事，易二事，其它亦頗有改定處。淳熙七年七月又刻于建安。

夷堅乙志卷第一 十三事。按：實有十四事。

更生佛

仙井監蘭池鄉民鮮述，因病誤服藥，病且亟，恍忽不知人。見三黄衣吏持檄來追，别有二白衣者嘯於梁上。述命其家焚紙錢祝之，曰：「有子買藥未還，願延須臾。」三人喜，載錢以出。至暮，子歸，三人從以入，述遂死。與二白衣同行，蓋亦就逮者，一曰蜍充，一曰税中定。行久之，入大城，門闕三重，宫室甚壯。遇故人曹惟吉，先死數歲矣。問述來故，述曰：「被追至此，不知何事也？」曹賀曰：「有鄉人在，可勿憂。」曰：「誰邪？」曰：「虞太博，今判更生道，明日爲更生佛矣。宜速往。」少焉，吏引入殿下。王者旒冕坐其上，先呼中定及充，皆釋去。相去頗遠，不知所云如何也。既而問述，平生修何善？對曰：「家貧無力，但嘗遊瓦屋山，瞻辟支佛，瑞色甚勝，及以一木施天翁堂耳。」吏與紙筆，使録所言。持以上，王書其後曰：「放還。」述拜於庭，回數步間，有呼之者。王臨階語曰：「爲我報家人，令設更生道場，且誦更生佛名。」語畢，白光騰上，室宇赫然。述又拜而出。至大樓闕下，望題榜緑牌金字曰「大慈大悲更生如來」，纔出門，即蘇。妻子正哭泣，具櫬將殮矣，時紹興十八年六月二十六日也。明日，奔詣虞氏，述所見，適虞公小祥日云。虞名祺，字齊年，平生不讀佛書，嘗爲夔漴漕。方軍興時，諸道以聚斂爲先務，惟虡所部獨晏然不擾。最後在潼川，當紹興十七年，屬微疾，至六月二十七日，憑几不語，忽睨坐客曰：「古佛俱來，吾亦歸矣。」子允文旁立泣下。又顧曰：「身得爲佛，有何不可！」客異其言，已含笑而逝。及述事傳，然後虡成佛之證益顯。更生佛名見《大涅槃經》中。新寧丞陳璜作記。

臭鬼

開封人張儼說，政和末年，清明日太學士人某與同舍生出□陸本作「郊」。縱飲。還，緣汴堤而上，見白衣人在後，相去十數步，堂堂一丈夫也，但臭穢逆鼻。初猶意其偶相值，已而接踵入學。問同舍，皆莫見，殊怪之。逮反室，則立左右，扣之不答，叱之則隱。倏忽復見，追隨不少置，臭日倍前，士人不勝其懼。或教之曰：「恐君福淺，或爲寃所刦。盍還家養親，無以功名爲念，脫可免。」乃如之。甫出京，其人日以遠，遂不見。士人家居累年，不能無壹鬱，二親復督使修業，心忘前怪矣，遂如京師參告。踰月，因送客至舊飲酒處，復遇其人，厲聲曰：「此度見汝不捨矣！」相隨如初，而臭益甚。士人登時怳忽，遂卧病旬日卒。

莊君平

李伯紀丞相少弟季言綸云：福州有道人，無他技，獨傳相神仙之術，曰：「有道之士，所以異於人者，眼碧色也。」嘗於市中見老叟，鬢髮如雪而兩臉紅潤，瞳子深碧。竊迹其所往，正在一客邸中。明日，徒就之，執弟子禮甚謹，同室而居。凡歲餘，邈然無所契。一夕寒甚，叟起，將便旋，爲捧溺器以進。叟訝其煖，答曰：「懼冷氣傷先生，置諸被中爾。」叟大感異之，曰：「吾不知子之有心如此，其可不以實告！吾乃漢莊君平也。行天下千歲矣，未見有如子者。」探囊取一書授之，曰：「讀此可得道。」天明，叟出，遂不歸。其書乃五言詩百篇，皆修身度世之説，季言頗能誦之。今但記其語云「事業與功名，不直一杯水」，又云「獨立秋江水」三句而已。道人留閩，久之，亦不見。

仙弈

南劍尤溪縣浮流村民林五十六樵于山，見二人對弈，倚擔觀之。旁有兩鶴啄楊梅，墮一顆于地，弈者目林使拾之。俛取以食，遽失二人所在。林歸，卽辟穀不食，不知其所終。

蟹山

湖州醫者沙助教之母嗜食蟹。每歲蟹盛時，日市數十枚置大甕中，與兒孫環視，欲食，則擇付鼎鑊。紹興十七年死，其子設醮於天慶觀，家人皆往。有十歲孫，獨見媪立觀門外，遍體皆流血。媪語孫曰：「我坐食蟹業，纔死卽驅入蟹山受報。蟹如山積，獄吏叉我立其上，羣蟹争以螯爪刺我，不得頃刻止，苦痛不可具道。適冥吏押我至此受供，而里域司又不許入。」孫具告乃父，泣禱于里域神。頃之，媪至設位所，曰：「痛豈復可忍！爲我印九天生神章焚之，分給羣蟹，令持以受生，庶得免。」遂隱不見。其家卽日鏤（葉本多一生「字」。）神章板，每夕焚百紙，終喪乃罷。徐樽說。

佐命功臣

李希亮，政和中爲郎官。其（明鈔本作「有」。）鄉士甚貧，以教授爲業。嘗借馬出城，歸而言曰：「一月前，夢金紫人言：『吾汝六世祖也，國初爲佐命功臣，墓在京城外十數里之某村，有祀享田，歲可得米二百斛。去世已久，不知子孫凋零如此。今田故（明鈔本作「固」。）在，但爲掌墓者所擅，汝往料理，足以餬口矣。』既覺，未敢遽往。昨（葉本作「次」。）夕復夢，頗見譙責。某謝（明鈔本作「對」。）曰：『自少孤苦，不省先壠所在，與墓人亦不相識，且無契券，何以能取？』祖曰：『汝言大有理。此田嘗有碑具載，今爲守者瘞于門外草中，第如吾言發視，必可得。』某以再夢之驗，故以今（上二字葉本作「遂卽」。）日往，得大墓園良是，而荒穢殊甚。呼守者出，責以不治之罪。答曰：『久無人拜掃，故至此。』問田所在，謾云無之。令取碑爲證，曰：『不知所在矣。』命鍬鍤斸地，果於近門草間尺許（上四字明鈔本校改「尺許草間」。）得之。守者驚懼慙服，乃具說田處，亦頗有爲豪右吞并者。今當訟于開封，乞正之。」希亮大異其事，爲贊於府官，盡得其田。居數月，復謂希亮曰：「夜夢祖告云：『行得官矣。吾同時佐命有來爲相者，以汝屬之。渠當不忘舊好也。』」未幾，鄭達夫拜相，首乞甄録創業勳臣之裔，於是例得一官。王嘉叟說，忘士人姓名。

變古獄

大觀初，司勳郎官郭權死而復生，言徧至陰府，多見近世貴人。其間一獄囚繫甚衆，問之，曰：「此新所立變古獄也。」陳方石說。

俠婦人

董國慶，字元卿，饒州德興人。宣和六年登進士第，調萊州膠水縣主簿。會北邊動兵，留家於鄉，獨處官下。葉本作「所」，明鈔本作「丁」。中原陷，不得歸，棄官走村落，頗與逆旅主人相往來。憐其羈窮，爲買一妾，不知何許人也。性慧解，有姿色，見董貧，則以治生爲己任。罄家所有，買磨驢七八頭，麥數十斛，每得麵，自騎驢入城鬻之，至晚負錢以歸。率數日一出，如是三年，獲利愈益多，有明鈔本作「買」。田宅矣。董與母妻隔闊滋久，消息杳不通，居閑戚戚，意緒終不聊賴。妾數問故，董嬖愛已甚，不復隱，爲言：「我故南官也。一家皆處鄉里，身獨漂泊，茫無還期，每一深念，幾心折欲死。」妾曰：「如是，何不早告我？我有兄，喜爲人謀事，旦夕且至，請爲君籌之。」旬日，果有估客，長身而虬髯，騎大馬，驅車十餘乘過門。妾曰：「吾兄也。」出迎拜，使董相見，叙姻連，留飲至夜，妾始言前日事以屬客。是時虜下令：宋官亡命許自言，匿不自言而被首者死。董業已漏泄，又疑兩人欲圖己，大悔懼，乃抵葉本作「紿」。曰：「無之。」客奮髯怒且笑曰：「以女弟託質數年，相與如骨肉，故冒禁欲致君南歸，而見疑若此！脫中道有變，且累我，當取君告身與我以爲信，不然，天明縛君告官矣。」董益懼，自分必死，探囊中文書悉與之，終夕涕泣，一聽客。客去，明日控一馬來，曰：「行矣。」董呼妾與俱，妾曰：「適有故，須少留，明年當相尋。吾手製納葉本作「衲」。袍以贈君，君謹服之，惟吾兄馬首所向。若反國，兄或舉數十萬錢爲饋，宜勿取。如不可卻，則舉袍示之。彼嘗受我恩，今送君歸，未足以報德，當復護我去。萬一受其獻，則彼責塞，無復顧我矣。善守此袍，毋失去也！」董愕然，怪其語不倫，且慮鄰里覺，卽揮涕上馬，疾馳到海上。有大舟臨解維，客麾董使登，揖而別。舟遽南行，略無資糧道路之備，葉本作「費」。茫不知所爲，而舟中人奉視葉本作「侍」。甚謹，具食食之，特不相問訊。纔達南岸，客已先在水濱。邀詣旗亭上，相勞苦，出黃金二十兩曰：「以是爲太夫人壽。」董憶妾別時語，力拒之。客曰：「赤手還國，欲與妻子餓死耶？」强留金而出。董追及，示以袍。客駭笑曰：「吾智果出彼下。吾事殊未了，明年當挈君麗人來。」徑去，不反顧。董至家，母妻與二子俱無恙。取袍示家人，俾縫綻處黃色隱然，拆視之，滿中皆箔金也。既詣闕自理，得添差宜興尉。踰年，客果以妾至。秦丞相與董有同陷虜之舊，爲追叙向來歲月，改京秩，幹辦諸軍審計。纔數月，卒。秦令其母汪氏哀訴於朝，自宣教郎特贈朝奉郎，而官其子仲堪者，葉本無「者」字。時紹興十年五月云。范至能說。

食牛夢戒

周階，字升卿，泰州人，寓居湖州四安鎮。秦楚材守宣城，檄攝南陵尉，以病疫告歸。夢就逮至官府，緋袍人據桉治囚，又有緋緑者數十人，以客禮見，環坐廳事。一吏引周問曰：「何得酷嗜牛肉？」叱令鞭背，數卒捽曳以去。周回顧乞命，且曰：「自今日以往，不唯不敢食，當與闔門共戒。」坐客皆起爲謝罪，主者意解，乃得歸。夢覺，汗流浹體，疾頓愈。至今恪守此禁，時時爲人言之。紹興三十年，周監鹽官倉。

羊寃

吴道夫說，其妻族弟爲淮西一邑主簿。邑陋甚，無人屠羊，簿與令尉議，共醵金買諸旁郡字養之，非祭祀及大賓客與公家所當用，勿得以私意殺。約已定。久之，簿妻妹自遠來，相見喜甚，買酒款曲，倉卒無以具饌，輒烹一羊。酒罷，二婦人同宿，簿獨寢外舍，且五更，聞羊鳴牀下，其聲怒而哀。拊牀驚之，不止。少選，登牀，以角觸簿，且齧且駡，作人言曰：「買羊□□，原本二字形不全，陸本前一字作「待」。爾之謀也，與衆爲誓而首背之。我某日當祭社乃死，今遽殺我，不義，必償我命乃可。」簿曰：「是我之罪，不敢逃死，姑容入室别妻子，且囑後事，可乎？」羊曰：「當爾殺我，肯少貸邪？」簿亟入扣寢門呼妻，妻方與妹酣寢，寂不應。簿曰：「我以寃督死甚急，故欲與爾别，忍不相應。我死矣，爾勿得嫁，否則當爲厲以報爾。」妻驚覺，啓門，則其夫已卧血中死。直宿小史云：「但見簿説争時事，無所睹也。」妻尚少，父母欲嫁之，每媒氏至，必夢故夫責己，竟守志焉。

趙子顯夢

趙公稱，字子顯，舊居泉南。紹興二十八年爲贛州守。族人以窮來相依，舍之它館，日餽食之，每約飭使勿爲過。嘗晝寢，夢故居門庭毛血狼藉，命掃除之，隨卽如故。旁舍人來告，已屠牛若干矣，矍然而寤。護戎以邏事入白曰：「宗室某子自泉州來，以舊識使君，屠數牛爲市。」考其數，與夢合。子顯悟神告，逮捕窮治，抵其僕於罪，遣出境，遂嚴其禁。趙不㢃說。

夢讀異書

沈濬，字道元，錢塘人。爲人清修，不妄語。居湖州仙潭村。郡中親表間嘗以姻事邀致入城，宴飲稠疊，連日不得歸，意頗厭倦。夢謁友人陸維之，見堆桉有書數十種，主人方束帶。沈信手披一編，其間章之多寡大抵類《真誥》。擇一章最簡者讀之，其詞云：「人喜食桃李，桃李不可多食，食蟹大可笑，凡食蟹必殺。凡學道必以純陽得道。殺，陰也。如不得已，能食車中之鼠，溷廁之蟯蜋，乃可。」讀未盡數句，維之顧曰：「文頗怪，子宜畢之。」俱一笑，乃覺。欲尋其致夢之由而不可得。久之，始悟半歲前，有婺女僧懷政來，同寓慧通寺，政作東坡玉糝羹，約沈陸共之。陸至，則羹盡矣，因戲政曰：「恰沿河來，見舟中婦人作洗手蟹，偶得一詩，持贈子，」云：『紫髯霜蟹穀按：「穀」字似「殼」字之誤。如紙，蒲萄作肉琥珀髓。主人揎腕斫兩螯，點醋揉橙薦新醴。癡禪受生無此味，一箸菜根飽欲死。喚渠試與轑釜底，換取舌頭別參起。』」坐皆傳翫擊節。沈默有感，徐曰：「詩則美矣，其如語大工何！」維之驚謝。沈自是不食蟹，稍證夢中大可笑之說。又二年，因餌蒼朮，禁食桃李，方盡省一章語云。沈自有文記此。

李三英詩

舊傳鄭獬牓進士周師厚者，策名居五甲末，纔壓一人曰陳傳。師厚戲爲語曰：「舉首不堪看鄭獬，回頭猶喜見陳傳。」紹興二十七年，永嘉王十朋魁多士，同郡吴已正爲殿，李三英以特奏名得出身，列於吴下。吴效前語曰：「舉頭不敢攀王十，伸脚猶能踏李三。」其歇後體殆若天成云。

小郗先生

李次仲季與小郗先生游建康市，入茶肆，見丐者蹣跚行前，滿股瘡穢。李謂郗曰：「此人惡疾如此，願先生救之。」郗曰：「不難也。正恐怪奇驚衆耳。」李固請，乃索紙一幅，吐津塗其上，稠如膠餳，持以與丐者，令貼于股。移時，問之曰：「覺熱否？」曰：「始時甚痛，已而極痒，今正熱不可忍。」郗揭紙，命李視之，新肉已滿，瘢痕悉平。市人争來聚觀，郗於衆中逸去。李急追訪之，不及矣。湯與立說。

夷堅乙志卷第二二十二事

樹中甕

毗陵胡氏家欲廣堂屋，以中庭朴樹爲礙，伐去之。剖其中，得陶甕，可受三斗米，而皮節宛然。即日山魈見怪。有行者善誦龍樹呪，召使治之，命童子觀焉。見人物皆長數寸，爲龍樹所逐，入婦人榻上，遂憑以語。乃結壇考擊逐去，蓋擾擾半年乃定。

宜興民

宜興民素以滑稽著，有山鬼入其室，自天窗垂一足徹地，黑毛毿毿。民戲謂之曰：「若果神通，更下一足。」鬼不能答，少頃，收足去。自是不復至。蔣丞相說。

蔣教授

永嘉人蔣教授，紹興二年登科，得處州縉雲主簿，再調信州教授，還鄉待次。未至家百里，行山中，聞嶺上二人哭聲絶悲。至，則一叟挾雙鬟女子攔道哭。蔣悽然問其故，叟曰：「從軍二十年，方得自便，不幸遇盜，挈我告身去。將往吏部料理，非五十萬錢不可辦。甚愛此女，今割愛鬻之，行有日矣，故哭不忍捨。」蔣曰：「以我囊中物與叟，少緩此計，何如？」即舉餘裝贈之，纔直十萬。叟曰：「感君高義，然顧亡益也。」蔣曰：「叟果不見疑，當以女寄我歸，叟姑持此錢往臨安。事若不濟，還吾家取之。吾善視叟女，非敢以爲姬妾，勿憂也。」叟謝曰：「諾。」約明年暮春再相見，以女授蔣，拭淚而别。蔣下車載女，自策杖踵其後。將至家，置女外館，獨入見母妻。妻周氏迎謂曰：「聞有隨車人，今安在？」蔣以實告。妻曰：「然則美事也，其成之何害？」使人喚女歸。蔣母柯氏，愛之如己子，夜則與同寢處。女間至外舍與蔣戲，或相調謔。方初見時，猶常常女子，至是，顔色日艷，嫣然美好矣。一夕，醉不自持，遂留與亂，而叟亦絶不至。臨赴官，妻不肯往，曰：「自有麗人，何用我？」柯夫人亦曰：「汝受人託子，而一旦若是，前程事可知矣。吾老當死鄉里，不能隨汝也。」蔣力請不能得，竟獨與女之信州。居數月，薄晚呼女櫛髮，女把櫛揮涕不止。問之，不答。咄曰：「憶汝父邪？欲去邪？」女曰：「身非有所悲，悲主君耳。人壽不可料，今數且盡，願急作書報君夫人。」蔣怒，駡之曰：「小兒女子安得爲不祥語？」女曰：「事極矣，過頃刻便不可爲，吾言不敢妄。」顧廷下小史，令取筆札，女倉卒收櫛，秉筆强蔣使書。蔣怒且笑曰：「所書當云何？」曰：「但言得暴疾，以今日死。」蔣不得已，寫十數字，復問曰：「汝那得知？」女忽變色厲聲曰：「君知縉雲有英華者乎？我是也。」拊掌而滅。蔣隨即仆地死，耳鼻口眼皆血流。小史見一狐自室中穿牖升屋而去。人皆謂蔣爲義不終至此。或説蔣初赴縉雲，人語以英華事，蔣曰：「必殺之。」到官數日，行圃後隙地，得巨井，礌石覆之。意怪處其下，命發視，見大白蚓，長丈餘，粗若柱，引錐刺其首，蚓卽失去。及信州之死，疑是物云。唐信道蔣子禮說。

陳氏女

無錫人陳彥亨，居南禪寺側，妻邊氏有身。夢女子紅衣素裳，掬水廷下，仰視曰：「妾崑山縣陳提舉女也。來南禪赴水陸會，若功德圓就，當生夫人家爲男子，如其不然，亦可爲女也。」邊氏視此女甚美，謝曰：「爲兒女非所敢望，幸來相過，肯啜茶足矣。」女笑而去。既寤，以告彥亨。使詢之，果有陳彥武提舉者自崑山來，爲十八歲亡女設水陸。明日，邊生一子。

張夢孫

毗陵張汝楫維濟，紹興十三年知明州奉化縣。其子婦李氏孕及期，維濟夢故人陳郁文卿來曰：「相別十六年矣，今欲與君爲孫，何如？」維濟喜。明日語僧日智曰：「文卿，佳士也。吾必得賢孫，可賀我。」已而李氏乃得女，遂名之曰夢孫。及數歲，戲祖旁，偶見文卿生時書，則捧視曰：「我所書也。」文卿，無錫人，與維濟皆沈元用牓進士，爲楊嚴校：「楊」字疑誤。州司理參軍。建炎中，虜犯淮甸，死官下。

人化犬

姑蘇翟秀才家乳婢王氏，平生無一善，見人誦佛，則笑毀之。年四十歲時，贅生於尻，日以痛楚。用膏藥傅之，愈益大，至尺餘，則成狗尾矣。自是不能行，□葉本作「屈」，陸本作「據」。兩手於地，匍匐移足乃可動。伺犬彘就槽輒隨之食，夜與共寢，踰半歲乃死。又節級徐忠，因病亦生一尾，謂妻子曰：「我坐抛飲食之過。夢入城隍廟，令詣曹供狀，自今勿得食人食，惟舐糠□葉本作「乃」。可，且和糠來。」既至，蹲踞而食，與犬亡少異。其家爲作浮屠供悔上二字葉本作「事懺」。謝，旬日而死，時紹興三十年五月也。

張十妻

吴江縣民張十妻，嗜殺生，又事舅姑亡狀，年六十矣。紹興二十九年得疾，兩股皆生惡瘡，蛆盈其中，齧骨及髓，宛轉呻痛，葉本作「吟」。聲達鄰里。久之，每遺糞必自取食，并食薦席皆盡，期年乃死。四事日智説。

承天寺

滕愷，字南夫，婺源人。紹興五年登科，調信州司户。既赴官，夢往它郡，遊僧舍，牓曰「承天寺」。室宇甚壯，了無僧居，獨老頭陀出應客曰：「此寺乃本師所建。既成，以緣事未了，捨之遊方，踰期不還，衆僧亦悉委去。惟某僅存，老病無力，不得供掃洒事也。」「去幾何時？」曰：「二十七年。」「何時當來？」曰：「今歲歸矣。」愷時春秋二十七，既悟，以爲不祥。會是年秋試考校南康軍，至中塗，日薄晚，投宿民家。不肯容，指支徑小曲曰：「是間佛刹頗絜，士大夫來者多就館，盍過之！」行數十步，果得野寺，視其額，則「承天」也。入門寂然，廊廡殿宇，凝塵如積。徘徊良久，但一人出，相與問答，全如夢中所言。愷戲登禪牀，作長老説法，以爲夢證已應，無他矣。既而導至上方，啓户拂榻，凡室中之藏，器玩巾裓，皆歷歷可識，始大惡之，不能留，强宿於旁舍，明晨去之。自爾以來，精爽常鬱鬱。既入試闈，晝減食，夜忘睡，與同院交際，無復笑語。訝而問之，始告之故，曰："吾恐死，安得有樂趣？"同院更出言諭解，莫能得。畢事，即還，抵樂平驛，有道士上謁曰："吾欲見户曹君。"小史入白，愷拒弗見。道士直入，睨愷曰："急治行，後三日猶可與家人訣，緩則無及矣。"不揖而出。愷愈懼，走信告其家，遂奄奄感疾。越三日至德興，急招邑令相見曰："愷且鬼，不暇與君語。路逢狂道士，言當命盡今日，設如其言，以身後事累公。"令曰："安有此？君當勞苦成疾，吾歸取酒飲君，同宿於是，勿懼也。"令甫上車，愷果死。其兄純夫在鄉里，自得樂平書，已憂之。是日，徙倚門間，望一僧，頂煖帽，策杖且來，謂爲庵中人，迎與語。僧不答，以袂蒙面，徑造南夫書室。就視，無人焉。純夫失聲泣，而德興奉愷喪至，以卧轎舁歸，首戴煖帽。則所見僧，蓋愷也。程泰之説。

文三官人

王非朝議，東州人。建炎初避地吴興，寓居空相寺。其姪文老薄暮行寺外，見人衣青道服，乘馬而過，甚類其所親文三兄者，隨而呼之。回顧曰："昨夕抵此，檥舟白蘋亭下。適有故，須亟出城，明當奉謁。不然，君幸過我。"遂馳出青塘門。文老與之别數年矣，詰旦，訪得其舟，呼其僕曰：「欲見三官人。」僕曰：「死踰月矣。」文老曰：「昨乘馬過吾門，與我語，安得有是？」具道所見。僕驚報家人，皆大哭而出。其妻泣曰：「夫死時羇困方甚，不能具冠帶，故以便服殮。君所見皆是也。」文老歸，念青塘門外有慈感寺，徑詣之，問夜來何客至此，僧曰：「無重客，但施主設水陸耳。」方悟來赴冥集云。徐惇立說。

莫小孺人

紹興十五年，許子中叔容自丹陽還烏墩，舟至奔牛，與前廣州鄭通判柩船同泊堰下。日且暮，一紫衣吏自稱林提轄，求見曰：「某，鄭氏之隸也。主君嬖妾莫氏，本烏墩莫知録庶女，嫡母不容，方在孕時，逐其母，女生於外舍。既長，遂爲人妾，會正室虚位，實主家事，號小孺人。主君死於南方，一子絶幼，不能歸，賴平江王侍郎㬇有契好，使人致其柩，欲菆諸境内僧舍中。家貲絶豐，莫氏悉有之，將從此歸其父。聞君居烏墩，幸爲達一書，使來相迎。」許曰：「諾。」行數十里，明日復會。林曰：「莫氏願一見君，祈爲先致囊橐。」許恐有他嫌，拒弗受。頃之，又至曰：「書不暇作，但致此意於知録君足矣。」許至家，他日詣知録君告其事。驚云：「無有也。」居數月，許與中表高公儒遇，語及之。高驚曰：「吾幾墮其計中。」乃話所見：初，泊舟姑蘇館，亦值林生，其詞略同。末云：「莫氏欲歸其父，自念平生不相聞，且失身於人，必不見禮。欲嫁爲人婦，士大夫有所不可，而閭閻市井又非厥偶，思欲復入大家爲姬侍。其人顔色絶美，隨身貲財可直數千萬，使君頗有意乎？」高入，謀諸妻，妻慕其貨，許納焉。林曰：「欲先見之否？」高喜，留飲酒，出立舷外以俟。少時，婦人青衣紅裳，步堤上，令童子以小青蓋障面，腰支綽約，容止閑暇爲之心醉。林笑曰：「頗當君意否？然此良家子，難立券，君當稍致幣帛，如聘禮乃可。」即以綵一束授之。及暮而來，曰：「約定矣。今悉舉槖中物置君舟，明日相見於某寺，然後成禮。」話未訖，負十餘篋來，皆金珠犀象沈麝之屬。及期，林導高入寺，至一室户外，望簾間數女子笑語，紅裳者在焉。顧見外人，皆反走。林曰：「君少止，吾當先告語之。」入半日許，悄無復命。堂下誦經僧訝高久立，來問故，具以所見言。僧曰：「山寺冷落，安得有此？」高猶以爲妄，厲聲咄之。老僧自室中出，歎曰：「必此怪也，比頻有所睹。」引入視，則藏院後列殯宫十餘所，皆出木牌書主名，有曰小孺人莫氏，最後曰提轄林承信。方震駭走出，僕人奔報，舟且没。繼一僕云：「舟幸無恙，而所寄之物皆非矣。」遽視之，犀象香藥盡白黑紙錢灰，所謂金珠器皿，蓋髑髏獸骨牛糞〔上二字陸本作「馬牛糞」。〕也。二人所遇如此，高僅得脱耳。太學生錢之望説，未質於許也。

吴圻夢

吴圻元翰，政和中以太學録習樂恩，得上舍及第，爲鎮江府教授，代李伯紀。已入官舍，伯紀館書室未去。圻夢一鬼，紫袍金帶拜廷下曰：「後十五年當爲樞密使。」寤而甚喜。由此益自負，意執政可指期得。既而仕宦殊不進，靖康元年，至定州獲鹿令以死。伯紀乃以是年知樞密院。圻之姪億説。

趙士珗

徐擇之丞相居睢陽，與南外宗正仲葩善。洎帥此下宋本闕一葉。「尊公名爲何？」曰：「巴。」原注：不能言仲葩。「字爲何？」沉吟移晷，曰：「與權。」而其父乃字茂實，敦義正悔與鬼語，乘其誤，叱之曰：「爾乃下鬼憑附，非真趙撫幹也！豈有爲人子而不知父字者乎？」命速輿出。吏拊式歎曰：「招我來，不見禮而相逐，無故人意如此，令我羞見他人。」既還家，敦義意殊未快，復折簡詢其死後在何地，有何人拘録，何以能來此，世間所傳禍福報應事果何似，吏曰：「所問事多，容我緩爲報。」索紙方欲下筆，忽號呼數聲，大書曰：「奉差我捉去見天齊仁聖帝。」蹶然仆地。凡三日，吏乃甦。蓋鬼留者幾半月，其去也。人疑戟門神所劾，或恐泄陰間事，故云。敦義自是不再歲亦亡。三徐同一紙書，而敦濟、敦立獨不爲所記録，豈非壽禄未艾，黠鬼不能窺邪？士珗死時才三十七。敦立説。

夷堅乙志卷第三十四事

蛙乞命

浙西兵馬都監康滑，居臨安寶蓮山，夏夜且睡，爲蛙聲所聒，命小童捕之。滑熟寐，夢十三人乞命。滑曰：「吾職雖兵官，非能擅生殺者，何以能貸汝死？」曰：「但公見許，無不可者。」少焉魘寤，告其妻。妻曰：「得非羣蛙乎？」呼童詰之，已置一瓶中，驗其數，正十三枚也，即釋之。時紹興二十九年。張才甫說。

舟人王貴

紹興三十一年，北方遣使者高景山、王全來賀天申節。詔中貴人黄述持扇帕迎賜之，例用兩浙漕司舟。舟師王貴者，病死於楚州洪澤，有二子。其妻泣告述曰：「夫死，舟當還官，則一家數口且濱溝壑，儻得長子繼役，乃可續食矣，願丐一言於漕使。」述許之。還至鎮江，與漕遇，伸其請，即日刺爲兵以代貴。述至丹陽，晚泊。貴棹小舟，遥望而拜曰：「舉家荷公恩惠，無以論報。」呼之使前。謝曰：「人鬼路殊，不敢登公舟也。」始省其死。呼左此下至《竇氏妾父》條「又再歲其父」止，宋本作三葉，嚴本於中縫均注「補」字。右至，已無所見。

陳述古女詩

陳述古諸女多能詩文，其一嫁壻曰李生，爲晉寧軍判官。部使者知其妻於詩最工，上四字《榕陰新檢》作「工詩」。以所藏小鴈屏從之求題品。婦自作黄魯直小楷細書兩絕句，其一曰：「蓼淡蘆欹曲水通，幾雙容與對西風。扁舟阻向江鄉去，卻喜相逢一枕中。」其二曰：「曲屏誰畫小瀟湘，鴈落秋風蓼半黄。雲澹雨疎孤嶼遠，會令清夢到高唐。」兩篇清絕灑落如是，不必真見畫也。

韓蘄王誅盜

韓蘄王宣撫淮東，獲凶盜數十輩，引至金山，陳刀劍于廷下，以次斬之，皆股戰就誅。獨一盜躍而出揖，指一刀最大者曰：「願從相公乞此刀喫。」韓笑曰：「甚好。」時有中使來宣旨者在坐，爲言此人臨死不怯，似亦可用。韓曰：「彼用計欲脱耳。」竟殺之。

浦城道店蠅

浦城永豐境上村民作旅店，有嚴州客人齎絲絹一擔來僦房安泊。留數日，主婦性淫蕩，挑與姦通。既而告其夫云：「此客所將貨物不少，而單獨出路，可圖也。」夫卽醉以酒，中夜持刃斫之。客大叫救人，聲徹于鄰。彼處居者甚少，僅有一鄰叟奔而至。婦走立于門，以右手遮拒使勿入，左手持客絲一把與之，叟喜而去，客遂死。夫婦共輿屍埋於百步外山崦裏，倉卒荒怖，坎土殊淺，主人自意無由泄露。經數月，客之子訝父久役不返，向時固相隨作商，凡次舍道塗，悉所諳熟，於是逐程體訪。到此店跡絶，因駐物色。正晝悶坐，一蠅頗大，飛著于臂，揮之復來，至于五六。子念父心切，極疑焉，祝之曰：「豈非神明使爾有所告乎？但引我行。」遽飛起，此子從其後。蠅營營如語，徑飛至客窆處。羣蠅無數，子伸首探之，屍儼然存。走報里伍，捕凶人赴縣。鄰叟之過亦彰，遂爲明證。店夫婦並伏誅，叟坐杖脊，官毁凶室爲墟。鄭景實自莆田往臨安，道出其地，正見屋廬皆蕩析，遺趾一空。時淳熙十一二年間也。嚴校：此志序乃乾道二年所譔，而此所補者則淳熙年間事，知是元人妄取他志之文以入之也。客寃得蠅而伸，殆與新昌鹿魔相類，蓋得鬼而誅云。

張夫人婢

張稽仲叔夜樞密之夫人，宗室克敞女也。有小婢常侍左右，每出必從。在海州時，因侍夫人夜如廁，將還，呼之不應，至于再三。他妾聞之，亟往視，乃俱歸，將笞責此婢。而是日以疾卧，元未嘗出，始知先攜燈者鬼物耳。夫人不淹旬遂病，踰月而卒。張才父說。

竇氏妾父

徐州人竇公邁，靖康中買一妾，滑人也。未幾，虜犯河北，妾父母隔闊不相聞，憂思之至，殆廢寢食。忽僵仆於地，若有物憑依。葉本作「若爲物所憑附」。乃言曰：「某，女之父也。遭兵亂，舉家碎葉本作「戕」。于賊，羈魂無所歸。欲就此女丐食，而神不許，上二字葉本作「不容入」。守竇氏之門歲餘矣。土地憐我，今日始得入。」竇氏曰：「汝不幸死，夫復何言？吾令汝女作佛事，且具食祭汝，汝亟去。」許諾，妾卽蘇。竇氏如所約，陰與之戒，勿令妾知。葉本作「戒內外勿語妾知之」。又再歲，其父乃自鄉里來，初未嘗死也。前事蓋黠鬼所爲以竊食云。

王夫人齋僧

宗室瓊王仲儡之子士周，娶王晉卿都尉孫女，少年時墮胎死。死二十有二年，當紹興丁丑，士周以復州防禦使奉朝請，居臨安糯米倉巷。歲五月十二日，天未曉，妾楊氏夢人促使起曰：「天竺和尚且至。」既明，上竺僧中左來謁曰：「被命飯僧，敢請其葉本作「具」。意。」出池葉本無「池」字。紙貼子一，其辭云：「奉太尉台旨，十五日就本院齋僧一堂，承受使臣陳興押。」士周愕曰：「初未嘗有此意，而使令中亦無陳興者。」中左慙而退。出門，遇中竺僧慶敷、靈隱僧了心，皆言以齋意來白，遂俱入，復謁。士周方拒其説未了，聞空葉本作「室」。中喧呼，人視之，乃其子不奪之婢來喜者爲物所憑，作王氏語葉本多一「音」字。謂士周曰：「無詰三僧，爲此事者乃我也。我以平生洗頭洗足分外用水及費纏帛履襪之罪，陰府積穢水五大甕，令日飲之。乳母亦代我飲，纔盡三甕，又逐去，不使代我。我不堪其苦，欲求佛功德以自救，無由可得。聞瓊王主龍瑞宮，從者數百輩，平生姬侍，如萬恭人、王恭人、夏棋童輩皆在左右，獨我以身污穢不得前。近從它人假大衣特髻，方得入拜庭下。王憫我窮，以陳保義借我，故使散齋貼於三寺。我自爾請料錢三十千。時爲夫婦，今月俸十倍，忍不救我？」又喚一乳媪曰：「汝嘗見我，何不言？」媪曰：「前日實見夫人立太尉牀前，恐太尉懼，不敢説。」又責家人，以其女嫁胡氏，資送太薄，至於典衣而不能贖。又囑使嫁孀妹。已而大慟，且勸家人力爲善，勿殺生。其言切至，聞者皆悲泣。士周許爲齋三寺僧，且於仙林寺設水陸。王氏頗喜，戲葉本無「戲」字。曰：「爲我典錢作功德，無誦言於後也。」三僧言陳興者，貌甚黑，衣四襏皂衫，持舊青蓋。人與之語，輒退避。飲葉本作「供」。茶設食，但舉而嗅之。初疑其飽，與錢二百，苦辭其半。又從監寺僧取知委狀而去，且告以士周所居。云：「如得錢分從者時，無須留待我，我今往平江矣。」士周卽以錢授三寺。後兩月，葉本作「夕」，陸本同。來喜者復夢王氏云：「我今坐蓮花盆中，去不來矣。」龍瑞宮在會稽山下，瓊王疑爲其神云。張掄才父，王壻也，嘗見所書齋貼。

興元鍾誌此下宋本闕十四行又一葉。

賀州道人本條據葉本補。

顏博文，字持約，建炎中謫居賀州。平生好延方士，雖窮約不少倦。有客敝明鈔本作敞。衣大冠，善飲酒，數過顏，明鈔本疊「顏」字。輒出酒飲之。他日，邀顏出，行城外十里許，入深山，同坐石上，謂顏曰：「偶獲名酒，幸公同一醉。」袖出一瓢，取兩杯共酌。顏亦嗜酒，度各飲十四五杯，顧其瓢纔堪受升餘，而終日傾不竭，始異之，明鈔本多一「叟」字。起再拜。道人曰：「子真可教，然子方居遷謫中，當有以給朝夕之費。」卽取書一編，授顏，明鈔本疊「顏」字。閲之，乃唐圭峰長老宗密所注《周易參同契》也。中有化汞爲銀之法，暇日試之而信。後居廣州，每月旦望二七日，必詣海山樓，視漁舟所過，悉買魚蝦放諸海，或至費數千。朱丞相漢章時爲監司幹官，謂顏曰：「公未脱散地，俸入殊不多，何以繼此？」曰：「吾嘗得一鍛汞法，今數爲之。道流有過者，我上二字明鈔本作「我者」。館之，或經年，須其自去乃已。餘悉爲放生之具，此外一錢不敢妄用。」丞相求觀。顏令宿齋戒，逮旦而往。顏索水銀十兩，置釜中，取夾袋内紅粉末刀圭糝其上，以炭五斤燃之。少焉汞汁躍出，高數寸，乃復下，如是再三，則四面施炭，鼓韛扇之。俄青焰上騰。曰：「可矣。」鉗出，擲下地，俟冷而稱之，得銀十兩，無少耗焉。朱丞相說。

陽大明明鈔本作「楊」，下同。

南安軍南康縣民陽大明葬父於黄公坑山下，結廬墓側。所養白雞爲狸捕去，藏之石穴。次夕，大雷震，石粉碎，狸死焉，人以爲孝感。有道人至廬所見之，歎其純孝，指架上道服明鈔本校增一「謂」字。曰：「以是與我，當有以奉報。」大明與之，無靳色。道人解腰間小瓢，貯衣其中。瓢口甚窄而衣入無礙。俄取桉間小黑石拊摩之，嘘呵良久，則成紫金矣。又變藥末爲圓劑以授大明，明謝曰：「身居貧約，且在父喪，不敢覬富壽也。」道人益奇之，復探瓢取道服還之，曰：「聊試君耳。」題詩椽間曰：「陽君真確士，孝行動穹壤。皇上憐其艱，七夕遣回往。逡巡藥頑石，遺子爲饋享。子既不我受，吾亦不汝强。風埃難少留，顧子志勿爽。會當首鼠記，青雲看反掌。」遂别去。鄉人聞者競觀之。題處去地幾丈許，始以淡墨書，既而墨色粲發，字體飛動，皆疑其人仙者云。時紹興十三年也。里胥以事聞于縣，縣令李能一白郡守上諸朝。明年，詔賜帛十匹，令長吏以歲時存問之。其事具《起居注》。

劉若虛

錢塘人劉實，字若虛，老於場屋。紹興五年赴省試，寓北山僧舍。其僕王高者服勤累年矣，夜扣户呼曰：「適夢明日牓出，樊光遠爲第一人，劉若虛次之。夢中了然，主公必高選。」劉亦喜。如期揭牓，樊冠多士，而劉被黜。識者審其夢云：「若虛，劉字也。牓不言劉實而言劉若虛，無名之兆耳。」後七年，始以特奏名試大廷，又入五等爲助教，納敕不拜。會顯仁皇后北歸，劉與同科沈亮功皆獻頌，有旨許出官一任，調主吉州太和簿。族人有精五行者，謂劉無食禄相。踰年，官期至，縣遣手力一人來迎。劉，書生也，已大喜滿望，置酒，呼族人質之曰：「平生言我不作官，今迓卒至矣。」族人但引咎悔謝。酒罷還家，復布算推測，密告人曰：「若虛苟得禄，吾不復談命。」竟以登塗前一日死。凌季文説。

混沌燈

會稽陸農師左丞少子寶，居無錫縣，招老儒陳先生誨諸子。幼子甫六歲，敏慧夙成，纔入學，即白先生，乞爲對偶。以兩字、三字命之，笑曰：「不足爲也。」益至五字，乃可。試書曰：「鷺宿沙頭月」，應聲曰：「鴉翻樹杪風。」又令對「濃霜雁陣寒」，答曰：「殘月雞聲曉。」每出語輒驚人，而了不置思。父母皆喜，謂兒長大當可繼左丞。明年正月八日，令其僕買大竹作燈毬，漫以黑紙，掛于几桉之側。人問何物？曰：「此名渾沌燈。」明日，穴其一竅。如是凡七日，至十五日而七竅成。兒是夕亦卒。所謂「日鑿一竅，七日而渾沌死」。異哉！陳皐卿說。皐卿，陳先生子也。

王通直祠

福州人王純，字良肱，《榕陰新檢》多「紹興二十六年」六字。以通直郎知建州崇安縣。《榕陰新檢》多「摘奸發伏如神，吏憚其嚴。一日」十二字。方治事，食炊餅未終，急還家，此句《榕陰新檢》作「亟入宅堂」。即仆地死。死之二日，衆僧在堂梵唄，王家小婢忽張目叱僧曰：「皆出去，吾欲有所言。」舉止語音與良肱無異。遂據榻坐，遣小史招丞簿尉。丞簿尉至，録事吏亦來。婢色震怒，命左右擒吏下，杖之百。語邑官曰：「殺我者，此人也。吾力可殺之，爲其近怪，故以屬公等。吾未死前數日，得其一罪甚著，吾面數之曰：『必窮治汝！』其人忿且懼，遂賂庖人置毒。前日食餅半即覺之，蒼黃歸舍，欲與妻子語，未及而絶。幸啓棺視之，可知也。」丞以下皆泣，葉本作「驚」。呼匠發之，舉體皆潰瀾「瀾」當作「爛」。爲黑汁。始詰問吏，吏頓首辭葉本作「輸」。服，并庖人皆送府。府以其無主名，不欲正刑，密斃之於獄。邑中今爲立廟，曰王通直祠云。王嘉叟說。

夷堅乙志卷第四十二事。按：實祇十一事。

夢登黑梯

俞舜凱，徽州人。紹興十八年赴省試，夢紅黑二梯倚檐間，有使登紅梯者。俞顧梯級甚峻，辭以足弱不能躡，遂登黑梯，造其顛而寤。是歲中特奏名一人。楚贊說，亦徽人。

張文規

張文規，字正夫，高安人，以特奏名入官，再調英州司理參軍。真陽縣民張五數輩盜牛，里人胡達、朱圭、張運、張周孫等率保伍追捕之。羣盜散走，獨張五拒抗不去，達殺之而取其貲。盜不得志，反以被刼告于縣。縣令吴邈欲邀功，盡取達、圭以下十二人送獄，劾以强盜殺人，鍛錬備至，皆自誣服。圭、運二人瘐死。既上府，事下司理院，文規察囚辭色，疑不實，一問得其情，又獲盜牛黨以證，獄具。胡達以手殺人杖脊，餘人但等第杖臀而已，圭、運乃無罪。時元祐七年也。邈計不行，恚忿歸番禺，嘔血死。文規雪寃獄，活十人，當得京秩。郡守方希覺以其老生無援，不爲剡奏，但用舉者遷臨川丞，紹聖四年之官。明年夏四月癸卯，以驗屍感疾，遂困，勺飲不入口者一月，昏不知人。《說郛》多「四體皆冷，喘息不屬，醫以爲必死」十三字。家人環泣待盡。越五月辛未，忽微作聲，索水飲，身漸能動，大言曰：「速差人般取船上行李。」《説郛》多「家人以爲狂」五字。至夜半，神氣始定，乃言：「方病在牀，聞一人呼云：『英州下文字。』即出視之，有公吏三四輩曰：『攝官人照證事。』吾告以病篤乏力不能行，又無公服。吏曰：『彼中自有公服，已具舟岸下矣。』不得已與俱往，頃刻間至英。視井邑人物歷歷如舊，唯市中酒樓不見。問左右，曰：『焚之矣。』吏止之，令俟取公案，須臾而回。問何等文書，曰：『吳遹解胡達案也。』吾念遹死已久，何爲追我？方悟已死。稍行前，入大官府，門廡《説郛》作「廉」。嚴峻，戈戟列衞甚整。同行者十餘人，將入門，一卒持衣冠至，服而入。或告曰：『有持水漿來者，切勿飲，飲則不得還。』又前至一門，衞兵愈盛，力士數十，皆執斧鉞。果有持水至者，同行皆飲，吾辭以不渴。又易茶以來，復辭之。其人怒曰：『何爲難伏事？』復前行。追者先入門，出，引衆俱進。殿宇樓觀，金碧相照，殿上垂簾皆不敢仰視。潛問《説郛》多「追者」二字。殿上爲誰，曰：『王也。』俄傳呼，驅同行者使前，旋卽捽去，最後方及吾。聞簾内所問，果吳遹事。一一以實對。王曰：『吾亦詳知，然必須卿至結正者。貴審實爾。』吾奏曰：『臣自勘此獄，使十人將死得生，獨不蒙朝廷賞勞，敢問其説？』王曰：『臨川丞卽酬賞也。』吾曰：『若准賞格，當改合入官，而今但用舉者循資耳。』王曰：『豈有舉主二人而遽得丞大邑乎？』蓋吾初得一薦章，既赴部，而廣東提刑王彭年者已不可用，不謂冥間知之如此之的。遂奏曰：『官職既有定分，願以微功少延壽數。』卽聞殿上索簿。吏抗聲云：『已蒙王判。』則見文書自簾出，降付衛者，引吾至所司。遥見吴邈荷校於簾下，而朱圭、張運立其傍。吾借書欲觀，衛者不可。曰：『至司則見矣。』指司吏曰：『此濮州舉人也，行己正直，明法不第，故死得主判于此。』至司，揖吏問所判。吏出示，紙尾有添一紀三字。吾佯爲不曉，以問吏。吏曰：『子宿學老儒，豈不曉其義乎？一紀者，十二年也。子有雪活十人之功，故王以是報子，此人間希有事也。適在王所，聞子應對，王甚喜。夫上帝好生而惡殺，《經》云：「與其殺不辜，寧失不經。」又云：「好生之德，洽于民心。」凡引此類數十端，不能盡記。』吾從容謂之曰：『公本貫濮州邪？』吏愕曰：『何以知之？』吾笑曰：『平生聞濮州大鐘，果有之乎？』原注：京師人戲語有濮州鐘。吏作色曰：『此非戲所，勿輕言。』復引出。至殿下，叩簾奏訖，吏舉手上二字《説郛》作「牽吾」。令退。吾又前白曰：『適蒙判增一紀，今六十七矣，計其所增，當至七十九。然先父壽止七十八，豈有人子而壽過其父乎？』王曰：『不然。人壽短長，係乎所修，父子雖親，不必同也。』遂拜謝而出。《説郛》多一「見」字。廊下一大門，守衛嚴密，吏曰：『都獄門也。其間各有獄，凡貪淫、殺害、嚴刑酷法、讒譖忠良、毁敗善類，不問貴賤久近，俱受罪于此。』欲入觀，不可。望《説郛》多一「見」字。門内一僧持磬，吏曰：『導冥和尚也。凡人魂魄皆此僧導引。』廊上有欄楯，如州縣所謂沙子者。其間囚亦多，一女子年十七八，呼曰：『聞官人得歸撫州，煩爲白知州許朝散云，十二娘至今未得生天，願營功果救拔我，朝散將來亦解保舉官人。』吾默思，許守今年舉狀已盡，安能及我？俄聞傳呼張文規與罪人通語言，驅至王所。王問焉，以實告。王曰：『能爲言之，理無所礙，彼此當有利益。』吾遂行。恐忘女子之言，又至司，就吏借筆，書十二字於臂。急趨出，見元追者，引登舟。行至一城，乃南雄州也。有黃衣來報，方提舉已死，追至此。蓋英守方希覺者，見提舉江西常平。吾猶意其在英時不保奏鞫獄事，走卒妄言悦我以求利。詰其所在，曰在某所，往求之，不見。復登舟，卽抵岸，送者推出船，遂寤。視臂間十二字，隱隱若存。」時病已經月，腰胯間肉壞見骨。善醫者以水銀粉傅之，肌肉立生。許朝散者，臨川守許中復也。十二娘者，乃其兄之女。聞其事，爲誦佛書，飯僧薦之。而方希覺者，以文規甦後始死，蓋氣未絶時，精爽已逝矣。文規在告幾百日，漕司以爲不勝任，檄郡守體量，將罷之。許守具事實保明，言病愈，已堪釐務，乃悟女子所謂保擧及王言彼此利益之説。後有客自英來云：「市樓果爲火所毁。」明年，文規以通直郎致仕。至大觀二年，年七十八，夢一羽衣來云：「向增壽一紀，今數足矣。陰君以公在英州嘗權司法，斷婦人曹氏斬罪降作絞刑，又添半紀。」文規寤而思之，曹氏者，本罪當斬，欲全其首領，故以處死定斷。既去官，刑部駁問，以爲失出，偶事在赦前，又曹氏已死，無所追正，但索印紙批書而已。至政和四年乃卒，年八十三。考其再生及夢，凡增一紀有半，當得十八年，而只十六年者，蓋自生還之歲至得夢時，首尾爲一紀，又自夢歲至終年爲半紀云。臨川人吴可嘗作傳，文規之孫平傳之。

許顗夢賦詩

許顗，字彦周，拱州襄邑人。宣和己亥，訪所親鄭和叔於城北，因宿焉。夢行大路中，寒沙没足，其旁皆丘壠荆棘。有婦人皂衣素裳行田間，曰：「此中無沙易行。」顗從往之，足弱不能登，婦人援其手以上。月正明，無樹木，彌望皆野田，麥芃芃然。婦人引顗藉草坐，〔原空格，據《許彦周詩話》補。〕□□□□處有矮磚〔原作「博」，據《許彦周詩話》改。〕臺，臺上有紙筆。顗題曰：「閑花亂草春春有，邊鴻社燕年年歸。青天露下麥苗溼，古道月寒人跡稀。」拍筆臺上有聲，驚覺。歷歷在目，疑其類墟墓間事，不祥也。是歲大病幾死。

掠剩相公奴

沈傳曜侍郎昭遠，紹興戊辰自江西移帥湖南。過袁州，逆旅人令蒼頭趨走於前，年十三四矣，容止安詳，殊無村野小兒態。喜而問之，答曰：「嘗在一官人家爲小童數年，近方辭歸。」傳曜曰：「肯從我乎？」曰：「幸甚！且請歸白父母。」少選復至，遂隨以西。出入房闥間，極謹飭，凡所使令，皆能知明鈔本作「如」。人意，舉家愛之。至潭半歲，忽求去。傳曜曰：「汝方習熟於此，姑留可也。」曰：「奴自有所職，但當事侍郎許時，期至當去耳。」傳曜怪其語，問所職爲何，對曰：「見爲掠剩相公奴，所掌者，人間鞋履也。人所著鞋，更新换舊，皆有簿歷，書之唯謹，如侍郎平日所服用，皆記録無遺。」因取袖間歷，并以舊屨數十緉出示，再拜而去。傳曜始驚異，知其非人。後數日而傳曜卒。張栻欽甫説。

廬州老兵

呂安老尚書祉既以淮西事不幸死，廬州人或云見之，至今虛正廳不居。紹興二十六年，吳逵爲守，當春時，家人思欲出郊。城外有道觀，相承爲踏青宴飲之地。逵宿戒騶從，遲明即出。方五鼓，直宿老兵起，望廳上已有燈燭，即屏間窺覘，乃安老據案治事，吏校列侍其旁。典謁者持賓客牌白曰：「某官某官過廳。」安老起迎，數客肅揖就坐，賓主之禮與常日郡守見僚屬不殊。客退，安老回顧，見老兵，令呼出曰：「見我不致敬，敢竊窺邪？」敕五伯杖之二十。」老兵拜謝，起，了無所睹。旦視其創，乃真受杖也，療之數月乃愈。

張津夢按：目錄「津」作「聿」。

張津，字子問，紹興戊辰，自常州錄事參軍歲滿赴吏部磨勘。同鋪有張聿從政者，建康人，罷路屬官來，亦有舉將五員，當改秩，而其一人嘗坐累，銓曹以薦章爲疑，方上省待報，未決可否也。聿憂之，幾廢寢食。忽見津至，審其姓名，大喜。鋪吏問所以然，曰：「昔年至蔣山謁寶公丐夢，夢神告曰：『汝身畔有水則改官。』寤而訊諸占夢，皆莫能測。今與宗人遇，而其名曰津，聿字加水，津字也。上七字葉本作「是聿身傍有水也」。神告之矣，此吾所以喜也。」時秦丞相當國，以聿鄉里之故，爲下其事，適以是日得報，二人遂同班引見。津次當第三，聿班在四，而軍頭司誤易之。乃詣殿下，聿立於津上，正符身畔明鈔本多一「有」字。水之兆云。子問說。

大孤龍

郭三益樞密赴長沙，過大孤山下，天晴無風，江水清泚。舟至中流，屹不動，如有物維之者。舟人没水周視，無所遇。忽於柁上見小兒，可長五寸，形體皆具，垂兩股，夾柁而坐，柁爲之臬兀。仰視見人，不變色。遽以告郭。郭命衣冠，焚香瀝酒禱之。有頃，化爲長蛇，昂首入水中，舟即能去。

張績妻

張績彦偉，鄱陽人。妻王氏孕十有二月，未産而績死。王氏哭泣，數日間，胎失去，了無所知覺。虞□（陸本作「盧亨」）說。

趙士藻

趙士藻，紹興中權廣東東南道税官。既罷，與同官劉令、孫尉共買舟泛海如臨安。士藻挈妻子已下凡六人俱，初抵廣利王廟下。舟人言：「法當具牲酒奠謁。」藻欲往，而令尉者持不可。是夕，藻夢與二人入廟中，王震怒責之曰：「汝曹爲士大夫，當知去就。大凡過一郡一邑，猶有地主之敬，今欲航巨浸而傲我不謁，豈禮也哉！」藻言初心願展謁之意。王捨之，顧左右，執二人斬首，少焉吏以銀盤盛二猪頭至前，血淋漓屬地。藻驚悟，視令尉則亦起坐，意甚恐怖，告以夢，夢協，而二人皆生於亥云。明日，三人同詣廟，拜謁謝罪。藻獨禱於神，問去留之計。盃珓曰吉，乃歸舟。至夜，令尉同榻寢，有蛇如箸大，徑其腹以過，自三更幾達明乃絶。旦而視其下，一物蜿蜒蟠繞，如數百丈索，留半日，乃不見，皆大駭。然業已辦行，不暇止。是晚，海中火光如電掣，舟人大懼，急入一澀浦中。巨浪隨至，須臾舟已溺。藻立近舷外，虞候挾之登脚船，取佩刀斷纜，僅得至岸。入一寺中，謂僧曰：「它物無所惜，獨告身及妻妾淪没爲可痛耳！」有行者健甚，自云能入水不濡，卽許厚賞遣之。時舟雖沉，望桅檣猶可認。行者移兩時方出，已凝不知人，久乃能言曰：「値大黑龍，不見首尾，其身充滿於船中，無隙可入。震悸而出，幾爲所呑。」藻臨水號慟。明日浪止，於溺處得告勅囊及零陵香一席，遂復還郡中。初，藻客遊得攝事，以竊賄成家，始娶婦買妾。及是儽然孤窮，與初不異。乃貨所餘香，陸行歸浙。

樂清二士

温州樂清縣分兩部，號邑西、邑東。賈如愚秀才居邑東，赴鄉舉，夢解榜揭樓上，曰陳七。賈不能曉，以告鄉人謝權甫。謝曰：「君必中選。邑東，陳字也，而君行第七，其爲陳七昭昭矣。」明日報至，果然。王龜齡，紹興丙寅歲同其弟補試太學，寓湖上九曲寺，得失之心頗切。忽夢揭榜，有王二，既覺，以爲其弟且中選。弟曰：「王二者，兄當爲第二人耳。」既而亦然。又甲戌年赴省試，寂無夢兆。嘗獨行窗下，見故紙堆積，默禱求讖，乃信手揭之，得敗紙半幅，如占五行者，字皆滅矣，唯丁丑二字可辨。是年不利，至丁丑歲，遂魁天下云。龜齡說。

殯宮餅

靖康元年春，京師受圍。監察御史姚舜明之子宏欲歸越，出南薰門買舟。已得舟，欲復入城，適有旨，不許諸門納入者。宏無可奈何，率所善士人兩輩，陸馳而東。循汴數日，晚至道側小寺，僧盡不在，僧房多殯宮，三子者不可前，姑留宿。令僕買酒於村店，并得豬肉以來。寺庖久不爨，什器皆闕，雖有肉，不能饌。一士笑曰：「吾自有計。」取肉置一棺上，縷切之以爲羹。讀棺前榻識，知其爲婦人，士戲之曰：「中夜空寂，不妨過我。」三子既醉寢。過夜半，此士蹶起，嘔吐狼藉，意緒昏昏。□陸本作「待」。旦視之，所嘔皆餅餌，而昨夕未嘗食也。云昨睡方熟，有好婦人來，相與飲，以餅啖我。遂往殯前物色之，蓋死者家陳餅以供，滿楪皆片裂矣。

夷堅乙志卷第五十三事。按：實祇十二事。

司命真君

余嗣，字昭祖，福州羅源人，官朝散郎。紹興十八年，居鄉里，與福帥薛直老有同年進士之好，丐部銀綱往行在，欲覬賞典合年勞遷兩秩。明年郊祀恩任子，九月五日至郡中，館于所親林氏。十九日往大中寺，飲于表弟韓知剛岊家。歸時已二鼓，倦甚就枕。月色甚明，似夢非夢，見一人排闥而入，道衣小冠，持旌幢立於牀前，呼曰：「司命真君相召。」嗣索所逮符檄，曰：「面奉嚴旨，並無文書。」嗣即起，著紫窄衫，繫帶而出。回視己身，卧榻如故，歎曰：「吾必死矣！逆旅中至此，爲之奈何？」追者前導，常遠數步，欲與之語，不可得。纔出東門，覺非平日所行路，夾道高木，陰森蔽虧，日色晃曜，乃似辰巳間。經五六里許，不逢行人，心甚怖。俄見一城巍然，門旁兩人對立，軟巾束帶，如唐人衣冠。追者曰：「真君門下引進使者在此相候，可進矣。」二使揖入門。門内有亭，供張甚盛。一人華冠螺髻，衣紅綃袈裟，嗣升亭，二使俱坐，不交一談，飲湯而退。復引入，度行三四里，所過金碧輝映，甃地皆琉璃。私喜，知決非惡地，憂心稍釋。入，轉一曲角，舍宇益雄麗。使者曰：「此真官治事所也。」嗣問曰：「若至彼，用何禮以見？」曰：「公無朝服，只合肅揖。」聞呼，即登殿。入門，揭金書牌曰「司命真官之殿」，如儀以謁。即引上，視真官冠服，與今朝服等。熟視之，蓋建炎間越州同官某也。原注：嗣不欲言之，或云，張讀聖行也。笑謂嗣曰：「此間今年考校，得二十人，見公姓名，特去相召。」嗣皇恐謝曰：「嗣官卑材下，無寸長可紀，安得預考校之列？」真官厲聲曰：「此間不問人貴賤，不問官尊卑，但看一念之間正不正爾。與公有舊，欲公知前程事。公官資儘有，而所享之壽止七十四。若能辭榮納祿，可延一紀。自此以往，積功累行，又有乘除，所得之數蓋不止此。公欲之乎？」嗣曰：「敢不聽命。」真官曰：「今日非奏過天曹主宰，亦召公不得，然不可過三時，宜速歸。」顧二使令引出。遂退，由元路行。經一殿門，聞人聲嘈嘈，有呻吟號泣者，使者曰：「司過真君殿也，方坐殿訊囚。」嗣問曰：「人世何事爲重罪？」曰：「不孝爲大，欺詐次之，殺生又次之。」及外門，花冠者出，向嗣合爪曰：「此官員不可思議。吾到此半年，見多少人入來，何嘗有出去者！此官員實是不可思議。」復揖坐，飲湯下階。使者曰：「尋常只到此，以公與真官有分，且又慈仁，今特遠相送。」既出，嗣問曰：「適花冠者何人？」曰：「渠是三十三天上人，以微過謫監門，滿一年，即復歸矣。」「所飲何湯？」曰：「入時是醍醐，出時爲甘露。」嗣懇曰：「今幸得歸，何以見教？」曰：「輒有厭禳之術，公到家日，取門上桃符，親用利刃斫碎，以淨籃貯之。至夕二更，令人去家一里外，於東南方穴地三尺埋之。此人出，公即静坐，冥心呪曰：『天皇地皇，三綱五常。』急急如律令。俟其還，乃止。」又云：「公歸家，食當異席，寢當異被，食當祭先，寢當存息，皆修持之要。」嗣曰：「此行念無以報德，使者何所須？」二人相視而笑，掉頭曰：「此中無用，此中無用。」固問之，曰：「公平日誦《金剛經》，回向一兩卷足矣。」往來酬答唯一人，其一默不語。又行一二里，辭去，曰：「此去無他歧徑，歸卽至。」嗣獨行，如及城東門，足跌而寤，已三更矣。儼如白晝出謁之狀，遂呼僕張燈作辭綱劄子。遲明，詣薛白之，且言欲致仕。洎還家，取桃符如所教以行，然不曉何理也。竟自列掛冠，明年拜命，始爲人道其始末如此，且自作記。人謂嗣必享上壽，福未艾也。然是後七年而卒，殊與所夢不侔云。

劉子昂

紹興三十二年，劉子昂爲和州守，方淮上亂定，獨身入陸本作「之」。官。他日，見好婦人出入郡舍，意惑之，招與合。歷數月久，因詣天慶觀朝謁。有老道士請問，曰：「使君不挈家，而神色枯顇黧黑，殆有妖氣，如何？」劉初諱不答，再三言之，乃以買妾對。道士曰：「非人也，將不可治。今以二符相與，逮夜宜懸於户外，渠當不敢入。」劉以符歸。夜未半，婦人至，怒駡曰：「相待如夫婦，何物道士乃爾！吾去卽去，無憶我。」劉不能割愛，亟起取符壞之。終不悟生人何以畏符，復綢繆如初。又數日，道士入府問訊，望見劉，驚惋曰：「弗活矣，奈何！奈何！」然當令使君見之。」命取水數十擔覆于堂，其一隅方五六尺許，水至卽乾。掘之，但巨屍偃然于地，略無棺衾之屬，儼而不損。劉審視，蓋所偶婦人也。大惡之，不旬日而殂。王嘉叟說，得之於韓璡之子季明。

梓潼夢

梓潼神夢之靈，前志已載矣。成都人羅彥國，累試不第，既四舉，齋戒乞夢。夢蔡魯公謂曰：「已奏除公樞密直學士矣。」次年，省試又下，乃以累舉恩得密州文學。犀浦人邵允蹈，紹興七年被鄉薦，亦乞夢于神。夢神告曰：「已與卿安排甲門高第矣。」及類試，果爲第一，乃刻石紀于廟西廡。後罷眉州幕官赴調臨安，舟行至鬧口鎮，病死。始驗甲門之語，蓋鬧字也。

張九罔人田

廣都人張九，典同姓人田宅。未幾，其人欲加質，囑官儈作斷骨契以罔之。明年，又來就贖，乃出先契示之。其人抑塞不得語，徐謂之曰：「願爾子孫似我。」欲語言而不得，灑淚而去。是年秋，張有孫，語不出而死。至冬，其子病傷寒，失音亦明鈔本作「而」。死。又一年，身亦如之。

宋固殺人報

成都人宋固爲縣之文學。鄉耆長有病者，困卧境上。時大觀四年，朝廷方行安濟法，若有病者，則里正當任責。固憚於聞官，誘令過雙流縣牛飲橋，覺病者懷中有所挾，搜之，得銀十餘兩，乃取之，而推墮其人橋下，戒其徒勿得言。居無何，復至前處，失脚墮水中死。其屍出下流五十里外沙磧中，與病者屍合，若相抱持者然。三事王時亨説。

張女對冥事

妻父張淵道自兵部侍郎奉祠，寓居無錫縣南禪寺。次女已嫁梁元明，來歸寧。紹興己未正月七日，因遊惠山寺，食煎餅差冷，還家心痛。至夜遂劇，正睡落枕。元明扶之起坐，但淚下不語，指其口曰：「說不得。」問何所見，應曰：「張渥在此。」渥者，淵道叔也，死於兵間，後降靈其家，云爲泰山府直符走吏。意其爲祟，呼洞虛觀道士視之。道士取紙焚香作法，請家人共視，皆曰：「髣髴見紙上有影如人戴幞頭者。」道士曰：「然則正神，非祟也。是必陰府追對事耳。」書符使吞之。天明稍甦，猶心痛，忽忽如癡，晚乃能言。始病時，有持符來牀下，云：「官追汝。」女曰：「我士大夫家女子，何得輒喚？」曰：「陽間如此，陰府不問也。」便覺身隨此人去。至寺後牆門，欲出，一人長丈許，推之入。責追者曰：「張侍郎小娘子，爾何人而得呼之？」追者不答，則身已在牆外。有兜檐甚飾，使登焉。兩人肩舁，約行數百里，又度錢塘江。久之，入一大府，朱門明煥，上施大金釘，殿屋九間皆垂簾，其中三間簾捲。王者紅袍碧玉冠，坐其上。追者前白：「公事到。」王竦身凭案立問曰：「張相公在陝西殺趙哲，汝父爲參議官，預其事否？」女欲言「不知」，恐累父，答云：「初不預謀，亦曾諫，不見聽。」王曰：「諫而不聽，何不去？」答曰：「嘗求一郡，不得請。」王顧左右，令詣司供狀。方對答時，望西廡一人，側聽而笑。東廡亦有一人，皆狀貌堂堂，既詣曹。曹吏指曰：「笑者乃趙哲，其東則曲端也。」吏以下皆長一丈，戴鐵幞頭，著褐布袍，具筆札，令女爲狀。

且曰：「當追長子，以其不慧，故免。」蓋淵道長子通，自幼多病，不解事。俄持盤食來，甚豐。或曰：「不可食，食則不得歸矣。」廡下各列門户，或榜云「鑊湯地獄」，或榜云「剉碓地獄」。其室甚多，皆扃鐍，不見人。遥見故姻家宋氏母，據案相望而笑。傍人云：「見判善部。」須臾，供狀畢，王命放還。無復轎乘，獨隨追者行，及江頭，見貴人公服乘馬，導從甚盛，問人，云吕相公也。是時吕忠穆公已卧病，後一月始薨，蓋其魄兆先逝矣。

畫學生

成都郫縣人王道亨，七歲知丹青，用筆命意已有過人處。政和中，肇置畫學，用太學法補試四方畫工。道亨首入試，試唐人詩兩句爲題曰：「胡蝶夢中家萬里，子規枝上月三更。」餘人大率淺下，獨道亨作蘇屬國牧羊北海上，被氈杖節而卧，雙蝶飛舞其上，沙漠風雪羇棲愁苦之容，種種相稱。别畫林木扶疎，上有子規，月正當午，木影在地，亭榭樓觀，皆隱隱可辨，曲盡一聯之景。遂中魁選。明日進呈，徽宗奇之，擢爲畫學録。又學中嘗以「六月杖藜來石路，午陰多處聽潺湲」爲題，餘人皆畫高木臨清谿，一客對水坐。有一工獨爲長林絶壑，亂石磴道，一人於樹陰深處，傾耳以聽，而水在山下，目未嘗睹也。雅得聽潺湲之意，亦占優列。

周勉仲

周勉仲自强爲蘄州司法時，以驛舍爲官廨。晚步中門外，往來微倦，顧廳側有板倚，使人取之欲坐。及其處，則了無一物。宅後枕郡治之萬芝堂，堂有池，白晝見人蓬首對水坐，叱之使起。其人矍然立，背如負大甕者，躍入池中，有聲紞然。識者以爲龜鼇之精云。又嘗往廬山，與歸宗長老坐小室，見一人往來窗下，著烏巾，其身僅與窗等，訝其太短，出視之，無所見。勉仲說。

樹中盜物

王深之湛，家臨川。每失去盌楪瓶合及衣服之屬，輒譴責僕婢，然不復可得。一夕，暴風起，屋東大阜莢樹吹折，斷處中空，凡王氏積年所失物皆貯其內，半壞矣。其樹今猶在云。郭沰絜己說。

扈司户妾〔原作「妻」，據目録改。〕

洪州分寧王氏壻扈司户，自京師買一妾，甚美，攜歸，置于妻家。妻母謂人曰：「扈郎妾信美！然語音僅能出口，十句只可辨一二，面目極峭冷，與人寡合，而足絶小，可藏於袴中，類非人間女子。久留不去，非扈氏福也。」扈生聞之，疑其妻不能容，故母言如此，未忍決絶。妾來時以白犬自隨，行止飲食不暫捨，逮夜則寢牀下。經一歲，妾入佛堂瞻禮，急大呼乞救，人往視之，則爲犬齧斷一臂，卧血中死矣。犬亦繼死。李紹祖說。

異僧符

豫章之南數十里生米渡，乾道元年三月八日，有僧晨濟。將登岸，謂津吏曰：「少頃見黄衫五人荷籠而至者，切勿使渡，渡則有奇禍□。」葉本作「至」，陸本同。取筆書三字，似符而非，了不可識。

其文曰「籧篨上二字形不全，今從葉本補。乁」，以授吏曰：「必不可拒，當以此示之。」語畢而去。吏不甚信也，然私怪之。至午，果有五黄衣，如府州急足者，各負兩篛籠，直前登舟。吏不許，皆怒駡，殆欲相葉本無「相」字。毆擊。良久不解，吏乃取所書字示之。五人者一見，狼狽反走，轉眼失所在，委十籠於岸滸。發之，中有小棺五葉本作「三」。百具。吏焚棺而傳其符，豫章人家家圖祀之。是歲，江浙多疫，唯此邦晏然。識者謂五人乃瘟部鬼也。予過江州及衢州，見士人言各不同，竟未知孰是。余端禮説。

李南金

樂平士人李南金，紹興二十七年登科，纔唱名罷，歸旅舍，夢二女子執版歌詞以侑酒，曰：「君是園中楊柳，能得幾時青？趁金明春光尚好，尊酒賞閑情。它年歸去，强山陰處，一枕曉霞清。」覺而記其語，不曉强山爲何處。既調官，得光化軍教授，未赴，來謁提點坑冶李稙，獻新發鐵山，自督工烹煉。一日，見巨蛇仰首向爐，如有所訴。李戒坑户勿得害，既而殺之。它日，又有蛇，其大如柱，來冶處，傍小蛇千餘隨之，結爲大團。巨蛇躍起，首高丈餘。李猶令僕持杖捶之，僕不敢前。又遣人歸家取勅告置□陸本作「地」。上，蛇徑行不顧。李甚駭，即覺體中不佳，遂歸。先是，其家人夢一姥來尋李教授，曰：「枉殺我兒。」及是知其不可起，數日而卒。

夷堅乙志卷第六十三事

石棺中婦人

紹興初，南劍州將樂尉蘭勰因捕盜至山村，見農人掘地得石棺，無罅，呼匠者鑿開。視之，一婦人，長三尺餘，瞑目裸體，形色紅潤如生。兩手各握一劍，口銜一劍。勰即以油傘裹瘞之，不知何物也。

袁州獄

向待制子長久中，元符中爲袁州司理。考試南安軍，與新昌令黃某并別州鄭判官三人俱，畢事且還。鄭君有女弟，嫁爲宜春郡官妻，欲與向同如袁。而黃令者，前三年實爲袁理官，以故二人邀與偕往。黃不可，鄭強之，且笑曰：「公遽能忘情於煙花中人乎？」黃不得已，亦同塗，然意中殊不樂。逮至，又欲止城外，向力挽入官舍。坐定，向將入省二親，揖之就便室。黃如不聞，即其側葉本作「前」。呼之，瞪目不答。俄指向所用銅槃曰：「其價幾何？可輟買否？」向得其發言，頗喜。顧小史令持往所館，問之曰：「此常物爾，何遽爲？」葉本作「何遽言價」。曰：「將置吾棺中。」向始疑懼，引其手，使少憩，亦不動。亟招鄭君同視之，掖以就榻。少頃，發聲大呼，若痛不可忍，葉本多一「者」字。遂洞泄血利，穢滿一室，登榻復下，號叫通夕不少止。向與鄭同辭告曰：「君疾勢殊不佳，盍有以見屬？」黄頷首曰：「願見母妻。」向卽日爲書，走駛步如新昌告其家。又語之曰：「君本不欲來，徒以吾二人故。今病如是，尊夫人脱未能來，而君或不起，是吾二人殺君也，何以自明？願君力疾告我所以不欲來及危惙如此之狀。」黄開目傾聽，忍痛言曰：「吾官于此時，宜春尉遣弓手三人買雞豚于村墅，閲四十日不歸。三人之妻訴于郡，郡守與尉有舊好，令尉自爲計。尉給白府曰：『部内有盜起，已得其根株窟穴所在。遣三人者往偵，恐其徒泄此謀，姑以買物爲名。久而不還，是殆斃於賊手，願合諸邑求盜吏卒共捕之。』守然其言。尉自將以往，留山間兩月，無以復命。適村民四輩耕于野，貌蠢甚，使從吏持錢二萬，招之與語，曰：『三弓手爲盜所殺，尉來逐捕，久不獲，不得歸。倩汝四人詐爲盜以應命，他日案成，名爲處斬，實不過受杖十數，卽釋汝。汝曹貧若此，今各得五千錢以與妻孥，且無性命之憂，何不可者？汝若至有司，如問汝殺人，但應曰有之，則飽食坐獄，計日脱歸矣。』四人許之，遂執縛詣縣。會縣令闕，司户攝其事。劾囚，服實如尉言。送府，吾適主治之，無異詞，乃具獄上憲臺。得報皆斬，既擇日赴市矣。吾視四人者皆無兇狀，意其或否，屏獄吏以情詰之，皆曰不寃。吾又摘語之曰：『汝等果爾，明日當斬首。身首一分，不可復續矣。』囚相顧泣下，曰：『初以爲死且復生，歸家得錢用，不知果死也。』始具言其故。吾大驚，悉挺葉本作「去」。明鈔本作「縱」。其縛。尉已伺知之，密白守曰：『獄掾受囚賂，導之上葉本作「生」。變。』明日吾入府白事，守盛怒，叱使下曰：『君治獄已竟，上諸外臺閱實矣。乃受賄賂，妄欲改變邪？』吾曰：『既得其寃，安敢不爲辨？』守無可明鈔本無「可」字。奈何，移獄于録曹，又移于縣，不能決。法當復申憲臺，別置獄。守曰：『如是，則一郡失入之罪衆葉本作「成」。矣。安有已論決而復變者？』悉取移獄辭焚之。但以付理院，使如初款。明鈔本作「擬」。吾引義固争，累十數日不得直，遂謁告。郡守令司户嘗攝邑者代吾事。臨欲殺囚，守復悔曰：『若黄司理不書獄，葉本作「判」。異時必訟我于朝矣。』明鈔本作「廷」。令同官相鐫葉本作「勸」。諭曰：『囚必死，君雖固執，亦無益。今强爲書名于牘尾，人人知事出郡將，葉本作「守」。君何罪焉？』吾黽俛書押，四人遂死。越二日，黄衣人持挺押二縣吏來追院中二吏，曰：『急取案。』吏方云云，黄衣以挺擊之，四吏俱入舍不出。吾自往視，舍門元未啟，望其中，案牘横陳，逡巡四吏皆暴卒。又數日，攝令死。尉用他賞改秩，已去官，亦死。而郡守中風不起，相去纔四十日。吾一日退食，見四囚拜于下曰：『某等枉死，訴于上帝，得請矣。欲逮公，吾疑有脱誤。懇曰：「所以知此寃而獲吐者，黄司理力也。今七人已死，足償微命，乞勿追竟。」帝曰：「使此人不書押，則汝四人不死。汝四人死，本於一押字。原情定罪，此人其首也。」某等哭拜天廷，凡四十九日，始許展三年。即揎上三字葉本作「却捲」。袴露膝，流血穿漏，葉本作「破」。日拜不已，至於此。』又曰：『大限若滿，當來此地相尋。』又拜而去。吾適入門，四囚已先在，云候伺已久，恐過期，且令亟取母妻與訣別，吾所以不欲來明鈔本多一「此」字。者，以此故爾。今復何言？」向曰：「鬼安在？」黄指曰：「皆拱立于此。」向與鄭設席焚香，具衣冠拜禱曰：「爾四人明靈若此，黄君將死，勢無脱理。既許其與母妻訣，何必加以重疾，令痛苦若此哉？」禱畢，黄喜曰：「鬼聽公矣！」痛即止，利不復作，然厭厭無生意。又旬日，告向曰：「吾母已來，幸爲我辦肩輿出迎。」向曰：「所遣卒猶未還，安得遽至？」曰：「四人者已來告。」遂出，果相遇于院門之外，褰簾一揖而絶。向樂平人，其子元伯侍郎説。

齊先生

宣和五年，向元伯爲開封令。蔡魯公已致仕，嘗設醮于城外凝祥宫。向往謁之，蔡留宿。明旦，見其子攸、孫衡等十餘人來問安，皆腰金施綋，且多張蓋者。向退省其舅何志同尚書，歎詑其盛。坐客有京畿轉運使曾徽言，與蔡不合，以言鄙薄，既而悔之。何曰：「毋多談。齊先生適在此，太師所敬也，可見之。」乃邀與同席。齊生曰：「吾素受蔡公異顧，今館于後圃，待我甚至，不當談其短。偶聞運使之語，是將然矣。」徽言諱前説，齊生曰：「無傷也。蔡公與我語，不問其身，但詢其子孫。吾應之曰：『好。』然常以妄言自愧也。諸公見其高門華屋上干霄漢，三年之後，無一瓦蓋頭矣。金勒綋鞍，赫弈照市，三年之後，雖蹇驢亦無有矣。人言秋風落葉，此真是也。哀哉！」時諸蔡方盛，皆不敢出聲。三歲而蔡氏敗。齊先生，淄州人。元伯説。

蔡侍郎

宣和七年，户部侍郎蔡居厚罷，知青州，以病不赴，歸金陵。疽發于背，命道士設醮，倩所親王生作青詞，少明鈔本作「不」。日而蔡卒。未幾，王生暴亡，三日復蘇，連呼曰：「請侍郎夫人來。」夫人至，王乃云：「初如夢中，有人相追逮，拒不肯往，其人就牀見執。回顧，身元在牀卧，自意已死，遂俱行。天色如濃陰大霧中，足常離地三尺許，約十數里，至公庭。主者問：『何以詭作青詞誑上蒼？』某方知所謂，拱對曰：『皆是蔡侍郎命意，某行文而已。』主者怒稍霽，押令退立。俄西邊小門開，獄卒護一囚，杻械聯貫立庭下。別有二人舁桶血，自頭澆之。囚大叫，頓擘苦痛，如不堪忍者。細視之，乃侍郎也。主者退。復押入小門，回望某云：『汝今歸，便與吾妻說，速營功果救我，今秖是理會鄆州事。』」夫人慟哭曰：「侍郎去年帥鄆時，有梁山濼賊五百人受降，既而悉誅之，吾屢諫不聽也。今日及此，痛哉！」乃招路時中作黄籙醮，爲謝罪請命。

杳氏村祖

贛州光孝首坐僧普瑞說：嘗附江州通判船過池州，泊村岸，聞岸上人相呼參祖燒香者，瑞往隨之。見百千人憧憧往來，有屋可三間，堂内飾小室，如人家供佛處。翁媪二人，各長三尺，秃髮，腦後一髻絶小，以緜衣衾擁下體，唯露頭面，兀然如土木。但眼能動，有笑容，人持香燈酌酒以供。瑞還，具語通判君，卽盡室往謁。享以錢燭茶酒，撮緜作小包，蘸酒置二老口，亦伸舌舔之。

或引手摸其胸乳，皮皆傅骨，不知幾百歲。其人云，一村皆姓杳，此二老爲村祖云。

建康伍伯

陳邦光守金陵，將杖朱衣吏。當直伍伯從求錢百千，吏纔許其半，伍伯怒，噀手嘻笑曰：「我不打人多時也，將甘心焉。」摩手牆間急上下，適有破磁片正對手心，刺之，血流及肘，登時瘇痛，告假歸。踰月，創始愈。

劉叉死後文

知保德軍王清臣請紫姑神，既而作文數百言，自云唐進士劉叉。其詞曰：「余少爲俠，徧走天下，史謂亡命，非也。退之贈余金百鎰，余辭而不受，史謂竊之，非也。洛陽惡少年恃權強妾葉本作「娶」。良家子，既而又族其室。余不忍吉民無訴，乘夜厥從葉本作「徒」。聚淫，余奮劍斷其頸明鈔本作「頭」。十數人，且膾其肝而餔之。日夕游於市，人自不識，史謂殺平人竄山林，葉本作「澤」。非也。余數世爲人直信，棄已濟衆，設教化人，報不平之事，葉本作「寃」。行無極之道，以是故用達仙。至於歌詩，皆末跡也。因子見契，聊爲一敂。思史之謬詞，昔之異行，令余忸然感歎。余終于終南，門人葬于山之陽清溪之側，至今墳猶在，但人不知爲余墓也。以余無勳庸于國，故史氏聽小人之言，書「不知所終」。設如子儀、光弼輩，後世皆知其大功，然當時史詞褒飾甚多，蓋世之情如斯也。嗚呼！盡信史則不如無史。彼若不能摭實，但務華以媚天子，自可詢有上四字葉本作

「不若因可」。知而書之，何必縱繆言誣介義之士於有過之地哉？使余當時聞之，必令此倰夫首足異處。余既爲仙，不復競，姑隱之。後世哲者，其爲我鑒諸。」

豬足符

聶景言居衡陽，有細民欲舉債，買豬蹄來獻，聶受之，付廚作羹。庖婢舉刀，破爪間，見小紙書符在其內，亟出告。使呼其人還之。人曰：「適從屠机買來，方有求於君家，豈敢以符爲厭呪？」復持與屠者，責譙之。屠者曰：「今旦方刲豕，安得有是？」取元直畀民，而自攜歸煮食之，一家四人皆死。五事皆郟次南説。

廟神止奏章

段元肅家居京師，鄰家有病者爲祟所撓，治之不效，欲請道士奏章訴于帝。段之祖夢人如神明者告之曰：「凡神祇有功於人者，歲滿必遷。吾主此地若干歲，今當及遷，而君鄰家之鬼正在部内，方自往治之，聞其家將奏章，恐致相累，丐君一言，令罷之，病者自安矣。」懇請至再三，段許諾，且問其所止，曰：「亦與君家爲鄰。」明日思之，乃皮場廟也。如神言告其鄰，止不奏，病者卽日愈。

榕樹鷺巢

福州儀門外夾植榕樹，每樹有白鷺千數巢其上，鳴噪往來，穢污盈路，此句葉本作「狼藉穢汙」。過之葉本無「之」字。者皆掩鼻。薛直老弼爲守，嘗乘涼輿出，爲糞污衣，以爲不祥，欲盡伐其樹而未言。是夜，安撫司參議官曾悟夢介胄者懇云：「某受命護府治，所部數百人皆棲榕葉本多一「樹」字。間。今府主欲伐去，吾無所歸矣，願爲一言。」悟既覺，以不聞伐樹事，此句葉本作「不聞有伐樹議」。不以爲意。明夜復夢曰：「乞即葉本作「亟」。言之，不然，無及矣。府主所惡不過鷺穢耳，此甚易事，請期三日，悉去之。」悟許諾。明日，過府爲言。上四字葉本作「且告之」。薛驚曰：「吾固欲伐之，然未嘗出諸口而神已知，上十五字葉本作「吾欲伐樹，言未出口而神先知」。可敬也！」至暮大雨，閱三日乃止。鷺羣悉空，樹濯濯如新。

趙七使

宗室趙子舉，字升之，壯年時喪其妻，心戀戀不已，於房中飾小室，事之如生。夜獨宿次，覺有從室中啓户出者，恐而呼侍婢，婢既膺復寢，須臾間，已至牀前，牽帳低語曰：「莫怕莫怕，我來也。」時精爽頓昏，不知死生之隔，遂與共寢，歡如平生。自是日日至，每飲食必對案。僕妾輩從旁窺之，無所見，但器中物亦類有人殘餘者。繾綣益久，意中憒憒，漸不喜食，行步言氣衰劣，然未嘗與人言。有道人乞食過門，適見之，歎曰：「君甘與鬼游，獨不爲性命計！吾能行天心正法，今以授君，努力爲之，鬼不攻自退矣。」子舉灑然悟，即再拜傳受。繪六甲六丁像，齋戒奉事唯謹。妻猶如故態，頗亦不樂，時時長吁，如不得志者。又半年，涕泣辭訣，曰：「久留，恐壞君法，吾去矣。」遂絕不至。子舉從此奉法愈力，爲人治病輒驗。建炎二年，予妻族張氏，避地自京師南下，寓居揚州龍興寺。先是，有祖姑嫁趙氏，夫爲絳州守，未赴，居太原。值虜騎圍城，姑隕于砲下。又有八叔者，爲賊所得，臠食之。是歲，妻祖母田氏病，彷彿見此兩人在窗外。子舉適同居寺中，外舅以事告之，子舉焚香禱請，久而言曰：「是一男子、一婦人，皆以非命死，然是公家戚屬，不宜加罪，當以酒幣善遣之。」如其言，病亦尋愈。

魅與法鬬

趙伯兀者，子舉之子，效其父習行天心法，未成。有饋鯉魚於家者，魚從盆中跳出，高數尺，如舞躍然。時子舉出行，家人亟呼伯兀。兀杖劍誦呪，臨以正法，魚躍愈高，幾至丈許，兀亦恐，遽趨避之。又嘗與羣從飲于嚴州雙溪亭上，婢子臥欄竿側，忽放聲大哭，問焉不應。伯兀知爲物所憑，亦行法與相競，自申至三更不止，不勝倦苦，捨之去。伯兀從弟伯禔說。

蒙城觀道士

亳州蒙城縣莊子觀玉册殿，扃鐍嚴謹，非時不許開。宣和中，道士張沖俊掌觀事，夜聞其中□陸本作「杖」。直決遺聲，盡二十乃止。明旦，呼衆人啓鑰視之，蓋一道士常持天心法者，縛於梁間，足反居上，兩脊杖痕如盌大，已死矣。雙足虛抱于梁，初無繩縶也。郭沺說，時隨其父爲丞。

夷堅乙志卷第七十一事

畢令女

路時中，字當可，以符籙治鬼著名，士大夫問目曰「路真官」，常齎鬼公案自隨。建炎元年，自都城東下，至靈壁縣。縣令畢造已受代，檥舟未發，聞路君至，來謁曰：「家有仲女，爲鬼所禍，前後迎道人法師治之，翻爲所辱罵，至或遭箠去者。今病益深，非真官不能救，願辱臨舟中一視之。」路諾許，入舟坐定。病女徑起，著衣出拜，凝明鈔本作「迎」。立於旁，略無病態，津津有喜色，曰：「大姐得見真官，天與之幸。平生壹鬱不得吐，今見真官，敢一一陳之：大姐乃前來媽媽所生，二姐則今媽媽所生也。恃母鍾愛，每事相陵侮。頃居京師，有人來議婚事，垂就，唯須金釵一雙，二姐執不與，竟不成昏，心鞅鞅以死。死後冥司以命未盡，不復拘録，魂魄漂摇無所歸。遇九天玄女出遊，憐其枉，授以祕法。法欲成，又爲二姐壞了。大姐不幸，生死爲此妹葉本作「婢」。所困。今須與之俱逝，以償至葉本作「我」。冤，且以謝九天玄女也。真官但當爲人治祟，葉本多一「我」字。有冤欲報，勢不可已，願真官勿復言。」路君沉思良久，曰：「其詞強。」葉本多一「正」字。顧畢令曰：「君當自以善力禱謝之，法不可治也。」女忽仆地，掖起之，復困惙如初。蓋出拜者乃二姐之身，而其言則大姐之言葉本作「而其言則大姐聲也」。也，死已數年矣。明日，二姐殂，路君來弔，明鈔本作「謂」。其父曰：「昨日之事，曲折吾所不曉。而玄女授法，乃死後事，二姐何以得壞之？君家必有影響，幸無隱，在我法中，當洞知其本末。」畢令曰：「向固有一異事，今而思之，必此也。長女既亡，葬於京城外僧寺，當寒食掃祭，舉家盡往。葬室之側，有士人居焉，出而扃其户。家人偶啓封，入房窺觀，仲女見案上銅鏡，呼曰：『此大姐柩中物，何以在此？必刼也！』吾以爲物有相類，且京師貨此者甚多，仲女力争曰：『方買鏡時，姊妹各得其一，鞶結襯緣，皆出我手。所用紙，某官謁刺也。』視之信然。方嗟歎而士人歸，怒曰：『貧士寓舍，有何可觀？不告而入，何理也？』仲女曰：『汝發墓葉本作「棺」。取物，姦葉本作「真」。贓具在，吾來擒盜耳。』遂縛之。士人乃言：『半年前夜坐讀書，有女子扣户曰：「爲阿姑譴怒，逐使歸父母家。家在城中，無從可還，上四字葉本作「遠不可去」。願見容一夕。」泣訴甚切，不獲已納之，繾綣情通。葉本作「密」。自是每夕必至，或白晝亦來。一日，方臨水掠鬢，女見而笑曰：「無鏡耶？我適有之。」遂取以相餉，即此物也。時時攜衣服去補治，獨不肯説爲誰家人。昨日見語曰：「明日我家與親賓聚會，須相周旋，不得到君所，後夜當復來。」遂去。今晨獨處無悰，葉本作「聊」。故散步野外以遣日，不虞君之涉吾地也。』吾家聞之皆悲泣，獨仲女曰：『此郎固妄言，必發驗乃可。』走往殯所踪跡之，其後有罅可容手，啓甎見棺，大釘皆拔起寸餘。及撤蓋板，則長女正疊足坐，縫男子頭巾，自腰以下，肉皆新生，膚理温軟，腰以上猶是枯脂。「脂」當作「腊」。始悔恨，復掩之，釋士人使去。自是及今，蓋三年餘矣。所謂玄女之説，豈非道家所謂回骸起死，必得生人與久處，便可復活邪？事既彰露，不可復續，而白發其事，皆出仲女，所謂壞其法者，豈此邪？」路君亦爲之驚咤。道出山陽，以語郭同升。升之子沰説。造字以（明鈔本作「子」）道。

西内骨灰獄

政和四年，有旨修西内，命京西轉運司董其役。轉運使王某坐科擾，爲河南尹蔡安持劾罷，起徽猷閣待制宋君於服中，以爲都轉運使，免判常程文書，專以修宮室爲職。宋鋭於立事，數以語督同列曰：「速成之，醲賞可立得也。」轉運判官孫晛獨以役大不可成，戲答曰：「公聞狐壻虎之説乎？狐有女，擇壻，得虎焉。成禮之夕，儐者祝之曰：『願早生五男二女。』狐拱立曰：『五男二女非敢望，但早放卻臊命爲幸耳。』今日之事，正類此也。」宋不樂，晛即引疾罷去。凡宮城廣袤十六里，創立御廊四百四十間，殿宇丹漆之飾猥多，率以趣辦，需牛骨和灰，不能給。洛城外二十里，有千人冢數十丘，幹官韓生獻計曰：「是皆無主朽骴，發而焚之，其骨不可勝用矣，自王漕時已用此。」宋然之。管幹官成州刺史郭漣容、佐使臣彭玘十餘人，皆幸集事，舉無異詞。宋以功除顯謨閣學士，召爲殿中監而卒。宣和中，孫晛病死，至泰山府，外門榜曰「清夷之門」，獄吏捽以入，令供滅族狀。孫曰：「我何罪？」殿上厲聲曰：「發洛陽古冢以幸賞，乃汝也，安得諱？」孫請與諸人對。望兩囚荷鐵校立廡下，各有一卒持鐵扇障其面，時時揮之。扇上皆施釘，血流被體，引至前，乃宋王二君也。猶與相撐拄，孫歷舉狐虎之説，及所以去官狀，廷下人皆大笑。兩人屈服去，孫復甦。他日，韓生亦夢如孫所見者，供狀畢，將引退，仰而言曰：「某罪不勝誅，但先祖魏公有大勳勞於宗社，不應坐一孫而赤族。」主者凝思良久曰：「只供滅房狀。」乃如之。自是數月死。不一歲，妻子皆盡，今唯取同宗之子以繼云。予聞此事於臨川人吴虎臣曾，吴得之韓子蒼。予以國史院簡策參之，得其歲月官職如此。邵武李郁光祖云：「有朝士亦以是役進秩，後居鄧州，得異疾，疽生於臀，長寸許，中有骨焉，不可坐卧。毉以藥齕之，久而墜地，拳曲如小豬尾。數日，又如故，復以前法治之。如是歲餘，凡落三十六節，乃死。」王日嚴云：「宋君初與官屬議，或以爲不便。宋入宅思之，必欲行，自批一紙出付司，孔目官某慮異時爲人所訟，以所批黏入牘中。後數年，冥府攝對獄，見牛頭卒引一人從烈焰出，乃宋也。孔目訴曰：『事皆由待制，手筆尚存。』王者敕一卒往取，頃刻即至，以示宋，宋引伏，孔目者乃得歸。明日，詣曹閲故牘，首尾千百番皆在，獨失宋批矣，遂以病自列去吏。歸而棄家，爲苦行道者。」

汀州山魈

汀州多山魈，其居郡治者爲七姑子。倅廳後有皁莢樹極大，榦分爲三，正蔽堂屋，亦有物居之。陳吉老爲通判，女已嫁矣，與壻皆來。夜半，女在牀外睡，覺有撼其几者，頗懼，移身入裏間，則如人登焉，席薦皆震動，夫妻連聲呼「有賊」。吉老遽起，與長子録曹者偕往，無所見，詫曰：「公廨守衞嚴，賊安得至？若鬼也，爭敢爾？」老兵馬吉方宿直，命詣廚温酒。廚與堂接屋，馬吉方及門，失聲大叫。録曹素有膽氣，自篝火視之，吉仆絶于地，涎液縱横，灌以良藥，久之，始能言曰：「一黑漢模糊長大，出屋直來壓己，不知所以然。」吉老猶不信。録曹見白衣人，長七尺，自厨出趨堂，開門而出，真以爲盜，急逐之，而堂門元閉自若也。啓之，又見其物開廳門去，復逐之，亦閉如故。洎至廳上，白衣徑奏東箱卒伍持更處，一卒即驚魘，衆救之，已絶矣。後數年，趙子璋爲倅攝郡，時屬邑寇作，江西大將程師回自贛上來逐捕，將班師，小休倅廳，出所攜二妾與趙飲。正行酒，有小妾長才二尺許，褐衫素裙，緩步且前。程迎擊以杖，乃一貓躍出，衣服皆委地。子璋子伯禔，隨父之官，馬吉者猶在，聞其説如此。伯禔説。

黄蓮山伽藍

韶州樂昌縣黄蓮山寺爲一邑勝處。建炎二年冬，郡守延臨江静師往主法席。寺伽藍神素著靈異，邑人祈賽，必殺牲釃酒，既則飲酒乃歸。師始至，與神約曰：「神受佛囑付，守護伽藍，不應當此供。自今日以往，更具淨饌，神其聽之。」由是人無敢以酒肉入山門者。明年十一月晦，有檀越營佛事畢，欲飲酒。三僕舁一缸，由東廂過神祠前，一犬不知從何來，突出，正與缸相值，應時破碎，無復餘瀝，見者莫不歎異。郟次南説。

寧都吏僕

贛州寧都縣吏李某，督租近村，以一僕自隨。僕乞錢于逋户，不滿志，縛諸桑上，灌以糞，得千錢。卽日雲雷四起，斃僕于村中普安寺前。錢正在腰間，打四百文入肉中，皮蒙其上。紹興十四年三月也，縣是時曰虔化云。寺僧祖一說。

杜三不孝

洪州崇真坊北有大井，民杜三汲水賣之，夏日則貨蚊藥以自給，與母及一弟同居。弟傭於餅家，唯兄以兩飯養母，然特酗酒，小不如意，至於辱詈加箠。鄰曲見者皆扼腕，導其母使訟，未及也。一旦，大醉歸，復敺母。俄忽忽如狂，取所合蚊藥内砒霜硫黃掬服之，走入市，從其徒求水飲。市人以爲醉，不知藥毒已發矣，頃刻而死。其不孝之報歟？

布張家

邢州富人張翁，本以接小商布貨爲業。一夕，閉茶肆訖，聞外有人呻痛聲，出視之，乃晝日市曹所杖殺死囚也。曰：「氣絶復蘇，得水尚可活。恐爲邏者所見，則復死矣。」張卽牽入門，徐解縛，扶置卧榻上，設薦席令睡，與其妻謹視之，飼以粥餌，雖子婦弗及知。經兩月，脊瘡皆平，能行。張與路費，天未曉，親送之出城，亦未嘗問其鄉里姓名也。過十年久，有大客，乘馬從徒，齎布五千疋入市，大駔争迎之，客曰：「張牙人在乎？吾欲令貨。」衆嗤笑，爲呼張來，張辭曰：「家貲所有，不滿數萬錢。此大交易，願别擇豪長者。」客曰：「吾固欲煩翁，但訪好鋪户賒與之，以契約授我，待我還鄉，復來索錢未晚。」張勉如其言。居數日，客謂翁：「可具酒飲我，勿招他賓。」既至，邀其妻共飲，酒酣，起曰：「翁識我否？乃十年前牀下所養人也。平生爲寇刦，往來十餘郡，未嘗敗。獨至邢，一出而獲。荷翁再生之恩，既出門，卽指天自誓云：『今日以往，不復殺人，但得一主好錢，持報張翁，更不作賊。』纔上太行，便遇一人獨行，刦之，正得千餘緡，遂作賈客販賣。今於晉絳間有田宅，專以此布來償翁媪恩。元約復授翁，可悉取錢營生産業，吾不復來矣。」拜訣而去。張氏因此起富，貲至十千萬，邢人呼爲「布張家」。三事亦得之郟次南。

何丞相

何文縝丞相在太學，與同舍生黄君詣日者孫黯問命。黯袒衣踞坐，丞相先占，既布算，黯正襟揖曰：「命極貴，不惟魁天下，且位極人臣。」二人相視笑曰：「何相侮邪？」黯愠曰：「黯老矣，粗有生計，今諂一秀才，其獲幾何？奈何命實中格。」丞相曰：「然則何時作狀元？」曰：「乙未歲。」「何年爲相？」曰：「不出一紀。但有一事絶異，君拜相後，當死於異國。尋常奉使絶域者不過侍從官，何由有宰相入國者？此句葉本作「何由宰相出使」。此爲不可曉耳。」初，丞相自仙井來時，過桐栢，於廟中上書乞夢。其夕，夢人報：「霍侍郎來見何狀元。」遂出相見。霍曰：「將來殿策問道。」及至京，又求夢於二相公廟，夢人告如霍所言。既覺，試作策頭數百字以示黄君，黄以爲不佳。丞相時爲鄧洵武樞相館客，又夢一人報霍侍郎來，既坐，霍曰：「君昨擬道策甚謬，上所解《道德經》，更三日以賜二府，君當首見之，宜熟讀也。」如期，鄧公果拜賜，即録本，晨夕誦讀。乙未歲廷試，果問道，悉以經語對，遂爲葉本作「擢」。第一人。後十二年，至靖康丙午，拜少宰，從二帝北狩，死於虜，皆如黯言。霍公蓋先兩榜爲龍首者。

天心法

李士美丞相長子衡老，初學天心正法時，飲食坐起，未嘗不持攝。寓居桂林，夜如廁，見燈盞出於外，心已怪之。復取置中間，俄又在外，已則登其上，既而益高。盞正覆而油不傾，旋轉滿室，將及頭上。衡老方踞廁，勢不可施法，怖懼大呼而出，自是不敢輕習行。或云，初行符籙，非鬼物所樂，故多設怪以恐試之爾。嘉叟説。

虞并甫奏章

虞并甫侍其父漕潼川，以父病，齋戒浹日，命道士劉泠然奏章請命。劉素以精確著名，自子夜登壇伏，遲明方興，言曰：「適之帝所，見几上書章内兩句云：『乞減臣之年，增父之算。』帝指示吾曰：『虞允文至孝，可與執政。』而不言從其請。」已而父竟卒。後十有八年，并甫參大政。宇文仔説。

孫尚書僕

孫仲益尚書居毗陵，遣兩僕往平江。一人暴卒于道，一人買葦席覆其尸，而歸報其家。經宿至，則死者復活矣，云：「方同行，下路左遺溲，遇黄衣卒持藤棒來驅曰：『官喚汝牽船。』果有船相銜，行運河中，獨押我挽之。舟行如飛，不知爲何處。心以謂無縣文引在手，何得擅呼我？伺其小怠，擠諸河，急從故道歸。至則見身在葦席下，無計可入，彷徨不忍去，乃坐于上。天將曉，行人過，見而叱曰：『何爲獨坐此？非鬼乎？』竦然如失，不覺入身中，乃寤。方知爲死也。」李耆俊説。

夷堅乙志卷第八十三事

牛鬼

秉義郎高世令，居台州黄巖。紹興四年，攝征税於温州白沙鎮。二月十九夜，已就枕，聞窗外兩人呼曰：「異物且來殺君，君謹避之。堅塞五竅，勿與校，庶或可脱。」審其聲，乃舊同寮明州都監李利見、台州巡檢趙禄，皆死矣。大懼，即蒙被危坐以待。少頃，聞有訴李、趙者，曰：「我殺高世令，干君何事？」别一人以杖拄地，行過牀後，若瞽者細語云：「彼呼君時切勿應。」又聞訴者曰：「盲畜生，汝亦復強預人事。」李、趙相與勸解曰：「殺一高世令，於君何益？」既而一蟲薨薨然自窗隙入帳中，繞被飛鳴，且十數匝。高竊見蟲色爛然如金，垂紅線於後，引手欲挽之。李、趙又呼云：「禍事，禍事，殺之寃害益重。」乃縱之。來往盡夜，終不得逞而去。小史窺窗外，見少年與一嫗對立。少年曰：「須與翁索命。」嫗曰：「宜然。」天明啓門，則兩牛卧籬下，跡所從來，乃近鎮五里農家物也。鎮寨巡檢聞此怪，招高飲，開釋之。俄而求歸，曰：「老嫗、少年，皆在卓下矣。」高妻孥皆在黄巖，是夜，見其妾云：「君來時我已有娠，今小蓐以死。昨嘗寄履韈，達乎？」方叕泣，李、趙褰帷入，敍闊如平生。高度必死，竟夕秉燭，遍作書與親舊訣，得八十幅。語或雜偈頌，殆類有物憑之者。屢冠帶走出，將赴舍前江水，復聞空中語曰：「勿與鞋，與卽去矣。」左右藏去之。凡不飮食五日，乃醒。家人來視之，所謂孕妾，實妊身四月，食牛肉而墜，元不死也。高亦無恙。吳傳（丙志十九《薛秀才》條「傳」作「傅」）朋說。

歌漢宮春

紹興四年，蜀道類試進士。成都使臣某人禱於梓潼神，願知今歲類元姓字。夜夢至廟中，見二士人握手出，共歌《漢宮春詞》「問玉堂何似茅舍疎籬」之句。神君指曰：「此是也。」明日復入廟，將驗昨夢。士人來者紛紛不絕，久之，有兩人同出，携手而歌，果夢中句也。省其狀貌皆是，卽趨出揖之曰：「二君中必有一人魁選者。」具以夢告，皆大喜。已而更相辯質，曰：「自我發端。」曰：「我正唱此。」一人者，仙井黄貢也，奮然曰：「此吾家舊夢，何預君事邪？吾父初登科時，夢神君贈詩云：『玉堂消息近，金牓姓名高。』覺而喜，自謂必爲翰林學士，然但至成都教授而終。以今思之，端爲我設。所謂『玉堂消息』者，正指詞中語耳。」是歲貢果爲第一。兩世共證一夢，雖一時笑歌，亦已素定於數十年之前，神君其靈矣哉。闞壽卿說。

萬壽宮印

乾道二年，靜江臨桂令郭子應夢人告曰：「君新除提舉萬壽觀。」郭方以邑事爲苦，而驟得祠官，夢中喜甚。明日，轉運判官朱玘以諸州折米錢檄郭涖納，令別鬬印用之，於辛字庫中得印一紐。

後數日取視之，其文乃桂州玉清萬壽宮記。臨桂丞張寅說。

師立三異

饒州妙果長老師立，少年時行脚至衡山福嚴寺，方夏四月，晚游寺前兜率橋，見潭下峭壁間，異僧背負石而立。師立夙聞人言，此地有羅漢，隱見不常。且憶《藏經》所載持地菩薩入石壁事，竦然敬視。忽壁開尺許，僧入其中，復合無纖罅。又旬日，放參畢，與同參二人信步到寺後虎跑泉亭上。天風倏起，二僧欲歸，師立獨少留。二僧曰：「久知亭下多異，師無庸留。」立方壯，不以爲意。俄亭西南角有扣柱者，繼卽伸手内向，漸進不止，肘幾過五尺。立戲之曰：「復能縮否？」應聲而退。少頃，又聞扣柱聲，立曰：「若聖者邪，當隱。若山鬼，卽見形。」如食久，一手復出，五指初大如椽，漸小如嬰兒初生指狀。立頗恐，卽下山，時紹興十年也。又三歲還鄉，過廬山白雲庵，清夜禮佛，有物行窗外，類牛及虎。開户視之，一黑牛絶大，裴回往來。立念日中無所見，豈鬼邪？明日，至其處，乃巨青石偃卧，正昨夕牛行處云。師立說。

吹燈鬼

妻族壻王氏子，居唐州方城縣麥陂團，與邑僧一人厚善。僧死數年矣，夢如平生來，語笑良久，且贈詩而去。既覺，能憶兩句曰：「父母丘墳畢，兒孫歎自緣。」忘其末聯，復祝曰：「若果有靈，勿惜再夢。」遂復得之曰：「青山無限好，歸去莫留連。」明日，味其語，疑爲不祥。他日，自縣歸舍，薄暮矣，被酒策馬獨行，僕在後未至。行二十里，望叢棘間七八人相聚附火，往就之，皆丐者也，環坐不語。細觀其形狀，略與人同，而或斷臂，或缺目，或騈項，無一具體。見王生，躍而起，吹其所執燈。燈以猪胞爲之，得不滅。震怖疾馳，鬼追之不置。又二十里，乃到家，急扣門曰：「鬼逐我！」門中人皷譟以出，始散去，遂得病死。

無頦鬼

吾鄉白石村民，爲人織紗於十里外，負機軸夜歸。月正明，一人來曰：「吾膽怯多畏，聞此地有鬼物夜出，願得俱行。」民許之。其人曰：「脱有所睹，何以爲計？」曰：「我見之，當擊以軸。腰下插大鎌刀，亦可殺也。」其人竦然，行稍後。又呼曰：「人言鬼無頦，試視我面。」民知其鬼也，舉刀回首欲揮之，頷與胸接，兩眼眈眈然，遂不見。

長人國

明州人泛海，值昏霧四塞，風大起，不知舟所向。天稍開，乃在一島下。兩人持刀登岸，欲伐薪，望百步外有篠籬，入其中，見蔬茹成畦，意人居不遠。方蹲踞摘菜，忽聞拊掌聲，視之，乃一長人，高出三四丈，其行如飛。兩人急走歸，其一差緩，爲所執，引指穴其肩成竅，穿以巨藤，縛諸高樹而去。俄頃間，首戴一鑊復來。此人從樹杪望見之，知其且烹己，大恐，始憶腰間有刀，取以斫藤，忍痛極力，僅得斷，遽登舟斫纜，離岸已遠。長人入海追之，如履平地，水財及腹，遂至前執船。發勁弩射之，不退。或持斧斫其手，斷三指，落船中，乃舍去。指粗如椽，徐兢明叔云嘗見之。何德獻説。

秀州司録廳

秀州司録廳多怪，常有著青巾布袍，形短而葉本作「面」。廣，行步遲重者。又有婦人，每夜輒出，惑打更吏卒者。葉本無「者」字。先公居官時，伯兄丞相方九歲，白晝如有所見，張目瞪視，稱「水水」，上二字明鈔本作「水三」。移時方蘇。後兩日，公晚自郡歸，侍妾執公服在後，忽大呼仆地。公素聞鬼畏革帶，卽取以縛妾，扶置牀。久之，乃言曰：「此人素侮鬼神，適右手持一物，甚可畏，原注：謂帶也。我不敢近。却不知我從左邊來，方幸擒執，又爲官人打鍾馗陣留我。我卽去，願勿相苦。」問：「汝何人？」不肯言。至於再三，乃曰：「我嘉興縣農人支九也。與鄉人水三者兩家九口，皆以前年水災漂餓，方官賑濟活人時，獨已葉本作「皆已」。先死。今居於宅後大樹上，前日小官人所見，乃水三也。」公曰：「吾事真武甚靈，又有佛像及土地竈神之屬，汝安得輒至？」此句葉本作「汝不畏乎」。曰：「佛是善神，不管閑事。真聖每夜被髮杖劍，飛行屋上，我謹避之耳。宅後土地，不甚振職。唯宅前小廟，每見輒戒責。適入廚中，司命問何處去？答曰：『閑行。』叱曰：『不得作過。』曰：『不敢。』遂得至此。」公曰：「常時出者二物爲何？」曰：「青巾者，石精也，稱爲石大郎，正在書院窗外籬下，入地三尺許。婦人者，秦二娘，居此久矣。」公「公」字原無，據陸本增。曰：「吾每月朔望，以紙錢供大葉本作「獻」。土地，何爲反容外鬼？汝爲我往問，明日當毀其祠。」曰：「官豈不曉？雖有錢用，奈腹中飢餒何？我入人家，有所得，必分以遺之，故相容至今。」默默上四字葉本作「如此」。食頃，復言曰：「已如所戒，白之土地，怒我饒舌，以杖驅我出。」公曰：「曾見吾家廟祖先否？」曰：「每時節享祀，必往觀，聞飲食芬芬，欲食不得。列位中亦有虛席者，唯一黃衫夫人，見我必怒。」又使往覘，俄氣喘色變，徐乃言曰：「方及門，爲夫人持杖追逐，急反走，僅得脫。」所謂夫人者，曾祖母紀國也。公問所須，曰：「鬼趣葉本作「輒」。苦飢，願得一飽饌，好酒肥鵝，與衆人共之，無葉本作「毋」。如常時以瘦雞相待也。」語畢，竦然傾耳，如有人呼之，遽曰：「土地震怒，逐我兩家出。今葉本作「令」。暫止城頭，無所歸託，願急放我歸，此句葉本作「急放我」。自此不敢復來矣。」乃解其帶，妾昏睡經日乃醒。

無縫船

紹興二十年七月，福州甘棠港有舟從東南漂來，載三男子、一婦人，沉檀香數千斤。其一男子，本福州人也，家於南臺。向入海，失舟，偶值一木浮行，得至大島上。素喜吹笛，常置腰間。島人引見其主。主夙好音樂，見笛大喜，留而飲食之，與屋以居，後又妻以女。在彼十三年，言語不相通，莫知何國。而島中人似知爲中國人者，忽具舟約同行，經兩月，乃得達此岸。甘棠寨巡檢以爲透漏海舶，遣人護至閩縣。縣宰丘鐸文昭招予往視之。其舟刳巨木所爲，更無縫罅，獨開一竅出入。内有小倉，闊三尺許，云女所居也。二男子皆其兄，以布蔽形，一帶束髮，跣足。與之酒，則跪坐，以手據地如拜者，一飲而盡。女子齒白如雪，眉目亦疎秀，但色差黑耳。予時以郡博士被檄考試臨漳，欲俟歸日細問之。既而縣以送泉州提舶司未反，予亦終更明鈔本作「吏」。罷去，至今爲恨云。

詹林宗

鄉士詹林宗，紹興三十二年讀書於成西妙果塔院。晨起，巾櫛有小蛇，正據巾上，移時方去。逮秋試，中第五人。乾道元年當科舉，往近村大塘湖僧庵肄業，默自禱曰："「前三年靈瑞已得第五，今舉或魁選，當感大蛇爲兆。」禱之明日，方獨坐作《尚書義》，有蛇不知從何來，蟠其坐側，伸首顧眄，驚之不動，久乃趨出。詹殊自喜，及揭牓，果第一人。

葛師夔

葛師夔爲洪州武寧簿，入府白事，泊於上藍寺，欲以遲明上謁。時方六月，惡從吏同室撓睡，獨設一榻，扃户而寢，但小吏在户外，餘皆宿水陸堂。就枕未幾，聞蹋牀上人鼾睡，叱之稍止。纔欲寐，則聲復厲。葛伸手取溺器，正觸其身。甚怒，須天明治之。洎雞唱，外報可起，既下床，鼾者尚不動。葛出户，呼小史以燈入，驗爲何人。史駭叫曰："「死漢也！」奔出外，盡呼宿直者與主僧來觀，乃一男子，戴烏帽，皁袍束帶，偃然其上，奄奄無喘息。僧識之，驚曰："「是寺中素所往來者，死已五日。昨菆於寺後，何以能至此？」急邀其子視窆處，棺空矣。他日，又至寺，憩方丈中。主僧相就夜語，葛偶及故人劉縣丞數歲無消息者，僧蓋與劉善，指卧榻曰：「丞死於别室，其妻則終此榻也。」葛初不知此，頗懼，然不克徙。既寢，展轉不寐，聞擊牀屏者三，心矍然，强呼曰：「若是故人，何惜明告？」即連扣數聲，大呼葛字曰：「嗚道，安樂否？」葛蒙被亟走出，明日遷居。紹興甲子，葛爲餘干丞，與予言。今追書之，失劉丞姓嚴校：「姓」字疑誤。字矣。

虔州城樓

紹興十七年夏，先公南遷，予與季弟從行。八月二日至虔州，泊舟浮橋下，登城樓少休。郡守曾卿端伯慥來見，曰：「此非館處，獨鬱孤臺可爾，而周康州先居之，明當去矣。姑爲一夕留可也。」是夜，奉先公正中設榻，予兄弟席于旁。丁夜，予起更衣，從北偏門出。一人正理髮，髮垂至地。時兩僕宿門内，曰汪三、程七，予謂是此兩人，呼之不應。復還視門内，蓋寢如初。固疑之矣，又出焉。運櫛尚未止，面對女牆，足太半垂在外，風吹其髮蓬蓬然。心始動，乃還榻。明日而先公言：「汝夜何所往？吾聞抱關老卒云，樓故多怪，每夕必出。」予因道昨所見者。是日徙于鬱孤，竟夜不成寐。又聞周康州在館時，有人從房中開三重門走出，意以爲盜，呼其子尾逐之，門蓋自若也。

小郗題詩

李譔居無錫，正與客飲，有道人扣門曰：「吾自青城上來，劉高尚先生使我見公，欲有所言。」閽人曰：「寶文方飲酒，不敢白。」再三請之，不可。道人不樂，曰：「假筆來，吾欲記名字。」閽人與之，即書户上曰：「日轉庭槐影漸移，重門複屋傳呼遲。不如拂袖穿雲去，說與落花流水知。」題畢而去，曰：「吾所謂小郗者也。」譔聞之，悵恨自失者累日。李綸說。

夷堅乙志卷第九十事

胡氏子

舒州人胡永孚説：其叔父頃爲蜀中倅，至官數日，季子適後圃，見牆隅小屋，垂箔若神祠，有老兵出拜曰：「前通判之女，年十八歲，未適人而死，葬此下。今去而官于某矣。」此句葉本作「今其父去官於某處矣」。問容貌何似，曰：「老兵無所識，聞諸倡言，自前後太守以至餘官，諸家所見婦人未有如此女之美者。」胡子方弱冠，未授室，聞之心動，指几上香火曰：「此亦太冷落。」明日，取熏爐花壺往爲供，私酌酒奠之，心摇摇然，冀幸得一見。自是日日往，精誠之極，發於夢寐，凡兩月餘。他日，又往焉，屋簾微動，若有人呼嘯聲。俄一女子袨服出，光麗動人。胡子心知所謂，徑前就之。女曰：「無用懼我，我乃室中人也。感子眷眷，是以一來。」胡驚喜欲狂，即與偕入室，夜分乃去。自是日以爲常，讀書上二字葉本作「課業」。盡廢。家人少見其面，亦不復窺園。唯精爽消鑠，飲食益葉本作「減」。損。父母竊憂之，密以扣宿直小兵，云：「夜與人切切笑語。」呼問子，子不敢諱，以實告。父母曰：「此鬼也，當爲汝治之。」子曰：「不然。相接以來，初頗爲疑，今有日矣，察其起居上下，言語動息，無少分不與人同者，安得爲鬼？」父母曰：「然則有何異？」曰：「但每設食時未嘗下箸，只飲酒啖果實而已。」父母曰：「俟其復至，使之食，吾當自觀之。」子反室而女至，命具食延之，至於再三，不可，曰：「常時來往無所礙，今食此，則身有所著，欲歸不得矣。」子又強葉本作「強」。之，不得已，一舉箸，父母從外入，女矍起，將避匿，而形不能隱，踧踖慙窘，泣拜謝罪。胡氏盡室環之，明鈔本作「視」。問其情狀，曰：「亦自不能覺，向者意欲來則來，欲去則去，不謂今若此。」又問曰：「既不能去，今爲人邪、鬼邪？」曰：「身在也，留則爲人矣。有如不信，請發瘞驗之。」如其言破冢，見柩有隙可容指，中空空然。胡氏皆大喜，曰：「冥數如此，是當爲吾家婦。」爲改館於外，擇謹厚婢服事，走介告其家，且納幣焉。女父遣長子與家人來視：「真吾女也！」遂成禮而去。後生男女數人。云今尚存，女姓趙氏。李德遠說，忘其州名及胡氏子名。

欄街虎

趙清憲公父元卿，爲東州某縣令。有婦人亡賴健訟，爲一邑之患，稱曰「欄街虎」，視笞撻如爬搔。公雖知之，然未嘗有意治也。會其人以訟事至廷，詰問理屈，遂杖之，數至八而斃。即日見形爲厲，行步坐卧相追隨不置，雖飲食亦見於杯盤中，公殊以爲苦。既罷官，過岱嶽，人謁，女鬼隨之如初。暨登殿，焚香再拜，猶立其旁。公端笏禱曰：「元卿受命治縣，以聽訟爲職。此婦人自觸憲罔，法當決杖，數未訖而死，邂逅致然，非過爲慘酷殺之也。而横爲淫厲，累年於兹，至於大神之前，了無忌憚。神聰明正直，願有以分明之，使曲在元卿，不敢逃譴，如其不然，則不應容其久見苦也。」禱畢，又拜而起，遂無所見。趙公之孫恬說。

李孝壽

政和二年，李孝壽爲開封尹，以嚴猛居官，輦轂之下，無敢議其政者。有游士寓汴河上逆旅中，暴得疾，惛不知人者累日。忽洒然醒，問人曰：「大尹安否？」曰：「無恙。」曰：「是將死矣。」因言：「病中憒憒，見壁間隱約如一門，久而愈明，金鋪葉本作「釘」。朱户，高明伉爽，不覺身在門側，排闥而入，庭廡宏麗，類好官府，而寂無一人。徘徊甚久，聞堂上樂作，其聲漸近。女妓數百人，自屏後出，各執樂具，服飾甚都，擁金紫貴人，乘涼輿，徑至廳事，絲管競作，喧轟動地。貴人就坐，女妓環列左右，忽拊掌一聲，悉變爲牛頭阿旁之屬，奇形醜貌，可怖可愕。所坐之榻，化爲大鐵床，向來金石絲竹，皆叉矛鑽鑽物也。百鬼争進，剥其衣碎之，屠割焚炙，備極摻楚。號呼宛轉，不可忍視。如是移時，又悉拊掌，則鬼復爲妓，床復爲輿，叉矛復爲金石絲竹，貴人盛服如初，奏樂以入。吾身進退無所向。獨往廡下小室宿焉，不復知昏旦。度如一日許，所見復然，如是者三，漸玩習不甚懼。稍從旁觀之，一鬼忽顧曰：『汝爲何人，輒至此？將累我。』逐吾使出，且闔其户，因得復生。所見貴人，乃尹也。」時孝壽猶無恙，已而有疾，遂改提舉醴泉觀，才一月，果死。方孝壽治京師，尤留意姦盜。有白馬甚駿，將入朝，爲人竊去。散遣邏者，伺諸城門。閲五日，或牓于門曰：「白馬已染成烏馬，今行千里矣。」蓋盜既得馬，黔其皮鬣，乘以出，故不可捕。明年，濮州諸李遺信致餉，發其篚，馬皮在焉，姦猾能玩人如此。

八段錦

政和七年，李似矩彌大爲起居郎。有欲爲親事官者，兩省員額素窄，不能容，却之使去。其人曰：「家自有生業，可活妻子。得爲守闕在左右，無以俸爲也。」乃許之。早朝晏出，未嘗頃刻委去，雖休沐日亦然。朝晡飲膳，無人曾窺見其處者。似矩嘉其謹，呼勞之曰：「臺省親事官，名爲取送，每下馬歸宅，則散去不顧矣。況後省冷落，爾曹所棄，今獨如是，何也？」曰：「性不喜游嬉，且已爲皂隸，於事當爾。」似矩素於聲色簡薄，多獨止外舍，做方士熊經鳥申之術，得之甚喜。自是令席於牀下，正睡熟時，呼之無不應。嘗以夜半時起坐，噓吸按摩，行所謂八段錦者。此人於屏後笑不止，怪之，詰其故，對曰：「愚鈍村野，目所未見，不覺笑耳，非有他也。」後夜復然，似矩謂爲玩己，叱曰：「我學長生安樂法，汝既不曉，胡爲屢笑？」此人但葉本無「但」字。謝過。既而至于三，其笑如初。始疑之，下牀，正容而問曰：「自爾之來，我固知其與衆異，今所以笑，必有說，願明以告我。」對曰：「愚人耳，何所解？」固問之。踟躕良久，乃言曰：「吾非逐食庸庸者流。吾之師，嵩山王真人也。愍世俗學道趨真者益少，欲得淳朴端敬之士教誨之，使我至京洛求訪，三年于此矣。昨見舍人於馬上，風儀洒落，似有道骨可教，故託身爲役，驗所營爲。比觀夜中所行，蓋速死之道，而以爲長生安樂法，豈不大可笑歟？」似矩聽其言，面熱汗下，具衣冠向之再拜，事以師禮。此人立受不辭。坐定，似矩拱手問道，此人略授以大指，至要妙處則曰：「是事非吾所能及也，當爲君歸報王先生，以半歲爲期，復來矣。」凌晨，不告而去。明年五月，似矩出知光州，終身不再見。沈度公雅說。

金剛不壞身

醫師能太丞，居京師高頭街，藝術顯行，致家貲鉅萬。晚歲於城外買名園，畜姬妾十輩，全失衞生之理，但每日早起誦《金剛經》數卷。既卒三歲，女真犯闕，發其墓，剔取金帶衣服，棄尸道旁。亂定，其子訥修理墳塋，見僵尸暴于墓左，頹然若生，略不少損，乃知金剛不壞身之説非虚語也。訥精於産科，官至遥郡團練使，陷虜，在陳王悟失甲志一《阿保機射龍》條作「悟室」。家爲先君言。

黄士傑

南劍州將樂人黄士傑，母余氏夢人持省試榜告曰：「爾子得官。」母曰：「吾子不讀書，何由得？」曰：「天命已定。」出示之，乃黄光弼也。母曰：「吾長子士安，已入道。少者名士傑，無此人。」曰：「改名而字元翰可也。」母志諸壁而不言。紹興四年，士傑欲應秋舉，母曰：「若素不學，徒有往反費。」不可。士傑以告叔父，叔爲之言，母曰：「必欲往，須更名，名不改，不可試。」叔謂士傑曰：「汝母所見若是，其可違！」乃具紙筆往請，母卽書黄光弼，字元翰。果預薦，次年登科。士安後名大成，予嘗見之於嶺外。大成説。

二盗自死

族弟燿，紹興十八年爲坑冶司檢踏官，自鄱陽如信州，與縣小胥某偕行。至餘干，族人爲尉，以酒殽犒從者，小胥空腹飲數杯，醉不能起。燿先行，待之終日不至。越三日，遣一介還，緣道訪之，不得。胥有端硯甚大，酷愛之，常置腰間。是日乘醉行，有兩人視其腰下，疑爲白金也，殺之。探其物非是，乃束以菅薦，投諸江，略無一人知者。明年，二盜共在一處，白晝攫攫，如與人爭辯狀，自言曰：「曩實誤殺汝，吾過矣。」爲傍人説去年事。歸，及家皆死。

劉正彦

宣和初，陝西大將劉法與西夏戰死，朝廷厚卹其家，賜宅於京師。其子正彦既終喪，自河中徙家居之。宅屋百間，西偏一位素多鬼，每角明鈔本作「遇」。門開，必見紫衣金章人，如唐巾幘，明鈔本多一「裝」字。裴回其中，小童拱立於後，亦時時來宅堂，出没爲人害。正彦表兄某，平生尚膽氣，無所畏，獨欲窮其怪，乃書刺往謁，置于門外。少選，門自開，紫衣端笏延客入，設茶明鈔本作「坐」。相對，儀矩殊可觀。詢其何代人，何自居此，曰：「居此三百年，在唐朝實爲汴宋節度使。以臣節不終，闔宗三百明鈔本多一「餘」字。口併命此處，至今追思，雖悔無及也。」客曰：「歲月如許，胡爲尚淪鬼録？」曰：「負罪既重，受生實難，非得叛臣如吾者相代，未易可脱。」客曰：「爲公徼福於釋氏，作水陸法拯拔，上三字明鈔本作「薦君」。以資冥路，葉本作「福」。若何？」曰：「無益也，然且試爲之。」客退，語正彥。他日，呼闍梨僧建道場於廳事。甫入夜，紫衣者據胡床而觀，小童在傍，几「几」當作「凡」。執事之人無不見。明鈔本多一「者」字。僧獨懼，振杵誦降鬼神葉本無「神」字。呪，才出口，紫衣已覺，厲聲呼小童曰：「索命去。」童趨而前，僧卽仆地，如爲物搏擊。乃告曰：「我實殺汝，焚其骨，以囊貯灰，掛寺浮圖三級下塼隙中，無一人知之。明鈔本無「之」字。今不敢隱，願舍我。」踰時乃醒，紫衣與童皆不見。問之，元不知所言。此童蓋爲僧所箠殺，死後乃從紫衣者，僧見之故懼。至建炎中，正彥卒以逆誅。

王敦仁

胡汝明待制舜陟帥廣西，與轉運使呂源以職事相失。府吏徐竽者，獲罪於胡，杖而逐之，陰求胡過失以啖源，得其邕州買馬折閱事，劾奏于朝。故相秦檜入其言，紹興十三年，遣大理丞袁柟、燕仰之爲制使鞫治。是歲六月，捕胡下吏，凡一時左證皆就逮，竽亦對獄。才旬日，胡死獄中，二丞懼，秘不使言，陽令府中召醫入，諭醫者王敦仁，使證爲病篤，舁出外。竽亦得歸家，行未至，忽斂衣襟，曲躬向空而揖曰：「待制在此。」卽時病，及家而死。後三年六月，敦仁以疽發背死，憑其家人言曰：「我頃入獄視胡待制，時實已死，我畏寺丞之責，妄言疾勢八分，合服鍾乳。藥至已無所付，自飲之而出，致其冤不得直，今須我對於地下。」呂源受代，居衡州，且死，戒子弟治身後事，指其棺曰：「入此見胡待制時，大費分説在。」竟亦不起。又胡公在獄時，得以一婢自隨，後嫁桂林，衆人白晝見胡從外入，曰：「急須汝證吾寃，勉爲吾行。」婢曰：「待制有命，敢不從。」胡喜而出。婢具告其夫，將更衣索浴，未及而逝。

崔婆偈

東平梁氏乳媪崔婆，淄州人，爲宣義郎元明乳母。平生茹素，性極愚，不能與同輩争長短。主母晁夫人，留意禪學，崔朝夕在旁，但能誦阿彌陀佛，虔誠不少輟，不持數珠，莫知其幾千萬遍。紹興十八年，年七十有二，得疾，洞泄不下牀，然持念愈篤。忽若無事，時唱偈曰：「西方一路好修行，上無條嶺下無坑。去時不用著鞋襪，脚踏蓮花步步生。」諷詠不絶口。人問何人語，曰：「我所作。」「婆婆何時可行？」曰：「申時去。」果以其時死，十月五日也。用僧法焚之，至盡，舌獨不化，如蓮華然。元明，予友壻也。

夷堅乙志卷第十 十二事

張銳醫

成州團練使張銳，字子剛，以醫知名，居鄭州。政和中，蔡魯公之孫婦有娠，及期而病，國醫皆以爲陽證傷寒，懼胎之墮，不敢投涼劑。魯公密信邀銳來，銳曰：「兒處胞十月，將生矣，何藥之能敗！」如常法與藥，且使倍服，半日兒生，病亦失去。明日，婦大泄不止，而喉痺《名醫類案》作「閉」。不入食。衆醫交指其疵，且曰：「二疾如冰炭，又產蓐甫爾，《名醫類案》作「近」。雖扁鵲復生，無活理也。」銳曰：「無庸憂，將使即日愈。」取藥數十粒，使吞之，咽喉即平，《名醫類案》作「通」。泄亦止。逮滿月，魯公開宴，自諸子諸孫及女婦甥壻合六十人，請銳爲客。公親酌酒爲壽曰：「君之術通神，吾不敢知。敢問一藥而治兩疾，何也？」銳曰：「此於經無所載，特以意處之。向者所用乃附子理中圓，裹以紫雪耳。方喉閉不通，非至寒藥不爲用，既已下咽，則消釋無餘。其得至腹中者，附子力也，故一服而兩疾愈。」公大加歎異，盡斂席上金匕箸遺之。慕容彥逢爲起居舍人時，母夫人病，亦召銳於鄭，至則死矣。時方暑，銳欲入視，慕容不忍，意其欲求錢，乃曰：「道路之費，當悉奉償，不煩入也。」銳曰：「傷寒法，有死一晝夜復生者，何惜一視？」不得已延入，銳揭面帛注視，呼仵匠語之曰：「若嘗見夏月死者面色赤乎？」曰：「無。」「口開乎？」曰：「無。」「然則汗不出而厥耳，不死也，無亟殮。」趣出取藥，命以水二升煮其半，灌病者，戒曰：「善守之。」至夜半大瀉，則活矣。銳舍於外館，夜半時，守病者覺有聲勃勃然，遺矢已滿席，出穢惡物斗餘，一家盡喜。敲門呼銳，銳應曰：「吾今日體困，不能起，然亦不必起，明日方可進藥也。」天且明，徑命駕歸鄭。慕容詣其室，但留平胃散一貼而已。母服之，數日良愈。蓋銳忿求錢之疑，故不告而去。紹興中入蜀，王秬叔堅問之曰：「公之術，古所謂十全者幾是歟？」曰：「未也，僅能七八耳。吾長子病，診脈察色，皆爲熱極，命煮承氣湯，欲飲之。且飲復疑，至于再三。將遂飲，有如掣吾肘者，姑持盃以待。兒忽發顫悸，覆綿衾至四五始稍定，汗下如洗，明日而脱然。使吾藥入口，則死矣，安得爲造妙？世之庸醫，學方書未知萬一，自以爲足，吁！可懼哉。」王秬叔堅説。

餘杭宗女

唐信道，宣和五年自會稽如錢塘，赴兩浙漕試，館于普濟寺。寺後空室有旅櫬，欲觀之，僧止之曰：「是中乃一婦人，棺半開半闔，時時出，與人往來，非數人同入視不可。」唐曰：「豈有秀才畏鬼者乎？」竟獨往。棺上誌曰某王宮幾縣主之柩，蓋距是時已四十年矣。一女子可二十許歲，粉黛鉛華，如新傅者，容色與生人無少異，驚歎而出。還會稽，以語吳棫材老。材老曰：「是烏足爲異哉！吾居餘杭縣寺中，亦有宗女柩寄僧坊者，每夕與僧飲酒歌笑，旁若無人，通衽席之好。遲明就木，僧必送之以往。如是二年，事浸聞其父，父怒，謀舉而焚之。母夢女悲泣告曰：「兒不幸死，而冥數當與僧合。自知淫穢以貽父母羞，然腹已有孕，儻不得生子，則沉淪幽趣，長無脱期。願少緩三月，使畢此緣，然後就焚，無害也。」母亦泣而寤，以告夫，夫愈怒，曰：「兒已死，乃與庸僧遊，又欲爲生子，吾不能受此辱。」必焚之乃可。是夜，母及一家人悉夢女來，如前訴之語而加苦切，申言至數四。明日，合詞白其父。父堅忍人也，愈益怒，不俟所擇日至，立呼凶肆之人，與薪厝火，斧棺而爇之。其腹皤然，少焉折裂，果有嬰兒，已成形矣。信道説。

金馬駒

京師人郭自明太尉，以事太宗藩邸恩至濮州刺史，賜宅于炭坊巷。嘗夜半，聞屋上甲馬奔驟聲，怪之。遣人出視，見一馬大如貓而差高，馳走不止。一卒以荻帚撲得之，取至地，乃黄色小馬，蓋生物也。收養于家，久而馴熟，出入無所畏，郭氏寶惜之。遇食時，婦女翦嫩草如絲縷，手日餵飼，呼爲「金馬駒」。後爲人誤擊其足，微有損處，然嘶鳴飲齕自若也。又一夕，有人扣門曰：「還太尉馬錢。」守者以告，遣視駒，已死矣。及啓關，五百千宛然在地。郭氏取錢而瘞其駒。更數歲，發瘞而觀，則成一金馬，旋化爲銅，所損足已落，至今猶在。其玄孫繪居鄭州新鄭者實藏之，繪從弟沔説。

湖口龍

池州每歲發兵三千人，遣一將督戍江西，率以夏五月會于豫章，番休而歸。紹興二十五年，統制官趙玘受代去，行兩日，泊舟順濟祠下。祭罷，攜妓入廟飲酒，以舟中苦熱，命設榻于西廂飲福廳，將翼日早發。廟祝知神不樂，不敢明言，但云龍王不在廟，出巡江矣，度一二日西歸。大軍若果行，懼或相值遇，不便也。玘素膽勇，且被酒，聞祝言，殊不信，叱曰：「師行何所畏？」如期打鼓發船。行未至湖口縣三十里，遥望若有山横前，舟人震恐。玘以爲真山，竦身立觀之。少焉，北風大作，白浪涌起如屋，見向所謂山者，乃大赤斑龍，無首無尾，其身長正與江闊等，擁水而南。玘猶命射之。百矢俱發，其來愈近。玘始懼，急回棹，奔入小灄避之。矴纜方畢，龍直前而過，寒風肅然，當盛暑，皆有挾纊意，久之乃息。他舟覆者數十艘，沉士卒數十人，巨商同宗行者，亦多溺死。時外舅鎮江西，玘具列其事，獨諱廟中之過云。

吴信叟

卿樞王恭簡公時亨，紹興丁卯歲爲明州節度推官。時吴信叟罷右史鄉居，與賓客罕還往，唯樞及簽判王某、鄞縣宰劉某三人者得陪杖屨，然信叟與樞厚甚。一日，延之坐，問曰：「君家祖塋相對，當有三峰峙立，水流其前，是否？」樞驚曰：「然。公何以知之？」曰：「吾非瞽史，但習静滋久，中心泊然，或可以前知，豈特此也？君異時官職亦可言，從此十年，當爲館職，歷著廷，掌教王府，由柱下史至侍從，然後出爲大帥，迺入秉樞極。劉宰固佳士，但壽算垂盡，得終此任幸矣。王簽判亦碌碌一兩政，皆非君比。」樞雖素敬之，然亦疑信居半，且謂已第二人及第，一任回，便可覬入館，不應在十年後。既而劉卒於鄞，王簽判亦偃蹇。樞受代改官，纔得洪州教授，待久次，丙子歲乃之官。會信叟入爲給事中，薦之，召拜校書郎。閱兩月，除佐著作兼二王府教授，而信叟遷吏部侍郎。樞往賀，留與飲，情意戀戀。臨上馬，謂曰：「見君止此耳。」樞訝其言不祥。已而爲銓試考官，在貢院聞信叟坐論事罷知毗陵，即去國，固已不及見。暨出院，遣使持書問訊，至蕭山，則信叟死於縣驛矣。樞果自右史登掖垣，出鎮蜀道，還朝，同知密院而薨。考其所言，無毫釐不合。王公說。

王先生

濮州王老志先生以道術知名。濮有士人，饒口辯，欲以語窮之，往造焉。其居四面環以高墉，但開狗竇出入。士人匐嚴校：「匐」字疑誤。匐就之，方談詞如雲，忽地下旋渦坼，俄已盈尺，中有鱗甲如斗大。先生謂客曰：「子亟歸，稍緩必致奇禍。」士人遽出，行未五里，雷電雨雹倏起，馬踣局不行。偶得一土室，入避之，望先生庵廬百拜乞命，僅得脫。其他事多見於蔡絛《國史後補》。

義烏古甕

金華喻葆光，字如晦，義烏人也。紹興丙辰正月，命奴江陸耕所居之南前郭園。耕未竟，土中洞然有聲，牛爲之驚。陸意其下有藏窖，輟耕掘地，深二尺，得瓦缶，廣六寸，厚一寸，形模甚古。下覆一甕，甕正圓，可容三斗黍，四耳附口，口徑四寸，視之，其色蒼然；扣之，其音鏗然。發缶窺之，枵然無有也。洗滌滓垢，置之几案間，莫有能別其爲何代物者。遇客至，則以盛酒。葆光之子良能，嘗作《古甕賦》。至今存焉。

夢女屬對

喻叔奇良能，紹興丁巳閏十月十三日夜，宿於居之南齋，夢友人相攜至一處，雲窗霧閣，幽閨繡户，蕭灑可愛，如名妓家。一女子方笄歲，秀色靡曼，衣製嫺雅，牀髭茵席，蘭麝之芬郁然，屏几供張，皆華好相稱。坐良久，女子顧曰："妾有隔句，欲煩郎君屬對，如何？"叔奇唯唯。乃言曰："皇天生奚誘之人，見魚便摸。"言畢，以紙授客使書，又改「人」字作「才」字。叔奇問："『誘』字若何書？"曰："從酉旁寸者是也。""何謂奚酎？"曰："人之風流者爲奚酎。""何謂見魚便摸？"曰："猶言見鬩便打耳。"叔奇方事科舉，以功名爲心，意不在色，即答之以他語曰："元氣鍾太阿之劍，逢虎須爭。"女子熟視微笑，又欲令和詩，未及言而夢覺。雞既鳴矣。二事皆叔奇説。

閩清異境

福州閩清縣近村有大溪，溪北有寺，溪南大山長谷，草樹緜延。父老相傳，自古以來，人跡所不到，到則遇奇怪。有三僧從他處來，皆好尋幽選勝，欣然欲往，相與裹糗糧，拏小舟，度彼岸爲三宿計。行未久，滿道蛇虺縱横，踐之以過。異鳥形容可憎，鳴噪紛紛，觸目生怖。不半日，兩人顧還，一僧獨奮曰：「出家兒視死爲等閑，況怖懼乎？我將獨往。」乃并兩人所齎，草行露宿，愈益南去。二之日，蛇鳥漸少，稍有徑路可尋。三之日，亦覺勩苦，遥望山下木杪炊煙起，知有人居，復行，前抵其處，得茅屋一間，寂不見人。僧就憩，取亂葉爇之。俄一人自外荷鉏至，架鉏於門上，趨近附火，視之，人也。不交一談，袖中出芋十枚，炮熟，指其半與僧，自食其半。既暮，徑卧土榻上，僧亦同宿，終不相誰何。天將曉，人已去，僧亦從此歸，沿道處處記之。到寺，具以所見語兩人，兩人悔前日空反，乃相約重尋之。歷三日，與曩所記無異，及大木下，則茅屋已焚，但斫木皮尺餘，題詩其間曰：「偶與雲水合，不與雲水通。雲散水流去，杳然天地空。」悵然而歸。後無有能去者。何德獻説。

巢先生

紹興八年，無錫縣有道人曰眉山巢谷，年百十七歲，少時與東坡兄弟往來。狀貌雖甚老，然面不黧皺，瞳子碧光炯然，飲酒食肉皆過人。舅氏太學博士沈公體仁，居高村，距縣十餘里，谷每杖策至，輒留連信宿。自言三十歲時逢異人，謂己壽不長，至五十五歲數盡，因授以祕法，使記其歲月日時，俟時至，當卽静室步北斗，而被髮卧魁星下，必可免。自是每十五年輒有大厄，須五如此。若滿百二十歲，則長生不死矣。始時在宿州天慶觀，以正月十六夜當死，如異人教，絶食一日，從道士借空房，託云行氣，屏處其中。正晝已見鬼物紛紜，如有所追捕。夜且半，來者愈密，周旋室内，至踐髮膚以過。然身殊輕，不能壓人，皆咨嗟叱咤曰：「必在此，何以不見？失今夕不取，吾曹罪在不赦，奈何？」其夜擾擾，幾達曉，寂無所聞，乃敢出。凡四度若此，所見皆同。今年又當爾，未知終可脱否？至十一月二十一日，徧告邑中所善者，乃還寓舍，閉户。過三日，人訝其不出，發户視之，已死。鼻端一道正白，不知以何日終。豈非造化大限竟不可逃乎？蘇黄門作《巢公傳》已言其卒於嶺南，今此其人豈是乎？惜無有人以此問之者。舅氏説。

松毬

紹興戊午冬，予兄弟同奉先夫人之喪，居無錫大池塢外家墳庵。庵前後巨松二萬株，次年春，兩松各結一毬。松高四五丈，毬生其顛，四向翠葉圍繞，宛然天成。庵僧紹明曰：「近村邊氏墓松亦曾如此，其狀差小，而其孫安野秀才預薦。今數二而大，豈非沈氏有二子登科乎？」是時内兄沈自强、自求方應進士舉，既而皆不利。而予伯氏、仲氏乃以壬戌年中博學宏辭。蓋習此科時，正在庵肄業，遂合二毬之瑞。

梁元明

予友壻梁元明嘗夢入冥府，冥官令詣曹對狀，戒之曰：「還家勿泄於人，雖父母妻子亦不可言。若犯令，當滅族。」梁再拜受命。追者導之還，經地獄門，引入。至鑊湯，見獄卒以長叉叉囚置鑊梁自内，骨肉糜爛，腥臭逆鼻，正如人間瓠羹然。是夜夢覺，以告其妻，妻亦不敢問所供何事。梁自是不食瓠羹，云：「聞其氣輒嘔逆。」後三年，從桂林如衡山，道經零陵，逢他人喪柩，書銘旌曰「漢陽軍簽判梁宣義」。詢其鄉里，曰：「東平人。」元明新調漢陽簽幕，鄉貫、官氏皆同，深惡之，竟不及赴官而卒。時〔原無「時」字，據陸本補。〕紹興十四年。

夷堅乙志卷第十一〔十三事〕

玉華侍郎

莆田人方朝散，失其名。政和初爲歙州婺源宰，病熱困卧，覺耳中鏘鏘天樂聲，少焉有女童二十四輩，各執旌纛幢幡至前。俄采雲從足起，掩葉本作「荏」。苒飛騰，瞬息間到一城。城中大樓明奂高潔，金書其門曰「太明鈔本作「玉」。華之宫」。正中設榻，使就坐，侍女列立。葉本多一「有」字。長髯道士乘雲至，碧冠霞衣，執玉簡，葉本作「圭」。直前再拜。方驚起欲致答，道士拱手言：「某於先生，役隸也，願端坐受敬。」拜畢，跽白曰：「碧落洞玉華宫莫真君敬問先生。瑶臺一别，人間甲子周矣。嗣見有日，欽遲好音。」方懵然不知所答。道士曰：「下土溷濁，能移人肺腸，先生應已忘前事，今當縷陳之。先生，唐武后時人也。生於冀州，能屬文，而嗜酒不檢，浮沉里中。時河北大疫，死者如亂麻。先生書所得藥方揭于通衢間，病者如方治之，即愈。由此相傳益廣，所活不可計。夢中有人告曰：『子陰德上通于天，上帝嘉其功，當以仙班相告。』葉本作「召」，陸本同。先生素落魄，且自恃將爲天人，愈益放誕，竟以狂醉墮井死。死後久之，乃用前功得召見于白玉樓，蓋李長吉所作記處也。時有四人同召，當試文一首，帝自書《大道無爲賦》爲題，先生有警句曰：

『帝鑿竅而喪魄，蛇畫足而失杯。』帝覽之大喜，擢列第一，拜爲修文郎，專以文字爲職。繼有玉華侍郎之命。同寮十八人，皆上清仙伯也，每侍帝左右，出則陪從金輿。嘗曉幸紫霞宫，宫人不知輦至，或晚起，纔畫一眉，卽趨出迎謁。帝顧之笑，命諸侍郎賦詩。先生卒章云：『曉粧不覺星輿至，只畫人間一壁眉。』帝吟諷激賞。卒以恃才怙寵，爲衆所嫉，下遷羣玉外監。既陛辭，帝曰：『羣玉殿乃吾圖書之府，非卿文學出倫，未易居此。』是後宴見稍疎。一日，帝與諸仙游瑶圃，思先生之材，葉本作「才」。遣使來召。先生辭以疾，獨與侍女宋道華泛舟池上，執手眷眷，有人間夫婦之想，爲使者所劾。帝批其奏曰：『男爲東家男，女爲西家女，皆謫墮人世。』道華生於蜀中，而先生乃爲閩人。先生既登第，爲邵武判官日，帝命召還。有不相樂者奏云：『邵武分野災氣方重，須此人仙骨以鎮之。』乃止。近已有詔，更一紀復故處。葉本作「職」。莫真君乃代先生爲侍郎者，懼塵世易流，又有他過，則仙梯愈不可攀，故遣弟子來，鄭重達意。」宋道華者先已得歸正，持寶幢立於側，拜而言曰：「人世紛綸，真可厭苦。若得再入碧落洞中，望見金毛師子，千秋萬歲永無閑思念也。」方君聞兩人語，始瞿然如有所省。道士及衆女皆謝去。遍體汗流，遂寤，蓋已三日。卽召會丞尉及子孫，歷道所見，遂申郡乞致仕，時年六十有二。後不知所終云。先君頃於鄉人胡霖卿涓處得此事。亦有人作記甚詳，久而失去。詢諸胡氏子及婺源人，皆莫知，但能道其梗槩如是。今追書之，復有遺忘處矣。

永平樓

饒州永平監樓，南臨番江。紹興三十二年，會稽陸瀛、毗陵張抑居官舍，晚飲微醉，同登樓，凭欄立，傍無侍史。方縱談呼笑，有婦人不知所從來，立於兩人中間，亦凭欄笑曰：「爾兩人在此説甚事？」未及答，已無所睹，皆大驚悸，急下樓。後不敢復往。郭絜己說。

唐氏蛇

唐信道於會稽所居治松棚，畢，俯見短枝出地二寸許，以爲松也，將拾棄之，其物蠢蠢有動態，拔之不出。呼童發土取之，則漸大，凡深數尺，蓋一異蛇也。尾細如箸，其身乃粗大與人臂等，至頭復甚小，與尾相稱，越人皆所不識。予《前志》有融州蛇事，與此相反云。唐說。

鞏固治生

方城人鞏固者，以機數治生。其鄰周氏素富，一旦，男子相繼死，但餘一老媪并十歲孫。固置酒延媪，以善言誘訹之，開以利害曰：「媪與孫介處，而挾田宅貨財自衞，是開門揖盜之說也。曷若及身强健時，盡貨於我？我當資給媪終老，育而孫使成人，若何？」媪大喜，以賤價求售，其直不能什二。固纔得之，卽逐使離業，而盡室徙居之。徙之日，命數僧具道場慶謝。至夜半，大聲從井中出，旋繞滿宅，到曉乃止。固竟居之。甫一歲，虜人犯唐州，鞏氏數十口皆死其處，無一得免者。

劉氏葬

劉延慶少保少孤，後喪其祖，卜葬於保安軍。有告之曰：「君家所卜宅兆，山甚美而不值正穴，蓋墓師以爲不利己，故隱而不言。若啓壙時，但取其所立處，則世世富貴矣。」如其言。墓師汪然出涕曰：「誰爲君言之？業已爾，無可奈何！葬後不百日，吾當死，君善視我家，當更爲君擇吉日良時以爲報。某日，可舁柩至此，俟見一驢騎人即下窆，無問何時也。」劉氏聞其說，亦惻然，但疑驢騎人之說。及葬日，遷延至午，乃山下小民家驢生駒，毛色甚異，民負於背，將以示其主，遂以此時葬焉。越三月，墓師果死。延慶位至節度使，子光世至太傅揚國公。劉堯仁山甫說。山甫，揚公子也。

米張家

京師修內司兵士闞喜，以年老解軍籍爲販夫，賣果實自給。其妻湯氏，舊給事掖廷，晚乃嫁喜。宣和二年六月，喜賣瓜於東水門外汴堤叢柳間，所坐處去人居百許步，柳陰尤密。午暑方盛，行人不至。聞木杪呼小鬼，繼有應之者。呼者曰：「物在否？」應者曰：「在。」如是再三。仰頭周視，無所睹，懼不自安，欲歸，而妻饋食適至，具以事語之。妻曰：「老人腹虛耳聵，妄聞之，上四字葉本作「鳴妄聞耳」。無懼也。」明日，復如前，又以語妻。妻曰：「然則翼日我於葉本作「坐」。此代汝，汝當爲我饋。」湯氏，慧人也。伺其時至，聞應答聲畢，遽曰：「既在，何不出示？」即於樹間擲金數十顆，銀十餘鋌，黄白爛然。妻四顧無人，亟收置瓜籃中。未畢而喜至，驚笑曰：「吾不暇食矣。」喜見黄物形製甚異，疑不曉。妻曰：「此褭蹏金也。」盡拾瓜皮與所坐敗簟覆籃，共舁以歸。僅能行百步，重不能勝，暫寄於張家茶肆中，出募有力者上三字葉本作「擔脚」。挈取。張氏訝其蒼黄如許，發篰葉本作「籃」。見物，悉以瓦礫易之。喜夫婦不復閱明鈔本作「開」。視，及家始覺。妻曰：「姑忍勿言，明當復用前策，尚可得也。」洎坐樹下，過時無所聞，乃效其呼小鬼，亦應曰：「諾。」妻曰：「再以昨日之物來。」曰：「亡矣。」問：「何故？」曰：「已煩賣瓜人送與張氏竟。」葉本作「矣」。喜將訟于官，妻曰：「鬼神不我與，雖訴何益？不若謀諸張氏。」張曰：「物已歸我，又無證驗，安得取？且爾夫婦皆老而無子，多貲亦奚爲？幸館于吾門，隨所用錢相給，畢此一世，可也。」喜乃止。張氏由此益富，徙居城北，俗呼爲「米張家」云。魯時說。

湧金門白鼠

京師人魯時，紹興十一年，在臨安送所親于北閘下，忘攜錢行，解衣質于庫，見主人如舊熟識者，思之而未得。退訪北關税官朱子文，言及之，蓋數年前所常見丐者也。其人本豪民，遭亂家破，與妻行乞于市，使三子拾楊梅核，椎取其實以賣。少子嘗見一白鼠在聚核下，歸語父。父戒曰：「明日往捕之，得而貨于禽戲者，必直數百錢，勿失也。」迨旦，母與偕至故處，果見鼠，逐之，及湧金門牆下，入穴中而滅。母立不去，遣子歸取鍤劚地，深可二尺，望鼠尾猶可見。俄得一青石，揭去之，下有大甕，白金滿中，遽奔告其父。父至，不敢啓，亟詣府自列，願以半與官，而乞廂吏護取。府主從其言，得銀凡五千兩。持所得，即日鬻之，買屋以居，而用其錢爲子本，遂成富家，即質庫主人也。時説。

金尼生鬚

平江傳法尼寺何大原本字形不全，從陸本補。師，本章子厚家青衣也，其徒曰金師，亦故章妾。嘗晝卧室中，道人叩門入乞食，金師曰：「院中冷落，殊乏好供。」曰：「隨緣足矣。吾適到妙湛院，欲少留，而屍氣觸人不可入，故捨而至此。」乃設飯延之。食畢將去，金師夙苦瘵疾，常奄奄短氣，漫言曰：「我久抱病，先生還有藥見療乎？」曰：「適有一粒，正可服。」即同往佛殿，命汲水東向吞之。詢其鄉里，曰：「我河東人，骨肉甚多。」不肯言姓名。臨去時囑曰：「既服我藥，用兩事爲戒，切不可臨喪及送葬。更十二年，吾當復來。」遂出。金師歸舍，便聞食氣逆鼻，兩日不食。何師怒駡之曰：「汝從野道人喫毒草藥，損污腸胃，當即死矣。」强之使食，纔下咽，即嘔，自是竟不食。久之，髭髯皆生，黳黑光潤如男子。後因赴親戚家喪齋，遂思食，距服藥時正十二年，道人亦絶不至。金師遭虜寇之難，死於兵間。何德獻説，何及見金師生髯時。

陽山龍

平江府二十里間陽山龍母祠，相傳其子每歲四月必一至祠下，皆取道野外，吴中人多見之，唯紹與二十年，獨入城。章幾道僅宅後有廨院，曹雲借居之。是日，雷電旋繞其室，曹在堂上，有物擁之向壁，揭庭下松棚，從空起，室中箱篋，皆挈徙它處。幾道與其甥何德輔俌仰望，見雲中火光，巨鱗赫然，或僧，或道士，或尼，或倡女，雜遝其前，履空躡雲，爲捧迎狀，越城一角而去。何德獻說。

遇仙樓

信州弋陽人吳滂，字潤甫，所居曰結竹村。幼子大同，生而不能言，手亦攣縮。紹興十七年，年十一歲，方秋時，與里中兒戲山下。有道人過，問吳潤甫家所在，旁兒指曰：「在彼。」曰：「此子何不答我？」曰：「不能言。」道人曰：「然則我先爲治此疾而後往。」乃摘茅一莖，取其葴，鍼大同兩耳下，應時呼號。又連鍼其肘，遽伸手執道人衣曰：「何爲刺我？」羣兒皆驚異，與俱還滂家。道人入門曰：「君家又有一人廢疾，可舁至縣中，尋吾治之。」且約以某日。蓋滂兄濬長子不能行，四十五歲矣。過期數日，乃入邑訪之，無所見。後滂與大同至縣，見丐者鬅鬙藍縷，大同指曰：「此是也。」滂以錢遺之，不受，曰：「沽酒飲我足矣。」至酒肆，方具杯，擲去之曰：「此不足一醉。」自入庫中，取巨甕兩人不能勝者，獨挈之出，其直千錢，舉甕盡飲之，乃去。又曰：「君家麻車源木甚多，可伐之，爲我建一樓於所居竹間。」麻源者，去結竹七里，產大木。滂如其言立樓，命曰「遇仙」，常烹羊釃酒爲慶會，自此道人不復至。大同獨時有所適，或經日乃返，不告家人以其處。

始時身絶短小，今形容偉然，氣韻落落。又數年，復來告曰：「俟爾父母捐館，妻子亦謝世，當訪我於貴溪紫竹巖。」今滂夫婦皆死，大同妻子此下宋本闕一葉。「華宫瑶館遊畢，却返絳節回鸞翼。荷殷勤三斝香醪，供養我上真仙客。赤霱浮空，祥雲遠布，是我來仙跡。且頻脩，同泛舸上雲秋碧。」書畢，人問曰：「先生降臨，何以爲驗？」曰：「赤雲滿空，則吾至矣。」異日復至，果然，故詞中及之。

白獼猴

朝請郎劉公佐罷衡州守，舟行歸京師，道中得疾。其妻趙氏，每夕必至所寢處，視診藥餌。時方盛夏，馬門不闕。一夕，趙至牀側，公佐睡未覺，一物如猴，色正白，直從寢閤衝人而出，徑歷外户，跳登岸。趙氏畏驚病者，不敢言，獨呼子總出視之，物猶在岸上，睢盱回顧，久之□陸本作「始」。去。劉生於丙申，屬猴，人以謂精爽逝矣，至泗州而卒。

天衣山

李處度平仲居會稽，紹興十八年被疾，未甚篤。州監倉方釋之與數客往省之，李方燕語往來，且道醫之謬，忽顧曰：「近被旨買絲數萬兩，不知其價幾何？」客訝語不倫。俄呼虞候令傳語唐運使：「且喜同官，今先行相待，可便治裝也。」又語客曰：「得一廨舍在天衣山中，極明潔。」客不敢答，卽引去。是夜遂卒。唐君名閎，其室與李相近，時病廢家居，聞之甚懼，次日亦卒。李之葬乃在天衣山云。方子張説。

嚴校：此卷中第十、第十一兩葉不接，而中間又無補葉，中縫葉數又不誤舛。乃以目證之，則尚有《牛道人》一則，此是元人脩板時無從補入此葉，又不能取它志羼入，故中縫葉數稍爲改削。卷首獨無「十三事」三字，亦脩板者之所爲也。

夷堅乙志卷第十二十一事

真州異僧

金華范茂載渭，建炎二年以秀州通判權江淮發運司幹官，官舍在儀真。方劇賊張遇寇淮甸，民間正讙。葉本作「民間正喧然」。范泊家舟中，而日詣曹治事。其妻張夫人，平生躭信佛教，每游僧及門，目所見物，悉與之，不少吝。郡有僧，鳴鐃鈸行乞于岸，呼曰：「泗州有箇張和尚，緣化葉本作「化緣」。錢修外羅城。」張邀至舟所，僧於袖間出雕刻木人十許枚，指之曰：「此爲僧伽大聖，此爲木叉，此爲善財，此爲土地。」命之笑，則木人欣然啟齒，面有喜色。取一兒枕鼓而寢者以與張，曰：「此僧伽初生時像也。」又以藥一粒授張，戒使吞之。張施以紫紗皂絹各一匹，僧甫去。范君適從外來，次子以告，問何在，曰：「未遠。」遣人追及，將折困之，僧殊不動容，索紙書「十」字者二，葉本作「三」。又書「九」字及「徐」字于下，以付范，即去。張氏取藥欲服，而其大如彈丸，不可吞，乃命婢磨碎，調以湯而飲之。明日，僧復至，問曰：「曾餌吾藥否？」以實對。僧歎咤曰：「何不竟吞之而碎吾藥，然亦無害也。」後兩日，賊船數百渡江而南，將犯京口，最後十餘船，獨回泊真州，殺人肆掠。是時岸下舟多不可計，舳艫相銜，跬步不得動。范氏之人無長少皆登津散走。張以積病不能行，與一女并妾宜奴者三人不去，但默誦救苦觀世音菩薩，時正月十四日也。一賊登舟，從蓬背揕矛入，當張坐處，所覆緜衾四重皆穿透，刃自腋下過，無所損。賊跳入葉本多一「舟」字。中，又舉矛刺之，出兩股之間，亦無傷焉。賊驚異，釋仗明鈔本作「之」。問曰：「汝有何術至是？」曰：「我以産後得病，故待死於此，但誦佛耳，安得明鈔本多一「有」字。術哉？家藏金銀一小篋，持以相贈，幸捨我。」賊取之而留其衣服，曰：「以爲買粥費。」去未久，又一賊來，持火藥罐發之，欲焚其舟，未及發，而器墜水中，亦捨去。俄頃，兩岸火大起，延及水中。范氏舟纜已爇斷，如有牽挽者，由千萬艘間，無人自行，出大江，茫不知東西，唯宜奴扶柁，夷猶任所向，及天明，則在揚州矣。范之弟茂直爲司農丞，從車駕行在，即挐取之。是日，一家十四口，數處奔迸，並集于揚，不失一人，方悟碎藥無害之説。使如僧言吞之，當無驚散之苦矣。范歸鄉，因溺水被疾而殂，正年三十九。葬于婺，買山于徐家，盡與紙上字合。僧不復見，而所留木兒亦不能動。其後張夫人沉痾去體，壽七十乃終。其子元卿端臣説。

章惠仲告虎按：目録無「告虎」二字。

成都人章惠仲與其妹壻丘生，紹興二十六年，以四川類試中選，同赴廷試。未出峽，舟覆于江，丘生死焉，章僅得免。既賜第，調井研縣主簿。還至峽州，得家書報其弟病死，章茹哀在道，兼程而西，跨羸馬，倩一川兵挈囊以隨。過萬州，日勢薄晚，猶前行不已，遂墜崖下，去岸十餘丈，遍體皆傷，不可起。俄有虎至，奮而前，銜其髻，明鈔本校增一「且」字。欲食。章窘怖，呼而言曰：「汝虎有靈，幸聽我語。吾母年八十矣，生子二人，女一人。往年妹壻死於水，今年弟死於家，獨吾一身存，將以微禄充養，今汝食我，亦命也，無足惜，奈吾老母何？」虎自聞其言，已釋髻，低首爲傾聽狀，語畢，卽捨去，盤旋其傍，若有所扞禦。夜過半，章痛稍定，睡石上，夢人告曰：「天欲曉，可行矣。」覺而已明，攀危木寸步而上。及登岸，馬猶立不動，遂乘以行，告敕皆在身，但囊橐爲兵携去。章赴官滿秩而母亡，未幾，章亦卒，乃知一念起孝，脱於死地，專爲母故也。異類知義如此，與夫落陷穽不引手而擠之下石者遠矣，可以人而不如虎乎！

大散關老人

政和末，張魏公自漢州與鄉人吴鼎同入京省試。徒步出大散關，遇暴雨，而傘爲僕先持去，無以障，共趨入粉壁屋内避之，敗宇穿漏，殆不容立。望道左新屋數間，急往造焉。老父出迎客，意色甚謹，縱觀客容貌舉止，目不暫置。二人同辭而問曰：「老父豈能相乎？」應曰：「唯唯。」魏公先指吴生扣之，笑曰：「大好大好。」而不肯明言。吴生指魏公曰：「張秀才前程如何？」起而答曰：「此公骨法，貴無與比。異日中原有變，是其奮發之秋，出將入相，爲國柱石，非吾子可擬也。」二人皆不以爲然，會雨止，卽捨之去。明年，魏公登科，吴下第，公送之出西郊，臨别謂曰：「君過散關時，幸復訪道傍老父。」吴雖不樂父言，然亦欲再謁休咎。及至昨處，唯粉壁故在，無所謂新居者。詢闕下往來人，皆莫知。魏公既貴，爲川陝宣撫處置使，吴猶布衣，以公恩得一官，竟不顯。二事皆黄仲秉說。

肇慶土偶

鄭安恭爲肇慶守，有直更卒每夜半見城上亭中火光，往視之，乃十餘人及小兒數輩聚博。卒有膽，不懼，戲仲手乞錢，諸人争與之，幾得三千以還。明日驗之，真銅錢也，不以語人。次夕又如是。遂賂掌宿節級，求專直三更，所獲益富。踰兩月矣。會軍資庫失錢千餘緡，并銀數百兩，揭牓根捕。或告云，此卒近多妄費，又衣服鮮明，可疑也。試擒之，詰其爲盜之端。不能隱，具以實言。鄭意必土偶爲姦，乃繫卒使人部往，遍索諸廟。至城隍廟中，有土偶，狀貌類所見者。碎之，腹中得銀一笏，盡剖之皆然。因發地，凡偶人下，各得數十千，合此卒用過之數，更無少差。即盡毁偶像，其怪遂絶。安恭說。

韓信首級

席中丞晉仲旦，政和中爲長安帥，因公使庫頽圮，命工改築，於地中得石函一，其狀類玉，蓋上刻「韓信首級」四字，乃篆文也，其中空無一物。即徙于高原，祭而掩之。朝奉郎鄭師孟說，鄭與席爲姻家。

江東漕屬舍

江東轉運司在建康府，三屬官廨舍處其中，其最北者，相傳有怪，前後居者多不寧。隆興二年，陳皐卿爲守，湖州通判方釋之送女嫁其子，館是舍。見東窗壁間人影雜沓，「沓」當作「沓」。謂牆外行人往來，不以爲異。如是者終日，試往就視，則人物長不滿尺，騎從甚盛，如世之方伯威儀，馳走不絕。方君懼，卽他徙。趙善仁獨不信，故往宿焉。中夜，聞呼其姓名，晨起，求巾幘衣服，皆不見，乃盡懸于梁上，皇恐而出。郡人言，此地昔嘗爲廟云。釋之說。

王眴惡讖

王眴神道在京師時，從妙應大師問相，得兩句偈曰：「姓名不過程家渡，出郭猶行十里村。」紹興丙子歲，罷當塗守。在宜興縣，又從達真黃元道求詩，其末句曰：「巽嶺直下梅家店，福禄難過丑年春。」會江東提舉官呂忱中發其在宣城時事，置獄廣德軍，所按無實狀，獄不成，移鞫徽州。出廣德南門，過一嶺，問其名，曰：「巽嶺。」固已不樂。至渡頭客舍小憩，則「梅家店」也。矍然惡之，不覺墮淚。同行士人衛博寬釋之，少解。命僕具酒，老兵就戶限椎鹿脯，眴責其不潔，兵恚曰：「此與建康府不同，何足校！」眴忿其不遜，盛怒，酒杯落地，卽得疾不起，時丁丑年正月九日也。渡曰「程家渡」，去廣德恰十里。孫琿說。

秦昌時

秦昌時、昌齡，皆太師檜從子。紹興二十三年，昌齡宮觀滿，將赴調，見達真黃元道，戒曰：「君壽命不甚永，然最忌爲宣州官，若得之，切不可受，受必死。」既而添差寧國軍簽判，不欲往，具以事白其叔父。叔父誚責之，遂受命。以九月十八日至家，五日而死，竟不及赴官。昌時自浙東提刑來會葬，聞達真在溧陽，往見之。達真曰：「今年葬簽判，明年葬提刑，吾將往會稽奉送。」昌時怒且懼。明年十二月十二日，果訪之于會稽，取紙寫詩，有「二五相逢路再迷」之語。昌時曰：「壽止二年或五年邪？」曰：「否。」「二月或五月邪？」曰：「否。」「然則但二日五日乎？」曰：「恐如是。」時會稽守趙士彩、提舉常平高百之皆在坐，密問曰：「提刑方四十五歲，精爽如此，何爲有是言？」曰：「去歲見之於溧陽，神已去幹，曾與約送葬。壽夭，定數也，何足訝？今不過七日耳。」是月十八日，昌時具飯，召百之及其壻馮某，達真在焉。昌時坐間取永嘉黃柑，手自銓擇。達真隨輒食之，食數顆，又擘其餘擲之地。昌時以情白曰：「叔父生朝不遠，欲持以爲壽，願先生勿相苦。」達真嘻笑曰：「自家死日不管，卻管他人生日。」左右見其語切，皆伸舌縮頸。昌時不樂，顧百之及馮壻，招之出，自掩關作書，囑虞候曰：「若黃先生尋我，但以睡告。」虞候立戶外，忽聞筆墜地，入視之，已仆於胡牀，涎塞咽中革革然。其家呼醫巫明鈔本無「巫」字。絡繹。妻詹氏泣拜達真求救，笑曰：「吾曩歲固言之，今日專來送葬。命止於此，雖扁鵲何益？善視之，三更當去矣。」至時果死。

成都鑷工

政和初，成都有鑷工，出行廛間，妻獨居。一髽髻道人來，求摘髭毛，先與錢二百。妻謝曰：「工夫不多，只十金葉本作「錢」。足矣。」曰：「但取之，爲我耐煩葉本多一「鑷」字。可也。」遂就坐。先剃其左，次及右，既畢，回面，則左方毛已茁然，又去之，右邊復爾，如是至再三。日過午，妻不勝倦厭，還其錢，罷遣之。夫歸，具以告，夫愠曰：「此必鍾離先生也，何爲拒之！正使盡今日至明鈔本無「至」字。明日爲摘鬍，亦何所憚！吾之不遇，命也。」卽狂走于市，呼曰：「先生捨我何處去？」夜以繼日，飢渴寒暑皆不顧，如是三四年，徧歷外邑，以至山間。逢樵人弛擔，樵詰之曰：「汝何爲者？」告以故。樵者曰：「此神仙中人，彼來尋君則可，君今僕僕一生，亦何益？吾雖至愚，然聞得道者，非積陰功至行，不可僥冀。吾有秘術授君，君假此輔道，摩以歲月，儻遂如願。」戲拔茅一莖，噓之，則葉本作「卽」。成金釵，謂工曰：「試用我法爲之，當有濟。」工曰：「此皆幻術，不足學。我所願，則見先生耳。」樵者曰：「君未見其人，正葉本多一「使」字。遇之，何以識？」葉本作「亦豈能識」。曰：「詢于吾妻，得其貌，已圖而置諸袖中矣。」樵者曰：「然則君三拜我，我能令君見。」葉本多一「之」字。工設拜。拜起，樵問曰：「視吾面何如？」曰：「猶適所睹耳。」再拜，又問，至于三，視之，無復樵容，儼然與所圖無少異。曰：「汝直葉本作「真」。至誠求道者。汝哀號數年，聲徹雲漢間，上帝亦深憐汝志，故令吾委曲喚汝，汝從我去。」遂與俱入山中。後二年還鄉，別其所知而去，至今不再出。

武夷道人

建州崇安縣武夷山，境像幽絶，中臨清溪，盤折九曲。游者泛舟其下，仰望極目，道流但指言古跡所在，云莫有登之者。紹興初，有道人至沖佑觀，獨欲深入訪洞天，經數月，尋歷殆遍，無所遇。忽於山崦間得草庵，有道姑屏處，長眉紅頰，旁無侍女。問其來故，謂曰：「洞天有名無形，相傳如是，吾處此久矣，不見也。」道人曰：「業欲一往，要當盡此身尋之。」時天色陰翳，日已暮，姑邀宿庵中，道人謝曰：「子婦人獨居，於義不可。」曰：「非有他也。茲地多虎狼，恐或傷君耳。」竟不肯入，危坐於户外。夜未久，果有虎咆哮來前。姑急開門呼之，答曰：「寧死於虎，決不入。」少焉又增一虎，嘷嘯愈甚。姑又語之曰：「此兩黑虎性慈仁，餘皆搏人不遺力，君將爲虀粉矣。」道人守前説，不爲動。俄而五虎同集，銜其頭足以往，纔十數步，擲於坡下而去。體無少損，遂堅坐達明。姑延入坐，嘉歎曰：「子有志如此，非我所及。洞天蓋去此不遠，然尚隔深淵，淵闊十餘丈，驚湍怒流，但一竿竹横其上，非身生羽翼不可過，亦時時有雙髻樵人往來。子試往，幸而相遇，當拜而問塗，不然，無策也。」既至，溪流洶湧崩騰，木石皆振，弱竹梟梟，不可著脚。適逢樵者出，乃前再拜。樵者矍然退避曰：「山中野人，采薪以供家，安敢當此？」具以所欲拱白之。樵始祕不言，既而曰：「誰爲君道此？」曰：「聞諸菴中女。」樵怒曰：「多口老婆，妄泄吾事。」令道人閉目，挽其衣以行。覺如騰虛空，雲龍出没，須洞兩耳間。既履地，乃在平岡上，宮殿崔嵬，金鋪玉户。一人碧冠朱履，顧左右曰：「安得有凡氣？」道人趨出稽首，碧冠叱曰：「誰引汝來？」以樵者告。即遣追至前，袒其背，以鐵拄杖鞭之三百六十，血肉分離，骨破髓出，道人亦戰懼。碧冠曰：「洞天乃高仙所聚，汝何人，乃得輒至？貰汝罪，宜速回，積行累功，他時或可來。」命取水一杓飲之，中有胡麻飯一顆，飲水畢，嚼飯，咀嚥移時，僅能食三之一，腹已大飽。碧冠笑曰：「汝食吾飯，一粒尚不能盡，豈得居此？」遂還。至崖下，見被杖者呻痛草間，曰：「坐汝至此。吾方被謫墮，不知經幾百刼乃得釋，汝去矣。」歸塗不復見溪，安步長林，而足常去地寸許。回望高山深谷，窅非昨境，道姑與庵亦失其處。遂棲于巖石中，至今猶在。黄元道七八年前曾見之，云山東人也。

龍泉張氏子

處州龍泉縣米鋪張氏之子，十五歲。嘗携鮮魚一籃，就溪邊破之。魚撥刺「剌」當作「刺」。不已，刀誤傷指，痛殊甚，停刀少憩。忽念曰：「我傷一指，痛如是，而羣葉本作「鮮」。魚刮鱗剔腮，剖腹斷尾，其痛可知，特不能言耳。」盡棄於溪。即日入深山中，依石竇以居，絶不飲食。父母怪兒不歸，意其墮水死。明年寒食，鄉人游山者始見之，身如枯臘，胸脊見骨，然面目猶可認，急報其父母來，欲呼以歸。掉頭不顧，曰：「我非汝家人，無急明鈔本作「念」。我！」父母泣而去。後十年，復往視，則肌體已復故，顏色悦澤，人不知所以然。今居山二十餘歲矣。四事皆黄達真説。

夷堅乙志卷第十三十二事。按：實有十三事。

劉子文

劉總，字子文，紹興初爲忠州臨江令。秩滿，寓居鄰邑墊江縣，有子曰侍老，六歲矣。子文忽見其乳嫗旁有小兒，長短與侍老相似，意其與外僕私通所生者，以咎其妻。妻李氏，癡懦不能治家，然知爲妄也，應曰：「無是事。」子文怒，時已苦股痛，常策木瓜杖，卽挟妻背使出，往白其母。母曰：「兒誤聞之，安得有是言？」子文嗟恚曰：「吾母尚如此，復何望？」歸舍，以果誘侍老曰：「爾乳母夜與何人寢？其兒爲誰？」侍老愕然不能對。子文遽前執其手，攫拏不置，左右急救之，猶敗面流血。遂呼嫗逐去之，曰：「汝來我家數年，兒亦長矣，乃以姦穢自敗。以吾兒故，不忍治汝，汝好去。」嫗泣拜出，子文目送之，笑語侍人曰：「渠兒已相隨出門，醜跡俱露，而家人共蔽匿之，何也？」衆知其將病，不旬時，果被疾死。病中時自言：「我數與太守争辯不得，汝非不知，何爲相守不去？」後其弟繂云：「子文爲夔州士曹日，獄有一囚在生死之間，郡守欲殺之，子文不强争，囚竟死。則病中所見，疑其祟云。」子文，予外姑之兄也。

九華天仙

紹興九年，張淵道侍郎家居無錫縣南禪寺。其女請大仙，忽書曰：「九華天仙降。」問爲誰，曰：「世人所謂巫山神女者是也。」賦《惜奴嬌》大曲一篇，凡九闋。「（其一曰）瑤闕瓊宮，高枕巫山十二。睹瞿塘千載，灩灩雲濤沸。異景無窮，好閑吟滿酌金巵。憶前時，楚襄王曾來夢中相會，吾正鬢亂釵横，斂霞衣雲縷。向前低揖，問我仙職。桃杏遍開，緑草萋萋鋪地。燕子來時，向巫山朝朝行雨暮行雲。有閑時，只恁畫堂高枕。（瑤臺景第二）繞繞雲梯，上徹青霄霞外。與諸仙同飲，鎮長春醉。虎嘯猿吟，碧桃香異風飄細，希奇。想人間，難識這般滋味。姮娥奏樂簫韶，有仙音異品，自然清脆。過住行雲不敢飛，空凝滯，好是波瀾澄湛，一溪香水。（蓬萊景第三）山染青螺，縹渺人間難陟。有珠珍光照，晝夜無休息，仙景無極。欲言時汝等何知？且修心，要觀游亦非大段難易。下俯浮生，尚自争名逐利，豈不省，來歲擾擾兵戈起，天慘雲愁。念時衰如何是，使我輩，終日蓬宫下淚。（勸人第四）再啓諸公，百歲還如電急，高名顯位瞬息爾。泛水輕漚霎那間，難久立。晝燭當風裏，安能久之？速往茅峯，割愛休名避世。等功成，須有上真相引指，放死求生施良藥，功無比。千萬記，此箇奇方第一。（王母宫食蟠桃第五）方結實纍纍，翠枝交映，蟠桃顆顆，仙味真香美。遂命雙成，持靈刀割來□。陸本作「耳」。服一粒，令我延年萬歲，堪笑東方，便起私心盜餌。使宫中仙伴，遞互相尤殢。無奈雙成向王母高陳之，遂指方，偷了蟠桃是你。（玉清宫第六）紫雲絳靄，高擁瑶砌，□陸本作「曉」。光中無限剖列，肅整天仙隊。又有殊音，欲舉聲還止。朝罷時，亦有清香飄世。玉駕鑾輿，高上真仙盡退，有瓊花如雪，散漫飛空裏。玉女金童，捧丹文，傳仙誨，撫諸仙早起，勞卿過耳。（扶桑宫第七）光陰奇，扶桑宫裏，日月常晝，風物鮮明可愛，無陰晦。大帝頻鑒於瑶池，朱欄外乘鳳飛。教主開顏命醉，寶樂齊吹，盡是瓊姿天妓。每三杯，須用聖母親來揖。異果名花，幾千般，香盈袂，意欲歸，卻乘鸞車鳳翼。（太清宫第八）顯焕明霞，萬丈祥雲高布。望仙官衣帶曳曳，臨香砌。玉獸齊焚，滿高穹，盤龍勢。大帝起，玉女金童遍侍，奉勑宣言，甚荷諸仙厚意。復回奏，感恩頓首皆躬袂。奏畢還宫，尚依然雲霞密。奇更異，非我君何聞耳？（歸第九）吾歸矣，仙宫久離，洞户無人管之，專俟吾歸。欲要開金燧，千萬頻修己。言訖無忘之，哩囉哩。此去無由再至，事冗難言，爾輩須能自會。汝之言，還便是如吾意，大抵方寸平平，無憂耳。雖改易之，愁何畏？」詞成，文不加點，又大書曰：「吾且歸。」遂去。明日，别有一人，自稱歌曲仙，曰：「昨夕巫山神女見招，云在君家作詞，慮有不協律處，令吾潤色之。」及閱視，但改數字而已。其第三篇所云「來歲擾擾兵戈起」，時虜人方歸河南，人以此説爲不然。明年，淵道自祠官起提舉秦司茶馬，度淮而北，至鄭陽，虜兵大至，蒼黄奔歸，盡室幾不免，河南復陷。考詞中之句，神其知之矣。

法慧燃目

紹興五年夏大旱，朝廷徧禱山川祠廟，不應。遣臨安守往上天竺迎靈感觀音於法惠寺，建道場，滿三七日，又弗應，時六月過半矣。苦行頭陀潘法慧者，默禱于佛，乞焚右目以施，即取鐵彈投諸火，煆令通紅，置眼中，然香其上。香焰纔起，行雲滿空，大雨傾注，闔境霑足。法慧眼即枯，深中洞赤，望之可畏，然所願既諧，殊自喜也。後三日，夢白衣女子來，欲借一隔珠，拒不許。二僧在傍曰："與伊不妨，伊自令六六送還。"既覺，不曉所謂。至七月二十一日，又夢二僧來，請赴六通齋，白衣女亦至，在前引導。法慧問何人，僧曰："我等施主也。"慧曰："女人恐不識路，師何不相引同行。"僧曰："他路自熟。"稍前進，則山林蔚然，百果皆熟，紛紛而墜，慧就地拾果食之，覺心地清涼，非常日比。又俯首欲拾間，女子忽回面擲一彈，正中所燃目，失聲大呼而寤，枯眶內已有物若鵝眼，瞻視如初，漸大，復舊。數其再明之時，恰三十六日，始悟六六送還之兆。

蚌中觀音

溧水人俞集，宣和中，赴泰州興化尉，挈家舟行。淮上多蚌蛤，舟人日買以食，集見必輟買，放諸江。他日，得一籃，甚重，衆欲烹食，倍價償之，堅不可，遂置諸釜中。忽大聲從釜起，光焰相屬，舟人大恐，熟視之，一大蚌裂開，現觀世音像于殼間，傍有竹兩竿，挺挺如生，菩薩相好端嚴，冠衣瓔珞，及竹葉枝榦，皆細真珠綴成者。集令舟中人皆誦佛悔罪，而取其殼以歸。《傳燈録》載唐文宗嗜蛤蜊，亦睹佛像之異，但此又有雙竹爲奇耳。宋晲益謙說。

盱眙道人

紹興三十年，楊抑之抗爲盱眙守。有道人不知所從來，能大言，談人禍福或中，楊敬之如神，館于郡治之東齋。每招寮屬與共飲，道人時時舉目旁視，類有所睹。春夜過半，楊之子恂婦將就蓐，恂出外喚人呼乳醫，過東齋，聞道人在室內與客語。及還，又見其送客出，隱隱有黑影自南去，固已怪之，忽前揖曰：「尊公已出廳，吾將往謁。」恂曰：「方熟睡未起也。」咄曰：「燈燭羅陳，賓客滿坐，君何以戲我？」恂止之不可，遂還舍。明日，白其父，父猶謂其與異人相過，戒勿輕言。後半月，宿直者早起，齋門已開，而道人不見。急尋之，乃在齋北叢竹間，以帶自絞死矣，始知前所見皆鬼祟也。蔣德誠天佑時爲通判，親見之。

牛觸倡

桂林之北二十里曰甘棠鋪，紹興十六年，方務德滋爲廣西漕，桂府官吏皆出迎候，營妓亦集於鋪前，散詣民家憩息。一黃犢逸出欄，羣倡奔避。牛徑於衆中觸一人，以角抵其腹於壁，腸胃皆出，卽死。牛發狂掣走入山，里正與士兵數十人執弓弩槍杖逐之，凡兩日，乃射死。倡之姓名曰甘美。自後風雨陰晦之夕，人皆聞其寃哭聲，歷數年方止。

嚴州乞兒

嚴州東門外有丐者坐大樹下，身形垢汙，便穢滿前，行人過之皆掩鼻。李次仲季獨疑爲異人，具衣冠往拜，丐者大罵極口，次仲拱立不敢去。忽笑曰：「吾有一詩贈君。」卽唱曰：「緣木求魚世所希，誰知木杪有魚飛。乘流遇坎衆人事。」纔三句，復云：「你卻不。」次仲懇求末句，又大罵，竟不成章。明年，紹興甲子歲，嚴州大水，郡人連坊漂溺，死者甚衆，而次仲家居最高，獨免其禍，始悟詩意及「你卻不」之語。次仲說。

食牛詩

秀州人盛肇，居青龍鎮超果寺，好食牛肉，與陳氏子友善。陳嘗遣僕來約旦日會食，視其簡，無有是言，獨於匀碧牋紙一幅内大書曰：「萬物皆心化，唯牛最苦辛。君看横死者，盡是食牛人。」肇驚嗟久之，呼其僕，已不見。旦而詢諸陳氏，元未嘗遣也。肇懼，自此不食牛。趙綱立振甫說。

海島大竹

明州有道人，行乞於市，持大竹一節，徑三尺葉本作「寸」。許，血痕滿其中。自云本山東商人，曾泛海遇風，漂墮島上，登岸，縱目望，巨竹參天，翠色欲滴，歎訝其異，方徘徊賞翫，俄有皁衣兩人來，云：「尋汝正急，乃在此耶。」答曰：「適從舟中來，尚不知此爲何處，何爲覓我？」皁衣不應，夾捽以前，滿路嶄峭，如棘針而甚大，刺足底絶痛，不可行。問其人，曰：「牛角也。」益怪之。復前行，至一處，主者責曰：「汝好食牛，當受苦報。」始大恐，拜乞命，曰：「請明鈔本多一「今」字。後不敢。」主者曰：「汝既悔過，今釋汝。可歸語世人，視此爲戒。」曰：「有如不信，以何物爲驗？」主者顧左右，令截竹使持歸。便見兩人擕大鋸趨入林中，少頃而竹至，鮮血盈管，下流污衣。云：「方鋸解因葉本作「因」。未了，聞呼卽至，不暇滌鋸也。」遂持竹回舟。既還家，卽棄妻子，辭鄉里他適，而溷迹丐中。趙振甫屢見之。

嵩山三異

劉居中，京師人，少時隱於嵩山，居山顛最深處，曰控鶴庵。初與兩人同處，率一兩月，輒下山覓糧，登陟極艱苦，往往躋攀葛藟，窮日力乃至。兩人不堪其憂，皆舍去，獨劉居之自若，凡二十年，遭亂南來。紹興間，嘗召入宮，賜「沖靜處士」。今廬於豫章之東湖，每爲人言昔日事。云嵩山峻極處，有平地可爲田者百畝。別有小山巖岫之屬，常時雲雨。只在半山間，大蜥蜴數百，皆長三四尺，人以食就手飼之，拊摩其體，膩如脂。一日，聚繞水盎邊，各就取水，纔入口卽吐出，已圓結如彈丸，積之于側，俄頃間纍纍滿地。忽震雷一聲起，彈丸皆失去。明日，山下人來言，昨正午雨雹大作，乃知蜥蜴所爲者此也。又聞石壁間老人讀書，逼而聽之，寂然。既退，復爾。其後石壁摧，得異書甚多，陰陽、方技、修真、黄白之學無所不有。既下山，獨取其首尾全者數十篇，餘悉焚之。又嘗聞異香滿室，經日乃散，不知所從來也。劉生於元豐七年甲子歲。

黄蘗龍

黄蘗寺，在福州南六十里，山上有龍潭，從崖石間成一穴，直下無底，潭口闊可五尺。寺僧曰：

「此福德龍也。常時行雨歸，多聞音樂迎導之聲，或於雲霧中隱隱見盤花對引其前者。」泉州僧慶老聞而悦之，與輩流數人至潭畔，焚香默禱，且誦白傘蓋真言，願睹其狀。先取楮鏹投水中，即有物自下引之，倏然而没，固已駭之矣。時方白晝，黑雲如扇起，頃之滿空，對面不相識。徐徐稍開，一物起潭中，類蓮華，而莖柄皆赤色。繼有兩眼如日，輝采射人，突起其上。諸僧怖懼，急奔走下山，雷霆已隨其後，移時乃止。

慶老詩

慶老字龜年，能爲詩。初見李漢老參政，投贄，有「共看栖樹鴉」之句，大奇之，以爲得韋蘇州風味。所居北山下，山頂有横石如舟，自稱「舟峰」，漢老更之曰「石帆庵」，爲賦詩曰：「鶉作衣裳鐵作肝，老將身事付寒巖。諸天香積猶多供，百鳥山花已罷嗡。定起水沉和月冷，詩成冰彩敵雲縅。山頭畫舸誰安檝？我欲看公使石帆。」又嘗訪之，不值，留詩曰：「惠遠過溪應送陸，玉川入寺不逢曦。夕陽半嶺鴉栖樹，拄杖尋山步步遲。」其後慶老死，漢老作文祭之曰：「今洪覺範，古湯惠休。」亦嘗從佛日宗杲參禪，杲不印可，曰：「正如水滴石，一點入不得。」蓋以言語爲之祟云。泉州報恩寺慶書記亦能詩，漢老稱賞其一聯云：「人從曉月殘邊去，路入雲山瘦處行。」以爲可入圖畫。

蔣山蛇

泉州都監王貴說，紹興初，張循王駐軍建康，裨校苗團練至蔣山下踏營地，中塗無故馬驚，怪之。見大蛇在桑間，以身繞樹，樹爲之傾，伸首入井中飲水，苗不敢復進，策馬欲還。循王之子十四機宜者，適領五十騎在後，苗呼曰：「前有異物驚人，宜速還。」機宜年少壯勇，且恃衆，加鞭獨前，問知其故，卽引弓射之，不中，又射之，正中桑本。蛇回首著樹杪，張口向人，吐氣如黑霧，人馬皆辟易百餘步，面目無色。不三月間，苗張及從騎盡死。右四事王嘉叟說。

夷堅乙志卷第十四 十三事。按：實有十五事。

筍毒

鄉人聶邦用，嘗游薦福寺，就竹林燒筍兩根食之。歸而腹中憒悶，遇痛作時，殆不可忍。如是五年，瘦悴骨立，但誦觀世音名以祈助。其弟惠璉爲僧，在永甯寺，邦用所居曰麗池，去郡三□里，每入城，必宿于璉公房。夢人告曰：「君明日出寺門，遇貨偏僻藥者，往問之，當能療君疾。疾若愈，明年當及第，然須彌勒下世乃可。」邦用覺，以夢語璉，歎異之。晝出寺門外，果遇賣藥者，見之即曰：「君病甚異，當因食筍所致。蓋蛇方交合，遺精入筍中，君不察而食之，蛇胎入腹，今已孕矣，幸其未開目，可以取。儻更旬日，蛇目開，必食盡五藏乃出，雖我不能救也。」乃取藥二錢匕，使以酒服之。藥入未幾，洞瀉穢惡斗餘，一蛇如指大，蟠結糞中，雙目尚閉不啓。邦用以疾平爲喜，獨疑及第之說。時郡中以永甯爲試闈，逮秋試，邦用列坐，正在彌勒院牌下，果登科。

劉蓑衣

何子應麒爲江東提刑，隆興二年十月，行部至建康，入茅山，謁張達道先生。聞劉蓑衣者亦隱山中，常時不與士大夫接，望導從且至，則急上山椒避之。子應盡屏吏卒，但以虞候一人自隨，杖策訪焉。劉問爲誰，以閑人對。劉呼與連坐，指原本字形不全，今從陸本補。其額曰：「太平宰相張天覺，四海閑人吕洞賓。」子應乃天覺外孫，驚其言，起曰：「張丞相，麒外祖也，先生何以知之？」劉曰：「以君骨法頗類，偶言之耳。吾與丞相甚熟，君還至觀中，視向年留題，可知也。」子應請其術，笑曰：「本無所解，然亦有甚難理會處，君也只曉此。」又從扣養生之要，復曰：「有甚難理會處。」竟不肯明言。子應辭去，且問所需，曰：「此中一物不闕，吾乃陝西人，好食麪，能爲致此足矣。明年若無事時，幸再過我。」子應去數步，回顧則已登山，其行如飛。迨反觀中，求張公題字，蓋紹聖間到山所書也。乃買麪數斗，遣道僕送與之。子應還鄱陽爲予言。次年春，復往建康，欲再訪之，及當塗而卒。所謂「明年若無事」者，豈非知其死乎？

浙東憲司雷

浙東提刑公廨堂屋之南，隔舍五間，謝誠甫祖信居官時，其弟充甫處之。夏日暴雨，震霆洊至，如在窗几間。充甫正衣危坐，静以觀之，聞梁木砉然有聲，未及趨避，已折矣。籠篋之屬，元在東壁下，暨雷雨止，則已徙于西邊，位置高下，一無所改。方震時，蓋未嘗見室中有人也。何德獻說。

常州解元

紹興十年，常州秋試，有術士言：「今歲解元，姓名字中須帶草木口。」聞者皆謂：「人名姓犯此三者固多，豈不或中。」及牓出，乃李薦爲首。薦字信可，姓中有木，名中有草，字中有口，餘人皆不盡然。

振濟勝佛事

湯致遠樞密，鎮江金壇人，爲人剛褊，居官居鄉皆寡合，鄉人以故多憚與還往。其子廷直先卒，兩孫皆粹謹，能反乃祖所行，族黨翕然稱之。隆興二年，湯公薨，數月後，見夢于長孫曰：「我生時無大過，死後不落惡趣，不須營功果。但歲方苦饑，能發廩出穀以振民，遠勝作佛事，於吾亦有賴也。」是夕，里中人多夢湯至，其言皆同。長孫卽持米五百斛與金壇宰，使拯救餓者，且盡，又以三百斛繼之。袁仲誠說。

王俊明

蜀人王俊明，洞知未來之數，雖瞽兩目，而能說天星災祥。宣和初在京師，謂人曰：「汴都王氣盡矣。」君夜以盆水直氐房下望之，皆無一星照臨汴分野者。更於宣德門外密掘地二尺，試取一塊土嗅之，躁枯索寞，非復有生氣。天星不照，地脈又絶，而爲萬乘所都，可乎？」卽投匭上書，乞移都洛陽。時中國無事，大臣交言其狂妄，有旨逐出府界，寓于鄭許間。靖康改元，頗思其言，命所在津遣，召入禁中詢之，猶理前説曰：「及今改圖，尚爲不晚。」仙井人虞齊年，時爲太常博士，俊明告之曰：「國事不堪說，唯蜀爲福地，不受兵。君宜西歸，勿以家試禍。」虞曰：「先生當何如？」曰：「吾命盡今年，必死於此，但恨死時妻子皆不見耳。」虞雅信上二字葉本作「訝」。其言，亟謁鄉相何文縝，求去，得成都倅。京城將陷之日，有旨遣四衛士輿轎急召俊明，至宮門，聞胡人已登城，委之而去。匍匐下車，莫知其所往，疑擠于溝壑矣。其家行哭尋之數日，竟不見，遂以去家之日爲死日云。虞并甫說。

南禪鍾神

紹興八年十一月，常州無錫縣南禪寺寓客馬氏居鍾樓下，其婦產子焉。數日後，一妾無故仆地，起作神語斥其褻汚，曰：「速徙出，不爾且有大禍。前日爨下食器破，乃我爲之，汝誤笞婢子矣。」馬氏謂爲妖厲，呼僧誦首楞嚴呪祛逐之。厲聲曰：「我伽藍正神，主鍾者也，安得見迫！此鍾本陳氏女子所鑄，今百餘年，吾守護甚謹。凡寺以鍾聲爲號令，每鳴時，天龍畢集，而今接官亦叩擊，吾以首代受之，不勝痛。盍爲語寺僧，别造小鍾，遇上官至則擊之。脫不我信，當以未來三事爲驗：自此信宿有倡女來設供，繼有商人劉順施刹竿，又旬日，宣州僧日智道者來設大水陸三會。智公乃十地位中人，以大慈悲作布施事，宜加敬禮。」語訖寂然。馬氏懼，卽遷居。所謂三事者，皆如其說。縣人邊知常作記。

洪粹中

樂平士人洪㫋，字粹中，爲人俊爽秀發，然好以語言立譏議。嘗作《山居賦》，純用俗語綴緝，凡里巷短長，無不備紀，曲盡一鄉之事。政和八年登第，未得禄而卒。無子，凡喪葬之費，皆出於檏。後數年，檏與醫者葉君禮夜坐，葉先寢，檏忽起與人相揖，便延坐交語。家人竊聽之，粹中聲也。愀然曰：「思君如昨，願一見道舊，謝送死之恩，而屢至門，皆爲閽者所阻。今隨令兄七承事自周原來，原注：七承事葬處也。故得入。念臨終時非吾兄高義，朽骨委溝壑矣。始死，了不自覺，但見吏卒來，云迎赴官，即隨以往。今在冥中判一局，絶優游無事，特苦境界黑暗，冥漠愁人，雖爲官百年，不若居人間一日也。冥吏與我言，生當爲大官，正坐口業，妄説人過，故一切折除。今悔之無及矣。生時所爲文一編，在十二郎處，煩兄明旦乘其未起往取之，秪在渠箱中替子上。」檏怳忽間不憶其已死，唤人點茶，遂不見。時燈火雖設，無復光焰。葉醫驚問之，始悟。明日往十二郎家，得其書。粹中夙與妻不睦，後再適葉氏，亦時時來附語，葉生詰之曰：「平生聞洪粹中博學，若果是，可誦《周禮》。」即應聲高讀，首尾不差一字。十二郎，其姪也。

魚陂癘鬼

族人洪洋自樂平還所居，日已暮，二僕荷轎，一僕負擔，必欲以中夜至家。邑之南二十里曰吴口市，又五里曰魚陂畈，到彼時已二更，微有月明，聞大聲發山間，如巨木數十本摧折者。其響漸近，洋謂爲虎，而虎聲亦不至是，心知其異矣，亟下車，與僕謀所避處。將復還吴口，已不可，欲前行，則去人居尚遠，進退無策。望道左小澗無水，可以斂匿，卽趨而下，其物已在前立，身長可三丈，從頂至踵皆燈也。二轎僕震怖殆死，擔僕竄入轎中屏息。洋素持觀音大悲呪，急誦之，且數百遍，物植立不動，洋亦喪膽仆地，然誦呪不輟。物稍退步，相去差遠，呼曰：「我去矣。」徑往畈下一里許，入小民家，遂不見。洋歸而病，一年乃愈。擔僕亦然，二轎僕皆死。後訪畈下民家，闔門五六口，咸死於疫，始知異物蓋癘鬼云。

全師穢跡

樂平人許吉先，家于九墩市，後買大儈程氏宅以居。居數年，鬼瞰其室，或時形見，自言：「我黄三江一也，同爲賈客販絲帛，皆終于是，今當與君共此屋。」初亦未爲怪，既而入其子房中，本夫婦夜卧如常時，至明，則兩髮相結，移置别舍矣。方食稻飯，忽變爲麥；方食早穀飯，忽變爲晚米。或賓客對席，且食且化，皆懼而捨去。吉先招迎術士作法袪逐，延道流醮謝祀神禱請，略不効。所居側鳳林寺僧全師者，能持穢跡呪，欲召之。時子婦已病，鬼告之曰：「聞汝家將使全師治我，穢跡金剛雖有千手千眼，但解於大齋供時多攫酸餡耳，安能害我！」僧既受請，先於寺舍結壇，誦呪七日夜，將畢，鬼又語婦曰：「秃頭子果來，吾且謹避之，然不過數月久，當復來，何足畏！吾未嘗爲汝家禍，苟知如是，悔不早作計也。」僧至，命一童子立室中觀伺，謂之開光。見大神持戈戟幡旗，沓沓而入。一神捧巨橐，題其上曰「穢跡神兵」，周行百匝。鬼趨伏婦牀下，神去乃出，其頭比先時倏大數倍，俄爲人擒搦以行。僧曰：「當更於病者牀後見兩物，始真去耳。」明日，牀後大櫃旁涌出牛角一雙，良久而没，自是遂絶不至。凡爲厲自春及秋乃歇，許氏爲之蕭然。三事洪紱說。

結竹村鬼

弋陽縣結竹村吴慶長，遣僕夜守田中稻，有操鐮竊刈之者，持挺逐之，不獲。明夜復然，旦而視其稻，蓋自若也。僕素有膽氣，自謀曰：「挺短無及事，當以長槍爲備。」至夜，果來，見人出則走，僕大步追擊，搘以槍，遂執之，秉火而視，乃故杉木一截。取臥于牀下，明日將焚之。以語里巫師，巫師曰：「是能變化，全而焚之不可。」即碎爲片片，置小缶和湯煮之。薪火方熾，臭不可忍。聞二缶中號叫哀泣曰：「幸赦我，我不敢復擾君。苟爲不然，必從巫師索命。」僕爲破缶，擲諸原，果不復至。

新淦驛中詞

倪巨濟次子治，爲洪州新建尉，請告送其妻歸寧，還至新淦境，遣行前者占一驛。及至欲入，遥聞其中人語，逼而聽之，譆笑自如，而外間略無僕從，將詢爲何人而不得。入門窺之，聲在堂上，暨入堂上，則又在房中。治疑懼，亟走出，徧訪驛外居民，一人云：「嘗遣小童來借筆硯去，未見其出也。」乃與健僕排闥直入，見西房壁間題小詞云：「霜風摧蘭，銀屏生曉寒。淡掃眉山，臉紅殷，瀟湘浦，芙蓉灣，相思數聲哀歎，畫樓尊酒閑。」墨色尚濕，筆硯在地，曾無人跡。倪氏不敢宿而去。二事揭椿年說。

趙清憲

趙清憲丞相挺之侍父官北京時，病利，踰月而死。沐浴更衣，將就木，忽有京師遞角至，發之，無文書，但得侯家利藥一帖，以爲神助，即扶口灌之，少頃復蘇。遽遣人入京，扣奏邸吏，蓋其家一子苦泄利，買藥欲服，誤以入郵筒中也。又嘗病黄疸，勢已殆，有嫗負小盎至門，家人問：「所貨何物？」曰：「善烙黄。」呼使視之，發盎，取鐵匕燒熱，上下熨烙數處，黄色應手退，翌日脱然。後爲徐州通判，罷官將行，又以利疾委頓。素與梁道人相善，其日忽至，問所苦，曰：「無傷也。」命取水一杯置桉上，端坐呪之。須臾，水躍起如沸湯，持以飲趙公，即時痛止。公心念無以報，但嘗接高麗使者，得銀盂一，欲以贈之，未及言，道人笑曰：「高麗銀與銅何異？不須得。」長揖而出，追之不復見。《東坡集》中有贈梁道人詩曰：「采藥壺公處處過，笑看金狄手摩娑。老人大父識君久，造物小兒如子何？寒盡山中無歷日，雨斜江上一漁蓑。神仙護短多官府，未厭人間醉踏歌。」即此翁也。

大名倉鬼

王履道左丞，政和初監大名府崇寧倉門，官舍在大門之內。一夕，守宿吏士數十人，同時叫呼，聲徹于外。左丞披衣驚起，一卒白云：「有怪物甚可怖，公勿出！」乃伏屏間覘之。一大鬼跨倉門而坐，足垂至地，振膝自得，屋瓦皆動揺。少焉闊步跨出外，入李秀才家而滅。李生卽時死。

邢大將

邢大將者，保州人。居近塞，以不仁起富。積微勞，得軍大將。嘗以寒食日，率家人上冢，祀畢飲酒，見小白鼠出入松柏間，相與逐之。鼠見人至，首帖地不動，遂取以歸。鼠身毛皆白，而眼足頳紅可愛，邢捧置馬上，及家卽走，不復見。卽日百怪畢出，釜鬲兩兩相抱持而行，器皿易位，猫犬作人言，不可訶叱。邢寢榻旁壁土脱落寸許，突出小人，面如土木偶。又五日，已長大，成一胡人頭，長鬣鬅鬙，殊可憎惡，語音與生人不少異，且索酒肉。邢不敢拒，隨所需卽與之，稍緩輒怒，一家長少服事之唯謹。凡一歲，邢死，諸怪皆不見。三事嘉叟説。

夷堅乙志卷第十五十四事

董染工

鄉里洪源董氏子，家本染工，獨好羅取飛禽，得而破其腦，串以竹，歸則焚稻稈叢茆，焫葉本作「燎」。其毛羽淨盡，乃持貨之，平生所殺不可計。老而得奇疾，偏體生粗皮，鱗皴如樹，遇其苛明鈔本作「發」。癢時，非復爬搔可濟，但取茅稈以燎四體，則移時乃定。繼又苦頭痛，不服藥，每痛甚，輒令人以片竹擊腦數十下，始稍止。人以爲殺生之報。如是三年，日一償此苦，然後死。

臨川巫

臨川有巫，所事神曰「木平三郎」，專爲人逐捕鬼魅，靈驗章著，遠近趨向之。自以與鬼爲仇敵，慮其能害己，日日戒家人云：「如外人訪我，不以親疎長少，但悉以不在家先告之，然後白我。」里中人方耕田，見兩客負戴行支徑中，褰裳跼步，若有礙其前者。耕者曰：「何爲乃爾？」曰：「水深路滑，沮洳滿徑，急欲前進而不可。」耕者笑曰：「平地無水，安得有是言？」兩客悟，謝曰：「眼花昏妄，賴君指迷也。」欣然直前，曾不留礙，徑至巫門，自稱建州某官人，頃爲祟所撓，得法師救護，今遣我齎新茶來致謝。家人喜，引之入，勞苦尉藉，始以告巫。巫問何在，曰：「已入矣。」大驚曰：

「常戒汝云何？今無及矣。」使出詢其人，無所見。巫知必死，正付囑後事，忽如人擊其背，卽踣于地，涎凝喉中，頃之死。李德遠說。

上猶道人

鄉人董璞，宣和四年爲南安軍上猶丞。有道人從嶺外來，長六尺餘，云將自此朝南嶽，且言有戲術。董爲置酒召客，而使至前陳其伎。獨携無底竹畚一枚，泥滿其中，庭下觀者數百，道人令自取泥如豆葉本作「彈」。納口内，人人詢之，欲得葉本無「得」字。作何物，或果實，或殺饌，或飴蜜，不以時節土地所應有，上三字葉本作「有無」。皆以其意言。道人仰空吸氣，呵入人口中，各隨所須而變。戒令勿嚼勿嚥，可再易他物，於是方爲肉者能成果，爲果者能成肉，千變萬化，無有窮極，而一丸泥自若也。董氏子弟或不信，遣鄉僕胡滿出，戒之曰：「汝亦説一物，正使誠然，姑應曰不是，試觀其何以處？」僕含泥呼曰：「欲櫻桃。」道人呵葉本作「呼氣」。問之，曰：「非也。」再三問，皆然。笑曰：「汝欲戲我耶？吾將苦汝。」又呵氣入之，則爲大蒜，辛臭達于外，僕猶執爲未然。道人徧告衆曰：「此人見侮已甚，當令諸君皆聞之。」指其口曰：「大糞出。」應聲間，上四字葉本作「應聲而出」。穢氣充塞，徹于庭上，僕急吐出，取水濯葉本作「灌」。漱，良久尚有餘臭。觀者大笑，益敬之。道人亦求去，與之錢不受，獨索酒，飲數升遂去。竟不知爲何許人，何姓氏也。董外孫洪應賢邦直從在官下，葉本無「下」字。親睹其異。應賢說。

諸般染鋪

王錫文在京師，見一人推小車，車上有甕，其外爲花門，立小牓曰「諸般染鋪」，架上掛雜色繒十數條。人窺其甕，但貯濁汁斗許。或授以尺絹，曰：「欲染青。」受而投之，少頃取出，則成青絹矣。又以尺紗欲染茜，亦投于中，及取出，成茜紗矣。他或黄、或赤、或黑、或白，以丹爲碧，以紫爲絳，從所求索，應之如響，而斗水未嘗竭。視所染色，皆明潔精好，如練肆經日所爲者，竟無人能測其何術。

趙善廣

趙敦本不韋紹興二十九年爲臨安通判，其子善廣在侍傍，夢人持符追之曰：「府主喚。」廣辭不肯行，曰：「吾父與府公共事，吾知子弟職耳，何爲喚我？」持符者捽之以行。廣問：「當以何服見？」曰：「具公裳可也。」既至公府，庭下侍衛峻整，威容凜凜可畏。主者据案怒色曰：「趙善佐，汝前生何以敢殺孕婦？」廣拜而對曰：「某名善廣，非佐也。」主者顧追吏曰：「此豈小事而誤追人邪？」命捽送獄而釋廣。廣還至家，但見眼界正黑，不能得其身，自念平生誦《法華經》，今不見何邪？忽覺所誦經在手，光燄煥然，己身乃卧床上，投以入，遂寤。家人蓋不覺也。後七年，爲饒州司户，乃卒。

宣城冤夢

李南金客於宣州，與一倡善。紹興十八年，秦棣爲郡守，合葉本作「作」。樂會客。李微服窺之，以手招所善倡與語，秦適望見，大怒，械送于獄，將案致其罪。同獄有重囚四人，坐刼富民財拘繫，吏受民賄，欲納諸大辟，鍛鍊彌月，求其所以死而未能得。南金素善訟，爲吏畫策，命取具案及條令，反覆尋索，且代吏作問目，以次推訊，四囚不得有所言。獄具，皆杖死，吏果得厚賂，即爲南金作道地引贖出。後二年，南金歸樂平，與其叔師尹往德興謁經界官王昺，宿于香屯客邸。夜中驚魘，叔呼之不應，撼之數十，但喉中介介作聲。叔走出，喚鄰室人，并力叫呼，良久乃醒，起坐謂叔曰：「惡事真不可作。曩者救急爲之，今不敢有隱。」始盡說前事云：「適夢身在宣城，逢四人於路，挽衣見苦曰：『汝無狀，用計殺我。我本不負汝命，葉本無「命」字，下句作「但須償我命」。今當相償死。』便取大鐵盆覆我，故不能出聲。非叔見救，真以魘死矣。」又十年，竟遇蛇妖以卒。洪紱說。

馬妾冤

蜀婦人常氏者，先嫁潭州益陽楚椿卿，與嬖妾馬氏以妬寵相嫉，乘楚生出，箠殺之。楚生仕至縣令，死，常氏更嫁鄱陽程選。乾道二年二月，就蓐三日，而子不下，白晝，見馬妾持杖鞭其腹。程呼天慶觀道士徐仲時呪治，且飲以法葉本作「符」。水，遂生一女，即不育。而妾明鈔本作「妄」。怪愈甚，常氏日夜呼謈，告其夫曰：「鬼以其死時杖杖我，我不勝痛，語之曰：『我本不殺汝，乃某婢用杖過當，誤盡汝命耳。』鬼曰：『皆出主母意，尚何言？』」程又呼道士，道士敕神將追捕之，鬼謂神將：「吾負至寃以死，法師雖尊，奈我理直何？」旁人皆見常氏在牀，與人辨析明鈔本作「折」。良苦。道士念終不可致法，乃開以善言，許多誦經咒爲冥助，鬼頷首，即捨去。越五日，復出曰：「經咒之力，但能資我受生，而殺人償命，固不可免。」常氏曰：「如是吾必死，雖悔之，無可奈何。然此妾亡時，有釵珥衣服，其直百千，今當悉酬之，免爲他生之禍。」呼問之曰：「汝欲銅錢耶，紙錢邪？」笑曰：「我鬼非人，安用銅錢？」乃買寓鏹百束，祝焚之。煙絶而常氏殂，時三月六日也。

水鬭〔目録作「何衝水鬭」〕

樂平縣何衝里，皆程氏所居，其北有田一塢數十百頃。紹興十四年夏五月，積雨方霽，日正中無雲，田水如爲物所捲，悉聚爲一，直西行至杉木墩葉本作「塢」。而止。其高三四丈，初無隄防，了不汎決。里南程伯高家，相去可三百步，井水忽溢起，亦高數丈，夭矯如長虹，震響如霹靂，北行穿程聰家牆，又毀樓西北角而過。村民遥望有物，兩角似羊，踊躍其中，與青衣童數人徑赴墩葉本作「塢」。側。田水趨迎之，相扞鬭，且前且卻，凡十刻乃解。北水各散歸田，與未鬭時不少減，南水亦循舊路入井中。是日，滿村洶洶，疑有水災，既而無他事。伯高者，本以富雄其里，自是浸衰，未幾遂死。今田疇皆爲他人有，而聰亦與弟訟分財，數年始定，然則非吉祥也。

京師酒肆

廉布宣仲、孫惔肖之在太學，遇元夕，與同舍生三人告假出游，窮覩極覽，眼飽足倦，然心中拳拳未嘗不在婦人也。夜四鼓，街上行人寥落，獨見一騎來，騶導數輩，近而覘之，美好女子也。遂隨以行，欲迹其所向。俄至曲巷酒肆，下馬入，買酒獨酌，時時與導者笑語。三子者亦入，相對據案索酒，情不能自制，遥呼婦人曰：「欲相伴坐，如何？」卽應曰：「可。」皆欣然趨就之，且推肖之與接膝，意爲名倡也。婦人以巾蒙首，不盡睹其貌，客戲發之，乃一大面惡鬼，殊可驚怖，合聲大呼曰：「有鬼！」酒家奴出視，則寂無一物，嗤其妄。具以所遇告，奴曰：「但見三秀才入肆，安得有此？」三子戰栗通昔，至曉乃敢歸。

桂真官

會稽人桂百祥，能役使六甲六丁，以持正法著名，稱爲真官。先是，吴松江長橋下，每潮來，多損舟船，相傳云龍性惡所致。縣人共雇一傔，齎訴牒請於桂，桂曰：「若用我法，當具章上奏，則此龍必死。事體至大，吾所不忍，姑爲其易者。」乃判狀授傔，戒曰：「汝歸。」持往尋常覆舟處，語之曰：「桂真官問江龍何爲輒害人，宜速改過自新。脱或再犯，當飛章上天，捕治行法矣。」此人持歸報父老，别募一漁者，使伺潮將至，從第四橋出白之。漁者迎投判牘，具告桂語。瞬息間，潮頭正及其處，卽滔滔而返，自是不復爲害。二事趙公懋元功説。

大孤山龍

陳晦叔輝爲江西漕，出按部，舟行過吳城廟下，登岸謁禮不敬，至晚有風濤之變，雙桅皆折，百計救護，僅能達岸。明日，發南康，船人曰：「當以猪賽廟。」晦叔曰：「觀昨日如此，敢愛一豕乎？」使如其請以祀，而心殊不平。船纔離岸，則風引之回，開闔四五，自旦至日中乃能行。又明日，抵大孤山，船人復有請，晦叔怒曰：「連日食吾猪，龍亦合飽。」鼓棹北行不顧。纔數里，天地斗暗，雷電風雨總至，對面不辨色。白波連空，巨龍出水上，高與檣齊，其大塞江，口吐猛火，赫然照人。百靈祕怪，奇形異狀，環繞前後，不可勝數。舟中人知命在頃刻，各以衣帶相纏結，冀溺死後屍易尋覓。殿前司揀兵將官牛信，從吏在別舫，最懼，俯伏板上，見一人，白髮不巾，當頂櫛小髻，謂曰：「無恐，不干汝事。」晦叔具衣冠拜伏請罪，多以佛經許之，龍稍稍相遠，遂沒不見，暝色亦開。篙工怖定，再理楫，覺其處非是，蓋逆流而上，在大孤之南四十里矣，初未嘗覺也。南昌宰馮羲叔說。

皇甫自牧

皇甫自牧罷融州通判赴調，由長沙泛江。六月劇暑，自牧在舟中與同行者皆袒裼不冠屨，以象戲遣日。忽博局傾側，以爲適然，對奕不輟。舟師之妻大呼曰：「急焚香，龍入船矣。」驚顧，見一物繳繞，超出水面，正當馬門壓焉。舟低七八尺，腥涎流液滿中，鱗大如盆，其光可鑒。自牧惶遽穿靴着衣，百拜禱請。舟且平沉，龍忽躍入水，其響如崩屋聲，激巨浪數四而波平，舟已遠矣。自牧至梧州守而卒。王嘉叟說，其姻家也。

程師回

燕人程師回，既歸國，爲江西大將。紹興十二年，朝廷遣還北方，舟行過大孤山下，舟人白：「凡舟過此者，不得作樂及煎油。或犯之，菩薩必怒。」師回曰：「菩薩爲誰？」不肯言，逼之再三，乃以龍告。師回嘻笑曰：「是何敢然？龍居水中，吾不能制其所爲。吾在舟中，龍安能制我！」命其徒擊鼓吹笛奏蕃樂，燒油煠魚，香達于外。自取胡牀坐船背，陳弓矢劍戟其旁。舟人皆相顧拊膺長歎曰：「吾曹爲此胡所累，命盡今日矣。奈何！」時天氣清明，風忽暴起，曀霧四合。震霆一聲，有物在煙波間，兩目如金盤，相去僅數十步，睨船欲進，威容甚猛。師回曰：「所謂菩薩者，乃爾邪？」引弓射之，正中一目。其物卻退，睢盱入水中，未幾，風浪亦息，安流而去，人皆服其勇。江行人相傳以烹油爲戒，云：「蛟螭之屬，聞油香則出，多騰入舟，舟必覆，或至於穿決隄岸乃去。」師回所射，蓋是物也。

徐偲病忘

婺州永康人徐偲，字彥思，素以能文爲州里推重。鄉人欲爲父祖立銘碣，必往求之。平生無時頃輟讀書，後仕至建州通判歸。暮年忽病忘，世間百物，皆不能辨。與賓客故舊對面不相識，甚至於妻孥在前，亦如路人。方食肉，不知其爲肉；飲酒，不知其爲酒。飢渴寒暑晝夜之變，一切盡然。手亦不能作一字，閱三年乃卒。蓋苦學精思，喪其良心云。喻良能說。

夷堅乙志卷第十六 十五事

劉姑女

方城縣境有花山，近麥陂市，市人率錢築道堂以處道女。村民劉姑者，棄家入道，處堂中。其女既嫁矣，一夕，夢見之，泣曰：「我昨與夫壻忿爭，相歐擊，誤仆户限上，蹙損兩乳，已死矣。」姑驚怛而寤，卽下山詣女家詢之，果以昨日死，扣其曲折良是。欲執壻送縣，里人勸止之曰：「姑名爲出家，而以一女自累，不可也。」乃止。里胥亦幸無事，祕不言，女寃竟不獲伸。

雲溪王氏婦

政和七年秋，婺源縣雲溪王氏婦死，經日復生。邑人朱喬年松方讀書溪上，亟往，問所見。曰：「昨方入室，見二吏伺于户外，遂率以去，步於沙莽中，天氣昏昏，不能辨早暮。俄頃入大城，廛市井邑甚盛，凡先亡之親戚鄰里皆在焉，相見各驚嗟，問所以來故。追吏引入官府，歷西廂下，拱立舍中，吏檢簿指示曰：「汝是歙州婺源縣俞氏女乎？」答曰：「然。」曰：「父祖名某，鄉里名某乎？」曰：「非也。」摘其耳曰：「誤矣。」叱追者使出。久之，復執一婦人至，身肉陸本作「血」。淋漓，數嬰兒牽捽衣裾，旋繞左右。吏又問其姓氏、家世、邑里，皆與簿合，命付獄。而顧我曰：「與汝同姓氏，故誤相逮至此。此人凡殺五子，子訴寃甚切，雖壽算未盡，冥司不得已先録之。汝今還陽間，宜以所見告世人，切勿妄殺子也。」别遣人送出，推墮河中，遂寤。喬年卽與其家人往詢所追者家，果以是日死。喬年爲文記之。

海中紅旗

趙丞相居朱崖時，桂林帥遣使臣往致酒米之饋，自雷州浮海而南。越三日，方張帆早行，風力甚勁，顧見洪濤間紅旗靡靡，相逐而下，極目不斷，遠望不可審，疑爲海寇或外國兵甲，呼問舟人。舟人摇手令勿語，愁怖之色可掬。急入舟，被髮持刀，出篷背立，割其舌，出血滴水中，戒使臣者，使閉目坐船内。凡經兩時頃，聞舟人相呼曰：「更生，更生。」乃言曰：「朝來所見，蓋巨鰌也，平生未嘗睹。所謂紅旗者，鱗鬣耳。世所傳吞舟魚何足道！使是鰌與吾舟相值在數十里之間，身一展轉，則已淪溺於鯨波中矣。吁！可畏哉！」是時舟南去而鰌北上，相望兩時，彼此各行數百里。計其身，當千里有餘，莊子鯤鵬之説，非寓言也。時外舅張淵道爲帥云。張子思説，得之於使臣，外舅不知也。

三山尾閭

台州寧海縣東，涉海有島，曰「三山鎮」。鎮屯巡檢兵百人，凡兩潮乃可得至。先君爲主簿時，曾以公事詣其處，與巡檢登山頂縱觀，四面皆大洋，山之陰水尤峭急。從高而望，水汩汩成渦，而中臽不滿者數十處云，此所謂尾閭泄水者也。

董穎霜傑集

饒州德興縣士人董穎，字仲達，平生作詩成癖，每屬思時，寢食盡廢，詩成，必徧以示人。嘗有警語云：「雲壑釀成千嶂雨，風蘋吹老一汀秋。」蒙韓子蒼激賞。徐師川爲改「汀」字爲「川」，汪彦章曰：「此一字大有利害。」目其文曰《霜傑集》，且製敍以表出之。然其窮至骨，他日入郡，爲人作秦丞相生日詩，窮思過當，遂得狂疾，走出，欲投江水。或爲遣人呼其子，買舟載以歸，歸數日而死。家貧子弱，葬不以禮，亦無錢能作佛事。歷十餘日，宗人董應夢者夢見之，曰：「穎死後，以家貧之故，不蒙佛力，尚未脱地獄苦。吾兄儻施宗誼，微爲作齋七，以資冥路，併刻《霜傑集》傳于世，則瞑目九泉，别當報德矣。」應夢如其請，先飯僧作齋，又夢來謝曰：「荷兄追拔，已得解脱，《霜傑》願終惠也。」以詩一章爲謝，記其一句曰：「日斜人度鬼門關。」原注：餘句鄉人或能言之。應夢家正開書肆，竟爲刻集。

劉供奉犬

臨安萬松嶺上，多中貴人宅，陳内侍之居最高。紹興十五年，盛夏納涼，至四鼓未寢，道上人跡已絶。忽見獄卒，衣黄衣，領三人，自北而南。一衣金紫者行前，其次着紫衫，又其次着涼衫，到劉供奉門外，升階欲上。金紫者難之，獄卒曰：「彼中已承當，如何不去？時已晚，請速行。」乃俛首而入。此下宋本闕兩葉。

鄒平驛鬼〔此目原闕，據目録補。〕

之正寢，扃鐍甚固。孫喚驛吏啟門，答曰：「此室爲異鬼所居，凡數十年矣，無敢入者。」孫生年少，又爲大府僚屬，擁從卒百人，恃勇使氣，竟發户而入。至夜，明燭于前，取劍置几上。過二更後，獨坐心動，未能就枕。忽聞梁上有聲，仰視之，一青鬼長二尺許，正跨梁拊掌而笑。孫密呼户外從者，皆熟寢不應。久之，鬼冉冉而下，立孫側，盤旋而舞。少焉，奪劍執之，舞不止。孫益懼，但端坐聽命。俄有婦人，頂冠出屏後，衣服甚整，笑曰：「小鬼莫惱官人，便歸去。」言畢，皆不見。牕紙已明，蓋擾擾達旦也。肇仕豫爲吏部侍郎，出知棣州。因大旱，用番法祈雨，執肇坐於烈日中，汲水數十桶，更互澆其體，遂得病死。

金鄉大風

濟州金鄉縣，城郭甚固，陷於北虜。紹興壬戌歲，有人中夜扣城門欲入，闇者不可，其人怒罵久之，曰：「必不啓關，吾自有計。」忽大風震天，城門破裂，吹闇者出城外。一縣室屋，皆飛舞而出。自令丞以下，身如御風而行，不復自制，到城外乃墜地。是歲州爲河所淪，一城爲魚，而金鄉獨全，遂爲州治。二事趙不廥説。

韓府鬼

韓郡王解樞柄，建第于臨安清湖之東。其女晚至後院，見婦人圓冠褐衫，背面立，以爲姊妹也，呼之。婦人回首揕女胸，卽仆地，猶能言所見，遂短氣欲絶。王招方士宋安國視之，揭帳諦觀曰：「雖有祟，然無傷也。一女子年可十八九。」說其衣冠皆同。「又一老媪五十餘歲，皆在左右，今當遣去。」命取大竹一竿，掛紙錢其上，使小童執之。令病者噓氣，宋以口承之，吹入竹杪，如是者二，竹勢爲之曲。宋曰：「邪氣盛如此，豈不爲人害！」又汲水噀其竿，童力不能勝，與竹俱仆，女遂醒。先是，某人家室女爲淫行，父母并其乳婢生投于井中，覆以大青石，且刻其罪于石陰，今所見，蓋此二鬼。鬼爲宋言如是。宋字通甫，治祟不假符籙考召，其簡妙非他人比也。韓府今爲左藏庫。

鬼入磨齊

鎭江都統制王勝，獨行後圃，遥望山石後有人引首，近而視之，乃牛頭人，著朱衣，相對立。勝叱問曰：「誰？」牛頭亦曰：「汝爲誰？」勝捫塼擊之，亦擲塼相報。勝懼，捨之而還。其妻初嫁軍小將，又嫁陳思恭，末乃嫁勝。嘗見二前夫同坐於堂，以語勝，勝曰：「復來，當急告我。」明日又至，勝出，其坐自如。亟逐二鬼，皆走至西廂，入磨齊中乃滅。勝以手擊磨，五指皆傷，是年死。二事韓子温說。

張撫幹

延平人張撫幹有術使鬼神。鍾士顯世明病瘧，折簡求藥，張不與藥，不答簡，但書「押」字於簡版上，戒曰：「以舌舐之當愈。」果愈。鍾婦翁林氏，富人也，用千緡買美妾，林如福州，而妾病沉困不食，鍾邀張治之。張曰：「事急矣，度可延三日命，林君如期歸，則可見。」乃呵氣入妾口中，少頃，目開體動，索粥飲之，頗能語。信宿林歸，妾亦死。又與鄧秀才者同如福州，鄧羸劣不及事，張曰：「吾以一力假君何如？」鄧曰：「君自無僕，何戲我？」前過一神祠，指黃衣卒曰：「以此人奉借。」鄧特以爲相戲侮，遂分道各行。至前溪渡頭，舟人艤船待曰：「君非鄧秀才乎？適有急脚過此，令具舟相載。」固已怪之矣，晚到村市，見旅舍貼片紙曰：「鄧秀才占。」問之，又此人也。自是三日皆然。至福唐，夢黃衣來曰：「從公數日，勞苦至矣，略無一錢相謝，何耶？我坐貪程行速，蹩損兩指，當亟爲療治。」覺而異之，卽焚楮鏹數萬祝獻。歸途過祠下，視黃衣，足指果斷其二，自和泥補治之。

趙令族

趙令族居京師泰山廟巷，僕人嘗入報，有髑髏在書窗外井旁，令族曰：「是必鴟鳶銜食墜下者，善屏棄之。」僕持箕帚去，此物殊不動，將及矣，遽躍入井中，其聲紞如。僕以事告，令族曰：「乃汝恐懼不自持，誤蹙之墜水，姑以石窒之，勿汲也。」明日又往，則復在石上，且前視之，逮相近，宛轉從旁揭石以入。僕益恐，令族猶不信，曰：「明日謹伺之，我將觀焉。」乃窺於窗隙中，所見與僕言同，亦懼。會元夕張燈，自登梯捲簾，未竟，忽悲哭而下。問之，不答，遂得心疾，厭厭如狂癡。其妻議徙居以避禍，既得宅於城西，遣其子子澈先往，妻與令族共乘一兜擔。子澈掃洒畢，回迎之，遇諸東角樓下。揭簾問安否，令族神色頓清，但時時探首東望，極目乃已。及至新居，則洒然醒悟，能説病時事，云：「憶初登梯時，見婦人被髮蒙面，從堂哭而出，聲絶哀。吾不勝悲，亦爲之揮淚，自此不離左右，然未嘗見其貌也。今日相躡升轎，接膝坐，被髮如初。望東闕門，急趨而下，向東行，吾即覺神觀稍復舊。睍其出通衢，雜稠人中，不可辨乃止。以今日之醒，念前日之迷，得不墮鬼計中，幸矣！」令族既免，續又有宗室五觀察來居之，不半年死，時宣和中。

何村公案

秦棣知宣州，州之何村，有民家釀酒，遣巡檢捕之。領兵數十輩，用半夜圍其家。民，富族也，見夜有兵甲，意爲凶盜，即擊鼓集鄰里，合僕奴，持□原本字形不全，葉本作「梃」，陸本作「械」。迎擊之。巡檢初無他慮，恬不備，并其徒皆見執。民以獲全火盜爲功，言諸縣。縣既知之矣，以事諉尉，尉度不可以力争，乃輕騎往，好謂之曰：「吾聞汝家獲强盜，幸與我共之。」民固不疑也，則大喜，盡以所執付尉，而與其子及孫凡三人，同護以征，遂趨郡。棣釋巡檢以下，而執三人，取麻絙通纏其體，自肩至足，然後各杖之百，及解索，三人者皆死。棣兄方據相位，無人敢言。通判李季懽，卽丐致仕。明年，棣卒於郡。又明年，楊原仲愿爲守，白日見數人驅一囚，杻械琅璫至階下，一人前曰：「要何村公案照用。」楊初至官，固不知事緣由所起，方審之，已不見。呼吏告以故，吏曰：「此必秦待制時富民酒獄也。」抱成案來，楊閱實大駭，趣書史端楷上二字葉本作「抄謄」。錄竟，買冥錢十萬同焚之。趙不唐聞之李次仲。

姚氏妾

會稽姚宏買一妾，善女工庖廚，且有姿色，又慧黠謹飭，能承迎人，自主母以下皆愛之。居數月久，一夕，姚氏舉家覺寒氣滿室，切切偪人，已而聞鬼哨一聲，從窗間出。家人驚怖稍定，方舉燭相存問，獨此妾不見，視其榻，衣裘皆在焉。窗紙上小竅如錢大，不知何怪也。郭堂老說。

夷堅乙志卷第十七十六事。按：實祇十五事。

翟楫得子

京師人翟楫居湖州四安縣，年五十無子，繪觀世音像，懇禱甚至。其妻方娠，夢白衣婦人以槃擎葉本作「送」。一兒，甚韶秀。妻大喜，欲抱取之，一牛橫陳葉本作「隔」。其中，竟不可得。既而生男子，彌月不育，又禱請葉本無「請」字。如初。有聞其夢者，告楫曰：「子酷嗜牛肉，豈謂是歟？」楫竦然，卽誓闔家不復食，遂復夢前婦人送兒至，抱得之，妻遂生子爲成人。周階說。

張八叔

邊知白公式居平江，祖母汪氏臥病，更數醫不効。有客扣門，青巾烏袍，白皙而髯，言：「吾乃潤州范公橋織羅張八叔也。前巷袁二十五秀才令來切脈。」公式出見之。客曰：「不必診脈，吾已得尊夫人疾狀。」留一藥方曰「烏金散」，使卽飲之。邊氏家小黃犬，方生數日，背有黑綬帶文，客曰：「幸以與我，後三日復來取矣。」公式笑不答。後三日，犬忽死，汪氏病亦愈。乃詣袁秀才謝其意。袁殊大驚，坐側有畫圖，視之，乃呂洞賓象，宛然前所見者。畫本實得於張八叔家。邊姪維嶽說。

王訢託生

王訢字亨之，江陰人。紹興戊辰登科，待楊嚴校：「楊」字疑誤。州教授闕，未赴，以乙亥三月卒于家。冬十月，其田僕見一人跨馬，兩卒爲馭，諦視之，教授君也，驚問何所適。曰：「吾欲到彭蒿因千二秀才家。」僕曰：「此去彭蒿十餘里，日勢已暮，恐不能達。」訢曰：「遠非所憚，爲我前導，足矣。」乃與俱行。至初更，及因氏之門，訢下馬，留一紙裹與僕曰：「謝汝俱來。」倏從門隙中入。僕懼甚，亟歸視裹中物，得銅錢五十枚，不敢語人。明日又往問，乃因氏孫婦是夜得子。嚴康朝說。

閤皂大鬼

臨江軍閤皂山下張氏者，以財雄鄉里。紹興十四年，家僕晨興啓户，有人長丈餘，通身黑色，徑入坐廳上，詰之不應，曳之不動，急報主人。及呼衆僕至，擊之以杖，鏗然有聲；刺之以矛，不能入，刃皆拳曲如鉤；沃之以湯，了不沾濕，頑然自如，亦無怒態。江西鄉居多寇竊，人家往往蓄大鼓，遇有緩急，擊以集衆，至是，鼓不鳴。張氏念不可與力競，乃扣頭祈哀。又不顧，徐徐奮而起，循行堂中，井竈溷溷，無不至者。張室藏帑，悉以巨鏁扃鑰，鬼輕掣之即開，所之既徧，復出坐。及暮，將明燭，火亦不然。一家惴懼，登山上玉笥觀，設黄籙九幽醮，命道士奏章于天，七日，始不見。張氏自此衰替，今爲窶人。石田人汪介然說。

宣州孟郎中

乾道元年七月，婺源石田村汪氏僕王十五正耘于葉本無「于」字。田，忽僵仆。家人至，視之，死矣。舁歸舍，尚有微喘，不敢殮。凡八日復甦，云：「初在田中，望葉本多一「見」字。十餘人自西來，皆著道服，所齎有箱篋大扇。方注視，便爲捽着地上，加毆擊，驅令荷擔行。至縣五侯廟，有一人具冠帶出，結束若今通引官，傳侯旨，問來何所須，答曰：『當於婺源行瘟。』冠帶者入，復出曰：『侯不可。』葉本作「許」。趣令急去。其人猶遷延，俄聞廟中傳呼曰：『不即行，別有處分。』遂捨去。入嶽廟，復遭逐，乃從浙嶺適休寧縣，謁城隍及英濟王廟，所言如婺源，皆不許。遂至徽州，遍走三廟，亦不許。十人者葉本作「皆」。慘沮不樂，迤邐之宣州，入一大祠，才及門，數人已出迎，若先知其來者。相見大喜，入白神，神許諾，仍敕健步葉本作「急足」。徧報所屬土地，且假一鬼爲導，自北門孟郎中家始。既至，以所齎物藏竈下，運大木立寨柵于外，若今營壘然。逮旦，各執其物巡行堂中。二子先出，椎其腦，即仆地。次遇僕婢輩，或擊或扇，無不應手而隕。凡留兩□，葉本作「日」。其徒一人入報：『西南火光葉本無「光」字。起，恐救兵至。』亟相率登陴，望火所來，彍弩射之，即滅。又二日，復報營外火光屬天，暨登陴，則已大熾，焚其柵立盡，不及措手，遂各潰散，獨我在。悟身已死，尋故道以歸，乃活。」里人汪賡新調廣德軍簽判，見其事。其妹壻余永觀適爲宣城尉，即遣書詢之。云：「孟生葉本作「氏」。乃醫者，七月間闔門大疫，自二子始，婢妾死者二人。招村巫治之，方作法，巫自得疾，歸而死。孟氏悉集一城師巫，併力禳襘，始愈。蓋所謂火焚其栅者，此也。」是歲浙西民疫禍不勝計，獨江東無事，歙之神可謂仁矣。石田人汪拱說，王十三乃其家僕也。

馴鳩

鹽官縣慶善寺明義大師了宣退居邑人鄒氏庵。隆興元年春，晨起行徑中見鳩雛墮地，攜以歸，躬自哺飼，兩月乃能飛，日縱所適，夜則投宿屏几間。是歲十月，其徒惠月復主慶善寺，迎致其師于丈室之西偏。逮暮鳩歸，則闃無人矣，旋室百匝，悲鳴不止。守舍者憐之，謂曰：「吾送汝歸老師處。」明日，籠以授宣，自是不復出，馴狎左右，以手摩拊皆不動。他人近之輒驚起。嗚呼！孰謂畜産無知乎？竇思永說。

女鬼惑仇鐸

紫姑神類多假託，或能害人，予所聞見者屢矣。今紀近事一節，以爲後生戒。天台士人仇鐸者，本待制（寓）之族派也，浮游江淮，壯年未娶，乾道元年秋，數數延紫姑求詩詞，諷翫不去口，遂爲所惑。晨夕繳繞之不捨，必欲見真形爲夫婦，又將託於夢想，鐸雖已迷，然尚畏死，猶自力拒之。鬼相隨愈密，至把其手以作字，不煩運箕也。同行者知之，懼其不免，因出游泰州市，徑與入城隍神祠，焚香代訴。始入廟，鐸兩齒相擊，已有恐栗之狀。暨還舍，即索紙爲婦人對事，具述本末，辭殊褻冗，今刪取其大略云：「大宋國東京城内四聖觀前居住弟子紀三六郎名爽，妻張氏三六娘，行年三十三歲，辛酉年三月十二日巳時降生，癸巳年三月十四日死。是年九月見呂先生於箕口，得導養之術。自後周遊四海，於今年八月三日過高郵軍，見台州進士仇鐸在延洪寺塔院内請蓬萊大島真仙，爲愛本人年少，遂降箕筆，詐稱：『我姊妹在蓬萊山，承子供養，今日降汝。汝宜至誠，不得妄想，我當長降於汝。』又旬日，來往益熟，不合舉意寫媟語誘鐸，又説將來有宰相分，以此惑亂其心。十七日到泰州，要與相見，不許，又要入夢，亦不許，遂告鐸云：『汝父恨汝不孝，焚章奏天上。天降旨，三日内有雷震汝。宜多設茶果香燭，稽首乞命，我當爲汝祈天免禍。』又索《度人經》萬卷，『三年之後，要與汝爲夫妻』。意欲鐸恐懼從已。又僞稱呂翁在門，令來日未明，來東門外石墳側相見。鐸欲往赴，爲衆人挽住。又寫『雲房』兩字，使鐸食乳香半兩，冀狂渴赴水死。至於引頭擊柱，用破磁敗面，皆不死。遂稱天神已降，將燒汝左臂，令鐸入稾薦中，伏於牀下，作呂翁救解之言曰：『天神幸以呂巖故赦此人，此人若死，巖不復爲神仙。』如是經兩時久，不能殺鐸。至晚，方與鐸言：『我非蓬葉本多一「萊」字。仙，是白犬精。今日代汝震死，葉本作「代汝曹」。永爲下鬼，宜以杯酒敍别。』明日又來，云：『我乃興化阿母葉本作「姥」。山白蛇精，從前所殺三千七百餘人矣。』衆人招法師來，欲見治。又降鐸曰：『我只畏龍虎山張天師，餘人不畏也。』緣三六娘本意躭著葉本作「戀」。仇鐸，迷而不返，須要纏繞本人，損其性命。今爲鐸訴于本郡城隍，奏天治罪，伏蒙取責文狀，所供並是詣葉本作「的」。實，如後異同，甘伏重憲。」其所書凡千五百字，即日録焚之。釋後三日始醒，蓋爲所困幾一月。婦人自稱死於癸巳歲，至是時已五十三年矣，鬼趣亦久矣哉。

張成憲

張成憲，字維永，監陳州糧料院。時宛丘尉謁告，暫攝其事，捕獲强盗兩種，合十有五人，送于縣。具獄未上，尉即出參告，白郡守，求合兩盗爲一，冀人數滿品，可優得京官。郡守素與尉善，許諾，以諭張。張曰：「尉欲賞，無不可，若令竄易公牘，合二者爲一，付有司鍛鍊遷就，則成憲不敢爲。」郡守不能奪，尉殊忿恨，殆成仇怨。後十二年，張爲江淮發運司從事，設醮茅山，夜宿玉宸觀，夢其叔告曰：「陳州事可保無虞，但不可轉正郎。」已而至殿庭，殿上王者問曰：「陳州事尚能記憶否？」對曰：「歷歷皆不忘，但無案牘可證。」王曰：「此中文籍甚明，無用許。」既出，見二直符使各抱一錦綳與之，曰：「以此相報。」張素無子，是歲生男女各一人。又七年，轉大夫官，得直祕閣而終。邊維嶽説。

鬼化火光

韓郡王居故府時，有小妓二十輩。其子子温，年十二歲，與妾寧兒者晚戲東廂下，見一人行前，容止年狀，亦一小妓也，呼之不應，乃大步逐之。子温行甚遽，其人雍容緩步，初不爲急，然竟不可及。將至外户，子温大呼，忽已在庭下，化形如匹練，迸爲火光，赫然入溝中而滅。問寧兒，所見皆同，歸白其父，皆以爲當有伏尸或寶物，欲發地驗之，既而以功役甚大，乃止。

滄浪亭

姑蘇城中滄浪亭，本蘇子美宅，今爲韓咸安所有。金人入寇時，民入後圃避匿，盡死於池中，以故處者多不寧。其後韓氏自居之，每月夜，必見數百人出没池上，或僧，或道士，或婦人，或商賈，歌呼雜遝，良久，必哀歎乃止。守宿老卒方寢，爲數十人舁去，臨入池，卒陝西人，素膽勇，知其鬼也，無懼意，正色謂之曰："汝等死於此，歲月已久，吾爲汝言於主人翁，盡取骸骨，改葬於高原，而作佛事救汝，無爲守此滯窟，爲平人害，何如？"皆愧謝曰："幸甚！"捨之而退。卒明日入白主人，卽命十車徙池水，掘污泥，拾朽骨，盛以大竹篓，凡滿八器，共置大棺中，將瘞之。是夕又有一男子，引老卒入竹叢間曰："餘人盡去，我猶有兩臂在此，幸終惠我。"又如其處取得之，乃葬諸城東，而設水陸齋於靈巖寺，自是宅怪遂絶。二事皆子温說。

林酒仙

崇寧間，平江有狂僧，嗜酒亡賴，好作詩偈，銜口卽成。郡人呼爲「林酒仙」，多易而侮之，唯郭氏一家，敬待之甚厚。郭母病，僧與之藥一盞，曰："飲不盡卽止，勿强進也。"已而飲三分之二，僧取其餘棄於地，皆成黄金色，母病卽愈。且留《朱砂圓方》與其家，郭氏如方貨之，遂致富。蘇人有能傳其詩者曰：「門前綠柳無啼鳥，庭下蒼苔有落花。聊與東君論箇事，十分春色屬誰家？」「秋至山寒水冷，春來柳綠花紅。一點洞庭萬變，江村煙雨濛濛。」「金弔又閑泛，玉仙嚴校：「仙」字疑誤。還欲頹。莫教更漏促，趁取月明迴。」他皆類此。

蒸山羅漢

邊公式家祖塋在平江之蒸山。宣和元年，公式爲太學錄，得武洞清石本羅漢象十六，遣家僮致之墳庵。前一夕，行者劉普，因夢十餘僧持《學錄書》來求掛搭，以白主僧慧通，通難之曰：「庵中所得，鮮薄尋常，供僧行三兩人，猶不繼，安能容大衆哉？」來者一人起，取筆題詩門左曰：「松蘿深處有神天。」不憶其他語。明旦，話此夢未竟，而石本至，公式足成一章曰：「松蘿深處有神天，小刹何妨納大千。掛搭定知宜久住，歌吟何幸得流傳。袖中出箇聊應爾，門上題詩豈偶然。顧我未除煩惱習，與師同結未來緣。」語雖非工，然皆紀實也。

沈十九

崑山民沈十九，能與人裝治書畫，而其家又以煮蟹自給。縣人錢五八，新繪地藏菩薩象，倩沈褾飾之，其傍烹蟹，蓋不輟也。夜夢入冥府，所見獄吏，皆牛頭阿旁，左右列大鑊，舉叉置人煮之。將及沈，忽有僧振錫與錢生皆在側，諭獄吏曰：「但令此人入鑊淨洗足矣。」沈猶畏怖，吏命解衣而入，俄頃卽出。於沸鼎烈焰之中，衆囚寃呼不可聞，己獨無苦趣，清涼自如，正如澡浴，身意甚快。展轉而寤，遂戒前業，賣錫以活云，時紹興十二年也。三事邊維嶽說。

十八婆

葉審言樞密未第時與衢州士人馬民彝善。民彝素清貧，後再娶峽山徐氏，以貲入，因此頗豐贍，稱其妻爲十八婆。紹興三十二年，葉公自西府奉祠，歸壽昌縣故居曰社㘭，時方冬日，有兩村夫荷轎，輿一老婦人，自通爲馬先生妻來相見。葉公命其女延之中堂，視其容貌，昔肥今瘠，絶與十八婆不類，問其故。答曰：「年老多事，形骸銷瘦，無足怪者。」皆疑之，扣其僕，僕曰：「但見從店中出，指令來此，不知所自也。」葉氏客徐欽鄰，覩此嫗面色枯黑，覺其非人，又從行小奴，攜裝匣在手，皆紙所爲，已故弊，乃送死明器耳，大呼而入曰：「此鬼也！」逐出之。嫗猶作色曰：「謂人爲鬼，何無禮如是？」既出門，轎不由正道，而旁入山嶮間，遂不見。數日後，民彝至，言其妻蓋未嘗出也。欽鄰說。

錢瑞反魂

乾道元年六月，秀州大疫，吏人錢瑞亦病旬餘，忽譫語切切，如有所見。自言被追至官府，仰視見大理正俞長吉朝服坐殿上。瑞嘗爲棘寺吏，識之，即趨拜拱立。俞曰：「所以呼汝來，欲治一獄。」左右引入直舍，驗視案牘，乃浙西提刑司公事也。罥罣者凡五六十人，瑞結正齎呈，甚喜，因懇乞歸，俞未許。瑞無計，退立廊左，見故人寧三囚首立，揖瑞言：「舊爲漕司吏，曾誤斷一事，逮捕至此。向來文字在某廚青紗袋中，吾累夕歸取之，家人以爲寇至，故不可得。煩君歸語吾兒，取而焚寄我。」瑞許之。望長吉治事畢，復出灑愬，始得歸。令人送還，才出門，命乘一大舟，舟乃在平地，瑞以爲苦，夢中呼云：「把水灑地。」正盡力叫號，舟已抵岸，遂驚覺，滿身黑汗如洗。時長吉知盱眙軍方死。瑞至今猶存。景裴弟說。

夷堅乙志卷第十八十三事

張淡道人

衢州人徐逢原，居郡之峽山，少年時好與方外人處。有張淡道人過之，留館其門，巾服蕭然，唯著青巾夾道衣，中無所有，雖盛冬不益也。每月夕，則攜鐵笛入山間吹之，徹曉乃止。逢原學《易》，嘗閉戶揲大衍數，不得其法。張隔室呼之曰：「一秀才，此非君所解，明當語子。」明日，授以軌析算步之術，凡人生死日時與什器、草木、禽畜、成壞、壽夭，皆可坐致。持以驗之，不少差。最好飲酒，時時入市竟日，必酣醉乃返，而囊無一錢。人皆云：「能燒銀以自給。」逢原欲測其量，召善飲者四人，更迭與飲，自朝至暮，皆大醉，張元自如。夜入室中，外人望見其倒立壁下，以足掛壁，散髮置瓦盆内，酒從髮際滴瀝而出。逢原之祖德詮，年七十餘矣，張曰：「十八翁明年五月有大厄，速用我法禳禬，可復延十歲。」徐氏不信，以爲道人善以言相恐，勿聽也。語纔出口，張已知之，卽捨去，入城中羅漢寺，時年五月。德詮病，逢原始往請之，不肯行，果死。其徒有頭陀一人，又祕藏紙畫牛一頭，每與客戲，則取圖掛壁，剉生草其旁，良久，草或食盡，或齮齕過半，遺糞在地可掃也。後以牛與頭陀，而令買火麻四十九斤，紐爲大索，囑之曰：「吾將死，死時勿棺殮，只以索從肩至足通纏之，掘寺後空地爲坎埋我，過七日輒一發視。」頭陁謹奉戒。既死七日，發其穴，面色如渥丹，至四十九日，凡七發，但餘麻絙在，并敗履一雙，尸空空矣。逢原嘗贈之詩曰：「鐵笛愛吹風月夜，夾衣能禦雪霜天。伊予試問行年看，笑指松筠未是堅。」張以匹絹大書之，筆蹟甚偉。又以匹絹書汞法授逢原，逢原死，鄉人多求所書法，其子夢良不欲泄，舉而焚之。軌析之術，徐氏子孫略知其大概，而不精矣。逢原孫欽鄰說。

太學白金

任子諒在太學，夜過齋後，於叢竹間見銀百餘笏，月光照之，粲爛奪目。子諒默禱曰：「天知諒清貧，陰有大賜，然晻昧之物，終不敢當，願歸諸神祇，他日明中拜賜乃幸耳。」遂委而去。及登廁，復還至其處，覺白物頗動摇屈伸，訝而注目，乃巨白蛇，其長丈餘。急反室，明日不復見。不知白金之精，蕩于異物耶？將蟒怪爲孽，欲致人害之耶？二者不可曉也。子諒之子良臣說。

天寧行者

邵武光澤縣天寧寺多寄莊，行者六七人，前後皆得癡疾，積勞悴以死。唯一獨存，亦大病，自謂不免，已而平安，始告人曰：「每爲女子誘入密室中，幽牕邃閤，牀褥明麗，締夫婦之好。凡所著衣履，皆其手製，如是往來，且一年久。一日土地神出現，呼女子責曰：『合寺行者皆爲汝輩所殺，豈不留一人給伽藍掃灑事？自今無得復呼之。』女拜而謝罪，流涕告辭，自此遂絶。」始能飲食，漸以復常，念向來所遊處，歷歷可想，乃邑內民家女葝房，白其父母發視，蓋既死十年，顔色肌體皆如生。傍有一僧鞋，已就，兩手又抱隻履，運鍼未歇，枕畔烏紗巾存焉。父母泣而改殯。

趙不他

趙不他爲汀州員外税官，留家邵武而獨往，寓城内開元寺，與官妓一人相往來，時時取入寺宿。一夕五鼓，方酣寢，妓父呼于外曰：「判官誕日亟起賀。」倉黄而出，趙心眷眷未已。妓復還曰：「我諭吾父，持數百錢賂營將，不必往。」遂復就枕。明旦，將具食，趙之暱友馮八官者來，妓避之户内曰：「是嘗過我，我以君故不忍納。」方蓄憾未解，不欲出。馮君嗜石榴，已留兩顆在廚矣。」及馮入，與趙飲酒啖榴，即去。妓出對食，迨晚，索湯濯足，夜同卧。趙之姪適至，問安否，妓令趙聳身外向，已伏于内。姪揖牀下，不揭帳，亦去。兩人綢繆笑語。趙忽睡，夢攜手出寺，行市中，至下坊，妓指一曲曰：「此吾家也。」既過門，能爲頃刻留否？」趙心念身爲見任，難以至妓館，力拒之，遂驚覺，流汗如洗，方知獨寢。呼其僕，問妓安在，僕曰：「某人未明歸去，至今不曾來。」問對食及濯足事，曰：「公令具兩人食而無他客。黄昏時又令燖湯盥濯，然未嘗用也。」始悟其鬼。自是得大病，遍身皮皆脱落，一年乃愈。自云：「幸不入其家，入則死矣。」二事光吉叔説。

吕少霞

紹興二十年，徐昌言知江州。其姪琰觀衆客下紫姑神，啓曰：「敢問大仙姓名爲誰？何代人也？」書曰「唐朝吕少霞」。琰曰：「琰覬望改秩，仙能前知，可得聞歟？」曰：「天機不可泄。」琰曰：「但爲書經史，或詩詞兩句，寓意其間，當自探索之。」遂大書韋蘇州詩曰：「書後欲題三百顆，洞庭須待滿林霜。」坐客傳翫，莫能測其旨。後十五年，琰方得京官，調吴縣宰，乃悟詩意，洞庭正隸吴也。琰說。

龔濤前身

龔濤仲山説，其母方娠時在衢州，及期，將就蓐，遣呼乳醫，時已夜半。醫居于郡治之南，過司法廳，見門外擾擾往來，云：「官病亟。」及至龔氏而濤生，襁褓畢，復還，則司法已死。明日，爲龔氏言之。司法君姓周氏，爲人潔清，好策杖著帽，每出，必呼小史以二物自隨。濤三歲能言，時常呼人取帽及拄杖，其家乃知爲周君後身也。

超化寺鬼按：目録無「鬼」字。

衢州超化寺，在郡城北隅，左右菱芡池數百畝，地勢幽閴，士大夫多寓居。寺後附城有雲山閣，閣下寢堂三間，多物怪，無敢至者。唯曾通判獨挈家處之，往往見影響，猶以爲僕妾妄語，拒不信。幼子年二歲，方匍匐在地，乳母轉眄與人語，忽失之。舉家繞寺求索，且禱于佛僧，竟夕不見。明日，聞篋中啼聲，啓鑰見兒，蓋熟睡方起也。即日徙出，至今空此室云。長老說。

嘉陵江邊寺

中奉大夫王旦，字明仲，興州人。所居去郡數十里，前枕嘉陵江。嘗晚飲霑醉，獨行江邊，小憩磻石上，望道左松檜，森蔚成行，月影在地，顧而樂之，憶常時所未見也。乘興步其中，且二里，得一蕭寺，佛殿屹立，長明燈熒熒然，寂不見人。稍行，至方丈，始有一僧迎揖，乃故人也。就坐良久，忽悟僧已死，問曰：「師去世累歲矣，乃在此邪？」僧曰：「然。」語笑如初。存問交游，今皆安在。幾至夜半，倦欲寐，僧引入西偏小室，使就枕，戒之曰：「此多惡趣，毋輒出。須天且明，吾來呼公起矣。」遂去。旦裴回室中，覺境象荒閴，不能睡，俯窺牕外，竹影參差，心愈動，登牀展轉，目不交睫。不暇俟其呼，徑起出户，遥見僧堂燈燭甚盛，趨就焉。衆方列坐，數僕以杓行粥，鉢内炎炎有光，遇而視之，蓋鎔銅汁也，熱腥逆鼻，不可聞。犇而還，復見昨僧，咄曰：「戒君勿出，無恐否！」命行者秉炬送歸，中塗炬滅，旦蹶于地，驚而寤，則身元在石上，了未嘗出，殆如夢游云。黄仲秉說。

趙小哥

泉州通判李端彦說，紹興十六年，在秀州，識道人趙小哥者，字進道，嘗隸兵籍，不知名，自云居咸平縣。狀貌短小，目視荒荒，有白膜蒙其上，尋常能以果實草木治人病，其所用物，蓋非方書所傳。或以冷水調燕支末療痔疾，或以狗尾草療沙石淋，皆隨手輒愈。喜飲酒，醉後略能談人禍福事。通判朱君館之舟中，因熱疾沉困發狂，躍入水，偶落漁罔中，救出之，汗被體，即蘇。後三年來臨安上省吏孫敏脩家，適卧病，不食七日，吐利垂死。有二走卒持洪州趙都監書來市民陶婆家，報趙道人死于洪，蓋平時皆與厚善者。陶曰：「道人固無恙，正爾在孫中奉宅。」遽同往問訊。趙既聞之，亟起出，若未嘗病者。二人大駭，拜之不已。趙但默誦真誥中語，殊不答其說，即往後市街常知班家。好事者爭焚香致敬。趙拱手凝目，時舉手上下，不措一詞。逮夜，外人散去，其家遣一子侍，直至曉，前後門悉開，已不知所在。久之，復歸湖上，過李氏墳庵，與端彥相見，塵垢盈體，若遠涉萬里狀。問所往，不肯言，但云：「前者爲人所戹苦，且避之，今不敢再入城矣。」半年又告去，曰：「此地疫起，吾當治藥救人去，一年然後歸。」端彥問曰：「君爲道人，亦畏疫癘乎？」曰：「天災豈可不避！」自是還往浸闊。紹興三十年，又來臨安，館于馬軍王小將家。進奏官劉某以風痺求醫，教以薄荷汁搜附子末服之。劉餌之過度，遂死。其子歸咎，欲訟于有司，趙曰：「不須爾。」取所餘藥盡服之，亦死。王氏爲買棺，殮而瘞諸小堰門外，役者封坎畢，還憩門側粥肆中，見趙在前，呼揖曰：「甚苦諸君見送。」衆人異之，急返窆處，啓其柩，空無一物矣。

休甯獵户

休寧張村民張五，以弋獵爲生，家道粗給。嘗逐一麂，麂將二子行，不能速，遂爲所及，度不可免，顧田之下有浮土，乃引二子下，擁土培覆之，而自投於罔中。張之母遥望見，奔至罔所，具以告。其子卽破罔出麂，并二雛皆得活。張氏母子相顧，悔前所爲，悉取罝罘之屬焚棄之，自是不復獵。休寧多猴，喜暴人稼穡，民以計，籠取之，至一檻數百，然後微開其板，纔可容一猴，呼語之曰：「放一枚出，則釋汝。」羣猴共執一小者推出之，民擊之以椎，卽死。檻中猴望而號呼，至於墮淚。則又索其一，如是至盡，乃止。土人云：「麥禾方熟時，猴百十爲羣，執臂人立，爲魚麗之陣，自東而西，跳踉數四，禾盡偃，乃攫取之，餘者皆捽踏委去。丘中爲空，故惡而殺之。」然亦不仁矣。朱晞顔說。

魏陳二夢

史丞相直翁代魏丞相南夫爲餘姚尉，方受代，魏夢與史同至一處，皆稱宰相，而己所服乃緋衣，覺以告史，殊不曉服章之說。後十五年，史公爲右相，魏公以工部郎中輪對，宰相奏事退，卽繼上殿，正著緋袍，恍憶所睹，殆與夢中無異，謂已應之矣。史去位三年，而魏拜右僕射，正踐其處。陳阜卿爲吏部侍郎，夢與王德言爲交代，德言仕至知樞密院，阜卿其所薦也，亦甚喜，謂且登政路。未幾，除建康留守，思德言所終之地，大惡之。既至，凡居室燕寢，皆避不敢往，纔踰月而卒。二夢吉凶榮悴，相反如此。

張山人詩

張山人自山東入京師，以十七字作詩，著名於元祐、紹聖間，至今人能道之。其詞雖俚，然多穎脱，含譏諷，所至皆畏其口，争以酒食錢帛遺之。年益老，頗厭倦，乃還鄉里，未至而死於道。道旁人亦舊識，憐其無子，爲買葦席，束而葬諸原，楬木書其上。久之，一輕薄子至店側，聞有語及此者，奮然曰：「張翁平生豪於詩，今死矣，不可無紀述。」即命筆題于楬曰：「此是山人墳，過者應惆悵。兩片蘆席包，勑葬。」人以爲口業報云。吴傅朋説。

青童神君

龍大淵深父，始事潛邸時，得傷寒疾，越五日而汗不出，膝下冷氣徹骨，舌端生白膏，醫者束手，以爲惡證。是夕，灼艾罷，昏寢，夢若至諸天閤下，四顧無人，獨仲子乳母在傍。方竚立，有騶導從東來，相續數百輩，身皆長大，著淡素寛袍。中陸本作「巾」。車垂簾，色盡白，杳杳望西北方去。行聲稍絶，又有繼其後者，侍衛皆青衣女童，各執芙蓉花，麾纛旂幢，夾列左右。一人乘輅如王者，戴捲雲玉冠，被青衣，兩綬自頂垂至腰，縹縹然，容貌清整，微有鬚，似十三四歲男子。深父望之，以手加額，輅既過，一女童招深父使前，顧曰：「識車中尊神乎？曾施敬否？」曰：「車過速，僅得舉首瞻仰耳。」曰：「甚善甚善！此青童神君也，使子遇白輿中人，已成虀粉，然當再回，不可不避。」以手中花予深父，顧其後武士，令導往對街雙闔門，曰：「宜亟入，徐則及禍。」趨至門，門內人問曰：「用何物爲驗？」示以花，卽引使入。乳媪繼進，户者止之，武士取花房下小蒻置其手，亦得入，遂登高樓。樓施楯檻，檻外飛閣繚繞，躡虚而成，四望極目。少選，白輿從西北轔轔復來，前後素衣紛紜，漸化爲白氣一道，長數百丈，霹靂從中起，聲震太空，望東北而去。凡所經亘，室屋垣牆，山阜林木，不以巨細高卑，在坑在谷，皆爲微塵，獨門內樓檻，屹立不動。深父悸不自定，俯瞰閣下，澄潭瑩澈如大圓鏡。正窺水小立，有人擠之，墜潭中，蹶然而寤，汗流浹膚，鐘既鳴矣。急呼其子，記神名，設香火位，詰朝益愈，方能言其事。道士云：「此東海青童君也。白車者，疑爲蓐收白虎之屬。」吁！可畏哉。

夷堅乙志卷第十九十三事

賈成之

賈成之者，寶文閣學士讜之子，通判橫州，有吏材，負氣不肯處人下。太守鄱陽王翰不與校，以郡事付之，得其歡心，凡同寮四年。而後守趙持來，始至，即與賈立敵，盡捕通判羣吏械于獄，必令列其官不法事。吏不勝笞掠，强誣服，云：「通判每納經制銀，率取耗什三以入己。」持以告轉運判官朱玘，玘知其不然，移檄罷其獄，且召賈入莫府。持慮爲己害，與所善鄧教授謀，遣軍校黄賜采毒草于外，合爲藥，而具酒延賈。中席更衣，呼其子以藥授官奴阮玉，投酒中，捧以爲壽，寧浦令劉儼時在坐。酒入賈口，便覺腸胃掣痛，眼鼻血流，急命駕歸，及家，已冥冥。妻子環坐哭，賈開目曰：「勿哭，我落人先手，輸了性命。不用經有司，吾當下訴陰府，遠則五日，近以三日爲期，先取趙持，次取鄧某，然後及儼、玉輩。」經夕而死，臨入棺，頭面皆坼裂。郡人見通判騎從如常日儀，趨詣府，閽者入白，持涔然如斗水沃體。明日，出視事，未至廳屏，有撒沙自上而下，每著身處，皆成火燃，典客立于傍，一沙濺之，亦遭灼，良久乃止。又明日，坐堂上，小孫八九歲，方戲劇，驚曰：「賈通判掣翁翁頭巾颺空去。」持摸其首，則巾乃在地上，遂得病。時時拊膺曰：「節級緩縛我，待教授來，我卽去。」越三日死，時乾道元年七月也。鄧教授考試象州，與監試簽判王粲然、試官盧覺參語，忽起，與人揖，回顧曰：「賈通判相守，勢須俱行，煩鄉人爲我治後事。」鄉人者，覺也。二人曰：「白晝昭昭，焉有是事？君豈以心勞致恍忽邪？」鄧指廡下曰：「彼在此危立久矣。」趨入室，仆牀上，小吏喚之，已絶。黄賜、阮玉不數旬繼死。劉儼罷官，如桂林，乘舟上灘水，見賈來壓其舟，遂病，死。既而復蘇，如是者至于再，不知今爲如何。持之子護喪至貴州，亦暴卒復生，然昏昏如狂醉矣。王翰說。

馬識遠

馬識遠，字彦達，東州人，宣和六年武舉進士第一。建炎三年爲壽春守，虜騎南侵，過城下。識遠以靖康時嘗奉使至虜，虜將知之，扣城呼曰：「馬提刑與我相識，何不開門？」壽春人籍籍言，郡守與虜通者。葉本無「者」字。識遠懼，不敢出，以印授通判。通判本有異志，卽自爲降書，啓城迎拜。虜亦不入城，但邀識遠至軍，與俱行。通判又欲以虜退爲己功，乃上章言郡守降虜，己獨保全一城。奏方去而識遠得回，纔留北軍三日。通判窘懼，卽爲惡言動衆，亡賴少年相與取識遠殺之，家人子亦明鈔本作「弟」。多死。朝廷嘉通判之功，擢爲本郡守。大喜過望，受命之日，合樂享吏士，酒纔三行，於坐上得疾，如有所見，叩頭雪葉本作「悲」。泣，引罪自責曰：「某實以城降，乃冒以爲功，而使公罹非命，某悔無及矣。」卽仆地死。至紹興十年，復河南地，觀文殿學士孟富文庚爲西京留守，辟掾屬十人，每日會食。承議郎王尚功者，忽以病不至，公遣掌客邀葉本作「速」。之，良久不反命。復遣一人焉，至于四五，皆不來，滿坐怪之。既而數輩同至，葉本多一「皆」字。面無人色，言曰：「王制幹瞪坐于地，頭如栲栳，形容絶可怖，見之皆驚魘，葉本作「仆」。氣絶移時乃蘇，是以後期至。」孟公率莫葉本作「幕」。府步往視之，王猶能言，曰：「乞與召嵩山道士。」時道士適在府，卽結壇召呼鬼神。俄有暴風肅然起于庭，風止，一人長可尺餘，上二字，葉本作「丈許」。紫袍金帶，眉目皆可睹，冉冉空際，上二字，葉本作「降階」。詰道士曰：「吾以冤訴于上帝，得請而來，非祟也。師安得以法繩我？」道士不敢對。孟公親焚香問之，始自言爲馬識遠，曰：「方守壽春時，王生爲法曹，嘗夜相過，說以迎虜，識遠拒不可，遂與通判謀翻城，又矯爲降文，宣言于下，以致葉本多一「吾」字。殺身破家之禍。通判既攘郡印有之，王生亦用保境受賞，嗟乎冤哉！」言訖泣下，歔欷曰：「帝許我報有罪矣。」瞥然而逝。王生明日死。前一說聞之馬氏子。炎（葉本作「後」）一說聞之陳桷（葉本作「解」）元承世所傳或誤以爲一事云。

光禄寺

臨安光禄寺在漾沙坑坡下，初爲官舍，吴信叟嘗居之。其妻晝寢，有沙紛紛落面上，拂去復然，驚異自語曰：「屋下安得此？」則有自屋上應者曰：「地名漾沙坑，又何怪也？」吴氏懼，卽徙出。蔣安禮爲光禄丞，齋宿寺舍，因噴嚔，鼻涕墮卓上，皆成小木人，彫刻之工極精，攬取之，則已失。

頃之復爾，凡墮木人千百，蔣一病不起。杭人云：「舊爲僞福國公主宅，華屋朱門，積殺婢妾甚衆，皆埋宅中，是以多物怪。」今無敢居之者。王嘉叟說。

秦奴花精

劉綷，字穆仲，予外姑之弟也。少年時從道士學法籙，後隨外舅守姑蘇，與家人俱游靈巖寺。夜宿僧舍，遥聞山中呼劉二官人，久之，聲漸近。舍中人亦睡覺，綷問曰：「聞此聲否？」皆笑曰：「蒙天心正法力，宜如是。」明日，綷爲牒責土地神曰：「吾至誠行法，未嘗有破戒犯禁事，山鬼安得輒侮我？」是夕，夢神告曰：「已戒從吏搜索，乃花精所爲，非鬼也，行且治之矣。」綷還家，夢其故妾秦奴者來曰：「寺後呼君者，蓋我耳。君若不相忘，無令伽藍神急我。」綷又爲牒，如世間繳狀，遣人投于祠。數日，又夢妾來別曰：「君已投狀，我不敢復留。」泣而去。秦奴者，京師人，死於臨安，至是時已六年矣。

楊戩二怪

宣和中，内侍楊戩方貴幸。其妻夜睡覺，見紅光自牖入，徹帳粲爛奪目，一道人長尺許，繞帳乘空而行，徐於腰間取一盂，髻中取小瓢，傾酒滿之，其香裂鼻。笑顧戩妻曰：「能飲此否？」妻疑懼，不敢應。道人旋繞數匝，再三問之，終不應。道人曰：「然則吾當自飲。」一引而盡，倏然乘紅光復出，遂不見。其家聞酒香，經數日乃歇。戩新作書室，壯麗特甚，設一榻其中，外施緘鐍，他人皆不得至。嘗上直，小童入報有女子往來室中，妻遽出視之，韶顏麗態，目所未睹，回眸微笑，舉止自若。需戩歸，責之曰：「買妾屏處，顧不使我知。」戩自辯數，且相與至室外，望之，信然。及啓鑰，女亟登榻，引被蒙首坐。戩夫婦率妾侍并力掣之，牢不可取。良久，回面向壁，身稍偃，意其已困，復揭之。但見巨蟒正白，蟠屈十數重，其大如臂，偃伏不動，家人皆駭走。戩遣悍卒十輩，連榻舁出，棄諸城外草中，不敢回顧。未幾時，戩死。吴元美仲實說。前一事嘉叟說。

吴祖壽

吴玕正仲娶劉仲馮樞密女，生一子，曰祖壽。建炎中，隨父責居韶州，夢有人著唐衣冠，如舊相識，來謁曰：「吾相尋二百年，天涯地角，游訪殆遍，不謂得見於此。」祖壽曰：「君爲何人？有何事見尋如是其切？」其人曰：「君當唐末爲縣令，吾一家十口，皆以非罪死君手，歲月久矣，君忘之邪？」因邀往一處，稍從容，祖壽問曰：「君處地下久，當能測人未來事，吾欲知前程壽夭通塞，盍爲我言之。」曰：「君命只止此。官爵年壽，榮富福禄，皆如是而已，無一可言者。」祖壽愀然不樂，夢中鞅鞅成氣疾，瘤生於肩，驚而寤，覺枕畔如有物，捫之，真有小瘤在肩上，明日而浸長，俄成大癭，高與頭等，痛楚徹骨，不可卧。劉夫人迎醫召巫，延道士作章醮，萬方救療之，竟不起。正仲侍妾春鶯後歸外舅，其說如此。

廬山僧鬼

僧聞修，姓陳氏，行脚至廬山，將往東林。值日暮，微雪作，不能前，乃入路側一小刹求宿。知客曰：「略無閑房，唯僧堂頗潔，但往年有客僧以非命死其下，時出爲怪，過者多不敢入。」聞修自度不可他適，又疑寺中不相容，設爲此説，竟獨處焉。知客爲張燈爇火，且告以僧名，慰勞而出。逮夜，趺坐地爐上，衲帔蒙頭，默誦經呪。微睡未熟，隱約見一僧相對，亦蒙頭誦經，知其鬼也，厲聲詰之曰：「同是空門兄弟，生死路殊，幸且好去。」不答，亦不起。聞修閉目合掌，誦大悲呪，亦梵聲相應和，聞修心動，稱其名叱之曰：「汝是某人耶？」其人遽起，含□陸本作「唾」。噀聞修面，滿所披紙衾上，皆鮮血，遂不見。知客聞叱咤聲，知有怪，亟來視之，紙衾蓋白如故，遂邀與歸同宿。天明即下山。聞修説。

二相公廟

京師二相公廟在城西内城脚下，舉人入京者，必往謁祈夢，率以錢置左右童子手中，云最有神靈。崇寧二年，毗陵霍端友、桐廬胡獻可、開封柴天因三人求夢，皆得詩兩句。霍詩曰：「已得新消息，臚傳占獨班。」柴曰：「一擲得花王，春風萬里香。」胡曰：「黄傘亭亭天仗近，紅綃隱隱鳳鞘鳴。」既而霍魁多士，胡與柴皆登第。鄉人余國器應求崇寧五年赴省試，其父石月老人攜往廟中焚香，作文禱之。夜夢一童子，年可十三四，走馬至所館門外，告曰：「送省牓來。」覺而牓出，果中選。其他靈驗甚多，不勝載。石月老人説。

望仙巖

廣西某州，隔江崖壁峭絶，有望仙巖，自來無人能至。對巖曰望仙鋪，鋪兵饒俊，老矣，唯嗜酒不檢。宣和末，有道人過之，已醉，從俊寓宿。至晚，吐穢淋漓，呼俊曰：「爾且起，以所寢牀借我。」如其言。夜過半，又呼曰：「飢甚，思一雞食，幸惠我。」俊唯有所養長鳴雞，殺而與之食。至曉辭去，書一詩授俊曰：「饒俊饒俊聽我語，仙鄉咫尺没寒暑。與君説盡止如斯，莫戀浮生不肯去。」轉眄間，道人騰至巖上，端坐含笑。俊望之，如在雲霄，大叫曰：「先生何不帶我去？」久之不應，卽踴身投江。同輩驚號曰：「饒上名落水。」相率救之。俊乍見乍没，入波愈深，且溺矣。道人忽如飛翔，徑到波面，擕俊髻以行。傍人見祥雲涌起，卽時達巖畔。後還家，與妻子别，告人云：「此吕翁也。」黄道人説，州名不真。

馬望兒母子 按目録無「母子」二字。

唐州倡馬望兒者，以能歌柳耆卿詞著名籍中。方城人張二郎遊狎其家累年，既而挈以歸。後虜騎犯京西，張氏避地入巴峽，望兒死於峽州宜都縣，時夜過半，未及殮，舁置空室中。明日，買棺至其處，獨衣服委地如蜕，不見尸矣。求之，乃在門掩間倚壁立，自頂至踵，無寸縷著體，人謂其爲倡時，少年來遊，或謝錢不如意，并衣冠皆剥取之，是以及此報。生一子曰運，居宜都田間。紹興二十七年六月，與其僕過江視胡麻，農人在田者數輩，天正熱，日光赫然，忽片雲從中起，正罩運身。頃之，陰翳如墨，對面不相識，傍人但聞運連呼曰：「告菩薩。」如一食頃，天氣復清，運已仆於地，親身之衣皆焚灼，而汗衫碧裙無傷，氣殜殜未盡。衆共扶掖行數十步，入一民家，猶呻吟稱苦苦數聲，遂死，時年三十四。

沈傳見冥吏

鄱陽士人沈傳，早游學校，鄉里稱善人，家居北關外五里堠之側。年四十餘歲，得傷寒疾，八九日未愈，方困頓伏枕。正黄昏時，一黄衣持藤棒徑從外入，直至牀前，全類郡府承局，端立不語，時時回顧寢門外。又一人黑幘而緑袍，捧文書在手，欲入未入。黄衣摇手謂曰：「善善。」緑袍於袖中取筆展簿，勾去一行，兩人遂繼踵而去。傳驚慴良久，問妻子，皆無所睹，怖愈甚，即時汗出如洗，越一日乃瘳。後以壽終。

療蛇毒藥

臨州有人以弄蛇貨藥爲業。一日，方作場，爲蝮所齧，卽時殞絶，一臂之大如股，少選，徧身皮脹作黄黑色，遂死。一道人方傍觀，出言曰：「此人死矣，我有藥能療，但恐毒氣益深，或不可活，諸君能相與證明，方敢爲出力。」衆咸竦踊勸之，乃求錢二十文以往。纔食頃，奔而至，命汲新水，解裹中藥，調一升，以杖抉傷者口，灌入之。藥盡，覺腹中搰搰然，黄水自其口出，腥穢逆人，四體應手消縮，良久復故，已能起，與未傷時無異，遍拜觀者，且鄭重謝道人。道人曰：「此藥不難得，亦甚易辦，吾不惜傳諸人，乃香白芷一物也。法當以麥門冬湯調服，適事急不暇，姑以水代之。吾今活一人，可行矣。」拂袖而去。郭邵州傳〔陸本作「雲」〕得其方，鄱陽徼卒夜直更舍，爲蛇齧腹，明旦，赤腫欲裂，以此飲之，即愈。郭絜己說。

韓氏放鬼

江浙之俗信巫鬼，相傳人死則其魄復還，以其日測之，某日當至，則盡室出避于外，名爲避放。陸本作「煞」。命壯僕或僧守其廬，布灰于地，明日，視其跡，云受生爲人爲異物矣。鄱陽民韓氏嫗死，倩族人永寧寺僧宗達宿焉。達瞑目誦經，中夕，聞嫗房中有聲嗚嗚然，久之漸厲，若在甕盎間，蹴蹋四壁，略不少止，達心亦懼，但益誦首楞嚴呪，至數十過。天將曉，韓氏子亦來，猶聞物觸户聲不已，達告之故，偕執杖而入。見一物四尺，首戴一甕，直來觸人。達擊之，甕即破，乃一犬呦然而出。蓋初閉門時，犬先在房中矣，甕有糠，伸首哦之，不能出，故戴而號呼耳。諺謂「疑心生暗鬼」，殆此類乎。宗達説。

夷堅乙志卷第二十 十二事

童銀匠

樂平桐林市童銀匠者，爲德興張舍人宅打銀。每夕工作，有婦人年二十餘歲，容貌可觀，携酒殽出共飲，飲罷則共寢，天將曉乃去。凡所持器皿，皆出主人翁家，疑爲侍婢也，不敢卻，亦不敢言。往來月餘，他人知之者，謂曰：「吾聞昔日王氏少婢，自縊於此，常爲惑怪，爾所見，得非此鬼乎？幸爲性命計。」童甚恐。是夜，復以酒至，即迎告之曰：「人言汝是自縊鬼，果否？」婦人驚對曰：「誰道那？」遽升梁間，吐舌長二尺而滅。童不敢復留，明日辭去。

天寶石移

福州福清縣大平鄉修仁里石竹山，俗曰蝦蟆山，去邑十五里。乾道二年三月三日夜半後，居民鄭周延等咸聞山上有聲如震雷，移時方止，或見門外天星光明，迹其聲勢，在瑞雲院後石竹山上。明旦，相與視之，山頂之東南有大石，方可九丈，飛落半腰間，所過成蹊，闊皆四尺，而山之木石，略無所損。縣士李槐云：「山下舊有碑，刊囊山妙應師讖語，頃因大水，碑失，今復在縣橋下，其語曰：『天寶石移，狀元來期。龍爪花紅，狀元西東。』」邑境有石陂，唐天寶中所築，目曰天寶陂，距石竹山財十里。是月，集英廷試多士，永福人蕭國梁魁天下。永福在福清西，閩人以爲應讖矣。又三年，興化鄭□繼之，正在福清之東。狀元西東之語，無一不驗云。

祖寺丞

趙公時霈侍郎，政和八年冬爲無爲軍教授。通判祖翺者，濟南人，本法家，嘗歷大理丞，處身廉謹，以法律爲己任。趙嘗夢游一小寺，寺旁有池，方不踰尋丈，四周朱欄三重，內一重可高二尺，中高三尺，其外四尺許。趙身在重欄內，去水止三四步，視池中有一浮屍，惡之。方欲越欄出，舉足極艱，屍忽起逐人，趙蹴之於水。再欲出，又起如初，復蹴之。至于三，其行稍緩，其容戚戚然若有所訴，詢之，云：「昔日罪不至死，爲通判祖寺丞枉殺，抱冤數年矣。」趙曰：「祖丞明習法律，於刑獄事尤詳敬，決不妄殺人。」答曰：「此事固非祖公意，然因其疑，遂送他所，竟以死罪定斷。故冤有所歸，渠壽命不得久，將死矣，聊欲君知之。」言訖，即躍入水。趙睨重欄愈高，唯四角差低，甚易之，然卒不可踰越。屍自水中指云：「從高處過甚易。」遂如其言，踉蹡一舉，已出平地。復賀曰：「既過此欄，前程無留礙矣。」覺而驚異之。時翺適出外邑，迨其歸，纔五日，得內障目疾，日以益甚，至不能瞻視，乃丐宮祠。又月餘，目頓愈，忽中風淫，手足遂廢。及得請而歸，過梁山濼口，舟壞水入，篙師急救拯，僅能登岸。翺驚懼暴亡，距趙夢不數月。噫！囹圄之事，深可畏哉！趙夢中不能問其姓名及所坐何事，爲可惜也。趙公自記此事。

夢得二兔

龍深父，生於辛卯。年二十五歲時，夢入大宫殿，及門，武士門焉，旁列四兔。顧深父曰：「以一與爾。」俯而取之，得第一枚，褐身而紫脊，抱置于手。武士又呼其後一人，授以次兔。俄又呼深父，復與其一，腹白而毫紫者。負于肩以歸，乃寤。時妻方娠，即語之曰：「我夢如此，當得子不疑。然必當孿生，汝勿恐！」妻聞之懼泣，以告其姑。姑責深父曰：「婦人未産子，而以此言恐之，奈何？」後三月，免身，但生一男子，時乙卯年也。已悟首兔之兆。其子名雱，亦以二十五歲得男子，又己卯年也。然則再得兔，蓋有孫之祥。三世皆生於卯，亦異矣。

龍世清夢

龍世清，建炎中爲處州鈐轄，暫攝州事。其後郡守梁頤吉至，以交承之故，凡倉帑事務，悉委之主領，又提舉公使庫。有過客至郡，梁餉以錢三十萬，吏白以謂故事未嘗有，龍爲作道地，分爲三番以與客。梁視事三月，坐寇至失守，罷去。繼之者有宿怨，劾其請供給錢過數，即州獄窮治，一郡官稍涉纖芥者，皆坐獄。龍亦收繫，懼不得脱，夜夢入荒野間，登古冢，視其中杳然以深，暗黑可畏，手攀墓上草，欲墜未墜。一人不知從何來，持其髻擲于平地，顧而言曰：「我高進也。」遂驚覺。後兩日，温州判官高敏信來，置院鞫勘，一見龍獄辭，曰：「太守自以庫金與客，何預他人事？」釋出之，乃知所謂高進者此也。及獄具，梁失官，同坐者皆以謫去，獨龍獲免。

徐三爲冥卒

湖州烏程縣潯溪村民徐三者，紹興十五年七月中暴死，四日而蘇，言：「追至冥府，主者據案，皂吏滿前，引問平生，既畢，授以鐵箠，使爲獄卒，立殿下。凡呼他囚姓名，卽與同列驅而進，吏前數其過惡，令持箠笞擊，應手爲血，以水噀之，乃復爲人，如是者非一。良久，事稍閒，縱步廡下，過一室，牓曰『判官院』，陳列幃帳几格，細視其人，蓋故主翁王蘊監稅也。詢所以來，備言始末，且力丐歸，蘊許諾，與俱過他府，令坐門外。須臾，出呼曰：『汝未當來此，今可復生。』手書牒見付，使亟還，且云：『我在此極不惡，但乏錢及紙筆爲用。汝歸語吾家，速焚錢百萬，紙二百張，筆二十枝寄我。陽間焚錢不謹，多碎亂，此中無人能串治，當用時殊費力，宜以帕子包而焚之，勿忘也。』又取首掠繫左臂，曰：『恐吾家人不汝信，此吾終時物，可持以爲驗。』卽泣謝，踊躍而出。中路頻有鬼神呵阻，示以牒，乃免。益疾走，登高山，跌而寤。」未暇詣王氏，既而復死。明日，王氏遣信來責曰：「昨夜夢監稅言向來事，何不早告我？」自是三日，始再蘇，言某神遮留，令作競渡戲。視左臂所繫首掠猶存，封識宛然。徐後七年至秀州魏塘，爲方氏傭耕。又七年，以負租穀不能償，泛舟遁歸其鄉，過太湖，全家溺死。予弟景裴說，方氏壻也。

神霄宮商人

古象戴確者，京師人。年十二歲時，從父兄游常州，入神霄宫，訪道士不遇。出至門，有商人語閽者：「吾欲見知宫。」時道教尊重，出入門皆有厲禁，閽者索姓名及刺謁，此人不與，紛争良久，捽閽于地，毆之，徑入户。諸戴恐其累己，皆捨去。此人既入，卽不見，而於厨屋内遍壁上下，皆書「吕洞賓至」四字。知宫者聞之，拊膺太息曰：「神仙過我而不得見，命也。」明日，讙傳一州。後三日，戴氏諸人飯于僧寺，確起如厠，還就石槽盥手。傍一人俛首滌籌，一客相對與共語，確望客容貌，蓋神霄所見者，趨前再拜。其人驚問何故，曰：「公乃吕先生也。」具以前事告。其人笑命就甕取水一盃，自飲其半，以其半與確。確飲之，出白其父，奔至厠所訪之，無及矣。確既長，能爲費孝先軌革卦影，名曰「古象」，後居臨安三橋爲卜肆。有丐者，結束爲道人，藍縷憔悴，以淘渠取給。嘗爲倡女舍後除穢，確心竊憐之。明日，延之坐，具食謂曰：「君名爲道人，須有所奉事高真像貌。今日日從役污渠中，所得幾何？況於入倡家，衣服手足，皆不潔清，得無反招罪咎。」道人謝：「實有之，特牽於餬口，不暇恤。」確贈以錢二百，忽笑曰：「頗相憶乎？」確愕然不省，曰：「方見君於此，不憶也。」道人曰：「五十年前，君遇吕翁於常州僧寺，時有據石滌籌者，識之乎？我是也。」確驚謝，方欲詢姓名，長揖而去，自是不復見。確自飲殘水後，至七十餘歲，無一日病苦。趙綱立説。

城隍門客

建康士人陳堯道，字德廣，死之三年，同舍郭九德夢之如平生。郭曰：「公已死，那得復來？」陳云：「吾爲城隍作門客，掌牋記，甚勞苦。今日主人赴陰山宴集，原注：陰山廟在南門外十里。始得暇，故來見君。」因問其家父母兄弟，泣下久之。郭曰：「公既爲城隍客，當知吾鄉今歲秋舉與來春登科人姓名。」曰：「此非我所職，別有掌桂籍者，歸當扣之。」居數日，又夢曰：「君來春必及第，我與君雅素，故告君。他雖知之，不敢泄也。」郭果以明年第進士。又有劉子固者，與堯道同里巷。其妹壻黄森賢而有文，父爲吏，負官錢，身死家破，森亦不得志以死。死數月，其妻在兄家，忽著森在時衣，與兄長揖，容止音聲如真。子固驚愴，呼其字曰：「元功，君今安在？」曰：「森平生苦學，望一青衫不可得。比蒙陳德廣力，見薦於城隍爲判官，有典掌，緑袍槐簡，絶勝在生時。恐吾妻相念，故來告之。」子固問：「來春鄉人誰及第？」曰：「但有郭九德一人耳。」有頃乃去，其言與前夢合。方務德說。

潞府鬼

潞州簽判廳在府治西，相傳彊鬼宅其中，無敢居者，但以爲防城油藥庫。安陽王審言爲司法參軍，當春時，與同寮來之邵、綦亢數人携妓載酒往游焉，且詣後園習射，射畢，酣飲于堂。忽聞屏後笑聲如偉丈夫，一坐盡驚。客中有膽氣者呼問曰：「所笑何事？」答曰：「身居此久，壹鬱不自聊。知諸君春游，羨人生之樂，不覺失聲耳。」「能飲乎？」曰：「甚善！」客起酌巨杯，翻手置屏内，即有接者，又聞引滿稱快聲，俄擲空杯出。客又問曰：「君爲烈士，當精於弓矢，能一發乎？」曰：「敢不爲君歡，然當小相避也。」既以弓矢入，衆各負壁坐。少焉，一矢破屏紙而出，捷疾中的不少偏，始敬異之，皆起曰：「敢問君爲何代人？姓名爲何？何以終此地？」曰：「吾姓賀蘭，名鎣。」語未竟，或哂其名不雅馴，怒曰：「君何不學，豈不見《詩·小戎》篇『陰靷鋈續』者乎？」遂言曰：「鎣生於唐大歷間，因至昭義，謁節度使李抱真，干以平山東之策，爲讒口所譖，見殺於此地，身首異處，骸骨棄不收。經數百年，逢人必申訴，往往以鬼物見待，怖而出，故沉淪至今。諸君儁人也，頗相哀否？」坐客皆愀然。有問以休咎者，一一詢官氏，徐而語曰：「來司户位至侍從，然享壽之永，則不若王司法。」時諸曹吏士及官奴見如是，皆奔歸，讙傳一州。太守馬玿中玉獨不信，以爲僚吏湎于酒，興妄言，盡械繫其從卒，且將論劾之。衆懼，各散去。明日，中玉自至其處察視之，屏上穴紙固在。命發堂門鑰，鑰已開，門閉如初。呼健卒併力推扉，牢不可啟。已而大聲起於梁間，叱曰：「汝何敢爾，獨不記作星子尉時某事耶？」中玉趨而出，自是無人復敢往。司户乃來之邵，果爲工部侍郎，審言以列大夫知萊州，壽七十五而卒。王公明説，萊州乃其伯祖也，余中牓及第。《括異志》亦載此事，甚略，誤以審言爲王丕，它皆不同。

王祖德

成都人承信郎王祖德，紹興三十一年來臨安，得監邛州作院。既之官矣，聞虞并甫以兵部尚書宣諭陝西，即求四川制置司檄，以稟議爲名，往秦州上謁。未及用，以歲六月客死于秦。虞公遣卒護其柩，且先以訊報其家。王氏即日發喪哭，設位於堂，既而柩至。蜀人風俗重中元節，率以前兩日祀先，列葷饌以供，及節日，則詣佛寺爲盂蘭盆齋。唯王氏以有服，但用望日就几筵辦祭，正行禮未竟，一卒抱胡牀從外入，汗流徹體，曰：「作院受性太急，自秦州兼程歸，凡四晝夜抵此，將至矣。」俄而六人荷一轎至，亦皆有悴色。轎中人徑升于堂，據東榻坐，乃祖德也。呼其妻語曰：「欲歸甚久，爲虞尚書苦留，近方得脱，行役不勝倦。傳聞人以我爲死，欲壞我生計，爾當已信之。」妻曰：「向接虞公書，報君没於秦，靈輀前日已至，何爲爾？」始笑曰：「汝勿怖，吾實死矣。吾聞家中議賣宅，宅乃祖業也，安得貨？吾所寶黄筌、郭熙山水、李成寒林，凡十軸，聞已持出議價，吾下世幾何時，未至窮乏，何忍遽如是？吾思家甚切，無由可歸，今日以中元節，冥府給假，故得暫來，然亦不能久。」又呼所愛婢子，恩意周盡。是時一家如癡，不能辨生死。忽青煙從地起，跬步不相識，煙止，寂無所見。關壽卿耆孫館于夾街之居，見户外擾擾，亟往視之，已滅矣。

蜀州女子

彭州人蘇彥質爲蜀州録事參軍，有女年八九歲，因戲于牀隅，視地上小穴通明，探之以管，陷焉。走報其父，持長竿測之，其深至竿杪，不能極。及取出，有敗縑帛挂于上，大異之，呼役夫斸其地，踰丈許，得枯骸一軀，首足皆備，即殮而葬諸原。明日，忽有好女子遊于室中，家人逼而問之，輒避入壁罅，終莫得致詰。是時郡有陳愈秀才者，從閬中來，善相人，且能以道術御鬼魅，召使視之。俄一婦人至，曰：「妾本漢州段家女，許適同郡唐氏。將嫁矣，而唐氏以吾家倏貧，竟負元約。既不得復嫁，遂賣身爲此州費録曹妾。不幸以顏色見寵於主人，爲主母生瘞于地下，閱數年矣，非蘇公改葬，當爲滯魄。但初出土時，役者不細謹，鉏妾脛骨欲斷，今不能行，不得已留此，非有他也。」陳曰：「欲去何難？吾爲汝計。」取紙翦成人形，曰：「用以馱汝。」乃笑謝而退。是夜，彥質嫂夢一僕夫背負此女來，再拜辭去。二事皆黄仲秉說。

飲食忌

食黄顙魚不可服荆芥，食蜜不可食鮓，食河豚不可服風藥，皆信而有證。吴人魏幾道志在妻家啖黄魚羹罷，采荆芥和茶而飲，少焉足底奇痒，上徹心肺，跣走行沙中，馳宕如狂，足皮皆破欲裂。急求解毒藥餌之，幾兩日乃止。韶州月華寺側民家設僧供，新蜜方熟，羣僧飽食之。别院長老兩人，還至半道，遇村虛賣鮓，不能忍饞，買食，盡半斤，是夕皆死。李悊郎中過常州，王子雲𥈭爲郡，招之晨餐，辦河豚爲饌。李以素不食，遣原本字形不全，今從陸本補。歸餉其妻，妻方平明服藥，不以爲慮，啜之甚美，卽時口鼻流血而絕。李未終席，訃音至矣。前一事魏幾道、中一事月華長老悟宗、後一事王日嚴說。

夷堅丙志序

始予萃《夷堅》一書，顓以鳩異崇怪，本無意於纂述人事及稱人之惡也。然得於容易，或急於滿卷帙成編，故頗違初心。如甲志中人爲飛禽，乙志中建昌黄氏寃、馮當可、江毛心事，皆大不然，其究乃至於誣善。又董氏俠婦人事，亦不盡如所説。蓋以告者過，或予聽焉不審，爲竦然以慚。既删削是正，而冗部所儲，可爲第三書者，又已襞積。懲前之過，止不欲爲，然習氣所溺，欲罷不能，而好事君子，復縱臾之，輒私自恕曰：「但談鬼神之事足矣，毋庸及其它。」於是取爲丙志，亦二十卷，凡二百六十七事云。乾道七年五月十八日，洪邁景盧敍。

夷堅丙志卷第一 八事

九聖奇鬼

永嘉薛季宣，字士隆，左司郎中徽言之子也。隆興二年秋，比鄰沈氏母病，宣遣子沄與何氏二甥問之。其家方命巫沈安之治鬼，沄與二甥，皆見神將，著戎服，長數寸，見於茶托上，飲食言語，與人不殊。得沈氏亡妾，挾與偕去，追沈母之魂，頃刻而至。形如生，身化爲流光，入母頂，疾爲稍閒。沄歸，夸語薛族，神其事。時從女之夫家苦魈怪，女積抱心恙，邀安之視之。執二魈焉，狀類猴而手足不具。神將白：「其三遠遁，請得追迹。」俄甲士數百，建旗來前。旗章畫三辰八卦，舒光燁然。器械悉具，弩粱施八龍首，機藏柄中，觸一機則八龍張吻受箭，激而發之，躍如也。無何，縛三魈至。又執二人，一青巾，一髽髻，皆木葉被體。命置獄考竟，地獄百毒，湯鑊剉碓，隨索隨見，鬼形糜碎，死而復甦屢矣，訖不承。安之呼别將藍面跨馬者訊治，叱左右考鞫，親折鬼四支，投于空而承以槊，大抵不能過前酷，而鬼屈服受辭，具□陸本作「言」。乃宅旁樹。刳其腹，得一卷書，曰：「此女魂也。」投之於口，亦入其頂中。是夕小愈。明日，神將言：「魈黨三輩，挾大力不肯就逮，方以兵見拒，請擊之。」遽發卒數萬，且召會城隍五嶽兵，偵候絡繹。既而告敗，或有爲所劓刖竄而歸者，曰：「通郡郭爲戰場，我軍巷鬭皆不利。」又遣鐵幘將率十倍之衆以往，亦敗。安之色不怡，燒符追玉笥三雷院兵爲援，會日暮，不決。後二日，始有執旗來獻捷者，如世間捷旗，而後加「謹報」二字。得一酋，冕服而朱纓，械之。大青鬼稱爲雷部，憑空立，雲氣覆冒其體，鼓於雲間，霆聲再震，金蛇長數丈，乘電光入幽圄中。沄及何甥謂與常雷電亡異，而餘人不覺。其夜，神將曰：「聞遠方神物爲諸鬼地，且將劫吾獄。」命檻車錮囚於内，羅甲卒衞守。安之焚楮鏹數萬以犒士，既焚，則已班給，人纔得七錢。數日，女疾如故，安之復領神將來，曰：「女魂又爲鬼所奪矣。」於是解髮禹步，仗劍呵祝，每俘獲必囚之。何甥自是無所睹。沄見神將形漸長大如人，揖季宣就席，與論鬼神之事，曰：「是非真有，原皆起於人心，人心存而有之。無無有有，蓋無所致詰。」又語沄問學，曰：「當讀睿智、顯謨兩先生文集。」告以世無此書，曰：「書已爲秦政焚滅矣。承烈先生者，顯謨先生子也。」其意蓋指帝堯及文王、武王。又曰：「人無信不立，果知自信，則先生之道，可由學而致。」宣外甥久病瘧，女兄睹此事，敬異之。神卽傍顧曰：「聞親戚間有鬼瘧，可并案也。」安之不許。明日，女兄來，假室治甥病。神降者三人，其一類左司公，呼宣小字曰：「虎兒，吾汝父也。今爲天上明威王，位在岳飛右。吾兄吏部嘉言，待制弼、姻家孫秘丞端朝分將五雷兵，亦爲三，明當與孫公過汝，宜治具以待。」凡捕得七鬼，悉繫獄。迨夜下漏，呼囚，大略如人世。明日，神將來甚衆，自此不復離堂户，或稱南北斗、真武、嶽帝、灌口神君、成湯、高宗、伊尹、周公、陳摶、司馬温公者。又言：「堯舜在天爲左右相，文王典樞密，孔子居翰苑。」其語多鄙野可笑。閻羅王續至，望神將再拜謁，勑陰吏索薛氏先亡者，得男女十有六人，宣父母及外舅孫公咸在，皆公服帔裳，一家婢僕悉見。席罷，曰：「獄事未竟，明當再來。今日饌具殊薄惡，後必加豐，令足以成禮。」遂去，獨留兩偏將儆巡。沄出，見吏士塞途，所經祠廟，主者迎謁。一走卒還白曰：「上天以下元考功，吾王轉飛天大神，王以元帥董督五院矣。」五院者，安之所行法也。宣兄寧仲竊怪之，誦言曰：「此奇鬼附託，不足復祀。」宣曰：「鬼神固難知，既稱吾先人，安得不祭？」神將稍不懌，爲奏誣寧仲等不孝，請于帝，減其算。旋得詔報可，意欲以懼宣。明夜，十六人復集，自設供張，變堂奧爲廣庭，幄帟皆錦繡，器用皆金玉。男子貂蟬冕服，婦人褘衣，侍女珠翠。金石備樂如塤箎柷敔之屬，沄所未嘗見。酒既酣，奏妓爲潑寒胡、曼延、龍爵之戲，千詭萬態，聽其音調，若因風自遠而至。伶官致語多讖未來事，或誚不己信者，皆粗俗持兩端，自相繆戾，頗覺人議己。左司者哭而言曰：「汝謂死而無知，可乎？殆有相熒惑者，非汝之過，可繪我與孫公像并所事神將祠于室。」宣曰：「大人死爲天神，甚善！子孫當蒙福，不宜見怪以邀非正之享。今其絶影響，勿復來。」應曰：「諾。」詰旦，久未起。妻淑者，祕丞女也，亦疑以爲不可復祀，宣未對，所謂左司祕丞者已泣于床隅，曰：「真絶我乎？」淑曰：「阿舅阿父幸見臨，何爲造兒女子床下？」皆大慚，曰：「汝言是也，吾卽去。」遂跨虎以出。淑謂長姒：「吾翁吾父皆正人，必不爲此，殆是假其名而竊食者。」語竟，即有軀先二人來，曰：「此等皆妄也，真飛天王使我捕之。」宣叱曰：「汝輩魑魅亡狀，又欲以真飛天誑我。」拔劍擊之，則復其本質。少焉，盡室皆魈，移時乃没。明日，沄誦書堂上，又有啟户者曰：「二魈已伏誅，吾來報子。」宣以劍拂其處，血光赫然，它奇形異狀者踵至，皆計窮捨去。其一槃辟於廷曰：「晝日吾無可奈何，夜能苦子耳。」及夜，徑來逼沄，宣抱之於懷。魈將以物置沄口，宣掩之。沄於手中得藥，投諸地，有聲，墮宣指間，瘡即隱起。已，又投食器中，淑取食之，無傷也。夜半不去，沄困急，悶悶不自持，默誦《周易·乾卦》，似小定，既而復然。淑取真武象挂于傍，沄覺如人噀水入身中，冷若冰雪，魈化爲光氣，穿牖而滅，精神始寧。薛氏議呼道士行正法，魈歷指其短，惟不及張彥華。偶隨請而至，魈詐稱舊僕陳德。華叱令吐實，曰：「我西廟五通九聖也。沈安之所事，皆吾魈屬。此郡人事我謹，唯薛氏不然，故因沈巫以紿之，欲害其子。今手足俱露，請從此别。」華去之明日，妖復作，攻沄益甚，華始命考召。沄見神人散髮飛空，乘鐵火輪，魅以藥瓢迎拒之，人輪皆喪。九聖者自稱神將，著紗帽赭服，與道士並步罡噀水，略無忌憚。華歸，焚章上奏，掃室爲獄，置灰焉。明旦，閲灰跡，一鬼一婦人就繫，獄吏朱衣在傍立。空中鬼反呼正神爲賊將，言曰：「勿得以戈捶我，我爲王邦佐，鐵心石腸人也。汝何能爲？趣修我廟乃已。」宣不復問，領僕毁其廟，悉斷土偶首。初，沄夢爲羣猴舁入穴，青色鬼牽虎齗齗然，於是□其像。廟既壞，邦佐方引咎請於沄。宣還家，續又七人至，其一自名蕭邦貢，沄呼曰：「神將胡不擒此？」即有大星出中庭，雲烝其下，三魈扶摇而上，旋致于灰室，其四脱走。火輪石斧交涌雲際，凡俘鬼二十一，皆斬首。其十五尸印火文于背，曰：「山魈不道，天命誅之。」其六尸印文稱：「古埋伏尸，不著墳墓害及平人者，竿梟其首以徇。」是夕啓獄，灰迹從横凌亂，而縶者才五輩。將上送北酆，金甲神持黄紙符勑示沄，上爲列星九，中晝黑殺符。下云：「大小鬼神邪道者並誅之。」沄録示華，華喜曰：「上帝有命矣。」質明，詣獄問吏，吏白：「制勑已定，行刑可也。首惡非王邦佐，實蕭文佐、蕭忠彦、李不逮，餘不可勝計，姓名不足問也。」甲卒以木驢、石砭、火印、木丸之屬列廷下，吏具成案，律書盈几，呼軍正案法。一吏捧策書至，曰：「已有特旨，無庸以律令從事。」先列罪於漆板，易以朱榜，金填之，立大旗，書太清天樞院，下揭牌曰：「奉勑某神將行刑。」吏以引示沄曰：「有勑，諸魈并其所偶，一切案誅之。」五雷判官者進曰：「元惡斃以陰雷，皆三生三死，次十五人支解，餘陰雷擊之。」引三魈震于前，酌水灌頂，旋復活，如是三擊乃死。以籃盛尸去，三朱榜標其後，曰九聖，曰山魈，曰五通，罪皆有狀，使徇于廟，相次以驢牀釘二男四女及六魈。劊者朱帕首，虎文衣，亦各書其罪。一人乃舊婢華奴，以震死而爲厲者，一人非命而爲木魅者，男强死而行疫者，魈正神而邪行者，詐稱九聖者，竊正神之廟食者，生不守正，死爲邪鬼，殺人誤國無所不至，而蹤跡詭祕如某人者，皆先啗以食，呑以木丸而後臠之。其斃於雷火者又二十二人，竟刑，皆失所在。武吏持天樞院牒致宣曰：「山魈之戮，非本院敢違天律，爲據臣僚奏請，專勑施行，牒請照會。」初，郡人事九聖淫祠，久爲民患，及是，光響訖熄。自沈巫治從女病，以十月七日迨二十八日，乃畢事，首尾踰再旬。彦華所降天人與沈巫之怪無以異，弟語音如鐘磬金玉，細若嬰兒，而怪聲則重濁類人云。宣恨其始以輕信召禍，自爲文曰《志過》，記本末尤詳。予採取其大概著諸此。沄時方十四五歲。

陳舜民

晉江主簿陳舜民，被檄詣福州，未至三驛，已就館，從者皆出外，獨坐于堂。有婦人自東偏房出，著淡黄衫，靚裝甚濟，徘徊堂上，歌新水詞兩闋。舜民知其鬼物，默誦天蓬呪。殊不顧，緩步低唱，其容如初。舜民益疾誦呪，聲漸厲。婦人頩然怒曰：「何必如此。」趨入房，乃不見。梁叔子參政說。

貢院鬼

臨安貢院，故多物怪，吏卒往往見之。乾道元年秋試，黄仲秉鈞、胡長文元質、芮國瑞煇、昌禹功永爲考試官。國子監胥長柳榮獨處一室，病痁晝卧。一男子一婦人攜手而入，招榮曰：「門外極可觀，君奈何獨塊處此？」榮不應，就榻强挽之。榮起坐，澄念誦天蓬呪，才數句，兩人卽趨出。禹功之僕取湯於中堂，覺如人疾步相躡者，心頗動，望堂上燈光，方敢回顧，乃白鵝一羣，叱之卽没。長文之小史從堂後中間過，遇婦人高髻盛服凭闌坐，不見其足，稍前視之，已失矣。持更者言，每夕必見此鬼往來云。

東橋土地

李允升者，以進士登第，用樞密使汪明遠薦，得上元令，歸宜興待闕。夢縣之東橋土地遣人來迎云：「當作交代。」允升辭以當赴官，不願爲此職。土偶按：「偶」字似「地」字之誤。甚怒曰：「汝且去上元滿一任。」允升到官二年，以事去，竟用贓罪徙嶺南。

閻羅王

林衡，字平甫，平生仕宦，以剛猛疾惡自任。嘗知秀州，年過八十，乃以薦被召，除直敷文閣。既而言者以爲不當得，罷歸。歸而病，病且革，見吏抱案牘來，紙尾大書閻羅王林，請衡花書名。衡覺，以語其家：「前此二十年，蓋嘗夢當爲此職，祕不敢言，今其不免矣。」家人憂之，少日遂卒。卒之夕，秀州精嚴寺僧十餘人，同夢出南門迎閻羅王。車中坐者，儼然林君也。衡居於秀之南門外，時乾道二年。二事方務德說。

文氏女

乾道三年四月，永州文氏女及笄，已定昏。將嫁前兩夕，夢黄衣人領至官曹，判官緑袍戴幘，迎謂曰：「且得汝來，此間錯了公事，起大獄十五六年，累人不少，汝且歸，明日復來。」遂覺，以白父母，殊不曉其言。葉本作「旨」。次夕，又夢至殿下，王者據案坐，判官抱文牘以上，王判云：「改正。」

即有人持湯明鈔本作「酒」。一杯於葉本作「至」。廷下，飲之，極腥惡，出門而寤，則化爲男子矣。父母驚遣報壻，壻家以爲本非女子，特以詐紿人，投牒訟于州。案驗得實，乃已。其語音態度猶與女不異，此句葉本作「猶類女人」。但改衣男服爾。壻家復欲上二字葉本作「乃復」。妻之以女云。

神乞簾

永州譙門相對有小廟，廟神見夢于録事參軍何生曰：「吾一方土地神耳，非王侯也。郡守每出入，必徑祠下，我輒趨避之，殊不自安，就君乞一簾蔽我。」如其言，明日，夢來謝。化州守何休説，録事之子也。

南嶽判官

李摭，字德粹，濟南人。建炎初，度江寓居縉雲，調台州教授，單車赴官。與州鈐轄趙士堯善，以官舍去學遠，請以趙，願易其處，趙許之。既徙家往居，摭稍葺鈐轄廨，且謁告歸迎妻子，未還。教授廨内有小樓，趙氏之人至其上，聞馳馬呼噪聲，恐而下，則歌吹間作，如大合樂，遽以告趙，即日反故宅。摭還，亦但處元廨中。久之，從容謂趙曰：「吾前生爲天曹録事，坐有過，謫居人間。而吾平生操心復不善，故所享殊弗永，去此半月，當發惡瘡死，敢以後事累君。」趙噩然曰：「必無是理，勿妄言！」才旬日，疽生于腦，信宿，侵「侵」當作「浸」。淫見骨，果死。死數日，家方飯僧，庖婢在房，舉止驟與常異，自稱教授來，遣僕急邀趙。趙至，婢泣而言曰：「摭死矣，以在生隱惡，受譴至重。可令吾家用今夕設醮，謝罪於天。」趙卽呼道士，如其請。婢著青袍，執笏戴幘，雍容出拜。外間聞之，争入觀。婢炷香跪爐，與官人無少異。醮竟，又謂趙曰：「已蒙道力，得脱苦趣，猶當爲異類，只在郡城某橋下。過三日，幸一視我。」三日往焉，見巨黑蟒蟠屈土中，半露其脊，趙酹之以酒。他日，婢復作摭來，又邀趙，謂曰：「蟒禍已免，今爲南嶽判官，威權況味，非陽官可及，得請於上帝，許殺家矣。遺骸滿室，唯君是託焉。」趙責之曰：「君爲士人，豈不知書？不孝有三，無後爲大。君既不幸早世，而令一家共入鬼録，可乎？」婢不復答。少頃，卽蘇。未幾，摭妻繼亡。三子皆幼，凡其送終之事，趙悉辦之。摭從兄德升尚書擢後居天台，始收卹其孤云。趙之子不拙説。

夷堅丙志卷第二十事

舞陽侯廟

馮當可時行爲萬州守，郡有舞陽侯樊噲廟，民俗奉之甚謹。馮以爲噲從漢高祖入蜀漢，未久卽還定三秦，取項羽，未嘗復西，而萬州落南已深，與黔中接，非噲所得至也，是必夷祅之鬼假託附著以取血食爾，法不當祀，卽日撤其祠。未幾，出視事，見偉丈夫被甲持戟，儀狀甚武，坐於公庭上。馮知其怪也，叱之。掀髯怒曰：「吾乃漢舞陽侯，廟食於茲地千歲矣，何負於君，而見毀撤？吾無所歸，今當與君同處此。」馮以所疑質責之，其人自言爲真噲不已。馮奮曰：「借使真樊噲，亦何足道！」歷詆其平生所爲不少懾。神無以爲計，奄奄而滅。自是雖不復形見，然日撓其家。馮之子年七八歲，屢執縛於大木之杪，如是數月。馮用公事去郡，然後已。

魏秀才

成都雙流縣宇文氏，大族也。卽僧寺爲書堂，招廣都士人魏君誨其羣從子弟。它日，家有姻禮，張樂命伎，優伶之戲甚盛，諸生皆往觀。至暮，僮僕數輩亦委去。魏獨處室中，心頗動，上堂欲尋僧，而諸僧適出民家作佛事，闔寺悄然，乃反室張燈而坐。夏夜盛熱，窗牖穿漏，松竹淒戛，明月滿庭，一婦人數往來，知其鬼也。外户猶未閉，不敢起，益添膏油，數挑燈，舉手顫掉，誤觸燈滅，不勝恐，急登床引帳自蔽。時時望庭下婦人，固自若也。既又觸帳，繩絶，帳隨墜，蕩然一榻，空無遮闌，愈益懼，不覺昏睡。及寤，婦人已在側。魏蒼黄無計，運枕擲之。婦人悵惋驚起，不復出外，但繞室徘徊，且笑且泣，雞初鳴，忽趨出。少焉僧盡歸，呼語其故。乃三日前民家葊一柩於此，今所見蓋其魄云。

蜀州紅梅仙

舊傳蜀州州治有所謂紅梅仙者。紹興中，王相之爲守，延資中人李石爲館客。石年少才雋，勇於見異，戲作兩小詩書屏間以挑之。明日，便題一章于後，若相酬答。他日，郡宴客，中夕方散。石已寢，見一女子背榻踞胡床而坐，問之，不對。疑司理遣官奴來相汙染爲謔，或使君侍妾乘主父被酒而私出者，不然，則鬼也。自謀曰：「三者必居一于此矣。不如殺之，猶足以立清名于世。」取劍奮而前。女子起行，相去數步間，逐之出户。俄躍升高木上，奄冉而滅。石始大恐，欲反室，足弱不能動。會持更卒振鈴至前，乃與俱還。次夕，又至，初覺暗中如小圓光，漸隱隱辨人物，已而成人形。雖不敢與語，然財合眼必見之。其友趙莊叔逵輩兩三人，同結科舉課，來共宿，石囑之曰：「必相與唤我，無令熟寐，以墮鬼計。」然自是不復可脱，後如成都，亦隨以至。或教之曰：「青城丈人觀，神仙窟宅也。君第往，彼必不敢來。」既而亦然。石追悔前戲，付之於無可奈何。久之，歸東川，過靈泉縣朱真人分棟山下，將入簡州境，始不見。蓋歲餘乃絶。石字知幾，乾道中爲尚書郎。

劉小五郎

漢州德陽人劉小五郎，已就寢，聞門外人争鬨。一卒入呼之，不覺隨以行，回顧，則身元在床上，審其死，意殊愴然。才及門，見老嫗攜一女子，氣貌悲忿。别有兩大神，自言城隍及里域主者，取大鏡照之，寒氣逼人，毛髮皆立，其中若人相殺傷狀。二神曰："「非也。此女自爲南劍州劉五郎所殺，君乃漢州劉小五郎，了無相干。吾固知其誤，而早來必欲入君門，所以紛争者，吾止之不聽故也。今但善還，無恐。」女子聞此言，泫然泣下，歎曰："「茫茫尋不得，漠漠歸長夜。」遂捨去。劉生即蘇。

羅赤脚

羅赤脚名晏，閬中人。少時遇異人携以出，歸而有所悟解。宣和中，或言於朝，賜封「静應處士」，張魏公宣撫陝、蜀，延致軍中。金虜攻饒風關，盡鋭迭出，大將吴玠禦之，殺傷相當，猶堅持不去，公以爲憂。羅曰："「相公勿恐，明日虜遁矣。有如不然，晏當伏鈇質以受誤軍之罪。」明日，果引而歸。公始敬異之，連奏爲太和冲夷先生。好游漢州，每至必館於王志行朝奉家，王氏傳三世見之矣。其事志行夫婦禮甚敬，曰："「吾前身父母也。」紹興丙辰歲，蜀大饑，志行買妾於流民中，姿貌甚麗。羅見而駭曰：「此人安得在公家？留之稍久，得禍將不細，當相爲除之。」命煮水數斗，取竈下灰一籃，喚妾前，以巾蒙其首，而注湯於灰上，煙氣勃勃然，妾即仆地，蓋枯骨一具也。羅曰：「渠來時經女儈否？今安在？」曰：「在某處。」亟呼之。伺且至，則又以巾蒙枯骨，復爲人形，舉止姿態與初時不異，遂付于儈而取其直。志行從弟志舉登第歸，羅見之他所，授以書一卷，緘其外，戒曰：「還家逢不如意事則啓之。」及家三日，而聞母訃，試發書，乃畫一官人緑袍騎馬，前列賀客，最後輿一柩，凶服者隨之而哭。廣都龍華寺者，宇文氏功德院也。羅與主僧坐，忽起曰：「房令人來。」僧驚問何在，曰：「入祠堂矣。」僧謂其怪誕。明日，宇文時中信至，其妻房氏，正以前一日死。嘗往楊村鎮，館於陳氏，夜如厠，奔而還曰：「異事異事！適四白衣人踰垣入圃中。」陳氏皆懼。羅曰：「無預君事，明晨當知之。」及旦，圃人告羊生四子。紹興三十年，在鹽亭得疾，寓訊如温江，求迎於李芝提刑家。李遣數僕來，羅病良愈，即上道。戒其僕曰：「自此而左，唯金堂路近，且易行，然吾不欲往，願從廣漢或它塗以西，幸無誤。」僕應曰：「諾。」退而背其言。行抵古城鎮，羅悶然不怡曰：「汝諸人必置我死地，固語汝勿爲此來，今無及矣。」是夕，病復作。古城者，金堂屬鎮也。及温江而殂，蜀人以爲年百七八十歲矣。士人往問科名得失，奇應如神，茲不載。

趙縮手

趙縮手者，不知其名，本普州士人也。少年時，父母與錢，令買書於成都，及半塗，有方外之遇，遂棄家出游。至紹興末，蓋百餘歲矣。喜來彭漢間，行則縮兩手於胸次，以是得名。人延之食，不以多寡輒盡。飲之酒，自一盃至百盃，皆不辭。或終日不飲食，亦怡然自樂。嘗於醉中放言文潞公入蜀事，歷歷有本末。他日，復詢之，曰：「不知也。」黄仲秉鈞家寫其真事之。成都人房偉爲贊云：「養氣近術，談道近禪，被褐懷玉，其樂也天。欲去卽去，欲住卽住，縮手袖間，孰測其故？」趙見而笑曰：「養氣安得謂之術？禪與道一也，安有二？我縮手於胸，非袖間也。」取筆續曰：「似驢無嘴，似牛無角，文殊、普賢，摸索不著。」又自贊曰：「紅塵中，白雲裏，好箇道人活計。無事東行西行，有時半醒半醉。相逢大笑高談，不是胡歌虜沸。除非同道方知，同道世間有幾？」綿竹人袁仲舉久病，起，遇趙過門，邀入，飲以酒，問曰：「吾疾狀如此，先生將奈何？」趙不答，但歌詞一闋曰：「我有屋三間，柱用八山，周回四壁海遮闌。萬象森羅爲斗栱，瓦蓋青天，無漏得多年，結就因緣。修成功行滿三千，降得火龍伏得虎，陸地通仙。」云：「此吕洞賓所作也，吾亦有一篇。」又歌曰：「損屋一間兒，好與支持。休教風雨等閑欺，覓箇帶修安穩路，休遣人知。須是著便宜，運轉臨時。祇知險裏卻防危，透得玄關歸去路，方步雲梯。」歌罷，滿引數杯，無所言而去。仲秉正與偕行，徐問其故，曰：「觀吾詞意可見矣。」後旬日，袁果死。什邡縣風俗，每以正月作衞真人生日，道衆畢會。趙亦往，寓於居人謝氏，先一夕告之曰：「住君家不爲便，假我此榻，吾將有所之。」拂旦，徑趨對門小寺，得一室，據榻趺坐。傍人怪其不言，就視，已卒矣。會者數千人，争先來觀，以香火致敬。越三日火化，其骨鉤聯如鎖子云。

長道漁翁

興州長道民以釣魚爲業。家在嘉陵江北，每日必拏小舟過江南，垂綸於石上，至晡而返。老矣，尚自力不輟。一日，且暮，猶不歸，妻子遥望之，民宛然據石如常。時而呼之，不應，疑以爲得疾。其子遽鼓棹往視，見蓑衣覆其體。是日未嘗雨，民元不持蓑笠行。既至，已死。但蚯蚓遍滿身中，咂齧不置，若披蓑茸茸然。蓋平生取魚用蚓爲餌也。

守約長老

漢州楊村鎮三聖寺長老守約，彭州人，元受業於州之白鹿山。既死，其弟子在山中者夢之曰：「吾已託身異類，只在山下某人家，宜來視我。」弟子覺而泣。明日，往訪焉，得一犬，四體純黑，唯腹下白毛一叢，儼然成「守約」兩字，乃贖取以歸。

朱真人

成都民李氏，居郡城北。嘗有丐者至，容體垢汙可憎，與之錢，不肯去，叱逐之，入于門側，遂隱不見。李氏雖怪咤，然不測爲何人。後三日，别一道士至，顧其家人言曰：「汝家光采頓異，殆有神仙過此者。」曰：「無之。」道士指左扉拱手曰：「此靈泉朱真人象也。」始諦視之，面目冠裳，歷歷可辨。道士曰：「真人來而君不識，豈非命乎？吾能以繪事加其上，當爲君出力，使郡人瞻仰。」卽探囊中取丹粉之屬，隨手點綴，俄頃間而成。美髯長眉，容采光潤，宛然神仙中人。李氏驚喜，呼妻子稽首百拜。道士曰：「猶有一處未了，吾只在對街天慶觀，今姑歸，晚當復來。」不揖而出。過期，杳不至。就問之，蓋未嘗有此人也。李氏愈恨其不遇，揭扉施觀中。張忠定參政燾爲府帥，爲建小殿以奉焉。

聶從志

儀州華亭人聶從志，良醫也。邑丞妻李氏，病垂死，治之得生。李氏美而淫，慕聶之貌，他日，丞往傍郡，李僞稱有疾，使邀之。伺其至，語之曰：「我幾入鬼録，賴君復生。顧世間物無足以報德，願以此身供枕席之奉。」聶驚懼，但巽詞謝。李垂涕固請，辭情愈哀。聶不敢答，趨而出，徑還家。再招不復往。迨夜，李盛飾冶容，扣門就之，持其手曰：「君必從我。」聶絶袖脱去，乃止，亦未嘗與人言。後歲餘，儀州推官黄靖國病，陰吏逮入冥證事。且還，一吏揖使少留，將有所睹。又行，至河邊，見獄吏捽一婦人，持刀剖其腹，擢其腸而滌之。傍有僧語曰：「此乃子同官某之妻也。欲與醫者聶生通，聶不許。見好色而不動心，可謂善士。其人壽止六十，以此陰德，遂延一紀，仍世世賜子孫一人官。婦人減算，如聶所增之數。所以蕩滌腸胃者，除其淫也。」靖國素與聶善，既甦，密往詢之。聶驚曰：「方私語時，無一人聞者，而奔來之夕，吾獨處室中，此唯婦人與吾知爾，君安所得聞？」靖國具以告，由是播於衆口。時熙寧初也。王敏仲《勸善録》書其事，他曲折甚詳，然頗有小異，又無聶君名及李氏姓。聶死後，一子登科。其孫曰圖南，紹興中爲漢州雒縣丞，屬仙井喻迪孺汝礪作隱德詩數百言，以發潛德。其詞曰：「太虚八境初無二，中有道人常洞視。借問道人何等公？從志其名聶其氏。華亭春酣戰桃李，香氣入簾人破睡。凌波微步度勞塵，梔子同心傳密意。道人不動如澄水，看破新裝小年紀。回身向郎郎忍棄，愁眺月華空掩涕。含羞轉態春百媚，而我定心初不起。世人悠悠初未知，故有冥籍還見記。儀州判官臨潁生，良原甲夜黄衣吏。手提淡墨但倉黄，門列陰兵更奇佹。昧爽堂皇勢呀豁，玉帶神君氣高厲。靖國再拜呼使前，案頭吏抱百葉紙。數行具書一善事，聶君夜卻淫奔李。由來胸中無濁見，前塵百暗心常止。一室超然方隱几，入眼狂花亂飄墜。定情豈復顧倏脱，合歡未許同陽燧。坐令密行動幽祇，棘使華年增一紀。出門仍問紫衣翁，陰誅與世無差異。百葉部中分次第，忠孝棄捐神所劓。殺生之報定何如？朝生暮死蜉蝣爾。踏翠裁紅可憐妓，濯足瓊漿被鞭箠。房公湖邊秋色裏，阿孫圖南前拜跪。扣頭授我如上事，願謁英篇書所以。我聞南曹北曹尺有咫，天知地知元密邇。豈惟妙藥徹五藏，況復寶鑑懸千里。幽中諒有鬼能言，密處須防牆有耳。諸生舉止雖細微，動念觀心實幽邃。端知天上戊申録，記盡人間不平地。東鄰西舍總不知，卻有鬼神知子細。障礙爲壁通爲空，只有此心難掩蔽。云何是中有明暗，至行通神裁一理。道人兩眼無赤眚，指定人間幾真僞。趙騂已矣焉元死，郡有隱德如君子。嗟我諸生苦流轉，奔色奔聲復奔味。其間貪魃尤陰詭，收索携提入饞喙。都兒阿對共揶揄，笑殺官人常夢穢。雖云幽暗巧規避，僮僕羞之那不愧？哀哉詭譎王冀公，未省胡顏向袥砦。我愛昔人尤簡貴，寡欲清真有高氣。曠然澹處但真獨，胸中豈復留塵累。生死幽明了不期，是心默與神明契。王忱繡被下庭堂，李約寶珠存含襚。九原可作吾與歸，斂膝容之想幽致。」喻公詩頗奇澀，或不可曉云。此卷皆黄仲秉云。

夷堅丙志卷第三十一事

黄花假鬼

成都人楊起，字成翁。政和中，與嚴校：宋本「與」誤「輿」。鄉人任皋同入京赴省試。出散關下，行黄花右界中，此地素多寇，不敢緩轡。馬瘏僕痡，正暑倦困，入道旁僧舍少憩。長廊闃寂，不逢一僧，兩客卽堂上假寐。楊睡未熟，一青衣童，長二尺，面色蒼黑，自外來，持白紙一幅，直至于傍，欲以覆其面。相去尺許，若人掣其肘，不能前。童卻立咨嗟久之，掩泣而去。楊以爲不祥，洒淚自悼，亦不敢語人。是夕，泊村店中，方就枕，童亦至。徑造皋側，以所携紙蒙之，退而舞躍，爲得志洋洋之態，皋不覺也。明日，行三十里間，逢清溪流水，二人往濯足。畢事，楊先登，皋方以滌蕩爲愜，未忍去。忽大聲疾呼，楊回首視之，已爲虎銜去矣，始知所見蓋假鬼云。楊是年登科。

諾距那尊者

眉州青神縣中巖山，諾距那尊者道場也。山下三石筍，峭拔鼎立，游人齋戒往宿，多獲見華幢豪光之瑞。臨邛宋似孫過其地，逢一僧在前，酣醉跌宕，掛新筍三枝於杖頭，時方午暑，殊可憎，然未嘗語也。僧回首咄曰：「我不飲酒，君何得以犯戒謗我？」宋怒不對，猶以其醉，强忍不與校。僧又曰：「知君是依政宋官人，薄有淨緣，故得至此。」宋忽悟其人負三筍，豈非尊者示現乎？下車欲致敬，無所睹矣。

李弼違

李弼違者，東州葉本作「川」。人，建炎間入蜀，後爲蜀州江原葉本作「源」。宰。與邑人胡生游。胡生妻葉本作「娶」。四川都轉運使之女，女嘗陷虜，後乃嫁胡。弼違每戲侮之，至作小詩以資嘲誚。胡積不能堪，採摭其公過，肆溢惡之言售於都漕。所善張君適爲幹官，證以爲然，下其事於眉州。州令録事參軍閻忞典治，逮捕邑胥十餘人下獄，必欲求其入已贓。弼違當官清白，無過可指，但得嘗買鐵湯瓶，爲價錢七百五十，指爲虧直。忞以爲非辜，難即追攝。郡守畏使者，不從忞言，立遣吏逮之。弼違不勝忿，自刎死。死財一月，眉之獄吏與郡守相繼亡，都漕與胡生亦卒。忞官罷，赴調成都，過雙流縣，就郭外民家宿。夜且半，聞扣寢門者，問爲誰，曰：「弼違也。」又問之，答曰：「弼違姓李，君豈不憶乎？君雖不開關葉本作「門」。吾自能穿隙以過。」葉本作「入」。語畢，已在牀前立。忞甚懼，回面向壁卧。弼違曰：「君不欲見我，當以項下不絜之故，吾今自掩之。」即解腰間帛，匝其頸。忞不獲已起坐。弼違曰：「吾前冤已白，無所憾。然連坐者衆，非君來證之不可。君固知我者，今禄命垂盡，故敢奉煩一行。尚有未到人甚多，天符在是，可一閱也。」取手明鈔本作「袖」。中文書示忞，如黃紙微淺碧，其上皆人姓名，而墨色濃淡不齊。弼違指曰：「此卷中皆將死，墨極濃者期甚近，最淡者亦不出十年。所以泄天機者，欲君傳於人間，知幽有鬼神，可信不疑如此。」揖別而去。故略能記所書，它日，其葉本作「某」。人病，豫告其家，此必不起，已而果然。蓋以所見驗之也。忞少時亦卒。

費道樞

費樞，字道樞，廣都人。宣和庚子歲入京師，將至長安，舍於燕脂坡下旅館，解擔時日已銜山。主家婦嫣然倚户，顧客微笑，發勞苦之語。中夜，獨身來前曰：「竊慕上客風致，願奉頃刻之歡，可乎？」費愕然曰：「汝何爲者？何以得至此？」曰：「我父京師販繒主人也。家在某里，以我嫁此店子。夫今亡，貧無以歸，不能忍獨宿，冒耻就子。」費曰：「吾不欲犯非禮，汝之情吾實知之，當往訪汝父，令遣人迎汝，汝勿怨。」婦人羞愧，不樂去。費至京，他日，過某里，得所謂販繒者家，通名欲相見。主人曰：「客何人？安得與我有故？」答曰：「吾蜀人費樞也。」比經長安，邂逅翁女，有所託，是以來。」翁躡履出迎曰：「疇昔之夜，夢神告，吾女將失身於人，非遇費秀才，殆矣。君姓字真是也，願聞其説。」具以告。翁流涕拱謝曰：「神言君且爲貴人，當不妄。」退而計其夢，果所見女之時。卽日遣長子取女歸而更嫁之。明年，費登科，官至大夫，爲巴東守。

楊希仲

楊希仲，字季達，蜀州新津人，未第時爲成都某氏館客。主人小婦少而蕩，葉本作「麗」。詣學舍調客，欲與綢繆。希仲正色拒之，遂去。其妻在鄉里，是夕夢人告曰：「汝夫獨處他鄉，能自操持，不欺暗室，神明舉知之，當令魁多士以爲報。」妻覺，不知何事也。歲暮，夫歸，始言其故。明年，全蜀類試，希仲爲第一人。

張四郎

邛州南十里白鶴山張四郎祠，蓋神仙者流。山下碑甚古，字畫不可識。郡人云：「四郎所立，以禦魑魅，救疾疫。後人能辨其字者，則可學仙。」青城唐耜爲邛守，好游其地，冀有所遇，每立碑下，摩挲讀之。忽能認一字，曰：「豈非某字乎？」傍有人應曰：「然。」耜惡其儳言，叱使去，既而悔之，不見其人矣。又嘗出游，逢道人立路左作戲，呼曰：「使君，奉贈一土鏡。」命從吏取之，乃頑塊也。怒以爲侮己，將執以歸，細視其塊，果耿耿有光采，始疑爲異人，俄亦不知所在。唐氏至今寶此土。耜字益□，陸本作「大」。仕至祕閣修撰。

常羅漢

嘉州僧常羅漢者，異人也，好勸人設羅漢齋會，故得此名。楊氏媪嗜食雞，平生所殺，不知幾千百數。既死，家人作六七齋，具黄籙醮。道士方拜章，僧忽至，告其子曰：「吾爲汝懺悔。」楊家甚喜，設坐延入。僧顧其僕，去街東第幾家買花雌雞一隻來。如言得之。命殺以具饌，楊氏子泣請曰：「尊者見臨，非有所愛惜。今日正啓醮筵，舉家内外久絶葷饌，乞以付鄰家。」僧不可，必欲

就煮食。既熟，就廳踞坐，析肉滿盤，分置上真九位，乃食其餘。齋罷，不揖而去。是夕，賣雞家

及楊氏悉夢媪至，謝曰：「坐生時罪業，見責爲雞。賴常羅漢悔謝之賜，今解脱矣。」自是郡人作佛事薦亡，幸其來以爲冥塗得助。紹興末卒，今肉身猶存。

道人留笠

永康青城山，每歲二月十五日爲道會，四遠畢至。巨室張氏、唐氏輪主之，會者既集，則閉觀門，須齋罷乃啓。一日，方齋，有道人扣門欲入，閽者止之，呼罵不已。閽往告張氏子，張慮其撓衆，堅不許。其人不樂，乃往山下賣茶家少駐，索筆題壁間，脱所頂笠掛其上，祝主人曰：「爲我視此，徐當復來。」去未久，笠如轉輪，旋繞於壁上。見者驚異，走報觀中人，共揭笠觀之，得詩一首，其語曰：「偶乘青帝出蓬萊，劍戟崢嶸遍九垓。緑履黄冠俱不識，爲留一笠不沉埋。」衆但相視，悔恨無及矣。

楊抽馬

楊望才，字希吕，蜀州江原葉本作「源」。人。自爲兒童，所見已異。嘗從同學生借錢，預言其筒中所攜數，啟之而信。既長，遂以術聞。蜀人目爲楊抽馬，原注：謂與人抽檢禄馬也。容狀醜怪，雙目如鬼，所言事絶奇。其居舍南大木蔽芾數丈，忽書揭於門曰：「明日午未間，行人不可過此，過則遇奇禍。」縣人皆相戒勿敢往。如期，木自拔葉本作「擢」。仆地，盈塞街中，而兩旁屋瓦略不損。然所

爲上三字葉本作「其所言」。初乃類妖誕，每持縑帛賣于肆，若三丈，若四丈，主人審度之，償錢使去。既而驗之，財三四尺爾。或跨騾訪人，而託故暫出，繫騾其庭，行久不反，騾亦無聲。視之，剪紙所爲也。或詣郡告其妖，云：「每祠祀時，設爲位六，虛其東偏二位，而楊夫婦與相對。又一僧一道士坐其下。」左道惑衆，在法當死，坐是執送獄。獄吏素畏信之，不敢加械杻，又慮逸去。楊知其意，謂曰：「無懼我，我當再被刑責，數已定，吾含笑受之。吾前日爲某事某事，法所不捨，蓋魔業使然。度此兩厄，則成道矣。」司理楊忱，夜葉本作「議」。定獄，楊言曰：「賢叔某有信來乎？殊可惜。」忱不答。暨出户，而成都人來，正報叔訃。他日，又謂忱曰：「明年君家有喜，名連望字者四人及第。」忱一女年十六七歲，暴得疾，更數醫不効，則又告之曰：「公女久病，醫葉本多一「者」字。陳生用某藥、李生用某藥，皆非是。此獨後庭朴樹内蛇葉本多一「爲」字。祟爾，急屏去藥。須我受杖了，爲按：此疑有脱誤。以符治之，女當平安，勿憂也。」忱歸語其妻，且疑且信。蓋常見小蛇延緣樹間，而所説易醫用藥，皆不妄。後楊受杖歸，書符遺忱，使掛于樹，女卽洒然。明年，忱羣從兄弟類試，果四人中選，曰從望、民望、松望、泰望。先是，楊取倡女爲妻，一日，招兩杖葉本多一「卒」字。直至其居，與錢三萬，令用官大杖撻己及妻各二十明鈔本多一「六」字。下。兩人驚問故，曰：「吾夫婦當罹此禍，今先禳之。」皆不敢從而去。及獄成，與妻皆得杖，如所欲禳之數，而持杖者正其所招兩人。晚來成都，其門如市。士人問命，應時卽答。或作賦一首，詩數十韻，長歌序引，信筆輒成。每類試，必先爲一詩示人，語祕不可曉。迨揭牓，則魁者葉本作「元」。姓名必委曲見於詩。或全牓百餘人，豫書而緘之，多空缺偏傍，不成全字，等級高下，無有葉本作「一」。不合。四川制置司求三十年前案牘不得，以告楊。楊曰：「在某室某匱第幾沓中。」如言而獲。眉山師琛造其家，鄉人在坐，新得一馬，黑體而白鼻。楊曰：「以此馬與我，君將不利。」客恚曰：「先生恃有術，欲奪葉本作「賺」。吾馬。吾用錢百千，未能旬日，而可脅取乎？」楊曰：「欲爲君救此厄，而不吾信，命也。明年五月二十日，寃當明鈔本作「家」。督葉本作「有」。報。謹志之，勿視其芻秣，善護左肋。過此日或可再相見。」客愈怒，固不聽，亦忘其語。明年是日，親飼馬，馬忽跑躍，踶其左肋下，即死。闞壽卿耆孫。爲果州教授，致書爲同僚詢休咎。僕未至，楊在室告其妻，令以飯犒闞教授僕。飯已具，僕方及門。又迎問之曰：「不問己事，而爲他人來，何也？」僕驚拜，殊不知所以然。葉本多一「楊」字。與華陽富家某氏子游甚暱，嘗貸錢二十千，富子靳不與。夜處外室，聞扣門聲，曰：「我乃東家女，夫壻使酒見逐，夜不可遠去，幸見容。」葉本多「一宿」二字。富子欣然延納，與共寢。慮父母上二字葉本作「人知」。覺，未曉，呼使起，杳不應。但聞血腥滿帳，挑燈照之，女身首斷爲三，鮮血横流，如方被刑葉本作「殺」。者，駭悸幾絕。自念奇禍作，非楊君無以救，奔詣其家，排闥入告急。楊曰：「與君游久，緩急當同之。前日相從假貸，拒不我與。今急而求我，何故？」葉本作「也」。富子哀泣引咎。楊笑曰：「此易爾，無庸憂。持吾符歸置室中，亟閉户，切勿語人。」富子謝曰：「果蒙君力，當奉百萬以報。」曰：「何用許？葉本多一「錢」字。但當與我所需二萬錢。」此句葉本作「但貸我二萬足矣」。遂以符歸，惴惴竟夜。上二字葉本作「如戒」。遲明，潛入室，不見尸，一榻皎然，若未嘗有葉本無「有」字。漬汗者，不勝喜。卽日携謝葉本無「謝」字。錢，且携明鈔本作「具」。酒殽過楊所。上三字葉本作「往謝」。楊曰：「吾家穴隘不可飲，盍相與出郊乎？」遂行。訪酒家，命席對酌。視當壚婦，絶似前夕所偶者，唯顏色萎黃爲不類。婦亦頻屬目，頗有所疑。呼問之，對曰：「兩日前，夢人召至一處，少年郎留連竟夕。暨睡醒，體中殊不佳，血下如注，幾二斗乃止。今猶奄奄短氣，平生未嘗感此疾也。」始悟所致蓋其魂云。虞丞相自荆襄召還，子公亮遣書扣所向，楊答曰：「得蘇不得蘇，半月去作同簽書。」虞公以謂簽書不帶同字已久，既而守蘇臺，到官十五日，召爲同簽書樞密院事。時錢處和先爲簽書，故加同字。如此類甚多，不勝載。

王孔目

成都孔目吏王生，住大安門外。每五鼓趨府，必誦大隨求呪一通，將及門，率值婦人行汲，如是久之。一旦，有惑志，誦呪稍輟。婦人忽至前曰：「我每旦將過此，吾主公必夙興，如有□陸本作「所」。敬者，故我汲水不敢緩。今日獨否，君豈有所慢乎？」王生竦然而去，固不曉其語。晚歸，過江瀆廟，心動，亟入瞻謁，見壁畫一婦人，手持汲器，蓋平生所見者。

唐八郎

唐八郎者，本青城趙氏子。父曰趙老，居山下，喜接道流。唐年十許歲，似有所遇，家人失之。踰兩月，得於山後磐石上，取以歸，自是率意狂言。嘗升木抄嚴校：「抄」當作「杪」。大呼曰：「青城市中水且至。」明日，縣乃大火。又嘗摩拊一巨木，咨嗟其傍。或問之，曰：「是將爲吾父柩。」居亡何，趙老果死。久之，告人曰：「張天師在仙井，我將從之游。」棄家而行。至仙井，每夜臥室中，白氣被其體如月，外間皆見。邑人員彦材，老矣，自謂行運與何文縝丞相同，必繼魁多士。紹興庚午，赴廷試。既行，唐訪其家，悉取器皿之屬，倒置于地，曰：「秀才出去狀元歸，可賀也。」一家皆喜。彦材既入試，誤有所識於白襴上，爲內侍所發，當罷歸，以有升甲恩，特旨列於五甲末，乃悟倒置之意。士子十數輩將應舉，來謁唐。唐云：「君輩皆非虞任之比。」任之者，虞育也。是年，育免舉，衆士俱不利。員顯道興宗。家以肉葅作餅，食而餘其四。其日晚，唐至，索食。顯道曰：「適無一物可以爲先生供。」唐笑曰：「肉餅尚有四枚，何靳也。」凡所見皆類此。隆興初，成都村民挽車入市，逢道人，遺交子二千，授以書，曰：「倩汝送與仙井唐八郎。」民接書卽行，同輩稍黠者咤曰：「吾聞八郎異人也，書中得非有奇藥方書乎？」發視之，白紙也，急復緘封之。纔至仙井，唐迎駡曰：「何不還吾書？」民再拜謝罪。唐執書再三讀，歎曰：「又遲了我二十四年。」不樂而去，至今猶存。此卷皆員興宗顯道說。

夷堅丙志卷第四 十四事

餅店道人

青城道會時，會者萬計，縣民往往旋結屋山下，以鬻茶果。有賣餅家得一店，初啓肆之日，一客被酒，造其居，醉語無度，袒卧門左，餅師殊苦之。與之錢，不受；飼以餅，不納。先是，有風折大木，居民析爲二橙，正臨門側，以待過者。店去江頗遠，方汲水，二器未及用，客忽起，縛茆葉本多一「爲」字。帚，蘸水洗木，揩揩踰兩時，又卧其上。往來望見者皆惡之，及門卽返，餅終日不得泄。葉本作「賣」。客亦捨去，謝主人曰：「毋怒我，我明日攜錢償汝直，當倍售矣。」遂行。或詣橙旁欲坐，見光采爛然，乃濃墨大書「吕先生來」葉本作「坐」。四字。取刀削之，愈削愈明，深透木底，上下若一，觀者如堵。自此餅果大售。時紹興三十二年二月。闞壽卿親見其洗木時，云：「一清瘦葉本作「癯」。道人也。」

麻姑洞婦人

青城山相去三十里有麻姑洞，相傳云亦姑修真處也。丈人觀道士寇子隆獨往瞻謁，至中塗，遇村婦數輩自山中擔蘿蔔而出，弛擔牽裳，□陸本作「就」。道上清泉跣足洗菜。見子隆至，問：「尊師何往？」曰：「將謁麻姑。」一婦笑曰：「姑今日不在山，無用去。」取蘿蔔一顆授子隆曰：「可食此。」食之，遂行。竊自念曰：「彼皆村野愚婦，豈識麻姑爲何人，得非戲我歟？」忽焉如悟，回首視之，無所見矣。自是神清氣全，老無疾病，爲人章醮，自稱火部尚書。壽過百歲，隆興中乃卒。

青城老澤

青城縣外八十里老人村，土人謂之老澤。《東坡集》中所載不食鹽酪年過百歲者，蓋此也。平時無人至其處。闞壽卿與同志七八人，以春暮作意往游。未到二十里，日勢薄晚，鳥鳴猿悲，境界淒萬，同行相顧，塵埃之念如掃，策杖徐進。久之，山月稍出，花香撲鼻。諦視之，滿山皆牡丹也。幾二更，乃得一民家。老人猶未睡，見客至，欣然延入，布葦席而坐。諸客謝曰：「中夜爲不速之客，庖僕尚遠，無所得食，願從翁賒一飡，明當償直矣。」翁曰：「幸不以糲食見鄙，敢論直乎？」少頃，設麥飯一鉢，菜羹一盆，當席間環以椀，揖客共食，翁獨據榻正中坐。俄烝一物如小兒狀，置于前，衆莫敢下箸，獨壽卿擘食少許。翁曰：「吾儲此味六十年，規以待老。今遇重客，不敢愛，而皆不顧，何也？」取而盡食之，曰：「此松根下人參也。」明日，導往傍舍，亦皆喜，争相延飲饌，曰：「兹地無税租，吾斸山爲壠，僅可播種，以贍伏臘。縣吏不到門，或經年無人跡，諸賢何爲肯臨之？」留三日，始送出山。凡在彼所見數百人，其少者亦尨眉白髮，略無小兒女曹。後不暇再往。右三事皆闞壽卿說。

孫鬼腦

眉山人孫斯文，文懿公抃曾孫也，生而美風姿。嘗謁成都靈顯王廟，視夫人塑象端麗，心慕之。私自言曰：「得妻如是，樂哉！」是夕還舍，夢人持鋸截其頭，别以一頭綴項上。覺而摸索其貌，大駭。取燭自照，呼妻視之，妻上十七字葉本作「覺而照鏡，大駭。其妻視之」。驚怖即死。紹興二十八年，斯文至臨安，予屢見之於景靈葉本多一「宮」字。行香處，醜狀駭人，面絶大，深目倨葉本作「巨」。鼻，厚葉本作「反」。脣廣舌，鬢髮鬅鬙如蓬。每啖物時，伸舌捲取，咀嚼如風雨聲，赫然一土偶判官也。畫工葉本多一「陰」字。圖其形，鬻於市廛以爲笑。斯文深諱前事，人問者，輒曰：「道與之葉本無「與之」二字。貌也。」楊公全識其未换首時，曰：「與今葉本多一「大」字。不類。」蜀人目之爲孫鬼腦云。

閬州通判子

閬州通判之子，數遣小兵貨物於市。嘗持象笏至富民家，民詰之曰：「此吾家物，汝從何得之？」兵以實告。民入索篋中，果不見，證其爲盜，執而訟于官。時同郡數家被盜，所失財物甚衆，立賞迹捕，莫能得，及聞是事，皆詣府投牒。吏就鞫問，其對如初。郡守韓君以語倅，倅心疑其子，潛入書室，見所陳衣服、器皿、玩好，皆非己所有，大駭。呼問之，以竊對。父震怒曰：「吾不幸生子而以穿窬爲罪，世間之辱，何以過此？」命擒縛送府，子殊無懼色。守以美言誘之曰：「吾與汝父同寮，當爲汝地。但還諸人元失物，必不窮竟也。」遣兵官監詣其室，盡取所藏。子具言某物某家者，某物某家者，乃各以付失主。但餘皮韈一雙，無主名。子再拜懇請曰：「願以見賜。」守問何所用？對曰：「頃登子城，見此物在城下，試取著之，便履空如平地。自是入人家，白晝亦不能覺。」守益不信，還其韈，且驗焉。子欣然，才著畢，騰升屋端，了無滯礙，其去如飛，竟失所往。予婦姪張寅爲臨桂丞，聞之於靈川尉王琨。琨云：「此近年事，不欲顯其姓名，特未審也。」

廬州詩

廬州自酈瓊之難，死者或出爲厲，帥守相繼病死。歷陽張晉彥祁作詩千言，諷邦人立廟祀之。廬人如其戒，郡治始寧。其詩曰：「平湖阻城南，長淮帶城西。壯哉金斗勢，吴人築合肥。曹瞞狼顧地，苻秦又顛擠。六飛駐吴會，重兵鎮邊陲。紹興丁巳歲，書生綰戎機。酈瓊刼衆叛，度河從僞齊。蒼黃驅迫際，白刃加扶持。在職諸君子，臨難節不虧。尚書徇國事，既以身死之。罵賊語悲壯，搘喉聲喔咿。嗚呼趙使君，忠血濺路歧。原注：趙康國知廬州。喬張實大將，橫尸枕階基。至今遺部曲，言之皆涕洟。原注：統制官喬仲福、張璟以不從亂被害於州治。法當爲請謚，史策垂清規。法當爲立廟，血食安淮圻。奈何後之人，邈然弗吾思。居官潭潭府，神不芘茅茨。寃氣與精魄，皇皇何所依？所以州宅内，鬼物多怪奇。月明廷廡下，髣髴若有窺。瞥欻聞動息，衣冠儼容儀。士民日凋瘵，岳牧嬰禍罹。一紀八除帥，五喪三哭妻。原注：張節度宗顔夫婦俱喪。陳閣學規、李舍人誼、韓大夫沃、鮑左司琚皆死。杜觀察琳、吴徽猷坰皆喪妻。張侯及内子，遍體生瘡痍。爬搔疼徹骨，脱衣痛粘皮。

狂氓據聽事，夫人憑指揮。玉勒要烏馬，雲鬟追小姬。同殂頃刻許，異事今古稀。原注：張宗顏妻既死，一日，有村民狂走登聽事，據坐，作妻附語，怨詈家事，又言欲取烏馬與小婢。俄皆死。磊落陳閣學，文章李紫微。築城志不遂，起廢止於斯。杜侯在官日，夜寢鬼來笞。拔劍起驅逐，反顧出户幃。曰杜二汝福，即有鼓盆悲。原注：杜琳夜爲喬、張笞擊，拔劍擊之，乃顧曰：「杜二，汝有福。」德章罷郡去，厭厭若行尸。還家席未煖，凶問忽四馳。原注：鮑字德章。安道移嘉禾，病骨何尫羸。於時秋暑熾，絮帽裹頷頤。餘齡亦何有？幹在神已暌。原注：王安道帥廬，病亟，請於朝，移嘉禾死。師説達吏治，通材長拊綏。東來期月政，簡静民甚宜。傳聞蓋棺日，邑里皆號啼。原注：韓沃字師説。近者吴徽閣，魚軒發靈輀。營卒仆公宇，厩駟裹敝帷。行路聞若駭，舉家驚欲癡。原注：吴坰之妻喪車臨啓，有茶酒卒與一馬同斃。昔有鄴中守，迴諱姓尉遲。後周死國難，英忠未立祠。及唐開元日，刺史多艱危。居官屢謫死，未至先歔欷。仁矣張嘉祐，下車知端倪。廟貌嚴祀典，滿考遷京畿。兄弟列三戟，金吾有光輝。吴競繼爲政，神則加冕衣。自此守無患，史書信可推。伯有執鄭政，汰侈荒於嬉。出奔復爲亂，羊肆死猖披。强魂作淫厲，殺人如取攜。其後立良止，祭祀在宗枝。罪戮彼自取，禍福尚能移。族大所馮厚，子産豈吾欺！寒温五種瘧，蹉跎一足夔。或能爲病祟，祈禱烹伏雌。況我義烈士，品秩非賤卑。凜凜有生氣，爲神復何疑？勺水不酹地，敢望壺與蹄？片瓦不覆頂，敢望題與榱？邦君寄民社，此責將任誰？既往不足咎，來者猶可追。儻依包孝肅，或依皇地祇。經營數楹屋，豐儉隨公私。原注：城中有后土廢祠，孝肅公故第，皆爽塏，可附爲宇。丹青羅像設，香火奉歲時。尚書名位重，正寢或可施。呂姬徇夫葬，義婦嚴中閨。原注：有得呂尚書括髮之帛歸吳中者，夫人吳氏，持之自盡以殉葬。清賢列兩廡，後先分等衰。當時同難士，物色不可遺。張陳李鮑韓，勢必相追隨。德章病而去，去取更臨時。尊罍陳儼雅，劍佩光陸離。匠事落成日，醮祭蠲州治。青詞奏上帝，册祝告神知。若曰物異趣，人鬼安同栖？茲焉卜新宅，再拜迎將歸。悲笳響蕭瑟，風馭行差池。穹旻亦異色，道路皆慘悽。巍峨文武廟，千載無傾攲。使君享安穩，高堂樂融怡。豈弟布惠政，吉祥介繁禧。遂紆紫泥詔，入侍白玉墀。斯民獲後福，年穀得禳祈。坎坎夜伐鼓，欣欣朝薦犧。人神所依賴，時平物不疵。中興天子聖，羣公方倚毗。明德格幽顯，和風被華夷。典章粲文治，昭然日月陸本作「星」。垂。臣工靡不報，秩祀當緝熙。四聰無壅塞，百揆欽疇咨。咨爾淮西吏，不請奚俟爲。露章畫中旨，施行敢稽遲。太常定廟額，金牓華標題。特書旌死節，大字刻豐碑。碑陰有堅石，鐫我廬州詩。」

趙和尚

僧宗印本陝西士人，姓趙氏，棄俗爲僧。靖康時，在長安住大刹，好談世間事，詞鋒如雲。方金寇犯闕，范謙叔致虛左丞帥京兆，節制五路軍，一見大喜，邀使反儒服。即往謁華山廟，自言以身濟世之意，遂從范公。范以便宜命之官，艱難中頗有功，積遷至直龍圖閣，已而隸川陝宣撫司，亦領兵數千人。對客輒大言，常云：「吾留意釋氏，得大辨才，在古佛中當與浄明維摩等。至於貫穿今古，精練吏事，於天下文官，實爲第一。料敵應變，決機兩陳之間，於天下武官亦爲第一。若四方多壘，煙塵未清，則爲盜賊第一人。不敢多遜。」坐客畏其言，無敢答者。其評議人物，凶險好駡，蓋出天資。既得志，前後度僧五百，皆名曰「宗印」，使之代己。時已年六十餘矣，不復娶，唯買妾二十人。後解兵，閑居數歲而得疾，藏府洞泄無時，羣妾棄去不視，趙自取其糞食之。有見而怪之者，答曰：「汝安得知此味？」經旬乃死。識者以爲口業之報。席大光守河中日嘗蒙其力，適帥湖南，爲飯千僧以資福。趙雖通顯，人猶呼爲趙和尚云。

景家宅

達州江外民景氏，宅甚大。其側古冢屹然，時時鬼物出見，處者不寧，徙入城避之。予婦家入蜀，僦以居。外舅之弟宗正，夏夜露宿，過三更，見大毛物睢盱而前，引手拍其項。宗正矍起，厲聲叱之曰：「汝豈不見北斗在上乎？乃敢爾！」其物應聲退。安寢至明。

蜀州紫氣

崇寧三年，成都人凌戡詣闕告言：「蜀州新津縣瑞應鄉民程遇原注：本名犯光堯嫌名。家葬父母，其墳山上常有火光紫氣。」詔下本郡，令速徙它處。仍命掘其穴成池，環山三里内，自今不許爲墓域，郡每以季月差邑官檢視。明年，詔以其地屢有光景動人，宜爲奉真植福之所，乃建道觀，名曰

「寅威」。賜田十頃，歲度童行二人。後二年，光堯太上皇帝誕降，實始封蜀國公，竟以潛藩升爲崇慶〔原作「慶崇」，據陸本改。〕軍節度，遂應火光紫氣之祥。而程氏子名適與帝嫌名同。天命昭灼如此。

查氏餅異

荆南查氏，世居沙頭。有女自幼好食餅，每食時，但取其中有糖及麻者咀之而棄其圈，亦小兒常態也。乾道二年，女十四歲矣，因步中庭，雨忽作，有物挾以騰空，震雷擊之，墮地死。天雨餅棬者，移時乃止。羣犬攫食，與真者不異。朱子淵説。

小溪縣令妾

蜀士某，部綱東下，出成都，泊舟江瀆廟。天未明，入祠拜謁，望正殿内一婦人已先在，疑其鬼也，甚懼。稍定，倚户窺之，婦人焚香亟拜，泣而禱曰：「妾本京師人，早失父。隨母西入川，嫁成都人某氏，今七年，生男女二人。良人去年赴敍州小溪令，不挈家行，亦無書信來，近聞負約別娶矣。妾窮獨難久處，四顧孑孑，更無親戚可依。曉夕思之，惟有一死，願大王監此心。」即以剃刀自刎，登時仆地。士人驚怪，且恐暗昧累己，亟登舟解維。過小溪，所謂縣令者，乃鄉人也。出迎於江亭，從容及其家事。令曰：「向買一妾，留家間，久未暇取。」士人略道其形容蹤跡。令驚曰：「皆是也，君何由知之？」乃話所見。令瞿然，俛首不語。俄告去，喚湯至，已不能執杯，曰：

「君所言才畢，此人卽在傍，吾不免矣。」遂升車回，及縣治而死。此乾道元年事也。黃仲秉說，云某部綱者，欲再訪其詳未得也。

郢人捕黿

郢州江中，積苦老黿出没爲隄岸及舟船之害。郡設百千賞，募人殺之，有漁者出應募。問所須，但求一渡船，兩人操楫，大罋一枚，猪肝一具，及鐵鉤環索之屬。至日，登舟，穴罋底，以鉤絓肝置其内，順流以行。移時，黿出食肝，併吞鉤，首不能縮，怒甚，引頸出於罋，欲犯船，而身礙罋間，進退不可。漁者以箠擊其首，紞然而没，則放索隨之，任其所往。度已困，復舉索引鉤，又擊之，至于三四，黿死，始棹舟檥岸。邦人觀者如堵，喜其去害，争出錢與之。蓋黿性嗜猪肝，漁者知之，又得操縱之術，故爲力甚易。仲秉說。

桃源石文

建炎三年四月，鼎州桃源洞大水，巨石隨流而下。石間有文，似天書，而字畫皎然可識。凡三十二字，云：「無爲大道，天知人情。無爲窈冥，神見人形。心言意語，鬼聞人聲。犯禁滿盈，地收人魂。」其言雖簡，而有警於人世。

韭黃雞子

張魏公居京師，赴客飯，以韭黃雞子爲饌。公不欲食，主人强之，不得已爲食三顆，而意亦作惡，不終席而歸。夜中，忽足痛不可忍，秉燭照之，乃三雞啄其足，一牡二牝。金甲大神立於旁，扣公曰：「發願否？」公曰：「願盡此生不食雞子。」神曰：「願輕。」公又曰：「某此生不犯戒，則母氏延無量之壽。犯此者爲不孝。」神人頷之，倏忽間與雞皆不見。迨曉，視啄處，赤腫猶寸餘。自是不復食雞卵。魏公□□□說。

夷堅丙志卷第五十三事

李明微

李明微法師，福州人，道戒孤高，爲人拜章伏詞，報應甚著。紹興五年，建州通判袁復一使與天慶觀葉道士同拜醮，既罷，謂葉曰：「適拜章時，到三天門下，見此郡張道士亦爲人奏青詞，函封極草率，又已破碎。天師云：『此不可進御。』擲去之矣。」葉曰：「張乃觀中道侶也。但不知今夕在誰人家。」明日，張自外歸，葉扣其所往，曰：「昨在二十里外葉家作醮。村民家生疎，青詞紙絶不佳，及焚奏之際，架復傾側，詞墜于地。吾急施手板承之，賴以不甚損，然鶴氅遂遭爇。」葉爲話明微所見，張甚懼，卽日自具一醮謝罪云。

虢州驛舍

宣和中，虢州路分都監新到官以代者未去，寓家于驛。日未晡，會食堂上。白氣從廷下井中出，勃勃如霧。須臾，青衣女子出於井，歷階而上，遍視坐人，丫髻森如，目光可鑒。已而入西邊小室，沿壁而升，遂失所在。擧室皆悚，至夕不敢寐。二鼓後，門窗無故自闢，由外入者紛紛，亦未疑爲怪，就視之，面目衣冠，盡與一家人不異。而家人所見，又皆類都監。憧憧往來，莫知孰爲人，孰爲鬼，雖有刀劍，懼誤傷人，不敢擊。達旦方止。老幼驚怖如癡，卽日徙出。後月餘，縉雲人陳汝錫來通判州事，方葺官舍，亦暫泊驛中。都監者具以前事告，陳不謂然。過三日，羣婢悉夢魘，有見人物極大而無言者，有遭鬼物自牀舁至地者，亦至曉乃止，然別無它。

葉議秀才

紹興二年，處州青田人潘紱、閭丘觀俱爲蕭山尉，同處一寺。鄉人葉議秀才以家貧母老來相依，日飯尉家，夜則寢僧舍。時三衢柴生能相手紋談禍福，視葉手，驚曰：「君色殊不佳，法當殺人，否則爲人所殺。近三日事爾，切勿妄出，正恐不得免焉。」葉素怯懦，且方僑寄爲客，與人未款曲，度必無如是事，姑應曰：「諾。」越三日，薄暮，二尉留與飮，中夕醉歸。同室僧已寢，一盜在外，尾其後以入。發篋有聲，僧覺之，潛起，將取杖擊盜，正與盜遇，盜以刃傷僧，僧絕叫而走。葉熟睡，聞呼聲，蹶然起。盜適當前，葉急持其袂，盜慮不得脫，掣其肘曰：「放我！不然，將殺汝！」葉醉甚，持之愈急，盜恐衆至，乃剚刃而去。葉卽死。二尉聞之，懼以是坐罪，迹捕未獲，見葉從廡下掩腹入僧房，左右無一睹者。邑有女巫，能通鬼神事，遣詢之。方及門，巫舉止言語如葉平生，大慟曰：「爲我謝二尉。我以宿業，不幸死，今已得凶人，更數日就擒，無所憾，獨念母老且貧。吾囊中所貯，可及百千，望爲火吾骸，收遺骨及餘貲與母，則存没受賜矣。」尉悉如所戒。後五日，果得盜。盜言殺葉〔原作「業」，今改。〕之次日，卽見諸百步外，已而漸近，昨乃與同卧起，自知必敗云。

小令村民

青田小令村民家婦，年二十餘，愚而醜，爲祟所憑，能與人言。唯婦見其形，用大紙滿書其上，不能成字。貼婦房内壁，仍設一卓，置香爐，如人家供神佛者。每日焚香十餘度，或沉，或檀，或柏子和香之屬，莫知所從來。富人徐勉，素木强，聞其事，特往驗之。方及門，空中語曰：「好客且來，可設茶。」勉已愕然，既坐，問民曰：「聞汝家有鬼，胡不令出見我？」語未竟，一物墜背間，甚重，遂墮地。視之，則茶磨上扇也，背亦不覺痛。勉怖而出，祟以糞逐而洒之。有行者善誦穢跡呪，能祛斥鬼物，勉邀至民家。未及施術，一刈草大鐮刀從空飛舞而下，揮霍眩轉，如人執持，刃垂及衣裾，急竄去，僅免。後頗盜微物以益其家，山間牧童嘗窺見之，似十二三歲兒，遍體皆黄毛，疑爲猴玃之屬。至今尚存。

青田小胥

建炎中，青田小胥陳某者，嘗上直，同輩三人皆竊出，陳素謹畏，獨卧吏舍。明旦，門不啟，主吏扣户連呼之，不應。以告縣令陳彦才，破壁以入，衣衾巾屨皆在，獨不見人，而窗壁整密如常時，莫能測。陳父日夕悲泣，山椒水涯，尋訪略遍。適路時中過永嘉，道出青田，蔣存誠祭酒方鄉居，憐其父老而失子，爲以情禱之。時中命具狀訴于驅邪院，而判其後云：「當所土地里域真官，仰來日辰時，要見陳某下落。如係邪祟枉害生人，亦仰拘赴所屬根治，餘依清律施行。」仍畫玉女于後，令焚于城隍祠。明日，去縣五里曰下浦，漁者方收網，忽潭水沸騰，聲如雷震，急檥舟岸側以避。俄頃，一物躍出，高丈餘，復墜，水亦平帖。徐而觀之，乃陳胥之尸。時秋尚熱，死已旬日，而面色如生，竟不測爲何祟，其身何以能出户也。

長生牛

紹興元年，車駕在會稽，時庶事草創，有旨禁私屠牛甚嚴，而衞卒往往犯禁。有水牛，頂舌刃，由禹廟側突入城，見者辟易。廂卒慮其蹂躪，欲闌執之，爲所觸，幾死。時府治寓大善寺，牛迤邐入三門，過西廊。一馬繫廊下，見牛至，奮蹄蹴之。牛怒，觸其腹，腹裂，腸掛于角。怒愈甚，逢人則逐，徑詣廷中。郡守陳汝錫方治事，牛望見，乃緩行，引首悲鳴，遂卧階下。陳令健卒爲去刃傅藥，兀然不動。且告以立賞捕屠者，命牽付圓通寺作長生牛，即就紲而去，與常牛無以異。後數年方死。

鼈逐人

大理司直陳棣，幼嗜鼈，所居青田山邑，艱得之，隨得則食，初未嘗起念。紹興壬戌歲，夢適通衢，見鼈二十餘出水中，行甚遽，且將齧己，急走還。及門，鼈亦踵至。復趨堂上，相逐愈急。窘甚，跳登食牀，鼈競緣四脚而上。棣大怖，謂曰：「我元無食汝意，何爲迫我？」叱之而寤。明旦，啟門，有村僕持所親劉元中書致一竹畚，葉本作「簍」。餉鼈二十八頭。發視之，絶類昨夢所睹。時元中新得僕，善捕鼈，赤手行水際，察沙石間，則知鼈所隱，日獲數十枚，以故親黨亦蒙惠。棣舉所餉放諸溪，自是不復食。

縉雲鱠飛

縉雲縣溪澗淺澀，尋常無大魚。漁者嘗獲巨鯉，異而獻于縣。縣令方從政倍償其直，付庖人斫鱠，招邑官開宴共享。酒數行，絲竹在列，鱠至。未及食，忽雰霧晝冥，雷雨驟至。盤中鱠縷，舞躍而出。大風徹屋脊，瓦落勢如崩。盛夏凄寒，坐客毛髮皆立。火毬如五斗栲栳大，飛集筵間。客趍避書閣中，火亦隨入。電光中巨人迭往來。踰數刻，雨止，屋内猶黑，秉燭視令，則與葉本作「有」。兩妓已仆地，良久乃蘇。客及從吏衣裾多焦灼，川流溢溢，踰旬始平。識者以爲龍螭之類也。

西洋廟

永嘉胡漢臣，世居西洋。忽爲祟所撓，始則揚沙擊石，石之所擊，自門廊洞達卧内，皆鏗然有聲，而壁户略無小損。既久，則空中與人語。時置糞汙於飲食器皿中，雖買熟物亦皆然。其家良以爲苦。幼女始分雙髻，見白衣丈夫持剪刀來前，呼曰：「小娘子與我頭上角。」兒女驚啼間，已失一髻。漢臣從外生，嚴校：「至」誤「生」。抱女膝上，方泣訴，又呼曰：「彼人復來剪我髻矣！」急護其首，則又失其一。命道士巫覡百計禳治，皆不驗。謀徙居避之，家具什物悉膠著于地，雖至輕者，亦極力不可舉，弗克去。如是幾二年，因飲親戚家，大醉歸。及所居巷口，望見小廟，疑其爲祟，乘醉就鄰家假巨斧，碎土偶并香案諸物，鎖鐍其門。自是怪不作。

徐秉鈞女

永嘉徐秉鈞縣丞有女曰十七娘，慧解過人，將笄而死。母馮氏悼念不能釋。忽夢女坐庭中，弄博具，記其已死，呼謂之曰：「自汝死後，我無頃刻不念汝，汝何得在此？」女曰：「不須見憶，兒已復生爲男子矣。」取骰子示母曰：「此葉子格也，原注：博徒以骰子兩采相向爲葉子。蓋是我受生處。他日至黄土山前米鋪之鄰訪我，彼家亦且作官人。」言訖而覺，以語徐。徐所居在安溪村，不知黄土山爲何地。或曰：「乃南郭外一虚市，去城財五里。」卽往尋跡，正得一米肆，其鄰若士人居。詢之，云：「葉子羽秀才宅。」驗與夢相符。投刺入謁，從容及其子弟。葉曰：「數日前誕一男子。」較其日，乃馮氏所夢之夜。具以告之，且求見其子。眉目宛與女相類，顧徐有喜笑色。子羽名之儀，明年果登科。兒十餘歲時，猶間至徐氏，常稱馮爲安溪媽媽。

江安世

江安世，蘭溪人。好道士説，受籙於龍虎山張靜應天師，受法於南嶽黄必美先生。所居曰元潭村，於堂側建小室，爲奉事之所。一日，雨初霽，砌下五色光十數道直出簷間，或大如椽，或小如竹，莫知其所起。疑有伏寶，命僕劚之。過丈餘，無所睹，復填甃之，光出如故。治之以法，又不效。黄先生至其家，爲作黄籙醮，埋金龍於甃下，光始絶。嘗清旦入道室焚香，見一石當香案前，周匝皆青苔。石體尚溼，蓋方自溪澗出者。江君常時唯用二小童掃洒，他人莫得入，意童爲戲。然石甚重，非二人所能舉也。不復問，但令舁著門外塘水中。明日如初，又徙置三里外大潭，而扃此室。明日，親啓户，石又在焉。默禱于神，書符其上，投之溪流。又明日，乃不見。江甚喜，以爲蒙符力，殃怪不敢至矣。正對客飯，有物擊堂屋上瓦，犖犖有聲。墜于廷，驗之，蓋元所見石。昨符尚存，題其旁云：「此符有未是處。」反視其背，别一符存焉，與江所書小異。江自度無可奈，乃納諸室中。久之，得朱書小紙於案，曰：「公既無如我何，盍圖我昆弟之形，我當助公行法。」江祝曰：「汝爲何神，昆弟有幾，作何形相？果能助我行法，當明告我。」復有片紙曰：「我三靈官也。」悉以狀貌衣冠告之。江不得已，爲圖象置壇側，其家亦時時遇之。由是生計頓替，二年，江亡，怪亦絶。

蘭溪獄

蘭溪祝氏，大家也，所居去縣三十里。一子甫冠，頗知書。宅之側鑿大塘數十畝，秋冬之交水涸，得枯骸一具於岸邊樹下，莫知所從來。鄰不敢隱，聞之里正。先是有道人行丐至祝氏，需索無厭，祝怒驅使出。上二字葉本作「逐」。語不遜，祝毆之。道人佯死，祝蒼黄欲告官，迫夜未果。道人知不可欺，遂謝罪去。里正夙與祝氏訟田有隙，遂稱祝昔嘗箠人至死，今尸正在其塘內，以白縣。縣宰信以爲然，逮下獄。凡證左胥史葉本作「吏」。訟其寃者，宰悉以爲受賕託；愈加繩治，笞掠無虛日。祝素富室，且業儒，未嘗知官府事，上四字葉本作「受官刑」。不勝慘毒，自誣服。其母慮不得免，迎枯骨之魂歸家，焚香致禱，日夕號泣。且揭牓立賞，募人捕真盜。縣獄具，將上之郡矣，前所謂行丐者在鄂岳間，欲過湘，南陟衡嶽，夢人告曰：「子未可遽行，翌日將有來追者。」寤而異之。及明，别與一道流相遇，市酒共飲。問其從何來，有何新事，葉本作「聞」。曰：「吾從婺州來，到蘭溪時，聞市人籍籍談祝家寃事。」因具語之。丐者矍然曰：「詐之者我也。我坐此罪，固已得譴於幽冥。今彼縶囹圄，死在旦暮，我不往直之，則真緣我以死，寃債何時竟乎？」乃强後來者與俱東，兼程抵婺，自列於上二字葉本作「詣」。縣。縣宰猶謂其不然，疑未決。已而它邑獲盜，訊鞫間，自言本屠者，嘗賒買客牛，客督直甚急，計未能償，潛害客，乘夜置尸祝氏塘中云。祝於是始得釋。

桐川酒

紹興二十五年，沈德和介爲廣德守，檄司理陳棣兼公使庫。時□煮酒畢，已疊成棧。一日，庫吏出酒，走告云：「第二棧亡酒數百尊。」棣入視之，信然。疑小人爲欺，但責其蹤跡姦盜。又旬日，所亡滋多，上層宛然不動，皆自下失去。周視牆垣，牕壁鎖鑰，無纖介疎漏，殊怪之，特未遽信爲鬼物也。郡兵行子城上，得一壺於兩竹間，驗之，則桐川印記，莫能究其所以然。又數日，與同官沈文司户偕往觀，所失蓋不可勝計。沈恐地有陷處，秉燭照之，地平如掌，一層之下，空空無餘。方議以事聞于郡，吏卒相謂：「庫舊有神祠，前官輒去之，得非其爲孽乎？」密市牲醪，羅拜禱請，許以再立廟。明日，衆至，則亡酒皆如故。其後給散，校元數唯欠一尊，蓋竹間者也。乃爲立祠。此卷皆縉雲陳棣説。

夷堅丙志卷第六十四事

范子珉

處州道士范子珉，嗜酒落魄。初自鴈蕩游天台，至會稽，中道得異石，寶之，賞玩不去手。後爲同行道士竊去，遂若有所失，語多不倫，談人意外事，時時奇中。獨善畫，爲人作煙江寒林，深入妙品，而牛最工，浙東人以故呼爲「范牛」。但好弄溷穢，或匊於手，或濡以衣，或置冠髻間，或以污神祠道佛象，或染指作字書人家牕壁，然不覺有穢氣。從人乞錢米，先以若干語之，如數卽受，或多或少皆棄去不取，其所得亦多投厠中。青田縣吏留光死，家貧未能葬，稾殯於城隍祠前。次年，家爲雨所壞，露棺一角。范過其旁，取瓦礫敲之曰：「勿悲惱，更三日有親人伴汝矣！」時光弟矩亦爲吏，果以後三日暴死。諸子幼，羣胥爲葬於光冢之側云。遂昌葉道士，結菴山間，范謁之，中塗失路。遇葉之僕，問津焉。僕畏其擾也，紿曰：「左。」左乃山窮絶處，非人所行。范知之，舉手指僕曰：「汝卻從此去。」乃由他路詣菴中。葉欲具食，而俟僕不至，范告之故，葉自往尋。僕正危坐大石上，神氣如癡，呼問之始醒，言曰：「適不合欺范先生。先生指令從此去，卽覺有物牽引以行，茫如醉夢。非尊師見呼，不可還矣。」葉亦懼，令僕謝罪焉。後至婺州赤松觀，見觀中人無所不狎侮。每飲必斗餘，買牛肉就道室煮食，醉飽即卧，已則遺糞滿地，徐徐起，引手匊弄，以十指印壁上，一室皆滿。房内人悉捨去，無敢與校，但伺其出，汲水浄滌之而已。唯陳樂天惡之，時對衆咄罵。范笑且怒曰：「汝乃敢毁我。」趨詣三清殿下再拜，呫囁有禱，拂衣出。過兩日，樂天無疾死。以是黄冠益謹事之。觀前横小溪，往來病涉。道士姓施者，與弟子一人捐橐中錢爲石橋。工役已具，范曰：「勿爲此橋，君將不利。」施君曰：「吾以私錢爲濟衆事，何不可之有？」卒爲之。范亦不强止，笑謂之曰：「如此亦大好。我恰有紅合子兩箇，將持贈君，以助費。」施敬謝曰：「諾。」不知何物也。他日復至，無所携，施以爲請，曰：「吾既許子矣，必不妄言。」後三月，橋成，二道士繼死，匠師輿兩紅棺以殮云。太尉成閔責居婺，范嘗往謁。外報潘承宣來，閔將出迎，范曰：「勿見此人，恐公家不免。」閔有子娶秦國大長公主女，潘之妹也。以昏姻之故，竟延入坐。范曰：「禍作矣！禍作矣！急買紙錢，取公夫婦衣來，我爲爾解祟。」既具，范焚香誦呪，并衣與紙同焚之。居亡何，秦國薨，閔與夫人往弔，俱得疾。夫人在素幃裏風涎暴作此句疑有誤字。冥不知人。閔泄利交下，殊困怠，强舁以歸，未幾平安。而夫人經年僅小愈。乃知元索衣時，侍婢但以閔兩袴往，非夫人者也。乾道二年，錢竽爲縉雲守，范自衢往訪之，曰：「負公畫四軸，故來相償，畢則行矣。」畫成，儼然就逝。將殮，得片紙於席間，書曰：「庚申日天地詔范子珉。」蓋其亡日也。陳天與説。

紅奴兒

池州青陽主簿斛世將，官滿還臨安。縣人劉録事者，亦赴調，寓於它館。斛過之共飯，飯才罷，又欲同詣肆啜湯餅，劉曰：「食方下咽，勢不能即飢，陸本作「飲」。君盍還邸小憩，吾徐往相就矣。」斛去移時，劉往訪之，已病臥牀上，望見劉，悲淚如雨，良久言曰：「吾死期至矣。適從君所歸，穿抱劍營街，未畢，逢一婦人，呼語曰：『君向與我約，如何始以不娶欺我，既而背之？我病，君略不相視，天地間豈有忍人如君比者？今事已爾，我亦不復云。但君亦且得病，病狀殊類我。我雖在此，必不往視君，君勉之。』遂別去。吾行數步，思之，蓋昔時所與游倡女紅奴兒者，其死三年矣。吾心惘然，迨反舍，意緒良不佳。疾勢已然，當不能起，奈何？奈何？」劉爲作粥煮藥，至暮乃歸邸。後七日果死。其黨能談其往事者，云曲折病狀，皆與鬼言合。蓋索買湯餅之時，魂已去幹矣。時乾道二年。韓彦端説。

孫拱家猴

秀州魏塘鎮孫拱家養一猴，數年矣。拱妻顧氏嘗晚步門外橋上，呼小童牽至前，猴趨挽顧衣，爲欲淫之狀。顧怒，命僕痛箠之數十，遂歸。迨夜，聞室内牕槅動摇有聲，謂盜至，起覘之。忽兩毛手自牖執其臂，驚悸大叫，隨即仆絶。家人聞之盡起，張燈出視，正見猴踞于外，猶堅持臂不肯釋，擊以杖乃退。顧昏然不知人，抉齒灌藥，扶救竟夕，乃甦。方事急時，不暇縛猴，猴得脱走，登木跳踉不可奈。孫氏集其鄰，繞村追躡，射殺之，凡三日乃定。

桃源圖

縉雲人劉甫通判成都日，遇異人揖於道左，携一籃，中貯二板，堅勁如鐵。言：「能刻桃源景物，恨未有所屬也。吾視君可受其一。」甫喜，延入官舍。異人求一室獨居，索斗酒，引滿入室。須臾，出板示甫，圖已成，樓閣人物，細如絲髮，儼然可睹。女仙七十二，各執樂具。知音者案之，乃霓裳法曲全部也。其押案節奏，舞蹈行綴，皆中音會。一漁翁艤舟岸傍。位置規模，雕刻之精，雖世間工畫善巧者所不能到。同時爲倅者，亦欲得其一，初不閉拒，即詣之，所需如前。刻纔半，板忽碎裂，遂失其人所在。時天聖中也。劉氏世傳寶之，建炎之亂，逸於民間，今爲毗陵胡氏所有。郡士孫希記之云：「淵明所志桃源事，止言桃花夾岸，中無雜木。種作男女衣著，悉如外人。黃髮垂髫，怡然自樂。今是圖乃有臺殿，如仙宮佛國，又無桃林，與記頗異。疑異人所見，與世所傳不同。或神仙方外之事，不可以常理度也。」予嘗見墨本，悉如上說，豈非仙家境界，別有所謂桃源者乎！

李秀才

李綸居福州，好與方外人處。嵩山李秀才者，不知從何來，一見合意，即留館門下。且數月，其人尚氣不檢，嘗毆人折齒，捕録送府。綸爲言於府帥薛公弼，得免。他日，又毆人。綸責數之甚至，自是不復出。一日，天正寒，李生素不擁爐，忽索火，邀綸共坐，謂綸曰：「君好尚爐鼎，亦有得乎？」顧其僕，取烝餅來。餅至，則細嚼，吐其滓爲四，以擦鐵箸，投火中。少焉紅焰騰上，挾而擲之地，箸中斷，既成白金矣。綸驚愕，因言：「頃嘗得小郗先生所呵石烝餅。」生笑曰：「此不足爲也，吾當以黃者贈君。」綸大喜，而未敢言。子詵之，甫數歲，家人教之拜，使求戲術。生脱詵之銀扼臂，塗以津，亦置火中。及取出，其一純爲黃金，一變其半。廷下黃菊已槁，詵之折一枝，請爲戲。噓呵少頃，亦成金花。後數日，綸請所謂黃餅者，生曰：「君貪心如許，何由能成道？姑以紅者示君。」取一餅，持刀中分之，噓其半邊，裹以紙。良久出視，已成丹砂，牆壁稜稜，光明可監。又索水銀兩器，飲其一，竦身距躍，珠星從毛竅閒踊出，的礫滿地，堅凝可掃。復以一器漱齒，隨即吐之，皆成銀，如丸墨之狀。綸益敬異焉。會綸將調官臨安，生緘水四壺授之，曰：「以是餞行。」是夕反舍，遂不見。綸行至中途，發水，悉爲美醞，於冪紙上大書「麻姑酒」三字。凡所化物，今皆在詵之處，其銀箸斷處化爲金云。范元卿說。

徐侍郎

衢州人徐生爲新喻丞，被憲司檄，鞫獄于廬陵。行未至吉水三十里，值暮，將宿客邸。大姓徐叟者力邀迎止其家，烹羊置酒，主禮上二字葉本作「奉事」。勤甚。丞意以謂叟特以宗盟故耳。至夜，密告曰：「老人居此，未嘗與士大夫接。昨夕夢大官行李過門，先牌題云徐侍郎，而今日葉本多一「使」字。

君至，君葉本無「君」字。必且貴不葉本作「無」。疑，願以子孫爲託。」丞少年登科，自待良不薄，聞其語欣然，且約還日復過之，遂去。抵郡踰月而訖事，東歸，徑謁叟。叟館犒如初，然禮敬頗衰矣。臨別，愀然曰：「丞公是行，得無有欺方寸乎？疇昔之夜，夢神人告我，謂君受人錢上二字葉本作「賄」。五百千，鞫獄故葉本無「故」字。不以實，官爵當削除，而年壽亦不遠。葉本作「永」。君何不自重，負吾所期？」丞驚愧不能答。既還家，會薦員滿品，詣臨安改秩。甫受告，卽得疾，死逆旅中。其父本米儈也，隨子之官，日夜導以不義。廬陵之役，本富民毆殺人，丞納民賂，抑民僕使承，僕坐死，故陰譴及之。既亡而父猶在，凡所獲亦隨手散去，其貧如初。劉敏士文伯說。

十字經

吴人周舉，建炎元年自京師歸鄉里，時中國受兵，所在寇盜如織。舉遇星冠羽服人謂曰：「子明日當死於兵刃，能誦十字經，不唯免死，亦能解寃延壽。」舉跪以請，云：「九天應元雷聲普化天尊十字是也。」拜而受之。明日，果遇盜，逼逐至林間，窘懼次，猛憶昨語，亟誦一聲。猶未絶口，雷聲大震，羣盜驚走，遂得脱。趙學老說。

長人島

密州板橋鎮人航海往廣州，遭大風霧，迷不知東西，任帆所向。歷十許日，所齎水告竭，人畏渴死，望一島嶼漸近，急奔赴之。登其上，汲泉甘甚，乃悉聲瓶罌之屬，運水入舟。彌望皆棗林，朱實下垂，又以竿撲取，得數斛，欲儲以爲糧。大喜過望，眷眷未忍還，共入一石嵓中憩息。俄有巨人四輩至，身皆長二丈餘，被髮裸體，唯以木葉蔽形。見人亦驚顧，相與耳語，三人徑去，行如奔馬。嵓下大石，度非百人不可舉，其留者獨挈之，以塞竇口，亦去。然兩旁小竅，尚可容出入，諸人相續奔入船，趣解維。一人來追，跳入水，以手捉船。船上人盡力撑篙，不能去。急取搭鉤止之，奮利斧斷其一臂，始得脱。臂長過五尺，舟中人浥之以鹽，攜歸示人。高思道時居板橋，曾見之。沈公雅爲予説。予《甲志》書昌國人及島上婦人，《乙志》書長人國，皆此類也。海於天地間爲物最鉅，無所不有，可畏哉。

温州風災

紹興三十二年七月十三日，温州大風震地，居人屋廬及沿江舟楫，吹蕩漂溺，不勝計。净居尼寺三殿屹立，其二壓焉。天慶觀鐘樓亦仆，唯江心寺在水中央，山顛二塔甚高峻，獨無所損。先是兩日，有巨商檥舟寺下，夢神告曰：「後日大風雨，爲害不細，可亟以舟中之物它徙。吾今夕赴麻行水陸會，會罷即來寺後守塔矣。」商人如其戒。麻行者，村中地名也。繼往偵問，果有設水陸於兹夕者。初，郡有婦人，年可四十許，無所居，每乞食於市，語言不常，夜則寄宿於净居金剛之下。諸尼皆憐之，不忍逐。風作之前日，指泥像語人曰：「身軀空許大，只恐明日倒了。」去弗宿。已而果然。

諸天靈應

永嘉許及之深甫之父，事諸天甚著靈應。盜嘗夜入門，家未之覺。許老夢寇至，爲巨人持長槍逐之，驚寤。遽起視，外户已開，略無所失。明旦，見一槍于大門之外，不知從何來，及入諸天室焚香，則神手所持槍失之矣，始悟昨夢。

福州大悲巫

福州有巫，能持穢跡呪行法，爲人治祟蠱甚驗，俗呼爲大悲。里民家處女，忽懷孕，父母詰其故，初不知所以然，召巫考治之。才至，即有小兒盤辟入門，舞躍良久，徑投舍前池中。此兒乃比鄰富家子也，迨暮，不復出。明日，别一兒又如是。兩家之父相聚詬擊巫，欲執以送官。巫曰：「少緩我，容我盡術，汝子自出矣，無傷也。」觀者踵至，四繞池邊以待。移時，聞若千萬人聲起於池，衆皆辟易。兩兒自水中出，一以繩縛大鯉，一從後箠之。曳登岸，鯉已死。兩兒揚揚如平常，略無所知覺。巫命累瓶甓於女腹上，舉杖悉碎之。已而暴下，孕即失去，乃驗鯉爲祟云。

張八削香像

温州市人張八，居家，客持檀香觀音像來貨，張恐其作僞，欲試之，而遍體皆采繪，不可毁，乃以小刀刮足底香屑爇之。既而左足大痛，如疽毒攻其内者。藥不能施，足遂爛。至今扶杖乃能行。

右四事皆木藴之説。

汪子毁神指

饒州雙店民汪涣，世事善神，龕其像於室中。幼子五歲，戲折其中指。涣夢金甲神訴曰：「吾衛護翁家有年矣，未嘗令翁家有小不祥事，奈何容嬰兒毁吾指？」涣驚謝。旦而視之，信然，亟命工補治。此子卽日病，中指間瘡絶痛，既愈，遂拳縮不可展。